春の雪

春雪

[日]三島由紀夫 みしまゆきお 著
金银姬 陈静 译

廣東旅游出版社
GUANGDONG TRAVEL & TOURISM PRESS
悦读书·悦旅行·悦享人生
中国·广州

图书在版编目（CIP）数据

春雪 / (日) 三岛由纪夫著；陈静，金银姬译. — 广州：广东旅游出版社，2023.8

ISBN 978-7-5570-2967-8

Ⅰ.①春… Ⅱ.①三… ②陈… ③金… Ⅲ.①短篇小说-日本-现代 Ⅳ.①I313.45

中国国家版本馆CIP数据核字（2023）第032790号

出 版 人：刘志松
策划编辑：李芳妮
责任编辑：廖晓威
封面设计：泊　延
版式设计：刘　颖
责任校对：李瑞苑
责任技编：冼志良

春雪
CHUNXUE

广东旅游出版社出版发行
（广东省广州市荔湾区沙面北街 71 号首、二层）
邮编：510130
电话：020-87347732（总编室）020-87348887（销售热线）
投稿邮箱：2026542779@qq.com
印刷：文畅阁印刷有限公司
地址：河北省保定市高碑店市合作路南侧 11 号
开本：880 毫米 ×1230 毫米　32 开
字数：269 千字
印张：13.625
版次：2023 年 8 月第 1 版
印次：2023 年 8 月第 1 次
定价：49.80 元

目　录

一

当学生们在学校议论日俄战争的事情时，松枝清显问他的挚友本多繁邦是否还记得当时的情景。繁邦的记忆也不甚清晰，只依稀记得自己被带到门外去看庆祝胜利的灯笼游行队伍。战争结束的那年，两人都已经十一岁，松枝想，他们应该有更加清晰的记忆。对此高谈阔论的同学，大多不过是从大人那里把听来的话现学现卖，装点自己若有若无的记忆罢了。

松枝家族中，清显有两位叔父在战争中阵亡，祖母也因此一直领取着遗属抚恤金。但她从未使用，一直供奉在神龛上。

或许是出于这个原因，对于家中的一本日俄战争影集，清显印象最深刻的就是拍摄于明治三十七年[①]六月二十六日题为“凭吊得利寺附近阵亡者”的照片。

---

① 是日本明治天皇在位期间使用的年号。时间为 1868 年 10 月 23 日（庆应四年九月八日）至 1912 年 7 月 30 日。明治三十七年即为 1904 年。

这张用深褐色墨水印刷出来的照片，与其他各种战争场景的照片截然不同，构图充满了绘画感，数千士兵宛如画中人物一般布局得当，中间有一座高高的白木墓碑，所有的效果都集中于墓碑上。

远景是朦胧平缓的群山，左侧山脚下辽阔的原野逐渐隆起，右侧的远处是一片稀稀拉拉的树丛，逐渐消失在黄尘弥漫的地平线。取代山峦向右不断高升的树林间，透出昏黄的天空。

近处耸立着六棵参天树木，树木间距相同，均衡排列。虽然树木品种不明，但高大挺拔，树梢的枝叶随风悲壮地飘动着。

原野的边际泛着微光，近处荒草伏地。

画面正中是祭坛，上面插着细小的白木墓碑和飘动的白布，还摆放着鲜花。

除此之外便是士兵，数以千计的士兵。近处的士兵全部背过身去，军帽垂下白布，肩膀上斜挎着武装带，没有站成整齐的队列，垂着头杂乱地聚集在一起。只有近景左角边的几个士兵，就像文艺复兴画作中的人物一样，露出了半张阴郁的脸庞。在左后方，无数士兵聚拢在一起，形成一个巨大的半圆形，布满整个原野。他们人数众多，无法一一辨别，远远地群集在树林中。

近处和远处的士兵，都映照在奇妙黯淡的微光里，绑腿和长靴轮廓泛着白光，低垂的后颈和肩膀的线条也闪闪发光。整个画面也因此充斥了一股莫可名状的沉痛气息。

所有人都面向中央小小的白色祭坛、鲜花和墓牌，潮涌般地献上自己的哀悼。布满整个原野的巨大的集体爆发出的难以言喻的哀思，犹如沉重的铁环向中央渐渐收拢……

正因为这是张深褐色的老照片，它所营造出的悲伤氛围才是无止境的。

清显那时十八岁。

尽管如此，他纤弱的内心总是被这种悲伤和忧郁占据。而他的原生家庭对此几乎无能为力。

在坐落于涩谷高地的宽阔宅邸中，找一个了解他心思的人都颇费周折。因为是武士世家，父亲侯爵直到幕府末期依然对自己卑微的门第感到羞愧，于是把嫡子清显寄养在公卿家庭。若非如此，清显也不会变成这种性格。

松枝侯爵府邸在涩谷郊外，占地广阔。十四万坪[①]的土地上，亭台楼阁鳞次栉比，错落有致。

主屋是日本建筑，但庭院的一角有英国设计师建造的富丽堂皇的洋房。这种可以直接穿鞋入室的西式府邸，据说包括大山元帅府邸在内一共只有四座，其中之一便是松枝府。

院落中心是以红叶山为背景的广阔湖面。湖里可以划船，中间有湖心岛，萍蓬草金莲绽放，还可以摘莼菜。主屋的大厅也面向水池，洋房的宴会厅也面向这个水池。

---

① 1坪约合3.3057平方米。

岸边和小岛上灯笼星罗棋布，有二百盏，岛中间伫立着三只铁铸的仙鹤，一只俯首低望，两只仰天长鸣。

红叶山顶有瀑口，瀑布分几段洒落下来，绕山腰一圈后，下穿入石桥，最终泻入佐渡红石[1]背后的水潭里，和湖水一起滋养着在这个季节鲜艳绽放的菖蒲的花根。湖里可以钓鲤鱼和冬鲫鱼，侯爵允许小学生每年两次来这里郊游。清显小时候被仆人吓唬，最害怕的就是鳖。这是祖父生病时，有人送来了一百只鳖让他滋补身体，鳖就被放生养在湖里，结果繁殖起来越来越多。仆人吓唬清显说，手指一旦被鳖咬住了就拔不出来了。

还有若干间茶室和宽敞的台球室。

主屋的背后是祖父种下的扁柏林，在那儿经常能够挖到野山药。林间的小路一头通往后门，另一头爬上平缓的山丘，被家里称为“宫”的神殿，坐落在大片草坪中。祖父和两位叔父的牌位就供奉在那里。石阶、石灯笼和石头鸟居都中规中矩，但石阶下左右两侧应该放置石狮的地方，摆放着一对涂了白漆的、日俄战争中使用过的炮弹。

比神殿地势低一点的地方供奉着稻荷神，前面是一片茂盛的藤萝花架。

祖父的忌日是五月末，所以全家来这里祭奠的时候，正好藤花盛开，女人们为了躲避日晒就围坐在藤架下。于是藤花紫色的

---

① 新潟县佐渡岛出产的岩石。

影子，像优雅的死亡之影一样，落在比平时更加精心化妆的女人们的雪白面庞上。

女人们……

实际上这座宅邸内住了数不清的女人。

不言而喻，为首的自然是祖母。她住在离主屋稍远的养老大宅里，由八名贴身侍女伺候着。无论晴天还是雨天，母亲都会在梳洗好之后雷打不动地带着两名仆人去给祖母请安。

每当母亲前去请安，祖母总会盯着她细细打量一番。

“这个发型不适合你，明天换个时髦点的看看，肯定适合你。”

祖母半眯着眼睛一脸慈爱地告诉她。然而等到第二天早晨，母亲梳了个时髦些的发型之后，祖母又说：“都志子啊，我看你还是属于古典美人，时髦的发型不适合你啊。明天还是梳成椭圆发髻吧。”

因此，在清显的印象里，母亲总是不断地变换发型。

理发师傅和徒弟们也常住在府邸上，别说是主人，连那四十多个侍女的发型都要由他来打理。这名理发师傅对给男人理发只产生过一次兴趣，那就是清显在学习院中等科读一年级时，在皇宫的新年贺宴上给皇族牵裙裾的那次。

“就算学校规定你们只能剃光头，可是您今天穿着这身隆重的礼服，也不能顶着光头去啊。”

“但留长头发是会被训斥的。”

“好吧。我就给您做个假发吧。反正也得戴帽子，但我会让您脱下帽子之后比其他人更加仪表堂堂。”

理发师傅虽是这样说，可十三岁的清显的头发却被剃了个精光，头顶泛青。头皮被梳得生疼，发油也渗进了皮肤，无论理发师傅如何自卖自夸，镜子里映出的发型也依然不尽如人意。

而就在这场贺宴上，他罕见地获得了美少年的头衔和赞誉。

明治天皇曾经亲临过这座宅邸。接待圣驾时，庭院里举办了御览相扑比赛进献天皇。院内以大银杏树为中心拉上帷幔，天皇陛下就站在洋馆二楼的阳台上观看力士角力。借此机会，清显得以拜谒天颜，陛下还摸了摸他的头。自那时起到今年新年贺宴牵裙裾，已经过了四年，天皇陛下也许还记得自己的样子。他一边遐想着，一边告诉了理发师傅。

“原来是这样啊。少爷您的头是承蒙天皇陛下抚摸过的啊。”

理发师傅说着在榻榻米上后退几步，认真地对着清显那稚气未泯的后脑勺行礼击掌。

牵裙裾时所穿的侍童服是一套蓝色天鹅绒面料的过膝短裤和上衣套装，胸口两侧缀有四对白色大绒球，在两只袖口和裤子两侧配有同样的白色大绒球。腰间佩剑，脚穿白色袜子和钉扣黑漆皮鞋。白色蕾丝花边衣领正中系着白绢领带，插着大羽毛的拿破仑风帽子用丝带背在背上。在众多华族[①]子弟中只有成绩优异的

① 华族是日本于明治维新至“二战”结束之间存在的贵族阶层。

二十余人脱颖而出，被选去在新年的这三天里轮流为皇后和妃殿下牵裙裾。四人为皇后牵裙裾，两人为妃殿下牵裙裾，清显为皇后和春日宫妃各牵过一次。

轮到为皇后牵裙裾时，清显随着皇后穿过点燃麝香、芳香绕梁的回廊，安静肃穆地前行至谒见厅，直到贺宴开始之前，他都侍立在谒见的皇后身后。

皇后高雅端庄、聪颖脱俗，此时已年近六旬。与之相比，春日宫妃三十出头，无论是容貌、气质还是婀娜的身姿，都宛如绽放的鲜花，娇艳欲滴。

如今清显眼前浮现出的，不是衣着从简的皇后的裙裾，而是妃殿下那在白底毛皮上布满黑色斑纹、周围镶嵌无数颗珍珠的裙裾。皇后的衣裙上有四个手环，妃殿下的有两个。清显他们这些侍童经过了反复的练习，迈着齐整的步伐牵着手环行走并无难处。

妃殿下青丝乌润，光可鉴人，梳扎好的发髻垂下一缕柔发映衬着丰润雪白的脖颈，落在露肩礼服露出的光润香肩上。她身姿端庄，果断地向前走去，衣摆虽没有随着她的步履而摆动，但在清显看来，她身上这抹逐渐散开的香艳白色，随着奏乐声响，仿佛山顶云雾缭绕之中若隐若现的残雪，飘忽不定，那是他有生以来第一次发现令人炫目的女性美的优雅精髓。

春日宫妃浑身都沁染了法国香水的香气，芳香馥郁，盖过麝香古雅的气息。在走廊里时，清显脚下绊了一下，虽然就那么一瞬间，裙裾被拽向一边，但妃殿下只是微微侧颜，朝失态的少年温柔含笑，毫无责备之意。

妃殿下并没有明显地转身回顾，依然挺直了脊背，只是半边脸微微转向这边，闪过一丝微笑。那一刻，精致白皙的脸庞拂过几根碎发，细长的眼角中带着笑意的黑眸像一团闪烁的火焰，优雅的鼻梁不经意间显得那么清秀高挺。这一闪而过的、连侧脸都谈不上的角度露出的妃殿下的脸庞，仿佛斜着去看某个清澈的结晶切面时，刹那间看到的一道彩虹。

身为父亲的松枝侯爵看见儿子身着华服在贺宴上神采奕奕，沉浸在多年的梦想得以实现的喜悦中。唯有此刻，侯爵才能一扫即使自己位极人臣、圣驾亲临自家府邸也不能摆脱的“冒牌货”的心虚了。他在儿子身上看见了宫廷与新华族间亲密交往的方式，看见了公卿与武士之间的终极结合。

侯爵的心情又因儿子在这场贺宴上获得的褒奖而阴晴不定，从起初的欢喜转为不安。十三岁的清显实在过于秀美。与其他侍童相比，清显的美是毫无偏袒、显而易见的。他的白皙脸颊因为兴奋透出一抹绯红，他眉宇清秀，由于紧张而睁大的满是稚气的眼睛上睫毛扑闪，眼神里透射出艳丽的黑光。

在一片赞誉的触动下，侯爵第一次意识到在自家长子这份不同寻常的美貌中，反而有一丝缥缈无常的味道。他的内心一时被不安笼罩。但侯爵生性乐观，不安只是当时有感而发，转眼便烟消云散。

反而是这种不安早就在这场贺宴前一年就沉淀在另一个人心

底了。那人便是十七岁起便寄住在松枝府邸里的饭沼。

饭沼是清显的贴身学仆，他被老家鹿儿岛的中学以“文武双全的优秀少年”之名推荐过来，送进了松枝府邸。侯爵的祖先在当地被看作豪爽之神，他对松枝侯爵一家的想象全都源于在家里和学校里听到的侯爵先祖的传闻。而来到这里的一年间，他发现松枝家的奢华与他脑海里的设想完全相反，这戳痛了这位淳朴少年的心。

关于别的，饭沼都可以装作视而不见，唯独对被托付给自己的清显不能坐视不理。对于清显的美貌、纤弱、感触、思量与兴趣等所有，饭沼均不满意。侯爵夫妇对待教育的态度也出乎他的意料。

“我若是做了侯爵，绝不会这样培养自己的孩子。侯爵到底是怎么看待祖先遗训的？”

侯爵倒也每年虔诚地祭祀先祖，平日里却对先祖的事情闭口不谈。饭沼好几次都幻想侯爵会说起有关祖先的回忆，并多少抒发一点对祖先诚挚的追慕之情，然而这份期望过了一年就化作泡影。

清显完成新年贺宴牵裙裾的任务后回家的当晚，侯爵夫妇就举办了一个小型的家庭庆祝宴。十三岁的少年被半开玩笑地灌了酒，脸颊泛着红晕。到了就寝时间，饭沼把他扶回卧房。

少年把身子埋进丝绸被子里，头靠在枕上，嘴里呼着热气。他短发的发际到被酒气染得绯红的耳根一带，肌肤薄得如同玻璃一般，仿佛能透出内部脆弱的构造，还有里面跳动的青筋。微暗的灯光下他仍然唇红齿白，双唇所吐出的气息听上去宛如丝毫不知人间疾苦的少年在吟诵着被戏谑的苦恼。

纤长的睫毛，还有那闪动着的单薄而娇弱的眼睑……面对这么一张脸，饭沼明白自己无法期待这个今夜完成了光荣使命的英勇少年能立下感激与忠诚的誓言。

睁大眼睛看着天花板的清显双眼湿润。一旦被这双湿润的双眼所注视，即使违背了本意，饭沼也只能相信自己的忠诚。清显似乎很热，他裸露的胳膊光滑泛红，正要枕在脑后，饭沼见状连忙将他棉睡衣的领子往上拉了拉。

“这样会感冒的。您还是早点睡吧。”

“饭沼，我和你说，我今天犯了个错。你要是能帮我向父亲和母亲保密的话，我就告诉你。”

“怎么了？”

“我今天牵妃殿下裙裾的时候，脚下绊了一下。但妃殿下微笑着原谅了我。”

饭沼恨他言语轻浮，恨他缺乏责任感，恨他湿润双眼里的迷蒙恍惚。饭沼恨这一切。

二

清显就这样长到十八岁，理所当然地开始渐渐想要脱离周遭的环境。

他想脱离的不仅是家庭。学习院将院长乃木将军[①]的殉国作为最伟大崇高的事件宣传并灌输给学生，但倘若将军是病死的，那就不能如此大肆宣传了吧。然而学校却把这种教育传统越发强硬地施加在学生身上。本就讨厌强硬作风的清显因学校充满了质朴刚健的风气而对学校更为厌恶。

要说朋友呢，清显只和同年级的本多繁邦来往密切。虽说想和清显交朋友的人也不少，但他不喜欢同龄人身上粗俗的幼稚。只有在高唱院歌时不会陶醉于粗糙感伤的本多才能吸引他。本多身上具有这个年龄的人少见的稳重与理智。

话虽如此，本多和清显在外貌和气质上也并不相似。

本多相貌老成，五官平平，甚至可以说还有点摆架子；他对

① 指乃木希典，日本陆军大将（上将），日本军国主义扩张政策的积极推行者。1912年切腹自杀，其妻亦以短刀割颈自杀，以殉明治天皇。

法学感兴趣，内心却潜藏着敏锐的直觉，不予示众。从表面上看不出他有任何欲望，但能让人感觉到他心底有一团燃烧旺盛的烈火，甚至可以听见这熊熊烈火烧得噼啪作响。每当他细眯起有点近视的双眼，目光严厉，双眉紧蹙，平时紧闭的双唇微微张开时，就能窥探到他内心的火焰。

或许清显和本多是同根相生的植物，只是各自长出了迥然不同的鲜花和枝叶。清显会将自身的天姿毫无防备地展现出来，袒露无遗且容易受伤，对待尚未成形的欲望也如同沐浴春雨的小狗，接下一滴滴雨水，渗入鼻眼；而本多却早在人生伊始就已察觉到危险，选择躲开这过分明亮的雨，转而蜷缩避身于檐下。

然而就是这样的两人，却是实实在在的朋友。光在学校里天天见面都不够，每周日还必定会到其中一方的家里做客一整天。当然清显家更为开阔，也更适合散步，所以本多造访清显家的次数更多。

大正元年[①]十月，红叶初染的一个周日，本多到清显的房间来做客，两人说到要去湖里乘船。

往年这个季节欣赏红叶的客人都纷至沓来，但在这个夏天的国丧之后，松枝家对奢华的交际上都谨慎从事，庭院比以往更加静谧幽然。

“那只船可以乘三个人，我们坐着让饭沼来划船吧。”

---

① 1912 年。

“哪里需要让别人划船呢，我来就行。”

本多语毕，脑海里便浮现出那个本无须带路、却一言不发地固执地领着自己从玄关走到这个房间的青年，他眼神阴郁，不苟言笑。

“你讨厌他呢。”清显微笑着说道。

“倒也不是讨厌，只是摸不透他的脾气罢了。”

“他在这里生活六年了，对我来说，他的存在就像空气一样不可缺少。我不觉得和他志同道合。正是因为如此他才会为我奋不顾身，他是个忠诚勤奋、一板一眼的人。”

清显的房间在离主屋稍远的一座楼的二楼上。最初是一间日式房间，后来铺上地毯，摆放家具，布置成了西式房间。本多坐在凸窗上，扭过身去，眺望红枫林和湖中岛的全景。午后的阳光洒在湖面上，平静而柔和。小船停泊的湖汊就在正下方。

本多又悄悄打量着好友慵倦的样子。清显对任何事物都不积极主动，有时只有做出一副不满意的样子才能引起他的兴致。因此，所有的事都是由本多提议，又由本多把不情不愿的清显硬拉着去做的。

“看到船了吧？”清显说。

“嗯，看得到。”本多惊讶地转过头来。

清显那时本想说什么呢？

非要说出来的话，他想说自己对万事万物都毫无兴趣。

他觉得自己是扎在家族粗壮手指上的一根小小毒刺。因为他已经学会了优雅。短短五十年间，淳朴刚健、一贫如洗的武士家庭眨眼间飞黄腾达，功名显赫。随着清显的成长，这份优雅也悄然潜入这个家族。清显如同预知到洪水的蚂蚁一般感觉到，这与对优雅有免疫力的公卿贵胄不同，或许是家族开始迅速没落的征兆。

他是优雅的棘刺。他也深知自己憎恶粗陋、向往高雅的心愿实在是徒劳一场，就像无根的野草。欲将其侵蚀却未侵蚀，欲将其玷污却未玷污。对家族而言，他确实是毒，但没有任何作用，这份无用在美少年的心中，就是自己诞生的意义。

把自身存在的理由归结为一种绝妙的毒素的想法与清显十八岁时的倨傲脱不了干系。他下定决心，这辈子都不会弄脏自己白皙秀美的双手，倒刺也一根都不许有，就像旗帜一般为风而生。就自身而言，他为了感情而活，这种“感情”无边无际，毫无意义，能起死回生，也能由衰转荣，既缥缈不定，又没有终点，这是他生命中唯一真实的东西。

因此，他才这般意兴阑珊。就说船吧，对父亲来说，那是从外国进口的造型时尚、蓝白相间的喷漆小船。在父亲看来这是一种文化，是文化的外在显现。在他自己看来这又是什么呢？一只小船吗？

本多就是本多，凭借天生的直觉看懂了清显此刻突然陷入的沉默。两人分明是同龄人，他却比清显更像一个青年，总之是一个决意要“成大器”的青年，已经为自己选好了将来的道路。对于清显，他多多少少有些迟钝粗心，他也清楚这种巧妙的粗心是朋友乐于接受的。清显心灵的胃口对人工饲饵的包容度大到惊人，对友情亦是如此。

“你应该运动运动。又不是读书累的，可脸色看上去就跟读了上万卷书一样疲倦。”本多直言不讳道。

清显笑而不语。他确实没怎么读书，倒是经常做梦。每晚做的梦不计其数，胜过读书万卷，的确也读倦了。

昨夜，就昨夜里，他在梦中看见了自己的白木棺材。这口棺材静静躺在一间窗口宽大的空房的正中央。窗外笼罩着黎明前的黑暗，蓝紫一团，小鸟的嘤啼在晦暗的黎明中哀转。有名年轻女子，垂下一头长发，附身抱着棺木啜泣，纤柔肩膀不住地抽动。他想看清女子的容貌，却只看得见她前额雪白，带着忧愁的肌肤和美人尖。棺木半截被一张布满豹纹、装饰了大量珍珠的毛皮覆盖。一排排珍珠上凝结着黎明破晓前的昏暗的光泽。房间里虽没有焚香的味道，却四处飘散着像是果实熟透的西洋香水味。

清显从半空中俯视房间，确信那是自己的遗骸躺在棺中。虽说他心中确信，但无论如何都想再看一眼确认。而他仿佛清晨的蚊子，只能在半空中敛翅停歇，根本无法窥视被钉好的棺材内部。

随着这种焦躁不断加深，清显醒了。他把前夜的梦写进一直悄悄记录的梦境日记里。

最后两人下楼来到船边，解开缆绳。放眼望去，湖面上倒映着好似在燃烧的红叶林，染红了半个湖面。

上船时，船身一阵摇晃，唤起了清显对世事无常的亲切感。那个瞬间，清显心潮澎湃，仿佛清晰地映照在白色小船的船舷上。他的心情也因此明朗起来。

本多把船桨往岸边的山石上一抵，船驶向广阔的水面上。绯红的水面泛起涟漪，柔滑的波纹令清显越发恍惚。深沉的划水声就像是发自喉咙深处的低声嘶吼。他真切地感觉到，自己十八岁某个秋日的某个下午将一去不返。

“去湖心岛看看吧。”

“去了也很无聊啦。上面什么都没有。”

“哎，你别这么说嘛，去看看吧。”

本多划着船，发自内心的活泼声音暴露了少年那份与年龄相符的兴奋。清显一边听着从湖心岛对面远远传来的瀑布声，一边凝视着因为湖底淤泥和红叶反射而看不太清的湖水。他知道湖里鲤鱼漫游，鳖潜藏在水底某块石头后面。幼时心里留下的恐惧在隐约苏醒，转而又消失不见。

阳光明媚，照射在他们剃了头的稚嫩脖颈上。这是一个平静、悠闲而又富足的星期天。而清显却依然觉得这个世界像一个装满水的皮袋子，袋子底有个小孔，他听到了时间的水滴从里面一滴一滴流逝的声音。

二人登上了湖心岛，岛上一片松翠正中是一株红枫，独领风骚。他们沿着石阶走到了三只铁鹤所在的圆形草地上，坐在两只向天长鸣的铁鹤的脚下，继而躺下，仰望晚秋的万里晴空。青草穿过和服扎在二人背上，清显感觉疼痛难忍，本多却产生了一种把必须忍耐的、最甘甜清爽的苦难压在身下的感觉。他们从眼角瞥见历经风吹日晒、被鸟粪弄得斑白的铁鹤脖颈的平缓的曲线，它随着流云也在缓缓移动。

“真是美好的一天啊。像这样无忧无虑轻松美好的一天，也许人生统共也没几回吧。”

本多像是预感到了什么，脱口而出。

“你是在说幸福吗？”清显问。

“我可没这么讲啊。”

“没有就好，我可不敢像你这样说出这种大胆的话。”

“你一定野心勃勃，有野心的人往往做出一副悲伤的样子。除此之外你还想要什么？”

“某种具有决定性的东西。我也不清楚那究竟是什么。”俊美无比、向来犹豫不决的年轻人慵懒地答道。

就算清显和本多交情深厚，他那颗任性的心也不时会对本多犀利的分析力、充满确信的口吻和“有为青年”的姿态感到不快。

他突然翻过身趴在草坪上，抬头眺望湖面对岸主屋大厅的前庭。庭前铺满白砂，布局巧妙的踏脚石一直延绵到湖边，那附近湖汊蜿蜒曲折，石桥流水，层层叠叠。在那里他看见一群女人。

三

清显捅了下好友的肩，示意他看对面。本多也转过头来，从草丛中望向对岸的人群。两人就像年轻的狙击兵一样窥探着对岸。

那是母亲高兴时带出来散步的一帮人。往常除了母亲之外就只有侍女，但今天还有一老一少二位客人，在母亲后面闲庭信步。

母亲、老妇、侍女的和服都很朴素，只有那位年轻女客身着浅蓝色刺绣和服，无论是走在白砂上，还是伫立在湖边，丝绸的光泽都十分清冷，像黎明前的夜空般耀眼。

对岸又传来似乎是女人们留意脚下不规则踏脚石时发出的笑声，划过秋空。那阵清脆的笑声有些矫揉造作，府邸里的女人们都笑得如此做作，清显对此很是嫌恶；本多却像听见雌鸟啼啭的雄鸟一样两眼放光，清显见状也就懂了。晚秋的枯草在二人胸口下被折断了一大片。

清显坚信只有那名穿浅蓝色和服的女子不会发出这样的笑声。女人们从水边来到通往红枫林的小径，故意要走那条难走的、需要过好几次石桥的小路，拉着主人或客人的手，颇为夸张地前行。这群人的身影从二人眼前逐渐消失，隐没在草后。

“你们家女人也太多了。我家里就全是男人。”本多为自己的兴奋辩解道。

他起身靠在西侧的松树上，目光追向女人们艰难前行的身影。红叶山的西侧有块大洼地，九段瀑布之中四段都在西侧，注入佐渡红石之下的瀑潭。女人们走过瀑潭前的踏脚石，那里的红叶鲜艳如火，第九段小瀑布的白色飞沫藏在树丛里，潭水也被染成了深红色。那位穿浅蓝和服的女客被女仆牵着，清显远眺她垂下的雪白脖颈，想起了春日宫妃殿下那令人难以忘怀、白皙丰润的脖颈。

跨过瀑潭，一段小路在水边平铺开来，水岸也离湖心岛越来越近。清显热切的目光一路追随，从侧脸中看出了那位身着浅蓝和服的女子是聪子，不禁大失所望。为何自己此刻才发觉那是聪子呢？为何他坚信那是一位他素未谋面的美貌女子呢。

一旦对方打破了自己的幻想，那也没有藏身的必要了。他拍掉裤子上的草籽，从松树下站起身来。

“喂——”他喊道。

被清显突如其来的高兴劲儿给吓一跳的本多也挺直了身子。要是他不了解好友这副每当幻想被打破时就会高兴起来的脾气，肯定会以为自己被抢先了。

“那是谁？”

“聪子小姐呀。我之前给你看过照片的吧。”

当提起她名字的时候，清显的语气中带有一丝轻蔑。岸边的聪子的确容颜姣好，而少年却毅然否认了她的这份美。

若问为何，那便是因为他知道聪子爱慕他。

没有任何人比本多更早地察觉到清显这个不好的倾向了，他对爱慕自己的人十分不屑甚至冷酷无情。本多猜想，自从清显知道人们对自己美貌的赞誉起，这种骄傲就像霉菌一般在他的心底悄悄滋生。那是朵一旦被触碰就会发出铃音的银白色霉菌花。

实际上，作为朋友，清显给他带来的危险魅惑也许就由此而生。不少同龄人想和清显交朋友却惨遭拒绝，还要受到他的奚落嘲笑。只有本多一人，泰然自若地在挑战清显的冷酷恶毒的实验中获得成功。这或许是个误会，但本多对那个眼神阴郁的书仆饭沼抱有厌恶，便是缘于他从饭沼的脸上看到了司空见惯的失败者的表情。

所以本多虽然没见过聪子，但从清显的故事中也听说了很多她的事情。

绫仓聪子家里是羽林家[①]二十八家之一，祖上是发明藤家蹴鞠[②]的难波赖辅，是赖经家的分支，第二十七代做了侍从移居东

① 镰仓时代（1185—1333）以来的公家的家格等级，拥有在五摄家、清华家、大臣家之下，名家之上的家格等级。

② 蹴鞠是中国古代的花式足球运动，在约公元600年与佛教一起从中国传到日本。蹴鞠在日本独自发展，在平安时代（794—1192）作为宫廷竞技受到贵族喜爱。通常是八人足蹬皮靴，将悬于树枝的鹿皮球向上踢，不使之落地，以所踢次数多少和姿势优劣判定胜负。

京，住在麻布的旧武家宅邸里。该家族以和歌[①]与蹴鞠闻名于世，子嗣在孩提之时就会被赐予顺五位下的官职，可以一直晋升至大纳言。

松枝侯爵一直都向往自家欠缺的那份风雅，期望至少自己的下一代能像大贵族一般优雅，在这个想法得到父亲老侯爵的赞同之后，他就把年幼的清显送至绫仓家寄养。清显在那里受到公卿贵族的家风熏陶，年长他两岁的聪子十分疼爱他，在他上学前，聪子一直是他唯一的姐姐，唯一的朋友。绫仓伯爵有一口京都口音，性格温厚，在清显幼时还教他和歌、书法。绫仓家到现在还像王朝时代一样玩双六棋[②]直至深夜，胜者可以获得皇后陛下赏赐的点心等奖品。

尤其值得一提的是，至今清显还在接受伯爵的风雅熏陶。每年正月的新年宫中都会举办和歌会[③]，伯爵参与歌会的操办，在他的准许下，清显从十五岁开始每年都会参加歌会。起初，对清显而言是他的义务，随着年龄增加，不知何时他也开始对年初的风雅歌会心生期盼。

聪子今年二十岁了。从清显的相簿的一张张照片里可以探寻她成长的足迹，从两人幼时脸贴脸两小无猜的样子，到今年五月

---

① 和歌是日本的一种诗歌，由古代中国的乐府诗经过不断日本化发展而来。

② 室内游戏之一。二人隔棋盘（刻有左右两排横格的木台）相向而坐，各执黑、白棋子，互相对攻。

③ 宫中举行的和歌朗诵会。

末参加皇宫庆典的身影。二十岁，已经过了女子妙龄，而聪子却还没嫁人。

“那个就是聪子小姐啊。那个大家簇拥着的、披深灰色披风的老婆婆是谁？”

“那个人啊，她是……呀，她是聪子大伯母，是一位住持尼①。她今天戴着奇怪的头巾，所以我没认出来。”

那还真是稀客，她应该是第一次来这座宅邸做客。单是聪子一人来访，母亲不会兴师动众，如此大费周章一定是为了好生款待那位月修寺的住持尼，因此才带她参观庭院。对了，聪子也是为了迎接这位进京的稀客才带她来我们家赏枫叶的。

清显在绫仓家时住持尼十分疼爱他，但清显毫无印象。他只记得在上中等科时，这位住持进京受到绫仓家的款待，在那儿见过一面。即便如此，清显仍然记得住持温柔高雅又白皙的面容，以及说话时安详中带着凛然的语气。

因为清显的一声招呼，对面的人都停住了脚步。两个年轻人从湖心岛的铁鹤旁穿过茂密的草丛，像海盗一样突然出现在众人眼前，大家明显吓了一跳，而他们的吃惊表情被两个年轻人看得一清二楚。

母亲从腰带里拿出一把小扇子，指向住持尼的方向示意他行

---

① 主持管理一个佛寺的女尼。

礼。清显站在湖心岛上深深鞠了一躬，本多也学着他的样子鞠躬，住持尼也向他们回礼。当母亲打开扇子招呼他们的时候，金色扇面被枫叶映得绯红，清显知道自己必须催着朋友一起乘船回对岸了。

“聪子小姐不会错过任何造访这个家的机会，每次她的来访看起来都名正言顺。她大伯母来可真是个好由头啊。”清显一边帮本多解开系缆绳一边埋怨着。

那时本多就起了疑心，清显嘴上说着是为了向住持尼问安，但实际上恐怕是在找早些去对岸的借口。清显的动作足以引起本多的怀疑，他对好友稳健的动作感到焦急，忍痛用白嫩纤细的手指帮忙解开粗糙的缆绳。

本多背朝对岸划着船，绯红的水面上倒映出面红耳赤的清显。清显敏感地避开了本多的目光，目不转睛地望着对岸。大概是因为自己不想被友人察觉到内心最为脆弱的角落吧——那是一种在青春期男孩子间的虚荣心的作祟下，面对对自己童年了如指掌、感情上控制过自己的女性时的反应。说不定连清显身上那白色葱头的小花蕾都被聪子看过了。

“本多同学划得真好。”清显的母亲褒奖道。这个长着略带忧伤的八字眉、瓜子脸的妇人，脸上就算堆满笑意也会透出一丝愁绪，但这并不代表她多愁善感。

这个既现实又迟钝、习惯了丈夫大大咧咧的乐天主义与放荡不羁并深受其影响的人，绝不会踏入清显细腻的内心世界。

聪子目光紧跟着清显，凝视着他上岸的一举一动。聪子要强又清澈的眼神在有的人看来既清爽又宽容，清显却对此有些畏缩，从她的眼神里看到责怪也不足为奇。

“今日住持尼光临寒舍开释讲法，我期盼已久。开释之前，我想先带她到红叶山转转，就来到了这里。结果你粗鲁地大叫一声，吓了大家一跳。清显，你在岛上做什么？”

“望着天空发呆。”

面对母亲的提问，清显故意答得很玄乎。

“你说你在看天，那天上有什么？”

母亲对自己无法理解肉眼看不见的事物并不感到难堪，在清显看来这是她唯一的长处。这样的母亲在听经闻法时居然展现出殊胜的关心，实在是滑稽。

住持尼听着母子二人的对话，谨守客道，谦恭地微笑着。

而聪子却目不转睛地盯着故意将脸转向别处的清显，凝视着他英俊面孔上有些凌乱的亮泽黑发。

众人就这样一路上山欣赏红叶之美，猜测枝头啼叫的鸟儿的名字，乐此不疲。不管再怎么放慢脚步，两个年轻人还是将簇拥着住持尼的妇人们落在了身后。本多抓住机会首次开口谈论聪子，褒赞她的美貌。

“你这样认为吗？”清显回答道，态度出奇地冷淡。但他心里明白，倘若本多说聪子是丑女的话，会伤到自己的自尊。显然，他本人其实并不关心聪子，但和自己有关系的女人必须美丽动人。

一行人终于来到瀑布口前，仰观第一段大瀑布。正当母亲期待着初见瀑布奇观的住持尼发出赞叹时，清显却发现了令他永生难忘的不吉之兆。

“那是怎么回事，瀑口的地方水流分汊了。”

母亲也注意到了。她用扇子遮住穿透树叶的刺眼阳光，抬头望去。为了展现飞流直下的风情，瀑布的山石都经过精心堆砌，绝不会让瀑口中央的水流分汊。虽说的确有一块突出的岩石，但应该不会影响瀑布的景观。

“怎么回事，似乎有什么卡在里面了。”母亲带着疑惑的口吻向住持尼说道。

住持尼好像很快就明白了情况，却笑而不语。终于还是到了不得不将自己所见公之于众的时候，清显站了出来。但他有些犹豫不决，担心这个发现会扫了大家的兴致。不过他也知道，众人早已心知肚明。

“那不是条黑狗吗？还垂着头。”

聪子一语道破。大家一副恍然大悟的样子，开始议论纷纷。

清显的自尊被伤害了。聪子带着女人不该有的勇气指出了寓意不吉的黑狗尸体，无论是她天生甜美响亮的声音，还是能够权衡事情轻重、恰到好处的爽朗，都在直率中展现为触手可及的优雅。

这是一种盛在玻璃容器里的水果的优雅，新鲜而又灵动，也正因为如此，清显为自己的踌躇感到羞愧，同时对聪子的教育能力感到畏惧。

母亲立刻下令让侍女把工作疏忽的园艺师叫来，同时因为自家的失误而不住地向住持尼道歉。住持尼心生怜悯，提议道：“今天能碰到这只狗也是机缘哪。不如早早将它埋葬，立个坟冢，为它祈求冥福。”

大概这只狗生前有伤病，在水源旁喝水时不小心堕水溺亡，尸体顺流而下，堵在了瀑口。本多佩服聪子的勇气。同时，瀑口上方浮云淡泊、澄澈明朗的天空，被清冽瀑布水花击打、悬挂在空中的黑狗尸体，被水冲得湿淋淋的乌黑光亮的皮毛，龇开的白牙与红黑的口腔，一切都仿佛近在咫尺。

观赏红叶沦为安葬黑狗，对在场的各位而言，这似乎是个愉快的转变。侍女们瞬间活跃起来，掩饰着内心的浮躁。一行人在桥对面的观瀑茶室的凉亭里暂且小憩。匆匆赶来的园艺师不住地赔罪致歉，然后冒着危险爬上险峻的山石取下湿透的黑狗尸体。众人只等找个合适的地方将其安葬。

“我要去摘些花儿。清少爷能来帮个忙吗？”聪子说道，不给侍女帮忙的机会。

“要给狗摘什么样的花？”

清显答得勉强，引得众人哄笑。此时，住持尼脱下披肩，露出里面套着小袈裟的紫色僧袍。人们看见她修行高深，感觉转眼间就能逢凶化吉，这点晦气也将随即消融在阔大圆明的天空中。

“能够受到您的祝祷，这狗是多么大的造化啊！它来世一定会投胎为人。”母亲笑着说道。

另一边，聪子走在清显前面，沿着山路前行，她一眼就看到尚未凋谢的龙胆花，并将其摘入手中。清显眼里却只看到枯萎的野菊。

聪子落落大方地弯腰摘花，浅蓝和服的衣摆衬托出与她纤细身材所不相称的丰满腰身。清显感觉自己透明又孤独的脑中宛如有一湾清水被翻搅，沙石涌动，他对这种微浊感到嫌恶。

摘了几枝龙胆花的聪子突然起身，挡在边向别处张望边漫步走来的清显身前。咫尺之间，清显眼前梦幻般地浮现出聪子的面庞，他发现自己从来不敢正视的聪子鼻梁是那么秀挺，一双杏眼是那么顾盼生辉。

“要是我突然不在了怎么办，清少爷？”

聪子压低声音，突然冒出一句。

四

聪子向来如此，故意说些骇人听闻的话。

她并非在装腔作势，脸上也没有任何恶作剧的迹象，若是恶作剧，对方倒也可以一笑而过。她似乎在讲述一件万分重要的大事，一本正经，又带着几分悲愁。

尽管清显早就习惯了这点，还是禁不住问她："不在了？为什么这么说？"

这句反问看起来漠不关心实则满怀不安，无疑正是聪子想要的回答。

"原因我可不能说。"

聪子往清显心中的清水里滴了一滴墨汁，令他猝不及防。

清显用犀利的眼神看着聪子。她总是这样。这就是他憎恶聪子的原因。她总是毫无缘由地给人带来莫名的不安与恐慌。在他心中，就算他再怎么抗拒，那滴墨汁也会渐渐在水中扩散，清水最终会被染成深灰色。

聪子那略带忧郁而又紧张的双眸，因为愉快而战栗着。

回去时，清显满脸的不快让大家有些吃惊。这件事又成了日后松枝家女人们闲聊的话题。

清显的性格任性固执，同时，侵蚀内心的不安也在不可思议地增加。倘若这是对心上人的爱慕，且这般浓烈持久的话，那真是青春正好。而清显却并非如此。聪子知道，比起娇美明艳的鲜花，清显更喜欢扑向长满棘刺的黯淡花种。或许正是因为如此，聪子才播下了种子。清显早已给这颗种子浇了水，让它发芽，等着它枝繁叶茂，占据自己的内心，除此之外对任何事情都不在乎。他一心一意地培育着这份不安。

他被聪子勾起了“兴趣”。从那以后他心甘情愿地成了气恼的俘虏，他气聪子抛来各种不确定性和谜题，也气自己缺乏果断，不去刨根问底，揭开谜底。

和本多两个人躺在湖心岛草地上休息时，他说过希望得到“某种决定性的东西”。具体是什么他也不清楚，但就在那闪闪发光的“决定性的东西”眼看就要到手的时候，聪子的浅蓝色和服裙摆却突然将他的思考扰乱，把他推回了充满不确定性的深渊，清显常常这样想。或许那种具有决定性的东西只是在他遥不可及的远方微微闪光而已，然而他总把差一点就到手的遗憾归咎于聪子。

更令他生气的是，解开这个谜题与不安的所有途径都被他的自尊堵死了。比方说，他在向别人询问的时候，非要用“聪子说她不在了是怎么回事”这样的方式提问不可，结果只能让人怀疑他对聪子关怀备至。

“怎么办？怎样才能让人们了解我和聪子并无瓜葛，我只是表达了自己难以言状的不安呢？”

清显翻来覆去地思考着，但他的这个想法也只是在脑子里打转罢了。

这个时候，平日里厌恶的学校也成了他散心的场所。他总是跟本多一起度过午休时间，但多少有些听倦了本多的话题。本多自从上次在清显家的主屋客厅里和大家一起听月修寺住持尼宣讲佛法之后，就倾心于佛法。当时清显心不在焉，充耳不闻。而这会儿本多正在清显耳边，滔滔不绝地按照自己的理解逐一细说那天他听到的佛法。

在清显这种喜爱幻想的人的心里，佛法激不起任何涟漪，反而在本多理性的头脑中，佛法赋予了他新鲜的力量，十分有趣。

原本奈良近郊的月修寺就是尼姑庵中不多见的法相宗寺，其理论教学令本多沉醉也是很有可能的。但住持尼为了引导大家走进唯识[①]的大门，引用了一些浅显通俗的事例，将佛法讲得深入浅出。

① 大乘佛教瑜伽行派的基本主张。外境只是心识所变现的，没有客观的对象和外境，只有心识。

“住持尼那天说了她是从挂在瀑布上的黑狗尸体上想起从哪里开始讲法的吧。”本多说道，“毫无疑问，这也是住持尼对你们一家的慈悲关怀。住持尼夹杂着宫廷用语的京都方言古韵十足，仿佛随风轻轻摇曳的幔帐，不动声色间隐隐浮现无数淡然的、绘声绘色的表情，一口京都方言让讲法更加刻骨铭心。

“住持尼说的是唐朝的高僧元晓[①]。他为寻求佛法真谛，游历名山大川。这天日落黄昏，他野宿在坟冢之间。夜里醒来，口渴难耐，元晓伸手舀起身旁水坑里的水一饮而尽。他觉得世上没有比这更清冽甘甜的水了，饮罢又昏昏睡去。第二天早上他睁开双眼，拂晓的曙光照在昨夜他舀水的地方，没想到那竟然是骷髅中的积水，他胃中一顿翻江倒海，吐了出来。而经过这件事，他参悟了一个道理，那就是心生则种种法生，心灭则与骷髅无异。

“但我感兴趣的是，悟得此理的元晓能不能再次喝下同样的水，而且打心底觉得这水清甜可口？所谓纯洁亦是如此吧。你不这样认为吗？无论对方是多么奸猾无耻的女子，纯洁的少年也还是能品味到纯洁的恋情。不过，一旦他发现她竟然是个不知廉耻的女人，并且认识到自己纯洁的心灵不过是自己一厢情愿所描绘出的世界，还能再次从那位女子身上体会到纯洁的爱恋吗？若能做到，岂不美哉？若能将自己的本心与世界的本质如此紧密地结合在一起，岂不妙哉？知晓这点，不就手握揭开世界之谜的钥匙

① 元晓（617—686），新罗学僧，立志入唐，中途止，转以俗人生活为修行手段。

了吗？”

高谈阔论的本多自知不懂女人，同样不懂女人的清显也无法反驳他这番奇谈怪论，不过他总是莫名地觉得自己这颗任性的心和本多不同，天生就握着揭开世界之谜的钥匙。清显也不知自己打哪儿来的自信。他爱幻想的天性、高傲却又很快陷入不安的性格、宿命般的美貌等，就像一颗颗嵌入他柔软肉体深处的宝石，不痛不肿，却不时在他的肉体深处发出清澈的亮光，或许因此他才有了一份类似病人的骄矜吧。

关于月修寺的来历，清显既不了解也不感兴趣，反倒是从前与之从未有过交集的本多跑去图书馆调查。

月修寺是18世纪初所建造的寺庙，历史并不久远。当时第一百一十三代东山天皇的皇女为了追悼英年早逝的父皇，信奉清水寺的观音信仰。在清水寺修行期间，她对常住院里的老僧所讲述的唯识论产生兴趣，于是皈依了法相宗的教义，剃发出家。她离开了皇家寺院，新设了学问寺，成为月修寺的开山鼻祖。该寺如今仍保留了法相尼寺的特色，但皇家寺院的传统在上一代就已中断了，聪子的大伯母虽有皇族血统，却是第一位臣下住持尼……

“松枝！你最近怎么回事？不管我说什么都心不在焉的。”

“怎么会呢。”清显被抓个正着，含糊答道。他用那美丽明亮的双眼望着友人。他不觉得朋友看穿自己的不逊有什么难堪，但惧怕别人看穿自己的烦恼。

他知道如果那时他敞开心扉，本多就会长驱直入。绝不允许任何人做出这种行为的清显也会转眼间失去他唯一的挚友吧。

而本多也马上对清显的心思心领神会。要继续和他交朋友，就必须节制这份粗糙的友情，细水长流。绝不能在粉刷一新的墙上伸手触摸，更不能留下手印。有时要对朋友的痛苦袖手旁观。特别是通过隐藏自我才能获得优雅的特殊的痛苦。

此刻，清显的眼睛里充满殷切的恳请，本多甚至有点喜欢这种目光。那目光示意对方不要点破，让谈话在美好的边界适可而止。在这种冷峻的即将破裂的状态下，在这场以友情做交易的无情对峙中，清显第一次成了恳求者，本多变成了审美的旁观者。这才是两人默认的理想状态，也是人们称二人关系为友情的实质。

五

大约过了十天，这天碰巧赶上松枝侯爵早早回家，一家三口难得共进晚餐。父亲喜欢西餐，所以在洋馆的小餐厅里就餐，他亲自下酒窖去挑选葡萄酒。酒窖里的葡萄酒琳琅满目，他带着清显，认真地教他认识不同品牌的葡萄酒，哪种酒适合哪种配菜，哪种酒只能款待皇族，等等。父亲兴致勃勃地教导着儿子。清显觉得父亲只有在教自己这些无用的知识时才是满心欢愉的。

喝开胃酒时，母亲得意扬扬地聊到她前天带一个少年马夫驾着马车去横滨购物的事情。

“洋装在横滨也很少见，让我大吃一惊。脏兮兮的小孩儿们追着马车喊：‘洋人的小老婆！洋人的小老婆！’”

父亲隐晦地暗示要带清显去参加“比叡”号军舰的下水典礼，显然已经预料到了他会拒绝。

之后父母便一直努力寻找着一家人之间的共同话题，清显也看出来了。不知为何，一家人竟聊起了三年前十五岁的清显参加

“观月”仪式[①]的事情。

按习俗，旧历八月十七的晚上，要在庭院里放置一个盛满清水的新木盆，让月亮倒映在水盆中，还要献上供品。据说若是十五岁夏夜观月那一天看不到月亮，一生都会走背运。

听着父母聊天，那夜的场景也在清显的心中一一浮现。

在露水莹莹、草虫嘤嘤的草坪正中，放着一个装满水的木盆。清显穿着绣有家徽的裙裤站在父母中间。水盆圈起的圆形水面映出特意熄灯后院子里的小树林、远处屋顶的瓦片和红叶山，这错落有致的景色都被尽收其中。明净的扁柏木盆的盆口，是现世的终结，也是进入另外一个世界的入口。正因为关乎自己在十五岁庆典的占卜结果，清显觉得自己的灵魂被赤裸裸地安放在夜露湿重的草地上。以木盆盆口为界，内里是他的内心，外缘则展现了他的外在。

三个人都默不作声，满院的虫鸣从未如此聒噪刺耳。大家都目不转睛地盯着水盆。起初盆里的水一片漆黑，月亮被遮在海藻一样的云雾后面。渐渐地，海藻飘动，月光微微地在水面上闪烁了一下就消失在夜色中。

不知等了多久，木盆的水面上那层仿佛凝固了的模糊黑暗突然被划破，小小的、明亮的满月倒映在水中央。大家欢呼雀跃，如释重负的母亲这才摇摇扇子，驱赶裙角的蚊虫。

---

① 原文作“御立待”，即立待可见的月亮。

“太好了，这孩子运气不错呢。”

话毕，开始接受众人异口同声的道贺。

但清显不敢仰视悬在天空中的月亮的原像。他眼里只有宛如金色贝壳般沉落在圆形水面的内心深处的月亮，那最深处的月亮。最终，他个人内心捕获了一个天体。他灵魂的虫网扑住了那只金光熠熠的蝴蝶。

可灵魂虫网的网眼太大，捕捉到的蝴蝶会不会马上飞出去？十五岁的他已经害怕失去。对得而复失的恐惧，成为这个少年的性格特点。一旦得到了月亮，倘若之后又生活在没有月亮的世界里，是多么可怕啊。哪怕他讨厌月亮。

哪怕和歌纸牌[①]缺少了一张，整个世界的秩序都会出现某些无法挽救的裂纹。清显尤其如此，他害怕某种秩序中一小部分的缺失，例如钟表少了个小齿轮，都会让整个秩序封闭在凝滞的雾霭中。寻找那张遗失的纸牌是多么耗费精力，最后不单是那张丢失的纸牌，和歌纸牌本身都会成为王冠争夺大战般全世界最紧急的事态。他的感情一直朝这个方向发展，他却无计可施。

思考着十五岁的八月十七日那天观月的往事，他不知不觉地竟想起了聪子，意识到这点的清显有些愕然。

恰好此时，传来了一阵清凉窸窣的摩擦声，那是管家仙台平

① 原文作“歌留多”，是纸牌（一种日本游戏）的意思。把和歌写在纸牌上，游戏者用的牌上只写有下句，听读牌的人读上句，找对应的纸牌。

纹绸质地裙裤发出的声音，宣告晚餐已准备妥当。三人走进餐厅，在餐桌前落座，前面摆着从英国定制的、印有精美家徽的餐盘。

清显从小就被父亲教授了烦琐的餐桌礼仪，举止最为自然得体，但他母亲还是没习惯吃西餐，父亲则保留着刚回国时的考究做派。

上汤之后，母亲悠悠地说道："聪子小姐那边也真是难办啊。听说今早已经让人去回绝了。之前我看她似乎已经下定决心了。"

"那孩子也已经二十岁了吧，再这样任性可就嫁不出去了。我们再为她担心也没用。"父亲说道。

清显竖起耳朵继续听着，父亲毫不顾忌地接着说道："这是为何呢？可能是考虑到有些门不当户不对吧。绫仓家虽是名门望族，现在也家道中落了，可对方是内务省的才俊，前途无量，聪子也应该欣然接受这门亲事才是。"

"我也这么觉得。我都不想再帮她张罗物色了呢。"

"但他们家曾经照顾过清显，对我们有恩，我们也有责任让这个家族复兴。我们要给他们介绍门满意的亲事。"

"有这样合适的人家吗？"

听到这里，清显脸上露出了愉快的神色。这下谜底解开了。

"要是我有一天突然不见了"，聪子这番话其实只是在说她的婚事罢了。那天聪子暗示她是比较倾向于应允婚事的，大概借此来打探自己的心意吧。如果像今天母亲所说，她将在十日之后正式回绝亲事，原因也就不言自明了。那是因为聪子爱着自己。

于是，他的世界重获纯净，不安消散，内心如同装满清水的玻璃杯。终于回到了这十来天想回却不能回的自己的平静小院，可以放松一下了。

清显感觉到了鲜有的巨大幸福。这份幸福无疑源于他清晰的再发现。那张被故意藏起的纸牌又回到了他的手中，一副和歌纸牌又完整了……而且再次变成了纯粹的和歌纸牌……那是一种无法形容的清晰的幸福感。

至少在这个瞬间，他成功驱散了“情感”。

然而，侯爵夫妇没有敏锐地捕捉到儿子突如其来的幸福感，只是隔着饭桌彼此对视了一下。侯爵看着皱起忧伤八字眉的妻子，夫人则是望着丈夫刚毅通红的脸庞。这张脸本应与行动力十分相称，但皮囊之下的安逸蠢蠢欲动。清显觉得，当父母饶有兴致地谈话时，他们就像在举行某种仪式。他们的对话就像是按顺序被恭敬捧上的玉串，就连充满光泽的杨桐树叶也是被精心甄选献上的。

相同的场景从清显的少年时代开始，不知在他眼前上演了多少遍。既没有白热化的危机，也没有感情的高潮。母亲始终很清楚未来会发生什么，侯爵也知道妻子心中明白。这是坠入瀑潭的陷落，陷落之前就连尘埃也手牵着手，以一副毫无预感的表情，滑过倒映着碧空白云的湖面。

果然，晚餐后，伯爵匆匆喝了一口咖啡开口道：“清显，一起去玩台球吧？”

“那我也差不多该退席了。”侯爵夫人说。

清显沉浸在幸福中，就连今晚这样的欺骗也丝毫没有伤害到他。母亲回到了主屋，而父子俩去了台球室。

台球室的墙壁模仿英国时尚的装饰镶嵌着橡木壁板，悬挂着的祖先肖像画和日俄海战的巨幅油画令这栋房子名声远扬。绘制格莱斯顿[①]肖像画的英国肖像画家约翰·米莱斯[②]的弟子，在来日期间为祖父描绘了这幅巨大的肖像画。他用简洁的构图刻画出微暗背景下衣着隆重的祖父的面容，细密的写实风格和人物的理想形象恰到好处地结合起来。将世人膜拜的维新功臣的不屈精神和让家人倍感亲切的脸颊上的可爱肉疣，巧妙融为一体。新来的女佣从老家鹿儿岛进入府邸时，必定要被领到这些肖像画前瞻仰一番。祖父去世前的几个小时里，没有人进入这个房间，画像的挂绳也并没有腐朽老化，画却突然就掉到了地上，发出巨大的声响。

台球室里有三张台球桌，桌面用意大利大理石制成。日清战争[③]时流传来的三球打法在这个家里没有人玩，父子两人只玩四球打法。管家早已将红、白两球摆放在球桌两侧适当的位置，并把球杆递给了侯爵父子。清显一边用意大利产的火山灰防滑粉擦

---

① 威廉·尤尔特·格莱斯顿（1809—1898），英国政治家，自由党主席。

② 约翰·埃弗里特·米莱斯（1829—1896），英国画家，学院派艺术代表。作品有《盲女》《秋叶》《释放令》等。

③ 即中日甲午战争。

拭着球杆头，一边注视着球台。

绿色毛呢上红白两色的象牙球就像贝壳伸出了斧足，微微露出了圆形的影子静立在一旁。清显对这些球提不起任何兴趣。这就像在白天空无一人的陌生街道上，一个球突然出现在眼前，与周围格格不入又毫无意义。

侯爵总是害怕看到自己的英俊儿子对任何事情都毫无兴趣的眼神。就算是今晚这样的幸福时刻，清显仍是那副眼神。

“最近有两位暹罗的王子来到了日本，在学习院留学。你知道这件事吗？”父亲说出了自己想到的话题。

“不知道。”

“似乎和你年龄相仿，为了请他们在我们家小住几日，我跟外务省打了招呼。那个国家最近在解放奴隶、修建铁道，好像在实施一些进步政策。你也应该为此做好准备，和他们好好相处。”

父亲瞄准主球微微屈身，如同肥胖过度的豹子那样显示着自己虚伪的精悍，推杆击球。清显看着父亲背影，不禁要喷笑出来。他要让自己的幸福感和未知的热带国度相互触碰，就像红白两色的象牙球轻轻亲吻一样。然后他感到幸福感如同充满抽象的水晶，意外地受到热带森林的耀眼绿光照射，瞬间变得璀璨生辉。

侯爵球技高超，清显本也不是他的对手。打完了开局的五杆，父亲匆匆下了球桌，说出了清显意料之中的话。

“我接下来要去散步，你呢？”

清显没有回话，然后父亲说出了令人意外的话。

“那就陪我走到大门那儿吧，就像小的时候那样。”

清显吃了一惊，用黑亮的双眸看着父亲。侯爵至少成功地震惊到了儿子。

父亲的妾室住在门外几栋房屋中的一栋。那些房屋里有两栋住着洋人，庭院的栅栏都有通向宅邸的小门，所以洋人的孩子可以自由地到宅邸里玩耍。只有妾室住的院子，后门上了锁，铁锁已经锈迹斑斑了。

从主屋的玄关到正门有八百米远，在清显小时候，父亲每当要到妾那里去的时候，都会牵着他的手和他散步，在门前分别，再让仆人把他带回去。

父亲有事外出的时候一定会坐马车，所以徒步出门的时候一定是去了那里。清显当时虽然童心无邪，但每当陪着父亲到那里去的时候，他都觉得心里不舒服。本来就算是为了母亲，他也觉得自己应该把父亲拉回来，而他又无法做到，他气自己的无能。母亲自然也不愿意清显陪父亲去散步，但父亲偏要牵着他的手带着他去。清显察觉到，父亲是想让自己暗暗背叛母亲。

在十一月寒夜里的那次散步尤其不同寻常。侯爵吩咐管家为自己穿上外套。清显也离开了台球室，穿上了双排金扣的校服外套。管家按规矩跟在“散步”的主人身后十步远的地方，捧着装有礼品的紫绸包袱，候在一旁。

月光皎洁，狂风怒号着吹过树梢。父亲完全没有注意到跟随在身后如同幽灵一般的山田管家。清显有些不放心地回头看了一眼。

在这样的冬夜里，他连一件披风都没穿，只是如往常一般穿着印有家徽的裙裤，戴着白色的手套，捧着紫绸包袱。山田的腿脚稍微有点不好，蹒跚着跟在后面。眼镜在月下反着冷光，如同一层白霜。这位整日默不作声、忠诚无比的男人，他感情的发条都生了锈，尽数弯曲了吗？清显不知道。可是比起快活逍遥、情感丰富的父亲，这位冷漠且对一切都毫无兴趣的儿子反而更能察觉到他人心中的情感。夜枭啼咕，松涛阵阵，多少有些不胜酒力的清显耳畔响起了那张凭吊阵亡者的照片里，大风吹过树梢时树林发出悲壮的喧嚣。父亲在寒空下，在夜的深处幻想着那一直等待他的娇媚笑颜、软玉温香，而儿子却在对死亡畅想翩翩。

醉醺醺的侯爵一边用手杖挑拨开小石子，一边走着，突然说道："你好像不怎么爱玩呀。我像你这么大的时候，已经有了好几个女人了。怎么样，下次也带你见识一下，多叫几个艺伎，偶尔也要纵情欢乐一下嘛。也可以叫上学校里的好友。"

"我不要。"清显战栗着不假思索地说。然后腿脚就像是被钉在地上了一般无法挪动。父亲的一句话，不可思议地打破了他的幸福感，如同玻璃瓶掉在地上，支离破碎。

"这是怎么了？"

"我先回去了，您早点歇息。"清显转身，加快脚步朝比闪着微暗灯光的洋楼更远的主屋走去，树丛间灯火阑珊。

那晚，清显彻夜无眠。他根本没想父亲和母亲的事情，一门心思想要找聪子报仇。

“那人把我引进了一个无聊的陷阱，折磨我了十天。她的目的只有一个，那就是让我心神不宁、痛苦不已。我定要向她复仇，让她好看。可我没有把握能像她那样心肠歹毒，用些阴谋伎俩来使人痛苦。该怎样才好呢？最好的办法还是像父亲一样，让她知道我极为鄙视女人。当面告诉她也好，书信也罢，难道就不能说一些亵渎的话来让她受到强烈的打击吗？我生性软弱，总是不能当面说出自己的心里话，吃了不少亏。大概仅仅展现出对她的漠不关心是远远不够的。那样会给她留下很多想入非非的余地。凌辱她！这是必需的。我要羞辱她，让她一蹶不振。到那时她才会后悔当初折磨过我吧。”

虽然是这样想的，可是清显思前想后，也没有想出什么具体的办法。

卧室床边摆放着一对题有寒山[①]诗句的六折屏风，床尾的紫檀格架上，一只青玉雕成的鹦鹉立于栖木之上。他原本就对新近流行的罗丹[②]和塞尚[③]不感兴趣，甚至可以说是被动地接受这个

---

① 中国唐代著名诗僧。

② 奥古斯特·罗丹（1840—1917），法国雕塑艺术家。

③ 保罗·塞尚（1839—1906），法国后印象主义画派画家。

爱好。无法入睡的清显久久凝视着鹦鹉，鹦鹉翅膀上的细微雕纹一一浮现，朦胧的青色笼罩透明的光，鹦鹉就像融化了一般，只剩下些许模糊的轮廓，清显被这份异样吓了一跳。紧接着他才反应过来，原来是月光透过窗帘的缝隙射在了鹦鹉身上。他粗暴地拉开窗帘，月亮挂在空中，月影洒满了整个床铺。

月光如此灿烂，甚至有些轻佻。他想起了聪子身上和服清冷的光泽，他从月亮里真切看到了自己在近处看惯了的、聪子那双顾盼生辉的大眼睛。风已经停了。

并不只是暖气太热的原因，清显的身体像火一样灼热，热到有些耳鸣，他掀开毯子，解开睡衣露出胸口。即便如此，身体里的烈火熊熊燃烧，火舌在肌肤各处游走，他不得不沐浴于冷冽的月光之下，最后他还是脱掉睡衣，裸着上身。清显思虑过多，神疲倦怠，他背对着月亮，把脸埋在了枕头里，而太阳穴依然热得怦怦直跳。

清显那无比白皙平滑的后背就这样沐浴于月光之下。月影在他嫩柔的肌肉上勾勒出起伏的线条，这并不是女人的肌肤，而是一个未成熟的青年肌肤，它隐隐透出了一丝深沉。

特别是，月光正好深深照入清显的左腹一带，心脏的跳动带动胸肌微微颤抖，显得皮肤更加白皙。在那儿长着三颗不显眼的小痣。这三颗极小的痣就像参宿三连星一样，隐没在月光的映照下。

六

1910 年，暹罗国王拉玛五世传位于六世，这次前来日本留学的王子之一便是新王的弟弟，也就是拉玛五世的儿子。他的称号是佩拉翁·乔(Praong Chao),名字读作帕他提纳迪特(Pattanadid),英文敬称则是希兹·哈伊纳斯·他纳迪特王子。

一同赴日留学的王子也是十八岁，是拉玛四世的孙子，两人是十分要好的堂兄弟。这位王子的称号是蒙·乔（Mom Chao），名为库里沙达（Kridsada），帕他提纳迪特殿下总爱用“库里”来称呼他，但库里王子从未忘记对嫡系王子应有的敬意，一直称呼帕他提纳迪特王子为“乔·皮”。

两人虽说都是极其热忱而虔诚的佛教徒，但日常的装束打扮、礼仪习惯都是英式的，说着一口地道优美的英文。新王担心两位王子过于西欧化，所以安排他们来日本留学，王子们对此并无异议，唯一的伤心事是乔·皮对库里妹妹的离别之苦。

这对年轻人的恋情在宫中可谓一段佳话，他们约定等乔·皮留学归来，两人便举行婚礼。也正因如此，他们对未来并无任何不安，但帕他提纳迪特王子在启航时所展现的悲伤，在不善表露感情的国人看来，多少有些异样。

航海之旅和堂兄弟的劝解多少宽慰了王子别离的悲伤。

当清显在自家恭迎王子们时，相较古铜色、朝气蓬勃的面庞，两位王子开朗爽快的性格给清显留下了更加深刻的印象。一直到寒假之前，两位王子都可自由参观学校。即使第二年开始上学正式编入年级，那也是已经熟悉了日语和日本的环境，即春季学期之后的事了。

洋馆二楼两间相邻的客房被安排用作王子们的卧室，只因洋馆里安装了芝加哥进口的暖气。直到王子和松枝一家用完晚餐，主客之间都十分拘谨，但晚饭后就只剩下年轻人了，很快他们便亲近了起来，王子们给清显展示了曼谷的照片，有金色辉煌的寺庙，还有心旷神怡的风景。

清显惊喜地发现，库里沙达殿下虽和自己年龄相同，却带着任性的孩子气，而帕他提纳迪特殿下竟和自己同样有着喜爱做梦的天性。

王子们向清显展示的照片里，有一张卧佛寺的全景照片，这座寺院因供养着巨大卧佛而闻名遐迩。这张照片被手工添加上精妙的色彩，栩栩如生，仿佛近在眼前。背景是一片蔚蓝的天空，云层高耸厚重，极具热带风情，枝叶茂盛、树影婆娑的椰子树点缀在其中，寺院金、白、红三色交相辉映，精美绝伦。朱红色大门镶着金边，一对金色护法神像挺立门旁，洁白墙壁和白色列柱上方都悬挂着精致的金色浮雕。屋顶和山墙顶嵌满了越来越复杂的金色和朱红色的浮雕，层层叠叠，最终在中央顶上汇聚成璀璨夺目的三重宝塔，直冲青空。那是一种震撼人心的构造。

清显毫不掩饰地表现出自己对照片中美景的赞叹之情，这使得王子们很高兴。然后帕他提纳迪特王子那双与其柔和圆脸极不相称的、细长清秀的眼睛散发出异常犀利的光芒，似乎在眺望远方，说道：

“我特别喜欢这座寺庙，就连在来日本的航海途中也数次梦到它。它金色的屋顶从夜晚海平面的正中央浮现，缓缓地露出整座庙宇，但此时船也在不断前进，所以看到寺庙全貌的时候，船总是在远方。沐浴着海水，浮起的寺庙在星光的照耀下闪闪发光，如同夜里海上远远升起的新月。我在甲板上双手合十参拜着它，梦里我眼前的景象出奇地清晰，在那遥远的海面，而且是夜晚的海面，我甚至能看清每一个金色和朱红色的细小浮雕。

“我跟库里说起这件事，对他说寺庙好像追随我到日本来了，库里却和我开玩笑说追随我来的是其他的回忆。当时我很生气，但现在我有些赞同库里的话了。

“究其原因，那是因为所有神圣事物的诞生与梦境、回忆具有相同的要素，是一个奇迹，能够让因时间和空间所隔离开来的事物出现在我们的眼前。而且这三样东西都有一个共同点，就是不能用手触碰。因为不可触碰，所以就要远离一步。因为远离，它变得神圣，成为奇迹，变成一种现实中似乎不存在的美好事物。万物都具有神圣性，但由于被我们的手指所触碰，变得污浊不堪。我们人类真是不可思议的存在啊。我们亵渎双手触碰到的东西，同时我们又具有成为圣人的潜质。”

“虽然乔·皮讲了很复杂的事情，但其实不过是在说离别的恋人。给清显看看照片怎么样？”库里殿下插了一句。

帕他提纳迪特的脸庞飞上一抹红晕，多亏了古铜色的皮肤，所以并不明显。看到这份踌躇，清显也不再勉强客人，说道：“您经常做梦吗？我一直写着我的梦境日记。”

“等我学会日语了，请务必让我拜读一二。”

帕他提纳迪特殿下两眼发光。清显对梦境的执着连向亲友坦露的勇气都没有，却能用英语轻松地传达给对方，他越发对帕他提纳迪特感到亲近。

然而之后的谈话似乎停滞不前，清显观察到库里沙达殿下调皮的眼睛转来转去，于是他猜到原因是自己没有强烈要求他们展示照片。帕他提纳迪特殿下大概在等着清显提出看照片的要求。

“请给我看看追随您至此的梦境的照片。”

清显刚说完，旁边的库里殿下就打趣道：“是要看寺庙呢？还是看恋人呢？”

尽管被帕他提纳迪特殿下提醒两者不可放在一起比较，库里还是淘气地探出头来，指着照片特意解释道：“嘉多拉帕公主是我的妹妹。Chantrape 寓意‘月光’。我们平时都叫她月光公主（Ying

Chan）。”

清显看着照片，发现她竟是一位十分普通的少女，他感到有些失望。她穿着白色蕾丝洋装，头系白色缎带，佩戴珍珠项链，表情做作，就算说这是一张女子学习院学生的照片，也不会有任何人感到惊讶。一头美丽的波浪卷发垂在肩头，着实增添了一种风情。那稍显好强的眉毛、似是受到惊吓而瞪大的双眼，以及如同炎热旱季的干枯花瓣般轻轻翘起的嘴唇，都洋溢着对自己美貌全然不知的稚嫩。当然这也是美的一种，但不过是连高飞之梦都不曾做过的雏鸟的温馨自我满足罢了。

“相比之下，聪子胜过她千百倍。”清显不经意地将两者暗暗比较了起来，“聪子动不动就让我对她产生憎恶，或许就是因为她太女人了。而且聪子比她漂亮很多。不仅如此，聪子深知自己的美貌，她什么都知道。糟糕的是就连我的幼稚她也知道。”

清显直勾勾的目光似乎令乔·皮感觉自己的少女将被夺走，他突然伸出了琥珀色的手指，收回了照片。看到他手指上闪着耀眼的绿光，清显才发现到乔·皮手上戴着一枚华丽的戒指。

这枚硕大的戒指中间嵌着一颗二三克拉、正方形的浓绿祖母绿，两侧装饰着用黄金精雕细刻的一对守门神阿斯卡[①]的半兽面孔。这样一枚显眼的戒指，他居然到现在才发现，清显对他人漠不关心的程度由此可见一斑。

---

① 古希腊神话中的人物。

“这是我的生日宝石，我的生日是五月。是月光公主送我的饯别礼。”帕他提纳迪特殿下羞涩地说道。

“戴着这样华丽的戒指，在学习院怕是要受到斥责，会被责令摘掉的。”

被清显一吓，两位王子开始用母语讨论平时应该把这枚戒指藏到哪里。随即他们为自己不由自主地用母语交流感到失礼，为此道歉之后又用英语将谈话内容转述给清显。清显说他可以拜托父亲为他们介绍可靠的银行，把戒指放在保险柜里。王子们和清显聊得越发投机，库里殿下也拿出了自己女性朋友的小照片，然后他们便缠着清显要求他展示自己心上人的照片。

刹那间，在年轻人的虚荣心的作祟下，清显说道：“在日本没有这样互相交换照片的习惯，我近期一定把她介绍给你们。”

他并没有勇气把相簿中自小积攒的聪子的照片展示给他们看。

清显发觉自己虽是人们口中的美少年，盛誉已久，可在十八岁之前一直生活在无趣的宅邸中，除了聪子并没有其他女性朋友。

聪子既是女友也是敌人，并不是王子们所指的那种浓情蜜意凝结成的人偶。清显也对周围的一切感到愤怒。

他感觉在“散步”途中，就连父亲那番看似慈爱的醉话，也似乎对孤独而爱做梦的儿子充满了轻蔑的冷笑。

如今，他的自尊心所拒绝的一切，反过来又伤害了他的自尊心。来自南国的有着健康体魄的王子们，他们的褐色皮肤、闪烁着锐利有着刀刃光芒的眼眸，还有虽然年少但擅长爱抚的修长纤细的琥珀色手指，这些事物无不像是在对清显说：“什么？你在这个年纪一个恋人都没有吗？”

清显控制不住自己的情绪，就算如此也拼尽全力保持冷酷的优雅，说道：

“近期一定把她介绍给你们。”

怎样才能在来自异国的新朋友面前夸耀她的美貌呢？

清显一直迟疑不决。在昨天，他给聪子写了封对她进行疯狂侮辱的书信。还把书信的文字，那反复修改、精心斟酌的充满侮辱性的文字，一字一句都刻在了他的脑子里。

“对于你的恐吓，我不得不写下这样一封信，对此我深表遗憾。”由此开头，他展开了叙述，“你将无聊的谜题佯装成可怕的谜团交给我，不给我任何线索，让我的双手变得麻木乌黑。对于你做下此事的感情动机，我不得不提出疑问。你的做法不近人情，别说是爱情了，就是友情也不见分毫。在我看来，你做出如此恶魔行径，有着连你自己都未曾察觉的深层动机，我已经有了准确的答案，但出于礼貌，我就不说了。

“但现在，可以说你所有的努力和企图都化为泡影了。事实上，曾经苦闷不快的我（间接上也算是拜你所赐），跨越了人生的一道坎儿。我碰巧接受父亲的邀请，初游花街柳巷，走过了每个男人的必经之路。据实而言，我和父亲推荐的艺伎度过了一夜。也就是说，堂堂正正地去享受社会道德所允许的男人的乐子。

“值得庆幸的是，这一夜让我脱胎换骨。我对女人的看法也发生了变化，我把她们当成有着淫荡肉体的小动物，学会了一边轻视她们，一边玩弄她们的态度。我想这就是社会所给予我的绝好的教训。之前我一直无法与父亲的女性观产生共鸣，而现在毋庸置疑，我清晰地认识到我和父亲的确一脉相承。

“读到这里，按照已经作古的明治时代的老观念，也许你会为我的进步感到高兴吧。指不定你还在暗自窃喜我对风尘女子的肉体上的轻蔑会促进我对良家妇女精神上的尊敬呢。

“不！绝非如此！从那夜起（要说是进步确实也是进步），我打破了一切障碍，冲进一片无人到达过的旷野。在那里，无论艺伎还是贵妇、良家妇女还是风尘女子、文盲还是青鞜社[①]的才女，她们都没有任何区别。所谓女人不过全都是爱说谎的、‘有着淫荡肉体的小动物’罢了。此外便是妆容，便是衣服。虽然难以启齿，但我还是要明确地告诉你，你不过是one of them（其中之一）而已。请把你儿时所熟知的那个老实、清纯、好使唤、好玩弄、可爱的‘清少爷’当作已经永远地死去了吧。”

还未至深夜，清显道了一声“晚安”便慌忙离开了房间，这不禁让两位王子感到有些疑惑。但清显举止优雅，面带微笑，彬彬有礼，他仔细检查好了两位王子的寝具，也听取了客人的各种

---

① 日本妇女组织，成立于1911年，由日本评论家、妇女运动领导人平冢雷鸟等人发起，其主要目的是发展妇女文学和争取妇女解放，代表刊物为《青鞜》。

要求，便礼貌地离开了。

“为何此刻我一个知己都没有？”他拼命奔跑在连接洋楼和主屋的漫长游廊上，心里思索着。

中途他的脑海中曾多次浮现出本多的名字，而对友情的挑剔观念使他打消了这个念头。走廊的窗户被夜风吹得呼呼作响，一列幽暗的灯火一直绵延到远处。在这样的夜风下气喘吁吁地在走廊奔跑，清显担心这副样子被人看到，便喘着粗气停在了走廊的一角。他把胳膊肘撑在雕有万字花纹的窗框上，一边装作在眺望庭院，一边拼命地整理思绪。与梦境不同，现实是多么缺乏可塑性的素材啊。没有朦胧飘忽的感觉，现实必须把如同一粒黑色的药丸般凝结成团、即刻生效的思考据为己有。他深刻地感受到了自己的无力，从充满暖气的房间里跑出来，在走廊上冷得瑟瑟发抖。

清显把额头贴在被风吹得呼呼作响的玻璃窗上注视着庭院。今夜也没有月亮，红叶山和湖心岛一片漆黑，仅在走廊上的昏暗灯光的照射下，隐约可以看到被风吹乱的水面。他觉得那儿有一只鳖正抬起头朝自己这边窥视，不禁毛骨悚然。

清显回到主屋，正准备上楼回到自己的房间，在楼梯口碰到了学仆饭沼，脸上露出了莫名的不快。

“客人已经安歇了吗？”

“嗯。”

“少爷也要就寝了吗？”

“我接下来还要学习。”

已经二十三岁的饭沼就读于夜间大学的最高年级，似乎刚从学校回来，单手抱着几本书。他青春正盛的脸庞越发阴郁，如同阴暗的大衣柜般的体格让清显有些发怵。

回到自己房间之后，清显也没有打开暖炉，在寒冷的室内坐立不安，万千思绪此消彼长。

“总之我得快点。恐怕已经太迟了吧？我给她写了那样一封信，几天内必须想办法把她作为我的亲密恋人介绍给王子们。而且要以世人看来最自然的方式。”

椅子上散落着几份无暇阅读的晚报。清显随意摊开其中的一份，看见上面登载着帝国剧场歌舞伎[①]表演的广告，他灵光一闪：“有办法了，带王子们去帝国剧场！昨天发出的信件应该还没有送达，兴许还有希望。父母大概不会同意我和聪子一起去看表演，但可以佯装成偶然的邂逅啊。”

他冲出房间飞奔下楼，跑到了大门附近的电话室。进去之前，他朝玄关边上露出光亮的学仆的房间偷偷看去。饭沼好像还在用功学习。

清显拿起话筒，对电话接线员报出了号码。他的心怦怦直跳，心中的烦闷一扫而光。

“是绫仓家吗？请问聪子小姐在吗？”耳边的话筒里传来了

---

① 歌舞伎是日本典型的民族表演艺术，起源于17世纪江户初期。

熟悉的老女仆的声音，清显问道。

在夜晚遥远的麻布，老女仆用极其郑重又不悦的声音回答道：“请问是松枝少爷吗？非常抱歉，因为已经夜深了……”

“她已经睡了吗？”

“不……嗯，我想她应该还没有就寝。”

在清显的坚持要求下，聪子终于还是接了电话。那清脆开朗的声音使清显感到幸福。

“这么晚了打电话有什么事吗，清少爷？”

“其实我昨天给你寄了一封信。对此我有个不情之请，那就是即使你收到信了也请千万不要打开。请答应我，信件一到就拿去烧掉。”

“我不太明白你在说什么……”

聪子向来处事态度模棱两可，从她那不紧不慢的口气中，清显感觉她又开始这样了，不免焦躁了起来。即便如此，聪子的声音在这冬夜里就像是六月的杏子一般，听起来沉稳温暖得恰到好处。

“所以什么都别说，请答应我。如果我的信件到了，千万不要打开，马上拿去烧掉。”

“好的。”

“你答应我了？”

“是的。”

“然后我还有另一个请求……”

“真是一个有着许多请求的夜晚呢，清少爷。”

“请买一张后天‘帝剧’的票，让老女仆陪你去‘帝剧’。”

“哎呀……”

聪子突然不再出声。清显担心她要拒绝，但很快他就察觉到是自己想错了。以绫仓家现在的财政状况，根本没办法轻易支付一个人二百五十钱[①]的门票。

“抱歉，我会把票送过来。如果坐在一起的话不免要被他人议论，我们稍微隔开点坐。我要陪暹罗的王子们去看表演。”

“感谢你的好意。想必蓼科也会很开心的，我会如期赴约的。”聪子的喜悦之情溢于言表。

① 大正时代（1912—1926）的货币单位，1 圆等于 100 钱。

七

本多在学校也受清显之邀，答应第二天一起去帝国剧场，清显让他去陪暹罗王子们。虽然感觉有些拘谨，但他还是愉快地答应了。当然清显并没有告诉挚友他会在剧场偶遇聪子。

本多回到家，在吃晚饭时跟父母说了这件事。虽然父亲认为并非所有的戏剧都值得一看，但同时他也觉得儿子已经十八岁了，不应束缚他的自由。

本多的父亲是大审判院的判事[①]，住在本乡的宅邸。这座宅邸房屋众多，其中也有明治风格的西式房间，总是充斥着谨慎正直的气氛。这里有学仆数人，书库和书斋里书盈四壁，就连走廊都堆放着深色皮、脊烫金字的图书。

本多的母亲也是位相当无趣的女人，她是爱国妇人会的干部，对于自己的儿子和向来不积极参加此类活动的松枝夫人的儿子关

---

① 负责诉讼的审理和判决的官吏。

系格外要好这件事，她并不是很乐意。

但除此之外，本多繁邦无论是在学校的成绩、在家里的学习态度、健康状况，还是日常的行为举止，都可以说是无可挑剔的。不管是在家里还是外人面前，她都不住地夸耀自己教子有方。

这个家所有的物件，甚至是极其细小琐碎的家庭用具，无不规规整整。不用说玄关的盆栽松树、写有“和”字的屏风、客厅的成套烟具和流苏桌布，就连厨房的米柜、厕所的手巾架、书房的笔筒和镇纸之类都呈现出一种难以言喻的规整。

甚至家中的话题也是如此。本多的朋友家中必定会有一两个老人会讲有趣的故事。例如若是看到窗外有两个月亮，这时大声呵斥的话，其中一个月亮就会变回狸猫的样子逃之夭夭。讲故事的人一本正经，听的人也一本正经。朋友家都保留着这种风气，可本多家在父亲的严厉管束下，就算是老女仆也被禁止传播这种愚昧的故事。父亲留德学习法律多年，信奉着德国的理性主义。

本多繁邦经常将松枝侯爵家同自己家相比较，由此诞生出一些有趣的想法。松枝家过着西洋式的生活，虽说家里有着数不清的进口货，家风却意外地守旧。自己家在生活方面是日本式的，精神上却有许多西式之处。父亲对待学仆的方式也和松枝家截然不同。

本多在那晚完成第二外语——法语的学习之后，打算提前储备些大学里将要学习的知识，同时为了满足自己对何种事物都要刨根问底、追本溯源的天性，他开始广泛阅读从丸善书店买来的法语、英语和德语的法典解说。

自从听了月修寺住持尼的法话，他开始觉得自己对倾心已久的欧洲自然法思想有些意犹未尽。欧洲自然法思想始于苏格拉底，通过亚里士多德牢牢地控制了罗马法，中世纪基督教将其精密地体系化，在启蒙时代迎来了大流行，因此启蒙时代也被称为自然法时代。现在虽然暂时声势减弱，但它在两千年来不断变迁的时代思潮的涌动中每每卷土重来，仿佛穿上新衣，焕然一新，没有比这更长盛不衰的思想了。或许其中保留了欧洲理性信仰中最古老的传统。然而，越是如此坚韧的思想，越是让本多感受到，光明而充满人性的阿波罗般的力量，在这两千多年来一直都被黑暗的力量所胁迫。

不，不仅仅是黑暗的力量。光还会被更加夺目的光明所胁迫，于是就要不断像洁癖般地排除比自己更明亮的光的思想。包含着黑暗的那更强的光明，难道最终也无法融入法治世界吗?

虽说如此，本多并没有纠结于19世纪的罗马派系的历史法学派，又或是民俗学法学派的思想。尽管明治时期的日本需要历史主义派生出的国家主义法学，本多反而更关心法律内在的普遍真理，也正是因为如此，他才这般醉心于当今并不流行的自然法思想。最近他想要知晓法的普遍性所包含的范围，如果法跨越了希腊以来被人类观制约的自然法思想，迈向更普遍的真理（假设有这样的东西存在）的话，也许连法本身都会土崩瓦解。他喜欢自由驰骋在这样的空想世界里。

这着实是年轻人特有的危险思想。然而在罗马法的世界里，如同悬浮空中的几何学建筑物的影子清晰投射到明亮的地上，他一旦厌倦了自己迄今所学的近代实定法[①]那不可撼动的姿态，他就会想从明治日本忠实推行的继承法[②]的压迫里逃脱。自然时常会将目光转向亚洲其他的古老法律秩序。

恰好，丸善书店寄来的 L. 德隆肖的法语译本《摩奴法典》[③]到了，这本书大概能够解开本多的疑惑。

《摩奴法典》也许是从公元前 200 年到公元 2 世纪期间系统汇编的印度古法典大宗，在印度教徒中，至今都作为法典经久不衰。该法有十二章两千六百八十四条，将宗教、习俗、道德和法律浑然融为一体，形成庞大的体系，上至宇宙起源说，下到盗窃罪和继承条款都有涉及。那时亚洲的混沌世界，与基督教中世纪自然法学中井然有序的宏观世界和微观世界对照展开体系，形成了鲜明的对比。

然而正如罗马法的诉权是基于“没有权利救济就没有权利”这一近代概念的对立思想所形成的，《摩奴法典》也在规定了庄严的国王和婆罗门僧侣在法庭上的仪表之后，将诉讼事件限定在

---

① 指现实中实际存在的法律，即国家制定的法律，是与自然法相对的一个概念。

② 这里提到的继承法应该是 1898 年制成的《明治民法》里继承篇的相关法律。《明治民法》分成五大篇，即总则篇、债券篇、物权篇、亲属篇和继承篇。

③ 《摩奴法典》（约前 200—公元 200），印度最古老的一部法律典籍，由婆罗门僧侣根据吠陀经典和历来习惯编制而成。

了不清偿负债等其他十八项内。

就连本应枯燥乏味的诉讼法典，本多也为其中独特的华美画面所着迷，例如，国王通过事实审理分辨是非，被喻为“正如猎人根据滴滴淌落的鲜血，寻到受伤麋鹿的巢穴”；列举国王的义务时则喻为“宛如因陀罗在雨季的四月普降甘霖”，述说国王应施惠于民。他不断地往下读，终于读到了既称不上规定也算不上宣言的不可思议的最终章。

西方法律的定言命令，自始至终都基于人类的理性，《摩奴法典》却提示了理性无法推测的宇宙法则，也就是“轮回”，以极其自然、正当、轻而易举的方式。

“行为生于身、语、意，善恶皆由此生。

“精神与肉体在现世相关联，有善、中、恶之分。

“人以精神承受精神的结果，以语言承受语言的结果，以身体接受身体行为的结果。

“人若是在身体行为上犯了错，来世便会化为草木；若是在语言上犯了错，便会化为鸟兽；若是在心灵上犯了错，便会投胎到低等阶级。

“对世上所有的生灵都能做到语、意、身三净，同时，完全克制住爱欲嗔怒的人，能够获得正果，即终极的解脱。

“人必须用自己的睿智，找到灵魂基于正法与非法的归宿，时常留心获得正法。”

一直到这里，都和自然法一样，法律与善恶是同义词，但《摩奴法典》建立于靠悟性难以捕捉的轮回转世的基础上，这一点与自然法完全不同。从另一方面来说，这并不是诉求人类理性的做法，而是一种因果报应的恐吓，比起罗马法的基本概念，这也许是对人性抱有更少信赖的一种法理理念。

本多不想再继续纠结这个问题，也不想沉陷于古代思想的黑暗深处。但作为法学学生站在法的制定者的立场上的同时，他无论如何都无法彻底摆脱对当前的实定法的怀疑和愧疚。他发现在目前实定法的烦琐黑色框架和重影中，需要放眼展望自然法所体现的神性的理性，以及类似“澄澈明净的蓝天”和“群星璀璨的夜空”的《摩奴法典》的根本思想。

法学可真是一门不可思议的学问！它是一张网，细小的网眼能把日常琐碎行为一网打尽，而粗大网眼又揽向星辰日月的运行，这是一项无比贪心的渔夫的工作。

本多沉迷读书，忘记了时间。他担心要是还不就寝，明天会因睡眠不足而面色疲惫地参加清显的邀约。

一想到那位美貌且像谜一样的朋友，他就预感到自己的青春将会怎样地平淡乏味，不禁不寒而栗。本多模糊地记得，一个同学曾吹嘘自己在祇园的茶室[①]里，用坐垫卷成球形，许多舞伎[②]一

① 祇园，京都地名。茶室，供客人宴饮、狎戏之处。

② 舞伎（汉译另有“舞妓”，日语原文为“舞妓”），和艺伎一样属于表演艺术的女性工作者，工作内容除为客人服侍餐饮外，主要为在宴席上以舞蹈、唱曲、弹奏乐器等表演助兴。

起玩坐垫橄榄球。

之后，本多又想起了一件事。这件事在本多家族中可谓一件惊天动地的大事，但从世俗的眼光来看算不了什么，不过是春天发生的一则小插曲罢了。那天，祖母的十周年忌日的法事在日暮里[①]的菩提寺举行，亲戚们在参加法事之后都顺便来到了作为家族本家的本多家。

其中一位名为房子的远房堂妹，在众多客人中最为年轻漂亮、活泼开朗。在本多家这样沉闷的氛围里，传出这个少女的高声笑语显得有些格格不入。

虽说是办法事，但关于逝者的记忆已经有些模糊了，久违地聚在一起的亲戚们有着说不完的话，比起聊法事，他们更喜欢讨论各自家庭里新诞生的幼小家庭成员。

三十多位客人在本多家里四处参观，无论哪个房间都堆满了书，令他们大为惊叹。有些人提出想看繁邦的书房，进去之后，在桌边转了转便陆续离去，房间里只剩下繁邦和房子。

两人坐在了墙边的皮沙发上。繁邦身穿学校的制服，而房子则是一身紫色振袖[②]和服。大家都散去之后，他们两人便拘谨了起来，就连房子也不再爽朗地大笑了。

繁邦想给房子看看相册什么的，但不凑巧的是家里没有。而

---

① 东京地名。

② 振袖是和服的一种，该词源于日语“ふりそで（振袖）”，即长袖，为未婚女子穿着的礼服。

且房子看起来有些不开心了。迄今为止，对于房子那过于活跃的身姿、不绝于耳的尖锐笑声、戏谑年长一岁的繁邦的口吻和一切不够稳重的举止，繁多都不太喜欢。尽管房子如同夏日的大丽花一般炙热美丽，但繁邦绝不愿让这种类型的女子为妻。

“我累了。你不累吗？繁哥哥。”

说完，房子高高系在胸部的和服带子周围就像是墙壁崩塌一样，骤然倾倒下来。房子把脸伏在繁邦膝头，浓重的香气扑鼻而来。

繁邦感到有些困惑，俯首看着在膝头和大腿间的沉重而柔软的负荷。就这样似乎过了很久，繁邦感到自己无力改变这种状况。房子把头靠在堂哥藏青色的裤子上，看起来并不打算挪开。

这时，推拉门打开了，母亲和伯父伯母突然走进来。母亲霎时变了脸色，繁邦也心口狂跳不已。而房子缓缓地把目光转向长辈们，慵懒疲倦地抬起头。

“我太累了，有些头痛。”

“哎呀，那可不行，给你吃点药吧。”爱国妇人会的热心干部用护士般仁慈热心的口吻说道。

“不，还不至于需要吃药。”

这个小插曲在亲戚中被热议，所幸没有传到繁邦父亲的耳朵里，但他被母亲狠狠地斥责了一番。房子也再不能来本多家了。

然而繁邦永远都记得那时自己膝上所经过的、炽热而沉重的时刻。

明明是房子的身体、和服和带子的重量全都压了上来，可他似乎只想起那美丽而又复杂的头颅的重量。繁邦感觉被女人浓密秀发所包裹着的头颅，如同香炉一般压在他的膝头，透过自己藏青色的裤子不住地燃烧。

那份炙热，如同遥远的火灾现场传来炙热，究竟是什么呢？房子陶瓷香炉里的火焰，述说了一种难以言喻的过度的亲昵。就算如此，那份重量也是一种残酷、受人指责的重量。

房子的眼睛呢？

她斜着伏在繁多膝头，就在他的眼下，在自己的膝上，因此可以看到她那双睁大的双眼，如同容易受伤的湿润黑色水滴。那双眼睛相当轻盈，仿佛暂时停留在那儿的蝴蝶，扑闪的长睫毛是蝴蝶的翅膀，黑瞳是翅膀美妙的斑纹。

如此不诚实、如此近距离却又如此冷漠，如同随时就要高飞的不安，浮动，就像水平仪的气泡，从倾斜到平衡，从恍惚到凝神，不停地转动。繁邦从未见过这样的双眼。

这绝不是谄媚。比起方才谈笑的时候，眼神变得孤独了许多，只能看到这双眼睛准确地、毫无意义地反映了她那游离不定的内心中的闪烁变动。

那四处扩散的令人烦扰的甜蜜香气，也绝不是刻意为之的谄媚。

那么，完全占据了那近乎无限长的时间的东西，究竟是何物呢？

八

帝国剧场从十一月中旬持续到十二月十日的演出剧目，并非名角出演的戏剧，而是梅幸[①]、幸四郎[②]等人演的歌舞伎，清显认为这更适合招待外国人，因此选择了歌舞伎。但他本人对歌舞伎不甚了解。演出剧目中的《平假名盛衰记》[③]和《连狮子》[④]，都是清显不熟悉的剧目。

这也正是清显邀请本多前来的原因，本多利用学校的午休时间，在图书馆认真查阅了演出节目的相关资料，做好准备为暹罗王子们解说。

本来对王子们来说，观看异国戏剧也不过是出于好奇心而已。那天放学后，清显马上就带着本多回到了家里，首次被介绍给王

---

① 尾上梅幸（1915—1995），第七代歌舞伎演员，原名寺岛诚三。

② 松本幸四郎（1879—1949），第七代歌舞伎演员，原名藤间金太郎。

③ 通俗本《源平盛衰记》，历史剧。

④ 歌舞伎舞蹈，描绘狮子母与子的舞姿。

子们的本多用英语介绍了今晚将要观看的剧目梗概，王子们却是一副心不在焉的样子。

对于友人的忠实和过于认真的性格，清显觉得抱歉和怜悯。无论对谁来说，今晚的戏剧都不是最主要的目标。然而，清显担心万一聪子没有遵守约定，读了那封信该如何是好，为此他心神不宁。

管家前来汇报马车已经准备就绪。马对着冬日的夕阳一阵嘶鸣，吐出缕缕白雾。冬天，马身上的气味稀薄，铁蹄踩着冰冻的地面踢踏作响，清显喜欢在这个季节里马身上那股骁勇威严的力量。绿叶丛中疾驰的马是充满活力的野兽，而暴风雪中驰骋的马和冰雪一样，在北风的卷动下，散发冬天的气息。

清显很喜欢马车，尤其是在心中不安的时候。马车的晃动会打乱不安情绪特有的、执拗而又刻板的节奏，同时还能近距离感受到赤裸的马屁股上用力甩动的尾巴、竖立的鬃毛以及咬紧牙关全力奔跑时顺着缰绳流下的起泡且有光泽的唾液。他喜欢感受野兽的力量，同时品味着车内的优雅。

清显和本多穿着制服和外套。王子们穿着夸张的毛领外套却还是感到寒冷。

“我们都很怕冷。”帕他提纳迪特殿下一本正经地说，“去瑞士留学过的亲戚曾吓唬我们说那个国家很冷，但我没想到日本会这么冷。”

“很快就会习惯的。”和他们熟络起来的本多安慰道。

身着长披风的人们穿梭在大街上，早已高高挂起的年末甩卖的旗子随风飘扬，王子们询问这里是否在庆祝节日。

这一两日来，王子们的眉眼已经浸入了青黑色的乡愁，给一向开朗活泼甚至有些浮躁的库里沙达王子平添一种风情，当然这并不是他们太任性，无视清显的招待。清显觉得他们的灵魂已经出窍，飘向大海中央，这反倒让清显感到轻快。因为在他看来，一切都被困于现存的肉体之中，若是内心枯槁会让人感到阴郁沉闷。

在日比谷的护城河边，冬日的黄昏已早早降临。在马车的摇摇晃晃中，帝国剧场那三层白砖小楼越来越近了。

当一行人到达的时候，第一部新剧已经上演。清显在自己座位斜后方两三列的位置上，看到了和老女仆蓼科并排而坐的聪子。他们用短暂的眼神相互致意。聪子的如期赴约和刹那间展露的微笑让清显觉得自己仿佛得到了彻底的宽恕。

舞台上，镰仓时代的武士们东跑西窜，在幸福感的感染下，这一幕清显看得朦朦胧胧。从不安之中得以解放的自尊心，使他从舞台上只看见自己的光辉。

“今晚的聪子比任何时候都更为美丽。她是精心化妆之后才来的，正是我所期待的容姿。”

他在心中反复念叨着。他不能看向聪子那边，却又不住地感受到坐在背后的她的美，这可真是再理想不过的情况了！安心、丰富、温柔，一切都合情合理。

今晚清显要求的仅仅是聪子的美丽，这是从未有过的。想来，清显从未把聪子当作一位美人。明明她从未直接地攻击过别人，但清显总觉得她是插了针的丝绸、藏有粗糙里子的锦缎，还不顾清显的心意一直爱着他。清显一直把她当作一个安静的人，并没有将其放在心上。他焦躁地紧闭心扉，防止他那以自我为中心的心田中有朝阳升起，富有批评性的锐利阳光从门缝照射进来。

到幕间休息的时间了。一切事物都自然而然地发展着。他先是小声告诉本多，聪子恰巧也来看演出了，但本多往后瞥了一眼，明显不相信这是偶然。看到本多那样的眼神，清显反而安心了。这个眼神有力地述说着本多不会过多地追求诚实，正是清显心中理想的友情。

人们熙熙攘攘地涌向走廊，走过枝形吊灯，聚集在窗前，窗外是夜幕下的护城河和石墙。清显不同往日，兴奋得耳根火热，他将聪子介绍给了两位王子。当然也可做出一副冷淡的样子，但出于礼仪，他还是模仿王子们聊起恋人时的模样，表现出有些稚气的热情。

无疑，他能够如此惟妙惟肖地模仿他人的感情，缘于自己现下内心安宁坦然、自由自在。天然的感情是阴郁的，今后越是远离这份感情，就越发自由吧。若问为何如此，那是因为他对聪子没有一丝爱意。

老女仆蓼科恭敬地退到了柱子后面，从她紧扣着的绣有梅花刺绣的领口得以看出她有绝不向外国人热诚相待的决心。也正因为如此，清显对蓼科没有高声感谢受到邀请而感到满意。

王子们在美人的面前马上变得活泼了起来，同时他们也注意到了清显在介绍聪子的时候那不同寻常的腔调。乔·皮做梦也没有想到清显是在刻意模仿自己的朴实热情，他在清显身上第一次看到年轻人的自然率真，这使他感到亲切。

聪子不会外语，在两位王子面前却不卑不亢、气度高雅，令本多钦佩不已。身着三层宽松的京都风窄袖和服便装的聪子在四位青年的包围下，袅娜娉婷，如同精美的插花，既雍容华贵又端庄持重。

王子们相继用英语向聪子提问，清显居中翻译，而聪子每每回答时都冲清显微微一笑，仿佛在征求他的同意。这微笑起到了过于惊艳的效果，清显又不安了起来。

“她确实没读那封信吧？

“不，如果她读了的话，肯定不会是这副态度。首先，她根本就不会来这里。我打电话的时候信件肯定还没送到，但没有确切证据可以证明送达之后她究竟读了没有。”总之他应该巧妙地问问她，让她的回答一定是“没有读过”。但清显无论如何也没有提问的勇气，他对自己感到气恼。

清显不露声色地观察着聪子，与前天晚上接电话时明快的应答声相比较，今天她的声音、她的表情是否有明显的变化？他的心里七上八下起来。

聪子的鼻子宛如细嫩的象牙雕刻而成，鼻梁恰到好处的高度不会让人觉得冷漠，她的侧脸随着缓缓流转的眼波而转动，时而明朗时而黯淡。一般秋波流转会让人觉得淫荡，但聪子略显迟缓，谈至话尾她浅浅一笑，随之笑容涌上眼角眉梢，流盼之间笑意盈盈，所有的表情都被包含在优雅的流动之中，令见者如沐春风。

她微薄的双唇微微上翘，微笑时牙齿在吊灯余晖下洁白光亮，但她总是快速用纤纤玉指掩住自己润泽双唇下的清亮光芒。

王子们说着过分恭维的话，在清显的翻译下，聪子听得耳根通红。在发间若隐若现，长得像一滴清爽雨滴的柔软耳垂，究竟是因为害羞而变红的，还是因为涂抹了胭脂呢？清显也无法分辨。

然而，所有这些都无法掩盖她双眸中闪耀的强韧光芒。这依然让清显感到害怕，它有着一股不可思议的穿透万物的力量。这正是果实的内核。

《平假名盛衰记》开幕的铃声响了。大家纷纷回到各自的座位上。

“她是我来日本后见过的最美的女子。你可真幸运！”

当他们并排走进通道时，乔·皮悄声对清显说。此时，他眼底的乡愁也尽数消散了。

九

松枝家的书生饭沼已在此工作六年多了，他发现自己昔日的凌云壮志早已消磨，也不再年轻气盛，与以往的愤世嫉俗不同，如今胸中是一种完全不同的冰冷愤懑。这种变化自然和松枝家的新家风脱不了干系，但其根源还是在十八岁的清显身上。

清显将在即将到来的新年里迎来他的十九岁。只要他以优异的成绩从学习院毕业，并在二十一岁的秋天考入东京帝国大学的法学部，饭沼就算大功告成了。但令人感到奇怪的是，侯爵并没有严格要求过清显的成绩。

这样下去，清显根本没有希望考入东京帝国大学的法学部，只能就读华族子弟才能免考入学的京都帝国大学或者东北帝国大学。清显的成绩总是在中等水平徘徊。他不用功学习，也不怎么喜爱运动。如果清显成绩优异，饭沼也定会脸上有光，受到同乡的夸赞，可如今，起初为此忧心如焚的饭沼也熟视无睹了。因为他知道无论怎样，清显将来都至少能成为一位贵族院议员。

清显在学校与成绩名列前茅的本多最为亲近，本多作为清显的挚友，从未给他带来任何有益的影响，甚至与清显的赞美者们为伍，一味地阿谀奉承，这使饭沼感到气愤。

当然这种感情中掺杂着嫉妒。本多怎么说都算是清显的学友，始终是站在认可清显的立场上的，但对饭沼来说，清显是每时每刻摆在他眼前的美丽的失败证明。

清显的美貌、优雅，性格中的优柔寡断，不够朴素，放弃努力，爱做梦的心性，英俊的身姿，柔韧的青春，他那吹弹可破的皮肤，以及那梦幻般的长睫毛，这些事物无不完美地打破了饭沼曾经的期盼。

他觉得这位年轻主人的存在本身便是对他无尽的嘲笑。

这种挫折的愤恨、失败的痛苦持续了太久，以至于让人产生一种类似崇拜的感情。他会因为他人对清显的非议而感到愤慨不已。继而在这说不清也道不明的直觉下，他理解了年轻主人那无可救药的孤独。

清显之所以经常想要远离饭沼，肯定也是因为他察觉到了饭沼内心经常暴露出的饥渴。

在松枝家众多的佣人中，将如此无礼而又露骨的饥渴在眼中展露无遗的也只有饭沼一人。有一位来访的客人见了饭沼的眼神，问道：“恕我冒昧，请问那位书仆是社会主义者吗？”听闻这话，侯爵夫人便笑出了声。因为她深知饭沼的身世、平日里的言行举止，以及每天都要去参拜神殿的习惯。

这位对话之路被堵死的青年，每天早上必定会去参拜神殿，然后对从未谋面的伟大先祖倾诉心事。

从前他总是直截了当地述说自己的愤怒，但随着年龄的增长，他所倾诉的不满已经庞大到自己都不清楚的程度，几乎要颠覆这个世界。

早晨他比谁起得都早。洗脸，刷牙，穿上藏青底碎白花纹的和服和小仓棉布裤裙后便前去神殿。

穿过主屋背面的女佣的房间，来到扁柏林间的小路上。地面结满霜柱，看起来有些膨胀，木屐的厚朴木齿踏碎霜柱，露出晶莹剔透、闪闪发光的霜柱断面。扁柏树冠上茶色的枯叶和干燥的绿叶相互交织，笼罩在冬日如同薄纱一般的朝阳中，饭沼感觉连口中呼出的白气都让自己的心灵得到净化。鸟儿在清晨蔚蓝的天空中不断鸣啭。凛冽的寒气侵袭着他的胸肌，令他心潮澎湃。“为什么不能陪少爷来到这里呢？”他为此悲哀不已。

这份男儿的豪情从未传达给清显，一半是饭沼的过失，就连不能在清晨强行将清显拉来散步也有一半归咎于饭沼。在这六年间，他没有帮清显养成一个“好习惯”。

爬上平坦的丘顶，走出树林，来到了一片开阔干枯的草坪，正中央是小鹅卵石铺成的甬道。在甬道的尽头能看到神殿的祠堂，石灯笼和御影石做的鸟居，石阶下左右两侧有一对炮弹，它们沐浴在朝阳之下，井然有序。清晨的此处与松枝家奢华的主屋和洋楼，四处弥漫着简朴明净的气息，让人感觉坐进了崭新白木搭建的池座里。饭沼从小就被教育的美与善，在这座宅邸只存在于死亡的周边。

爬上石阶站在神殿前的时候，他看到了一只小鸟在杨桐树叶的光影间欢跳，隐约露出红黑色胸前羽毛。小鸟发出了敲打梆子似的声音，随后便在眼前飞走了。好像是一只鹟。

“先祖在上。”饭沼一如往常地双手合十，心里向先祖诉说，“为何时代变迁会变成现下这副模样呢？为何力量、青春、野心和朴素会衰退，变成如此可悲的世道呢？您英勇杀敌，也面临着敌人的刀光剑影，克服所有的艰难险阻，才开创了崭新的日本，成为实至名归的创世英雄，功成名就，最后寿终正寝。如何才能让您的那个时代复苏呢？这软弱而又可悲的时代究竟会持续到何时呢？不，这才刚刚开始呢！人们的脑子里只有金钱和美女，男人都忘记了男人该走的路。纯洁而又伟大的英雄和神明的时代在明治天皇驾崩之时便一同毁灭了。能够尽情发挥青年精力的时代已经一去不复返了吗？

“这个时代，到处都开着名为咖啡馆的店铺招揽着客人。男女学生共乘电车会扰乱风纪，便设置了妇女专用车辆。在这个时代，人们已经失去了奋不顾身的激情，只能动一动树叶尖般微弱的神经，只能动动自己那如妇女一般纤细的手指了。

“这到底是为什么呢？我为何来到了这样的世界？为何来到了这纯洁之物被尽数玷污的世界？我所服侍着的令孙，就生活在这个软弱的时代里，我也无能为力。我是否应该为此以死完成我的职责呢？还是说先祖大人早有打算，故意安排这一切让其顺势发展呢？”

饭沼忘却了寒冷，因为这场心灵的对话而变得热血沸腾。他瞥见了藏青底碎白花纹领子露出胸毛的胸口。自己并没有被赐予一副与纯洁心灵相应的美好肉体，他为此感到难过。相反，拥有着清秀、洁净的肉体的清显，却欠缺一颗豪爽质朴的心。

饭沼正在认真地祈祷着，随着体温的不断升高，裤裙被凛冽的寒风吹得鼓胀了起来，他突然感觉胯间勃然而起。他从神殿的地板下面取出扫帚，疯狂地来回打扫起来。

十

刚过了年没多久，饭沼被叫去清显房间，看见聪子家的老女仆蓼科也在。

聪子已经来拜过年了，蓼科今天只身前来是给松枝家送京都的面筋，顺便悄悄进了清显屋内。饭沼对蓼科有些许听闻，但今天两人第一次被正式介绍认识。他想不通为何自己要被介绍给蓼科。

松枝家的新年庆典盛大，数十名代表会从鹿儿岛来，他们在拜访过旧藩主宅邸后便来到松枝府邸迎新年。松枝家会在有黑漆方格天花板的大客厅款待客人，为他们准备了星冈的新年菜肴，还在饭后招待他们品尝在乡下难以见到的冰激凌和哈密瓜，因此远近闻名。不过，今年时逢国丧，只有三人进京。其中，饭沼母校的校长也在，他从老侯爵在世时起就一直受到松枝家的照顾提拔。每次饭沼接过侯爵赏赐的美酒时，都会听到他在校长面前对自己的夸赞“饭沼干得不错”。今年亦是如此，校长对于褒奖的道谢也是千篇一律，但在饭沼看来今年的新年庆典或许也因为宾客较少，尤其显得空洞无物，徒具形式。

饭沼从未在新年拜访侯爵夫人的女宾们的宴席上露过面，哪怕是上了年纪的女宾，拜访年轻主人的书房也是特例。

身着下摆印有黑底白色家徽花纹和服的蓼科在椅子上正襟危坐，但她已经喝下清显劝的一杯威士忌，有些微醺。她满头的银发梳理得整整齐齐，面颊上依照京都的化妆风格涂抹了厚厚的脂粉，额间一片雪白下有些许红梅似的酩酊之色。

他们之间的谈话不时提及西园寺公爵①，每当蓼科把视线从饭沼身上收回时，他们就会回到这个话题。

“西园寺大人五岁的时候就染上了烟酒。武士家庭对孩子管教严格，但公卿之家正如少爷您所知晓的那样，孩子打小就不会受到任何说教。况且公卿之家的小孩从出生起就身居五位②，可以说是天皇寄养在公家的臣子。因此，公卿之家的父母顾及天皇的颜面，不会对孩子要求严格。而且，公卿之家都对皇家诸事守口如瓶，绝不可能像大名③之家那样在家族间传播皇族的风闻，飞短流长。因此，我们家小姐也发自内心地敬重圣上，但还不至

① 西园寺公望（1849—1940），大勋位公爵，日本政治家。

② 五位，日本官职位阶制度下的第五个位阶，分为正五位和从五位，由天皇授予，是日本古时宫中允许进金殿的最低位阶。

③ 日本封建时代的诸侯。尤指江户时期（1603—1868）直接供职于将军、俸禄在一万石以上的领主。

于对外国的国王也如此敬重。”

蓼科赶紧顺带着对款待暹罗王子一事讽刺道：“托他们的福我也看了场戏，真是好久没看了，感觉能多活几年呢。”

清显任凭蓼科继续说下去。他特意唤蓼科到他的房间来是为了解开一直萦绕在心口的疑问。劝了杯酒后，他匆匆询问蓼科是否已经把自己寄给聪子的信没开封就付之一炬了，她的回答出人意料地直接明了。

“您是问那封信吗？接了您的电话之后小姐立即吩咐我了。次日您的信一送达，我没有拆封就直接烧掉了。事情就是这样，您可以放心了。”

听完这话的清显感觉似乎从野草丛生的小路上奔向了辽阔的原野，眼前是各种令人欣喜的愿景。聪子没读那封信，只是一切复旧如初而已，不过他觉得似乎展开了全新的景象。

聪子明显向前踏了一步。每年她都会在所有亲戚家的小孩齐聚松枝家的那一天来拜年。孩子们下到两三岁，上至二十几岁，只有在这一天松枝侯爵才会摆出一副给小客人们当慈父的姿态，对所有孩子都嘘寒问暖，关怀备至。聪子在清显的带领下，跟着一群想看马的孩子前往马厩。

挂着稻草绳的马厩里有四匹马，它们或把头埋进饲料桶里吃上几口后又猛地抬头，或退后踢打墙板，豪气勃发，光滑的背上迸发着新一年的精气活力。孩子们兴高采烈地听马夫讲每一匹马的名字，手里紧攥着捏散了大半的落雁点心，对准马匹发黄的臼齿扔了进去。马匹用布满血丝的眼睛斜眼瞪着孩子们，他们感觉自己像被马当成大人对待，兴奋不已。

聪子害怕马匹嘴角淌出的拉成细丝的唾液，远远躲在冬青树常年暗绿的树荫下，清显把孩子们交给马夫照看后，朝聪子走去。

聪子的眉角残留着饮过屠苏酒后的醉意，令人觉得她接下来在一片孩子的欢声笑语中所吐露的话语是一番酒后醉言。她用有些肆意的眼光打量走过来的清显，缓缓说道："这段时间我真的很开心。谢谢您把我作为未婚妻介绍给大家。虽然可能王子殿下会惊呼'就这种老太婆？'感觉即使让我现在死去也死而无憾了。您明明有让我幸福的能力，但您却鲜少使用这种力量呢。我从未经历过这般幸福的新年，今年一定会有好事发生。"

清显一时不知如何回应她是好。最终他用嘶哑的声音说道："为什么这么说？"

"人在感到幸福时，话语就像从舰船下水仪式上的花绣球中放出的鸽子，一飞冲天。清少爷。您很快就会明白的。"

聪子在进行这番狂热表白后，又插了一句最让清显讨厌的话——"您很快就会明白的。"

她是有多么的自负才能做出这番预见？哪里来的自信故作成熟……

数日前听到这番话，今天又得到了蓼科明确的答复，清显心中一片光明，充满了新年的好兆头。与以往不同，他把那些平日夜里做的阴暗的梦抛诸九霄云外，全心倾注于光明美好的白日梦境和希望。因此，他表现出与平日作风不相符的豁达，欲将烦恼和阴影从身边抹去，让所有人都能得到幸福。施恩和布施如同操作精巧的机械，需要一定的熟练程度，而这种时候的清显却格外地轻率。

但他召饭沼来房间倒也不完全是因为他善心大发，想要驱赶身边的阴影，想看到饭沼明快的表情。

些许的醉意助长了清显这份轻率。不仅如此，蓼科这种老侍女，虽说看上去礼数周全，恭敬持重，但实则像经营了好几千年青楼的老鸨一般，身上每一条皱纹都填满了浓厚的肉欲，这种风情也在纵容他的肆意妄为。

“学习上的事饭沼向来不吝赐教。”清显故意对蓼科说道，“不过，有很多东西他教不了，其实他也还有一大堆事情不懂。所以嘛，需要请你当他的老师。”

“瞧您说的，少爷。”蓼科恭敬地回应他，“他也已然是位大学生了，像我这种没有学问的人怎能……”

“所以我说了，你不用教他学问。”

“您就别戏弄我这个老太婆了。”

两人在谈话过程中一直没有理睬饭沼。清显没让饭沼坐下，他只得站着，把视线投向窗外的池塘。窗外阴云密布，湖心岛周围鸭群游动，山顶松树的青幽也显得格外萧瑟，岛上草木黄落，仿佛披上一层蓑衣。

听到清显吩咐后，饭沼才微微靠在小椅子上坐会儿，他怀疑清显是否真的没注意到自己。清显定是想在蓼科面前抖抖威风。对饭沼而言，清显这点新的小心思还让他挺喜欢的。

“饭沼啊，刚才蓼科在侍女们那里无意间听到一个传闻……”

“啊，少爷，那是……”蓼科连忙摆手想制止清显，却没来得及。

“听说你每天早上去神殿参拜好像还有别的目的吧？”

“别的目的指的是？”

饭沼神色紧张，垂在膝处攥紧的拳头战栗不已。

“少爷，请您别说了。”

老女仆靠在椅背上，仿佛要倒下的人偶，似乎发自心底感到困惑，但她那双眼皮过于宽大的眼睛神态锐利，装着不太舒服的假牙的松弛嘴角露出一丝满足。

“通向神殿的路会经过主屋的背后，定然会路过侍女房的格子窗。你每天早上就在那里和美奈见面，在前天，你终于通过那扇窗子给她递了情书吧。”

不等清显说完，饭沼就站立起身。苍白的面颊看得出他在拼命地抑制感情，脸部的细小肌肉似乎在抽搐。他向来阴沉着的脸颊里孕育了一朵黯淡的烟花，仿佛就要炸裂。清显十分欣喜地望着他。饭沼十分痛苦，清显心里跟明镜似的，但他愿意把这张丑陋的脸想象成幸福的脸。

“今天……我就辞职。”

饭沼说完就想夺门而出，蓼科一跃而起拦住了他，敏捷的身手令清显瞠目结舌。这位装模作样的老侍女，方才一瞬仿佛化身猎豹般矫健。

“您不能离开这里。要是您走了，我怎么办呢？倘若因为我搬弄口舌而让别人家的仆人被辞退，我也得被勤恳侍奉四十多年的绫仓家扫地出门。您可怜可怜我，冷静地考虑一下吧。您明白吗？年轻人太认真可不好，虽然那也是年轻人的优点，可这也是迫不得已。”蓼科简明扼要地劝说着，她抓住饭沼的衣袖，以长辈的平静口吻说教道。

这个办法在蓼科此生中用过好几十次了，早已烂熟于心。每当此时她都深知，自己是世间最需要的人。她总是若无其事地在人后悄悄地维持秩序。这份自信来自她洞悉事物各种意外的走向——重要仪式中本不该绽线的和服开了线，或者本不应遗忘的祝词底稿丢失不见。对她而言，有这种不可能发生的意外反倒是常态。她赌自己就是在突发事件里能够及时修补的机敏巧手。在这个处事不惊的女人看来，世上绝无绝对的安全，就连万里无云的晴空也偶尔会有燕子突兀地一闪而过，打破平静。

蓼科的补救能力迅速、可靠，让人无可挑剔。

饭沼在那之后时常思考，有时刹那间的犹豫可能会彻底改变一个人的生活方式。那一瞬间仿佛白纸锋利的折痕，踌躇将人永久吞噬，原来纸的正面变成了背面，再也无法出现在纸的正面了。

在清显的书房门口被蓼科紧紧抓住，饭沼不由得在那一瞬间踌躇不决。这件事就在此打住。他那颗赤子之心里装满猜忌，猜自己写的情书是被美奈付之一笑后拿给别人看了，还是无意间被人发现惹美奈伤心了？这些猜忌像划开波浪的鱼鳍，在海面上锋锐游走。

清显看着饭沼回到小椅子上坐好，尝到了最初的、不至于自满的小小胜利。他已经放弃向饭沼传递自己的善意了，只需要像现在这样随心所欲，只要自己感到幸福就好。他真切地感觉到了自己能灵活自由、成熟优雅地处理事务。

“我提这件事不是为了伤你的心，也不是想捉弄你。你还不懂吗？我是为你考虑才和蓼科单独商量的。这事我绝不告诉你父亲，我会努力不让他听到一点风声的。

“今后在这件事上，蓼科会帮我们出谋划策的。对吧，蓼科？美奈在我们家的侍女里也算得上最标致的，正因如此才容易惹人非议。不过，这件事就交给我吧。”

饭沼仿佛被逼到绝境的密探，满眼放光，耳朵不放过清显说的每个字眼，而且坚持保持沉默。若是仔细推敲，话里行间某些字句会让人心生不安。饭沼没有深究，只想把清显的话牢牢记在心里。

在饭沼看来，这位比自己年少的青年从未如此豁达地交谈，他没有哪一刻是比此时更有主人派头的。虽然这确实是饭沼所期望的结果，但他未曾料想到这是经历如此冷酷的现实才实现的。

被清显打败的感觉和输给自己内心肉欲的感觉竟然别无二

致，饭沼对此诧异不已。方才刹那间的踌躇犹豫后他发觉，自己羞耻已久的快感仿佛突然与光明正大的忠实真诚联系在了一起。这其中一定有陷阱，是个骗局。但这份无地自容的羞耻与屈辱的底层有一扇纯金大门确确实实被打开了。

蓼科用故作细嫩的声音附和道："一切听凭少爷吩咐。您年纪尚轻却能考虑得如此周全。"

这句和饭沼意见完全相左的话在饭沼听来也没什么奇怪的了。

"不过，与之相对的，"清显补充道，"从今往后，饭沼你也不要让我为难，要和蓼科一起协助我才行。这样，你的恋情我也会助一臂之力。祝我们愉快相处吧。"

十一

清显的梦境日记。

明明最近很少和暹罗王子们见面，不知为何，竟然会梦到暹罗。我梦见自己去了暹罗……

我坐在房间中央的华丽椅子上动弹不得。梦中我一直头痛不已，因为我头戴一顶又高又尖、镶满宝石的金冠。天花板上交错的梁木上停栖着密密麻麻的孔雀，它们不时在我的金冠上落下白色的粪便。

屋外是炽烈的日光。杂草疯长的废弃庭院暴晒在烈日之下，一片寂静。耳边只能听到苍蝇细小的嗡嗡声，还有孔雀转身时坚硬的脚掌落在横梁上的踱步声和整理羽翼的声音。这座荒芜的庭院被石壁高高围起，石壁上装有宽敞的大窗，透过窗户，看得见数棵椰子树的树干和纹丝不动、绚烂高耸的云层。

我的目光向下滑落，看见自己手指上戴着祖母绿戒指。那应该是乔·皮的戒指，不知什么时候戴到我手上了。祖母绿宝石被守门神阿斯卡的左右半脸夹在中间的设计也一模一样。

在窗外日光的照射下，我凝望着浓绿的祖母绿宝石，它没有一点白斑或一丝裂纹，宛如透明的霜柱晶莹剔透。里面渐渐浮现出一张惹人怜爱的女性面庞。

我以为这是站在我身后的女子映衬的倒影，便回头望去，可是四周空无一人。再看祖母绿中的那张脸，她的表情微微一动，方才看起还严肃认真，现在莞尔一笑。

这时，几只苍蝇落在我的手背上，我瘙痒难忍，连忙摆手驱散它们，打算再仔细看看戒指上的宝石。而这时女人的脸已消失得无影无踪。

正当我为自己无法看清她是谁而懊悔悲痛时，梦醒了……

清显一直都像这样在自己记录的梦境日记里附上自己的解释。吉利的梦就按照吉梦去描述，不吉利的梦就按不吉利的梦描述，他尽可能详细复原记忆里的梦境。

在他看来，梦境没什么深意，他更重视梦境本身，也许这种观念中潜藏着对自身存在的一种不安情绪。相较于清醒时他对感情的捉摸不定，梦境更加真实，虽然没有有效的手段判断感情是否为“事实”，但至少梦是“事实”。并且感情是缥缈无形的，而梦形色兼备。

清显写梦境日记的心态，不一定是为了封存他对这个不能称心如意的世界的不满。现在，现实就正按照他的心意不断发展。

选择屈服的饭沼成为清显的心腹，他与蓼科屡屡联络，安排聪子和清显的幽会。清显认为自己有这样一个心腹就足够了，他这种性格或许并不需要朋友，不经意间就和本多疏远了。本多虽内心有些落寞，但他对自己不被需要这点十分敏感，认为这也是友情的重要部分，他选择用学习填满这些本应和清显虚度的光阴。他广泛涉猎英、德、法文的法学书籍或文学哲学群书，但没有步朝内村鉴三[①]的后尘，读起卡莱尔[②]的《拼凑的裁缝》也会心生赞叹。

一个下雪的早晨，清显正要去学校，饭沼东张西望潜进了他的书房。饭沼新添的卑躬屈膝的模样，消减了他愁容满面和忧郁身体给清显带来的压力。

饭沼转告清显蓼科打电话来的内容。他说聪子对今早下的雪起了兴致，想要和清显坐马车去赏雪，问清显能否向学校请假一天去接她。

从清显出生起到现在，都还没有人向他提出过这般令人瞠目的任性要求。他已做好去上学的准备，单手拎着书包，望向饭沼，

---

① 内村鉴三（1861—1930），日本基督教思想家，无教会主义的倡导者。

② 托马斯·卡莱尔（1795—1881），苏格兰哲学家、评论家，其作品在维多利亚时代（1837—1901）颇具影响力。

一脸茫然地呆站着。

“你在说些什么啊。聪子小姐真是这么想的？”

“是的。这话是蓼科说的，不会有错。”

可笑的是，对此事断言肯定的饭沼多少恢复了一点威仪，眼神似乎好像在告诉清显，他若是不照做的话，就会受到道德的指责。

清显的眼睛瞥向身后庭院的雪景。聪子这种不容分说的做法，比起自尊心受的伤，他更多地感受到的是有把轻巧利落的手术刀切除他自尊心肿胀的部分后的清爽。这是一种敏捷到难以察觉、自身意志被完全无视的新鲜快感。“我就按照聪子的意愿去做。”他一边思考着，一边向外望去，将覆盖在湖心岛和红叶山上细密但还未堆积起来的飘雪一眼存进心里。

“那就你帮我给学校打电话，就说我今天感冒要请假，绝对不能让父母知道。然后去车场雇两个可靠的车夫，让他们备一辆能两个人拉的双人车。我这就走着去车场。”

“在这大雪天吗？”

饭沼见年轻主人的脸上忽然泛起一抹俊美的红潮。他背对着大雪纷飞的窗户，脸上落下光线的阴影，但阴影中渗入的赤红十分艳丽。

饭沼一脸满足地望着这个自己照料长大的少年。他没有被培养出半点英雄气概，但不论目的是什么，他眼里迸发出火苗，出发在即。饭沼对此刻的自己也十分惊讶。他曾经蔑视的地方，也是清显正在奔赴的方向，在清显虚度光阴的惰性之中，或许将有份未被人发现的大义尚在沉睡。

十二

坐落于麻布的绫仓家是一座武士家庭的宅邸，长排房屋的大门左右两侧是凸格子窗的门卫值班室，但这户人家人丁不兴，长屋里似乎没有住人。被雪包裹的屋顶瓦片的棱角，看起来更像是按照瓦楞的形状忠实地把雪托起来。

小偏门边，只见一个身影一袭黑衣，撑伞站在小偏门前，似乎是蓼科，但随着人力车的靠近，这个身影匆匆地消失了。清显让车停在门前，默默地等待着，眼里一时间只看得到偏门外纷纷落下的雪花。

不久，在蓼科半张开的雨伞的护送下，聪子一袭紫色披风，双手捂在胸前，从偏门俯身出来。清显见她这番容姿，宛若一朵硕大的紫荷从那狭小的房间抽出花枝，伫立于冰天雪地中，感到一种令人窒息的华美。

聪子被蓼科和车夫搀扶着，半身悬空踏上人力车。清显掀开帷帐迎接她，她的头发和领口上沾着几片雪花，白皙光润的脸荡漾着微笑，和飘雪一起走进车里，坐在清显身旁。清显感觉似乎在一场平淡无奇的梦中什么东西突然起身，向自己袭来。也许车子受力不均而摇晃不定，增强了这种瞬间的感觉。这突如其来的一团紫色，香气扑鼻，清显感觉飞舞在自己冰冷脸颊两侧的白雪也随即散发出阵阵馥郁。上车时聪子纵身一跃，脸颊几乎要挨到清显的脸庞，她慌忙重整仪姿，刹那间，她强行抻直脖颈，宛如白天鹅笔直的脖子。

“什么……什么？怎么这么突然？”

清显有些退缩了。

“京都的亲戚病危，父亲和母亲昨夜就动身前去探望了。家中只剩下我一人，无论如何都想和清少爷见面。昨夜我翻来覆去想了一宿，今天早上不是下雪了吗？我就想和清少爷两个人一起去赏雪。这是我出生至今，第一次提出这般任性的要求。希望您能见谅。”聪子带着不同以往的稚嫩口吻，上气不接下气地讲道。

人力车在两个车夫一推一拉的吆喝声中开始前行。透过帷帐的小窗窥探车外，只能看见泛黄的一缕缕的雪片，车内的昏暗也在不断摇晃着。

两人膝上盖着清显备好的苏格兰制浓绿方格毯。除了已经遗忘的幼年时期之外，两人如此互相依偎还是第一次。帷帐的缝隙填满了灰暗的微弱光线，忽张忽合，飞雪不断涌进，飘至绿色膝毯上凝结成水珠。雪花飞打在帷帐上发出响亮的声音，仿佛在宽大的芭蕉叶下听雪，清显被眼前的景象深深地吸引住了。

车夫问他们去哪里，清显答道："去哪里都可以。能去哪里就去哪里。"

他知道，聪子和他抱有同样的心情。伴随车夫抬起车把，二人也身子后仰，但他们还一直保持着这个坐姿，手都没有握一下。

毯子下的两双膝盖难免会相互触碰，仿佛雪中传递的一点火花。清显脑中又跳出了那个纠结已久的疑问："聪子大概真的没读过那封信，既然蓼科言之凿凿，应该没问题。那么聪子会把我当作处男来戏弄我吧？怎样才能忍受这份屈辱啊！我曾经多么希望聪子没有看到那封信，现在看来还是她看过了比较好。那样，在这个大雪纷飞的早晨的疯狂约会就会明显意味着一个女人对一个经历过男女之事的男子的真挚挑逗。这样我也有办法应对……不过，即使这样，不还是没法掩盖我是一个处男的事实吗？"

他的思绪被小小的、四方的黑暗摇晃所扰乱，在这空间里横飞乱撞，就算想把目光从聪子身上移开，可除了沾满了明晃晃的黄色赛璐珞[①]的雪花，他没有可以瞧看的地方。他最终把手伸进膝毯之下。聪子的手正等着他，带着在那温暖的巢穴中等待的狡黠。

一片雪飞泊在清显的眉梢。聪子瞧见了，不禁"啊"的一声惊呼。不由自主地将脸转向她的清显，察觉到了自己眼皮一阵冰凉。聪子突然闭上眼睛。清显直直地看着这张闭着眼睛的脸庞。染红的嘴唇点亮了四周的昏暗，她的脸庞仿佛被指甲弹拨的花朵，

① 赛璐珞（celluloid），指塑料所用的旧有商标名称，是商业上最早生产的合成塑料。

晃动迷乱，轮廓不清。

清显的心脏剧烈地跳动着。他明显感觉到，制服又高又硬的衣领正紧紧地束缚着他的脖子。没有什么比聪子那张双眼紧闭、恬静白皙的脸更令他难懂的事物了。

膝毯下自己握紧的聪子的手指稍微地加重了力道。感到这是暗示后，他明知自己会受到伤害，仍然被这轻微的力量引诱，他自然地将唇瓣覆上了聪子的双唇。

车身摇动，几乎要把重叠的两张唇给分开。于是，他以贴上的双唇为轴心摆好姿势，想要对抗车子的所有摇晃。他感到，迎接他的这张嘴唇的轴心周围香气四溢，仿佛有把无形的扇子正缓缓展开。

那时的清显彻底知晓了何为忘我，尽管如此他也并没忘却自己的美。他的美与聪子的美如果从一视同仁的角度来看，那刚才两人的美定然可以看作水银般的互相交融。他领悟到欲迎还拒、让人心急火燎的凌厉尖锐是与美无关的性质，盲目信从孑然的自我，不是宿存于肉体而是宿存于精神的疾病。

清显心中的不安消失得无影无踪，一旦明确地感觉到了幸福的所在，接吻便越发果断热烈。而同时聪子的唇瓣越发柔软。清显唯恐自己全身都融化在这温暖甜蜜的口腔里，想触碰一些有形的实物。他将手从膝毯下抽出，抱住她的肩，托起她的下巴。那时，他的指尖流过她下颚纤细的颌骨，他再次确认这是与自己截然不同的另一具肉体，但此刻两张嘴唇更加紧密地融合在一起。

聪子流下了泪水。泪水也淌到了清显的脸上，清显也感觉到了。清显感到骄傲，这份骄傲里丝毫没有以往施恩于人时的满足，聪子浑身上下也没有那种年长的、带有批判性的气息了。清显的指尖轻拂过她的耳朵、她的胸口，一次又一次全面的柔软触碰都让他感动。这就是爱抚啊！他明白了。宛若一阵雾霭般迷蒙飞散的感官，其实是以某种具有实形的事物为载体的，两者密不可分。此时此刻，他满心思索的只有自己的快乐。这是他能做到的最大程度牺牲的自我放弃。

这个吻结束了。这时有些像早上赖床，分明想要昏睡，却难以抵抗如同玛瑙般透过薄薄的眼皮射来的朝阳，慵懒中充满了不舍。这种时候的睡眠的美味达到了巅峰。

两张嘴唇一分离，就仿佛莺啼鸟啭骤然停止，空余不祥的沉静。二人看不见彼此的脸，呆愣在原地。但车身摇晃挽救了这份沉默。似乎正在忙于其他的事情。

清显垂下眼睑。少女穿在白色足袋里的脚尖就像在绿草丛中察觉到危险、四处观望的白鼠，在膝毯下羞怯地试探。她的脚尖上还隐约沾着白雪。

清显感觉自己的脸烧得厉害，有些孩子气地摸了摸聪子的脸。感受到聪子的脸和自己一样灼热，他心满意足。在那里他感觉到了盛夏。

“把车帘拉开吧。”

聪子点头。

清显伸出手臂，撤掉了前面的帷帐。眼前的四四方方的、漫天飞雪的断面，像倾倒的白色隔扇，毫无声息地垮下来。

车夫察觉到他的动作，停下脚步。

“没事。继续走吧！”清显大喊道。

听见背后传来的年轻爽朗的吩咐声，车夫再次挺直腰背：“走咯！快走快走！”

车子随着车夫的吆喝跑动起来。

“这样会被人看见的。”

聪子眉头一蹙，湿润的双眼盯着车底。

“没事。”

清显也震惊于自己这声果断的答复。他明白了，他想直面这个世界。

抬眼望去，天空好似风雪狂舞的深渊。雪花飘落在二人的脸上，张口就会灌入嘴中。就这样被雪淹埋该有多好。

“雪往这边来了……”聪子用梦一般的声音说道。似乎在说雪花顺着她的咽喉滑落，滴进了胸乳。然而，飘雪有条不紊，降落得颇有仪式风范。清显感到双颊渐渐凉却的同时，心头也逐渐褪去了温度。

正好，人力车爬上房屋密集的霞町坡，来到一块悬崖边的空地，那里能看见麻布三联队的操场。白茫茫的广场上空无一人，突然，清显眼前出现那本日俄战争影集中凭吊得利寺附近战死者的幻象。

数千名士兵群聚在一起，低垂着头，远远围住白木墓碑与白布飘舞的祭坛。与那张照片有所不同，幻象中的士兵的肩上全都堆满了积雪，军帽的帽檐也尽被染白。看见幻象的一瞬间，清显心想其实这些士兵早就死了。那里成群结队、数以千计的士兵不是来参加战友的吊唁，而是为祭奠自己的慰灵而耷拉着脑袋。

幻象转瞬即逝，眼前换为现实的风景，高高围栏间，用来吊起大松树枝的绳子呈麦色，格外鲜明，树枝上落了积雪，看上去岌岌可危。二楼紧闭的磨砂玻璃窗内模糊的灯火接连不断地渗出，隔着雪启示。

“拉上吧。”聪子说。

帷幔被放下来后，令人熟悉的昏暗又回来了。然而方才的陶醉一去不复返了。

“她会怎么看待和我接吻？”清显又开始纠结自己甩不掉的疑问了。

“是不是过于忘我、自以为是、带着孩子气、不成体统了？那时我确实只沉浸在自己的欢愉中了。”

这时，聪子说了一句“我们回去吧”，这话说得恰是时候。

“又想自以为是地牵着我走。”

清显想着，刹那间错过了一次提出异议的机会。若说不回去，骰子就会交至清显手里。这颗他还没拿顺手的沉重骰子——仿佛手一触碰指尖就会结冰的象牙骰子还不归他所有。

十三

清显回到家，借口自己是发冷而早退。母亲去卧房看望他，非要给他量体温，正闹得不可开交时，饭沼进来说本多打电话来了。

清显费尽周折，终于拦住了想替他接电话的母亲。清显无论如何也要自己接电话，母亲只好在他背后裹上一张开司米山羊绒毛毯。

本多是用学校教务室电话打过来的。清显的声音听上去极其不耐烦。

“我今天有点事，去了趟学校然后就早退了。我可是瞒着家里从早上开始就旷课的。感冒？”清显一边防备地看着电话室的玻璃窗，一边压低声音继续说，“感冒没什么大不了的。明天我就能去上学了，到时候再和你解释……休息一天就好了，不用担心，还特地打电话过来。你有点大惊小怪了。”

本多挂掉电话。他一番好意却遭如此冷遇，气得胸中怦怦直跳。在他与清显的交往中从未有过这种气氛。真正伤害他的不是清显冷淡不耐烦的声音，也不是清显对待自己无礼的态度，而是那声音中充满了虽不情愿但还是不得不让朋友帮自己隐瞒秘密的遗憾。迄今为止，他从来没有强迫过清显替自己保密。

稍微恢复一点冷静后，本多反省道："只是休息一天而已，我就打去了慰问电话，我也真是的。"不过这个有些性急的慰问电话也不全部出于两人的深情厚谊。本多是因感到一种说不清的不祥预感才在休息时跑过下雪的校园，到教务处借电话打给清显的。

从早上开始，清显的座位就空空如也。这让本多感到恐怖，好像自己害怕已久的事情就发生在眼前。清显的座位靠窗，窗外的皑皑白雪反射出一道道光，映在伤痕累累、涂有清漆的桌面上，桌子看上去宛如披了一层白布的棺椁。

回到家后，本多还是闷闷不乐。恰巧这时他接到饭沼的电话，说清显因为刚才的事情感到抱歉，今夜会为他备车，问他是否能来一趟。饭沼沉闷生硬的声音又让他感到更加不快，于是一口回绝，说等清显返校后再与他慢慢细聊。

听了本多的回话，清显开始懊恼，如同真的生病一般。于是他在深夜里毫无缘由地把饭沼叫来，说了一番令饭沼震惊的话。

"都怪聪子小姐。人们都说女人会摧毁男人间的友情，这话是真的。要是从早上聪子小姐没有提出那么任性的要求的话，我也不会惹本多生气。"

夜里雪停了，第二天雪霁初晴，清显不顾家里人反对去了学校。他比本多来得早，想主动和他打招呼。

然而天亮之后，迎接耀眼晨晖的清显有种抑制不住的幸福感在心底渐渐复苏，他宛如变成了另一个人。本多到校时，看到清显冲自己微笑，他便若无其事地用一抹恬静的微笑进行回应。清显本想把昨天早上的事全都告诉本多，但突然改变了主意。

本多虽用微笑回应清显，但绝口不提昨天的事，他把书包塞进自己的课桌，靠着窗子远眺雪后初霁的景色，瞟眼手表，确认还有三十分钟才上课后转身走出了教室。清显自然跟了上去。

在两层木造小楼的高等科教室旁，有一个凉亭，四周被呈几何形状小花坛所环绕，花坛边缘是断崖，一条小路通往山下，山崖下面是一口池塘，名为“洗血池”，四周丛林环绕。清显想，本多应该不会去洗血池，冰雪开始融化的小路并不好走。果然，本多在凉亭前停下脚步，拂去椅子上的积雪坐了下来。清显穿过满是积雪的花圃，朝他走近。

“干吗跟着我？”

似乎雪地放射的光有些刺眼，本多半眯起眼睛，朝清显看过去。

“昨天是我不对。”清显爽快地道歉。

“没事。你是装病吧。”

“嗯。”

清显也拂去积雪坐在本多身边。

在刺眼的光线中凝视对方时，仿佛给感情的外表镀了层金，让隔阂在顷刻间消失殆尽。站着时在冰雪枝头间得以望见的池沼，在清显于亭子里坐下后就消失了。不论是校舍的屋檐、亭子的宝顶，还是周围的树木，清一色传来冰雪消融、雪水滴落的明悦声音。落在周围花圃上呈不规则凹凸的白雪全都在表面冻结、下沉，仿佛花岗岩粗糙的断面，反射出细密的光。

本多断定清显是要向他坦白心里的秘密，但又不能承认自己在等待这一刻。自己希望清显什么都不说。就像朋友施恩一般，对自己施予秘密真是让人焦急难耐。本多没想到是自己先开口，绕着圈子说道："我前几天一直在思考个性这种东西。我觉得自己至少是这个时代、这个社会、这所学校里一个特立独行的人，我也愿意这样想。你也是吧？"

"那是啊。"清显这时越发散发出一种他独特的天真气息，用无奈的口吻心不在焉回答道。

"一百年后又会如何呢？恐怕不管我们是否愿意，都会被卷入一个时代的思潮中被世人审视。美术史上各时期的不同风格，就无可辩驳地证明了这一点。当身居于某一个时代风格中时，如果不通过这种风格就不能观察事物。"

"而今的时代有风格吗？"

"你是想说明治风格正在消亡吧，但生活在该时代风格中的人绝对看不到这个风格。因此，我们也一定被某种风格包围。就像金鱼不知道自己住在鱼缸里。

“你只活在感情世界里。也许在外人看来你很奇怪，但你想按照自己的个性生活。然而没有任何东西可以证明你的个性。同时代人的证言无一可取。或许你的感情世界本身就体现了时代风格最纯粹的形式……但这点也无从证实。”

“那什么能证明？”

“时间。只有时间。时间会把你我自己都没发觉的时代的共通性毫不留情地抽析出来……于是我们也会和其他人混为一谈，被描述为‘大正初期的青年这样思考、这样穿戴、这样说话’。你很讨厌剑道部的那帮人吧？你对他们充满蔑视吧？”

“嗯。”清显逐渐感受到的钻进裤缝的寒意让他十分不适。他把视线停在了凉亭围栏边的山茶树上，落了雪的树叶发出艳丽的光泽。“嗯，我最讨厌那帮人了。我看不上他们。”

本多对于清显无精打采的回应已见怪不怪。他继续说道：“那就想象一下，几十年后，你和你最瞧不起的这群人被并为一谈。他们简单的头脑、多愁善感的灵魂、用‘文弱’这种字眼辱骂别人的狭隘心灵、对低年级学生的惩戒、对乃木将军的狂热崇拜、每天早上打扫天皇亲手种的杨桐周围都会欣喜若狂的神经……这些东西会和你的感情生活被笼统地一概而论。

“不仅如此，现在我们所在的这个时代的笼统的真相会被轻易把握。就仿佛被搅动的水平静之后，油花会立即浮出水面。没错，我们这个时代的真相会在时代消亡之后被轻易地分离出来，变得显而易见。于是百年之后后世明白了这种所谓的‘真相’大错特错，我们也被概括为某个时代里有着某些错误思想的人。

“你认为这种概括是以什么为基准的？那个时代的天才们的想法吗？还是说伟人们的思考？都不对。若干年后对那个时代定义的基准，是我们和剑道部那帮人之间的无意识的共通点，也就是我们最最通俗平凡的信仰。时代永远在一种愚神信仰下被概括。”

清显不明白本多究竟想说什么。但听他说着，清显内心萌生出一个念头。

透过教室二楼的窗户，已经能看见几个学生的脑袋。其他教室紧闭的窗户的玻璃反射出耀眼的朝阳，倒映着湛蓝的天空。清晨的学校。清显感觉昨天下雪的早晨自己还处于一种官能的昏暗摇晃里，现在却被硬按着坐在一片雪白理性的庭院中。

“这就是历史吧。”一到讨论的时候，清显就会遗憾地感慨自己比本多幼稚多了，但他也尝试着进入本多的思绪，“也就是说，不管我们想什么事、许什么愿、有什么感受，都不会撼动历史半分吧。”

“没错。西方人会立刻想到拿破仑的意志推动了历史发展，就像人们认为你爷爷他们的意志创造了明治维新。

“但说到底真是如此吗？历史有哪一次是随个人的意志而改变的吗？看到你，我总是这样想。你既不是伟人也不是天才吧，但你很有特色。在你身上，完全没有所谓的意志。思考这样的你和历史之间的关系使我感受到了不同寻常的兴趣。”

“这是在嘲讽我吗？”

“不，这可不是嘲讽。我是在思考如何参与无意志的历史。要是我有意志的话……”

“你确实有。”

“那我还是想拥有能改变历史的意志。我会奉献我的一生，投入我毕生精力和全部财产，努力按照我的意志去扭转历史。而且，要尽可能获得地位和权力。尽管如此，历史未必成为我随心所欲的样子。

“或许等到一百年、两百年，或三百年之后，历史突然焕然一新，虽与我毫无关系但和我的理想意志完全一致，以在几百年前我所梦想的形态出现。用我的眼睛所能感受到的美，面带微笑地冷漠蔑视我，嘲弄我的意志。大概人们会说，这就是历史。”

“这不只是时机的问题吗？不就是等待时机成熟吗？不要说百年，就是三五十年里，这也是常有的事。也许当历史具有那种形态时，你的意志也已消亡过一次，幻化成了一缕隐形的丝线，帮助实现了历史。倘若你没有诞生在这个时代，也许等了多少万年，历史都不会产生那种形态。”

多亏了本多，清显听了这段毫无亲近感的如同冰冷森林的抽象言论后，感觉到自己的体温正不断升高，他感受到了这种亢奋。对他而言这终究不是发自内心的愉悦，他眺望着铺满雪花的花圃上枯木拉下的细长影子和充满明快水滴声的皑皑白雪。本多面对他昨日记忆中热忱明艳的幸福感直接视而不见，他为本多雪一样纯洁的决断感到高兴。校舍屋檐上一张榻榻米大的雪块塌落，露出湿漉漉的瓦片。

“那个时候，”本多继续道，“一百年后假如历史变成了我所希望的形态，你会把它称为某种‘成就’吗？”

“这的确是种成就吧。”

“那么是谁的成就呢？”

“你的意志。”

“别开玩笑了。那时我已经死了。刚才我也说了，历史的形成和我毫无关系。”

“那不能认为是历史意志的成就吗？”

“历史会有意志吗？将历史拟人化可是很危险的。在我看来，历史没有意志，也和我的意志毫无关联。因此并非从某种意志中诞生的结果绝不能算作‘成就’。证据就是历史外表伪装下的成就在下一瞬间就会开始分崩离析。

“历史总是会解体的。因为它要给下一次徒劳的历史结晶做准备。就像历史的形成与解体具有相同的意义。

“我深知这点。但我和你不一样，我无法放弃做有意志的人。要说意志，那或许是我性格中被强加的一部分。这事谁也说不准。但人的意志本质上可以称为‘企图与历史相关联的意志’，我并不是说它是‘与历史相关联的意志’，意志几乎不可能与历史相关，只会‘企图有关联’。这是所有意志的宿命，虽然意志不愿承认一切宿命。

“然而，从长远角度来看，所有人类的意志都会受到挫折。事不如意是人之常情。这种时候，西方人又是怎么考虑的？他们会想‘我的意志是意志，失败只是偶然’。所谓偶然就是能够排除一切因果规律，自由意志承认的唯一非目的性的存在。

“因此，西方的意志哲学脱离了‘偶然’就无法成立。偶然是意志最后的逃难所，是赌博的胜败……没有这些，西方人无法说明意志的屡屡挫败。我认为西洋的偶然与赌博才是他们神灵的本质。若这神是作为意志哲学最终逃向偶然的话，只有这样的神才能鼓舞人们的意志。

“然而，假设偶然被完全否定的话，会怎样呢？无论何种胜利、何种失败，人们认为完全没有偶然发挥作用的余地，又会怎样呢？倘若是这样，那所有的自由意志都会失去它们的逃难所。没有偶然存在的地方，意志也会失去支撑自身的支柱。

“稍微想象一下这个画面。

“白天的广场上，意志独自一人矗立着。它假装凭一己之力站着，自己沉浸在这种错觉中。在烈日当空、没有草木的巨大广场上，它拥有的只是它自己的影子而已。

“这时，万里无云的天空中突然传来雷鸣般的轰鸣：‘偶然已经死了，已经不存在了。意志啊，从此之后你永远不能自我辩解了。’

“倾听那声音的同时，意志的身体开始衰颓溶解。它的肉腐坏掉落，眼见着骸骨毕露，流出透明的浆液，之后就连骨头也开始变软融化。意志把双足紧紧踏在大地上，而这也只是白费力气。

“正当此时，阳光普照的天空发出一阵恐怖的声音，裂开一道口子，必然之神从裂缝中探头窥视……

“无论如何，我只能把必然之神的脸描绘为一副恐怖的、可憎的面目。这一定是我意志性格的薄弱点。而没有偶然，意志也就失去了意义，历史就变成了因果规律这把隐形大锁上生出的铁锈罢了。与历史相关联的东西会成为一种无意志的作用，就像美丽的粒子一般独一无二、熠熠生辉、永恒不变，人类存在的意义应当存在于此。

“你应该不知道这些。你不可能相信这种哲学。恐怕相对于自己英俊的面孔、变化多端的感情、个性、性格，你更朦胧地相信自己没性格，对吧？”

清显难以回答。他甚至不觉得自己受到了侮辱，无奈微笑。

“这是我最疑惑的。”

本多发出几乎有些滑稽的真挚叹息，这声叹息在旭日中变成一缕缥缈的白烟，在清显看来，朋友对自己的关心似乎隐隐约约地露出身形。他心中暗暗地增强了自己的幸福感。

这时响起上课的铃声，两个青年站起身来。从二楼的窗户里飞来学生们用窗边雪花捏成的雪球，砸在两人的脚边，溅出闪亮的雪沫。

十四

父亲将书库的钥匙交予清显保管。

这间位于主屋北侧一角的屋子，在松枝家本是被人光顾得最少的房间。侯爵本就是完全不读书的人，但他将从祖父那里继承的汉籍，以及在对知识的虚荣心的驱使下从丸善书店订购并收集的西洋书籍，还有许多赠书都收纳于此。清显升入高等科时，他就如同将知识的宝库转交给儿子一般，煞有介事地将钥匙交给清显。如此便只有清显能够随时自由出入此处了。这间书房里还有与父亲极不相称的古典文学丛书和儿童书籍。这些书籍在出版时，出版社请求刊登松枝侯爵身着正装的照片和他撰写的一小段推荐语，然后在扉页印上“松枝侯爵推荐”几个烫金大字，作为感谢，他们将全套丛书赠予了侯爵。

清显也没有使用这个书库。比起阅读书籍，他更喜欢做梦。

饭沼每个月都要从清显那儿借来钥匙，将书库打扫一次。对饭沼来说，这间房屋收藏了老侯爵心爱的各种汉籍，正因如此，是宅邸中最神圣的房间。他将这间书库称为“御文库”，哪怕是口中说出这个名字，都充满着敬畏之情。

清显在与本多和解的那个晚上，把即将去夜校的饭沼叫到房间里，一言不发地把钥匙交给了他。每月扫除的日子是有定数的，再说这也应该是白天的工作，饭沼看着突然递过来的钥匙，感到诧异。钥匙如同一只被揪去翅膀的蜻蜓一般，黑漆漆地落在他朴素宽厚的手掌中……

在那很久以后，这个瞬间也多次重现在饭沼的眼前。

这把钥匙如同被揪掉翅膀的蜻蜓一般赤裸裸地躺在自己的掌心，是多么残忍的姿态啊。

他思考了很久这究竟意味着什么，却百思不得其解。终于等到清显说明的时候，他却被气得发抖。与其说是对清显的气愤，倒不如说是对任人摆布的自己感到愤怒。

“昨天早上你帮我逃课，今天轮到我来帮你了。你就假装是去上夜间大学，从家里出去，然后绕到后门，从书库外的栅栏翻进来，用这把钥匙打开书库，在里面等着就行。但绝对不能点灯。从房间里面把门反锁上比较安全。

“美奈那边蓼科已经和她说好了暗号。蓼科给美奈打电话，问她‘聪子小姐的香袋什么时候能做好’，这就是暗号。美奈本来就擅长缝制袋物等针线活儿，大家都找她做针线活儿，这样一来说聪子小姐请她帮忙做金线织花锦缎香囊，给她打电话也不足为奇。

“美奈接到这个电话之后会算好你平时上夜大出门的时间，然后轻轻敲书库的窗子，和你见面。晚饭后那段时间人声嘈杂，美奈消失个三四十分钟也不会有人发现。

“蓼科觉得你和美奈在外面私会反而更危险，难度很大。女仆出门要找各种借口，那样反让人起疑。

“她的话也有些道理，所以在和你商量之前我就自作主张了。美奈今晚已经接到了蓼科打来的电话暗号。你一定要去书库，否则，就太对不起美奈了。”

听到这里，被逼得只能就范的饭沼双手颤抖，钥匙差点从手中滑落。

书库里寒冷彻骨。由于窗户上只挂了一层细棉布帷帐，里院的灯光幽幽地照进房间，昏暗到连书名都看不清。书库散发着浓重的霉味，就像寒冬腊月蹲在浑浊的臭水沟旁。

不过饭沼大致知道那些书架上有哪些书。被先辈们几乎翻烂了的日本装订版《四书讲义》[①]虽然连书套都没了，却和《韩非子》[②]《靖献遗言》[③]《十八史略》[④]并排而列。他曾经在打扫时偶然翻开书中的一页，上面写着贺阳丰年[⑤]的《高士吟》。他还知道铅

---

① 清代著名理学家吕留良的时文评语，后经其弟子陈从汇集为此书。

② 中国先秦时期法家代表思想家人物韩非的论著。

③ 江户时代儒学家浅见絅斋的主要作品，记录了中国忠臣义士的行状。

④ 元朝曾先之所著，其基本内容是以帝王为中心叙述上古至南宋末年的史事。

⑤ 贺阳丰年（751—815），平安时代初期汉诗人，其诗文在当时颇有影响。

字版的《和汉名诗选集》放在哪里。这首《高士吟》在他扫除时能带给他慰藉的是如下诗句：

一室何堪扫，
九州岂足步。
寄语燕雀徒，
宁知鸿鹄路。

他清楚，清显知道他崇拜"御文库"的心理，才会特意安排他和美奈在书库密会……还有，方才清显讲述他那番体贴的安排时，语气里明显透露着冰冷的陶醉。清显盼望着自己亲手玷污这个神圣的地方。仔细回想，清显从他的美少年时代起就时常用这股力量对饭沼进行无言的威胁。这是种亵渎的快感，饭沼不得不亲手玷污他最为珍视的东西，仿佛往供奉神灵的洁白币帛缠上一片分不开的生肉般的快感，是远古时素盏鸣尊[①]所喜爱的冒犯的快感……自从饭沼就范，清显的这股力量就在无限增强，现在他难以理解的是，清显的快乐在世人看来都是美丽纯洁的，而饭沼的快乐却越发污秽不堪、罪孽深重。这种念头让他觉得自己越来越卑贱。书库的房顶传来老鼠慌张溜过的脚步声，并伴随着压抑

① 日本神话《古事记》中的三位主神之一。又名建速须佐之男，负责治理海洋，相貌丑陋而力大无穷。

的低叫声。上个月为了驱除老鼠，他在打扫房间的时候放了很多栗子的带刺外壳在天花板上，但没有任何效果……突然，饭沼想起了他最不想提及的回忆，全身开始战栗。

每次见到美奈，眼前都会掠过一个幻影，就像怎么都擦不掉的污点。眼看美奈炽热的身体就要在黑暗中来到他身边，这份思念必定挥之不去。这件事恐怕清显早已知晓但不会宣之于口，饭沼也清楚这点，他对清显也绝口不提。在宅邸内，这个虽然不是什么不可言说的秘密，但对他来说是一个越来越难以忍耐的秘密。他的脑中总是充满了苦恼，仿佛一群肮脏群鼠在他脑中乱窜……侯爵已经染指美奈，现在也时不时……他想象着鼠群血红的双眼和它们令人窒息的悲惨。

天气寒冷刺骨。饭沼早晨去神殿参拜时还挺着胸膛，而现在寒气从他的后背潜入，像膏药一样紧粘在他的肌肤上，让他浑身战栗。这时美奈一定正装作若无其事的样子瞅准机会脱身赶来。

等待的途中，饭沼迫不及待的欲望不断涌上胸口，各种禁忌的思量、寒意、凄惨与霉味混杂，令心头激动不已。它们仿佛臭水沟里的垃圾，侵袭着他小仓棉布质地的裙裤，缓缓流入身体。“这就是我的快感！”他思考着。这个二十四岁的男人，处于正适合创下一番丰功伟绩年龄的男人……

听到窗户被轻轻敲响，他突然站起身，猛地撞在书架上。他打开窗栓。美奈侧着身子溜进来。饭沼反手将窗锁好，按着美奈的肩头，粗乱地将她推进书库深处。

不知为何，此时饭沼脑里浮现出自己方才从书库背后绕过时看到的、书库外侧护板周围因扫雪被堆积在一起的、污浊的残雪的颜色。而且莫名其妙地，他想把美奈按在和雪堆仅一墙之隔的角落里奸污。

饭沼因幻想而更加残酷，但他对美奈的怜爱也加深了。他察觉到，自己想对美奈一番粗暴蹂躏带有想对清显进行报复的成分，感觉越发凄惨。他们不能出声，密会的时间也很短，美奈任凭饭沼摆布，面对这份直白的屈服，饭沼感受到来自自己同类人的体贴和理解，心灵受到了伤害。

而美奈的这份温柔并非完全出自对饭沼的体贴和理解。非要说的话，美奈是个轻佻开放的姑娘。饭沼沉默寡言中的恐惧气息和他慌乱僵硬的指尖在美奈看来都只是笨拙的诚实而已。她根本没想到饭沼会怜悯自己。

在被翻动的裙摆之下，美奈感受到了一股寒流，宛若黑暗中突然有一块冰冷的钢板贴了上来。她在昏暗中抬头看，仿佛印有模糊金字的书籍和摆满图书的书柜正从四面八方朝身上压过来。必须快点。她必须在这陌生的地方，在自己精心安排的细小的时间空隙内迅速藏身。无论感觉多么不舒服，她知道只要恰好符合这个时间空隙，直接敏捷地把身子埋进去就足够了。她所渴望的大概只是一座与她娇小丰满、细腻光洁的体肤所相衬的小墓碑。

要说美奈喜欢过饭沼也并非言过其实。由于被追求，她对追求者的优点一清二楚。况且她也从未与其他女仆们一起嘲讽饭沼。

美奈用女性的直觉察觉到了饭沼作为男人饱受磨砺的男性气魄。

她感觉似乎眼前闪现了欢快热闹的庙会。黑暗之中，乙炔灯的强光与气味、气球、风车，还有五颜六色的棉糖果一一浮现，又消失殆尽。

她在黑暗中醒了过来。

“你为什么把眼睛瞪这么大？”饭沼焦躁地说道。

天花板上的鼠群又开始跑来跑去。跑动的脚步声细碎而又急促，鼠群陷入混乱，在这宽得出奇的广阔黑暗中四处疾走。

十五

按惯例，送到松枝家的包裹都要先经过管家山田之手，他会把信件整整齐齐地摆在泥金花纹漆盆里，然后亲自交到主人们的手上。深知此事的聪子为了慎重起见，决定让蓼科当信使，把信交到饭沼手里。于是饭沼在忙于准备毕业考试之时抽身迎接了蓼科，把聪子的情书顺利交给清显。

每逢我回想起那个下雪的清晨，即使翌日晴空万里，我的心头也仍有幸福的雪花飘舞。雪花一片一片连绵成您的面容身影。我想念您，因此我愿三百六十五日都住在大雪纷飞的国度。

倘若我们生在平安时代，您为我赠歌，我也应回敬您一首。我自幼学习和歌，但此刻我震惊于没有哪一首能够表达我的心意。这是因为我才疏学浅吗？

很高兴您能倾听我那番任性的要求，但请不要以为这就是我所有的喜悦。这样相当于我是一个喜欢随意摆布您的女人，那是最痛苦的事情。

最令我欣喜的莫过于您的善良。您看透了我任性的请求下隐藏的迫切心情，二话不说就带我去赏雪。您的善良实现了我心中隐藏的最难以启齿的梦想。

清少爷，一想起那天的事情，我便因喜悦与羞怯而浑身颤抖。在日本，雪精灵是雪女，但我记得在西方童话里的雪精灵是年轻貌美的男子。身着制服、威风凛凛的您就像诱拐我的雪精灵。能就这样在您的美好中融化，和雪融为一体，哪怕冻死也是我的幸福。

写在情书末尾的是那行“切记阅后即焚”。

在这一行之前都是绵绵情话，但这封信在文笔优雅至极的同时，通篇又有很多官能的表达，热烈奔放。

看完之后，读者可能会欣喜若狂，然而片刻之后，又令人不觉感慨她简直就是优雅学校的教科书。清显似乎觉得聪子在告诉自己，真正的优雅不会畏惧于任何淫乱。

那天早上两人共赏雪景，倘若二人真的两情相悦，那一日不见如隔三秋也是极其自然的事情吧？

而清显的内心没有泛起这种波澜。他就像在风中飘扬的旗帜一般，仅仅为了感情而活，这种活法往往会让人避开自然的发展趋势。因为自然的发展趋势会给人被自然强迫的感觉，所以无论任何事情他都想要从被强迫的不快中摆脱出来，而这次就连自己本能的自由都要被束缚住了。

清显暂时不打算和聪子见面并不是因为他在克制自己，也不是因为他像猎艳的高手般熟知爱情的法则。那都源于他生硬的优雅，那种几乎等同于虚荣心的幼稚的优雅。聪子的优雅如此自如，甚至有些淫乱，这令他嫉妒，令他自惭形秽。

仿佛流水回到熟悉的沟渠，他的心又开始爱恋上苦涩。他极其任性，又有着严格的梦想癖，令他在对想见却不能见的事情上感到焦虑，还对蓼科和饭沼多余的撮合感到憎恶。他们的作用是清显纯粹感情的敌人。清显注意到，这种刻骨铭心的煎熬与想象力的苦恼都是从自己的纯洁之中抽离出来的，这刺伤了他的骄傲。恋爱的苦恼本应是五彩斑斓的锦缎，而他的小作坊里只能造出纯白一色的丝线。

“他们要把我带到何处？就在我的恋爱即将成真的时候。”

但所有感情全都被定义为“恋情”时，他又会变得挑剔起来。

一般的少年定会因那个吻的回忆而感到狂喜陶醉，而这个向来高傲的少年却日渐伤感。

那个瞬间确实像宝石一样闪耀着快乐的光辉。那一瞬间毫无疑问被镶嵌在记忆的深处。仿佛在一片灰蒙蒙、模模糊糊的雪地正中，在那不知何处来又去往何处的飘忽情感的中央，有颗明亮的红宝石。

这份快乐的记忆和内心的伤害是矛盾的，他对此苦恼不已。

最终这份回忆也只会沦为熟悉的、黯淡的回忆。总而言之，他把这个吻看作聪子给他带来的莫名其妙的屈辱回忆。

他打算写一封冷淡的回信，数次撕掉信纸重写。最终他确信自己冰冷的情书大作诞生了，撂下笔。此时他发觉自己在不知不觉中竟以上次攻击聪子的信为前提，采用了风月高手的男性文体。这个明显的谎言这次伤害了他自己，所以他又提笔重写，把作为男人经历初吻的喜悦如实地写下来。于是这又变成了一封充满孩子气的热烈情书。他闭上双眼，把信装入信封，伸出光润的淡粉色舌尖，舔湿信封上的糨糊。那是淡淡的、甜甜的药水味。

十六

松枝府邸本来因秋天的红叶而久负盛名，但府里的樱花也毫不逊色，美不胜收。延伸至正门前八百米长的大路两侧，有很多樱花树混杂在松树林里。从洋馆二楼的阳台远眺，能将所有的樱花树尽收眼底，有的栽在道路两侧，有的紧挨前庭的大银杏树，有的环绕在山坡上的草坪四周，当年在那里举行了全家庆祝清显的“御立待”仪式，还有几棵樱花树零星地种在与湖一水相隔的红叶山上。比起在遍地开花的庭院，很多人认为在洋馆二楼赏花更具情致。

从春到夏，松枝家的三大节日就是三月的女儿节[①]、四月的赏花会和五月的神宫祭奠，今年春天离先帝驾崩还不满一年，女儿节和赏花会都只在家庭范围内举办，女人们大失所望。每年冬

① 原文作“雛祭り”，日本女孩的节日。家中有女儿者均于当天陈饰雏人偶，供奉菱形年糕、桃花，以示祝贺并祈求女儿幸福。

天，深宅大院里就开始讨论女儿节和赏花的主题，议论请来增添余兴的艺人，这些让他们期盼春天的心灵越发骚动不安。没有了这些节日，就等于荒废了这个春天。

尤其往年举办的是鹿儿岛风格的女儿节庆祝仪式，很多外国客人应邀而来，又把盛况宣传到国外，因此声名远扬，甚至有些在春天赴日的外国客人会为了参加松枝家的女儿节庆典用尽门路。烛光照在象牙人偶的脸颊上，映着绯色的毛毡，显得春寒清冷。一道白光深深地射进男偶人的衣冠束带、女偶人十二单衣[①]露出的纤细脖颈，似乎要穿透那些脖颈。足有一百张榻榻米[②]宽的大客厅地面铺满红毯，天花板上吊着数不清的大绣球，墙上贴着风俗人偶的贴画。一位名叫阿鹤的贴画老妇每年二月初都会进京，绘制精美绝伦的贴画，不管什么事都会习惯性地说一句“悉听尊便”。

女儿节避免了往年的奢华铺张，赏花会自然也不能太招摇，但可以预料比当初通知规定的华丽不少。因为洞院宫殿下[③]会非正式莅临本次赏花会。

原本喜好奢靡的侯爵还在为躲避世人非议而担心，听到消息后，他满心欢喜地接受了洞院宫殿下的命令。既然先皇的表兄都

---

① 日本平安时代命妇以上的高位女官穿着的朝服。

② 榻榻米，在用稻秸编织的草垫上铺上用灯芯草编织的席面制成的垫子。日式房间铺于地板上用。一张榻榻米面积约为 1.65 平方米。

③ 虚构的皇族成员，本书人物之一。

在服丧期间违令出行了，那侯爵这边的一切操办也名正言顺。

洞院宫治久王殿下恰好在去年莅临了拉玛六世的继位授冠仪式，和暹罗王室交情颇深，因此侯爵决定也邀请帕他提纳迪特殿下和库里沙达殿下前来赏花。

侯爵在1900年的巴黎奥运会上结识了洞院宫殿下，并带他体验巴黎的夜生活。回国后，洞院宫殿下喜欢和侯爵说些只有他们两个人才懂的话：“松枝，有香槟喷泉的那家挺有意思。”

赏花会定在四月六日。一过完女儿节，松枝家里就开始忙上忙下做准备，每个人的生活也变得丰富起来。

清显无所事事地过着春假，父母建议他去旅行，对此他也不感兴趣。虽说不可能与聪子频繁会面，但他不想离开聪子居住的东京。

他带着充满恐惧的预感，迎来了姗姗来迟、寒意料峭的春天。在家觉得无聊透顶的时候，他就会去拜访他平时鲜少涉足的祖母的养老大宅。

他不怎么造访祖母是因为祖母总是把他当小孩子对待，还动辄就说母亲的坏话。祖母长着一张严肃的面孔，肩膀跟男人似的宽阔，一看就很健壮。她在祖父死后就抛下尘世万物，仿佛期待着死亡的降临，每天只吃一点点东西，反而身体逐渐硬朗起来。

祖母只要遇到家乡的故人，就开始讲天不怕地不怕的鹿儿岛方言，但对清显和他母亲说话，又变成了有些生硬的楷书风东京方言，可她不会发鼻浊音，所以听起来更加生硬。每当这时，清显都觉得她是在故意用这种口音斥责他能轻松发出东京腔鼻浊音的轻浮。

“听说洞院宫大人会莅临赏花会呢。”坐在被炉边的祖母，一见清显，就开口问道。

“是的，确有此事。”

“我还是别去了。虽然你母亲也邀请我了，但我还是不露面比较好。”

然后祖母考虑到清显整天无所事事，便推荐清显练习轻松的击剑，还埋怨说以前这里有个道场，被推倒后修成了洋馆，从那时起松枝家就开始走衰运。清显内心也赞成祖母的这个提议。因为他喜欢“衰运”这个字眼。

“要是你的叔父们还活着的话，你父亲也不可能像现在这么随便。邀请洞院宫大人来赏花，花费巨大，除了给我们添点面子外别无用处。一想到我那两个没享受到荣华富贵就战死沙场的孩子，我就没有心思和你父亲一起游乐。就连遗族抚恤金也分文未取，原封不动地放在神龛上。那是对我儿子们洒在战场的高贵血液的补偿，一想到这是天皇赐予的钱，我就不忍心花掉。”

祖母喜欢像这样讲些具有道德感的大道理，但她的吃穿用度、仆人还有零用钱全都由侯爵安排得妥妥帖帖的。清显时常在想，祖母是否是因为羞于她出身乡下而故意避开那些光鲜时髦的场合。

但只有在和祖母见面时，清显才能逃离自己和自己周围虚伪的环境。他对能够接触到近在咫尺的朴素刚健的血液感到喜悦，毋宁说这是一种讽刺的喜悦。

祖母粗糙的大手、仿佛用粗线一气勾勒出的脸庞和她紧闭的双唇都透着这股气息。但祖母也不是总讲这些生硬的说教，她在被炉中突然戳了下孙子的膝盖，逗他说："每次你来，这里的女仆们都要引起一阵轰动。在我看来你还是个流鼻涕的小鬼罢了，但在她们眼里就不一样喽。"

他凝望着悬挂在横木上的两位叔父身着军装的模糊照片。他发现他们的军服和自己没有任何关联。这张照片拍摄于战争刚结束那会儿，距现在仅仅八年，而自己感觉与照片相隔如此遥远。"大概我生来就流淌着感情的血液，绝对不会流淌肉体的血液。"清显带着些许不安，傲慢地想着。

紧闭的拉门上洒满了阳光，六张榻榻米宽的客厅暖洋洋的，仿佛置身于白色的纸拉门包裹成的半透明巨大蚕茧里，沐浴着射进来的阳光。祖母突然开始昏昏欲睡，清显在明亮房间里倾听着挂钟走动的声音，嘀嗒声在这片沉默中尤其清晰。垂着头迷迷糊糊睡着的祖母梳着切发髻，头发中散落着染发的黑粉，发际线下是丰隆光洁的额头，但额头上还残留着六十年前少女时代时被鹿儿岛夏日的艳阳晒伤的痕迹。

想到潮起潮落，春去秋来，自己终将会老去，他突然感到窒息。他从未想过要获得老年人的智慧。怎样才能在年轻的时候结束自己的生命，还不痛苦呢？就像被人脱下乱扔在桌子上的华美丝绸和服，不知不觉滑落在昏暗的地板上一般优雅地死亡。

有关死亡的思考第一次带给他鼓舞，他突然想见聪子，哪怕一面也好。

他打电话给蓼科，火急火燎去见聪子。聪子确实活得好好的，年轻美丽，自己也活着，这种感觉就像好不容易才抓住的不同寻常的幸运。

在蓼科的安排下，聪子装作出来散步，在麻布家宅邸旁的小神社里与清显见面。聪子先是为自己被邀去赏花一事道谢。看样子她以为是清显点名邀请她赏花的。向来缺乏坦率的清显，明明第一次听到这件事，但装作早已知晓的样子，暧昧地接受了聪子的谢意。

十七

松枝侯爵几经思量，决定最大限度地减少前来赏樱的宾客数量，仅限于陪同洞院宫大人夫妇共进晚餐的嘉宾，即两位暹罗王子、与松枝家是世交又经常走动的新河男爵夫妇，以及聪子与其双亲绫仓伯爵夫妇。新河财阀的掌舵人走哪儿都是一副英伦风的做派，而他的夫人最近和平冢雷鸟[①]等人交往密切，成为“新女性”的资助者，所以应该会为这次赏樱增加异彩。

下午三点，两位殿下到达后，先安排他们到正房稍事休息，然后陪同他们前往庭院参观。其后到五点之前，以园游会的形式请他们观赏艺伎化装表演的元禄赏花舞[②]，随后观赏徒手舞。傍晚时分，带他们到洋馆，先奉上开胃酒。等正餐结束，便安排特

① 平冢雷鸟（1886—1971），日本的思想家、评论家、作家、女权主义者，战前和战后女性解放运动、妇女运动的领导人，后期也关心和平运动。

② 为明治十一年（1878）三世杵屋正治郎所作，作词为竹柴瓢助。描绘了最为华丽的元禄时期（1688—1703）的赏花风情。

意聘请的电影放映师放映西方电影新片，作为第二个助兴项目，然后结束。这是侯爵和管家山田一起反复斟酌敲定的周详方案。

关于放映电影的选择也让侯爵劳心费神。有一部法国百代公司拍摄的电影，由法国国家剧院的著名女演员嘉布里艾尔·罗班努主演，她演技高超，品位不俗，但这可能会扫了大家专程前来赏樱的兴致。从三月一日起，浅草电气馆就改为专门放映西方片的电影院，上演了《失乐园的撒旦》，电影口碑不错，但在那种地方上演的电影在这种场合放映也不合时宜。德国的武打电影恐怕又不合妃殿下和其他女宾的心意。果然，最为稳妥的还是英国赫普沃斯公司拍摄的、根据狄更斯原著改编的五六部恋爱故事片。虽然氛围多少有些忧郁，但能雅俗共赏，还配有英文字幕，想必宾客们都会满意。

要是赶上那天下雨如何是好呢？正房的大客厅赏樱视野不够好，那就先邀请宾客们去洋馆的二楼观赏雨中樱花，然后就在二楼观看艺伎的徒手舞，献上开胃酒，进入正餐。

准备工作从搭建临时舞台开始，舞台地点选在湖边，可以从草地山坡上向下俯瞰。如果当日天气晴朗的话，殿下必定要四处游览赏樱，所经之路两侧都需要用红白相间的幕布围绕起来，需要使用相当多的布匹。并且还要在洋馆处处都用樱花装饰，餐桌也要让人有置身春日田园的感觉，光是筹备这些，就需要大量的人手。到赏樱的前一天，梳头师傅及其徒弟们忙得不可开交。

幸而赏樱之日是个晴天，但阳光并不那么炫目刺眼。日头阴晴不定，早上还能感受到一丝凉意。

正房里一间平时不怎么使用的房间充当了艺伎们的准备室，家里的镜子都给搬了进去。清显对此饶有兴趣，便前去偷看一眼，但立刻被女仆赶了出来。不一会儿用来接待的艺伎房间就被打扫干净了，有二十张榻榻米大小。房间里围起了屏风，地上散乱着坐垫，盖在镜子上的京友禅[①]织棉布被掀起了一角，露出锃亮的镜面。房间里没有丝毫胭粉气味，但一想到半个小时后，这里将会充满女人，她们声音娇媚，无所顾忌地更换衣物，清显心中预想的香艳变得更加浓厚。比起院子里用新木头搭建起来的舞台，这里更是芳香四溢，是香艳无比的“马厩”。

暹罗王子实在缺少时间观念，于是清显便告诉他们用过午饭后立即过来。这样两位王子就在一点半左右才到达了松枝府。清显见他们都穿着学习院的学生制服，十分吃惊，只好暂时先把他们带到自己的书房。

“你那位美丽的恋人来吗？”刚进房间，库里沙达殿下就用英语大声问道。

谨言慎行的帕他提纳迪特王子责怪堂弟如此失礼，并用磕磕巴巴的日语向清显道歉。

清显对他们说她肯定会来，但是由于洞院宫殿下和她的父母都在场，拜托他们不要声张。王子们互相看了看，似乎对清显和

---

① 京都传统工艺的代表之一。

聪子这段关系居然还没有公开感到十分惊讶。

饱尝思乡之苦后，王子们似乎已经习惯了在日本的生活。大概也是因为他们穿着学生制服，清显觉得他们就像自己亲密无间的朋友。库里沙达殿下惟妙惟肖地模仿学习院校长的言谈举止，逗得乔·皮和清显哈哈大笑。

乔·皮站在窗前，看着随风摇曳的红白布幕和平日里风格迥异的庭院，用略带不安的语气说道："从今天开始天气要逐渐暖和起来了吧。"

王子的声音里充满了对夏天炽热的渴望。

清显被这声音所吸引，站起身来。这时，乔·皮用纯澈的少年感十足的声音叫喊起来。他的堂弟也吃惊地站了起来。

"就是她，那个让我们闭口不谈的美人！"情急之下，乔·皮用英语说道。

和父母一起沿着湖边走来的正是穿着长袖和服的聪子。她身着漂亮的浅粉色和服，远远望去，和服底襟是春天原野的笔头菜和嫩草的图案。黑亮的秀发下，有着一张白皙明亮的脸颊，正指着湖心岛的方向张望。

湖心岛上虽没有幕布悬挂，但在一片新绿中，远处红叶山的散步小路上，隐约可以看见悬挂的幕布，影子如同红白两色的干点心倒映在水中。

清显总觉得自己听到了聪子那甜美清亮的声音，但窗户紧闭着，怎么可能听得见？

一个日本少年和两个暹罗的少年屏住呼吸，并排把脸贴窗前。清显觉得不可思议。和这两个王子在一起的时候，也许是被他们的热带的奔放感情所感染，清显自己也不由自主地相信自己的热情，感觉自己甚至可以毫不掩饰地表白出来。

现在他可以毫不犹豫地对自己说，我爱她，爱得痴狂。

聪子从水池旁转过身，虽然不一定是朝着窗户这边，但当她明媚的脸庞正对主屋时，清显想起小时候在牵引春日宫裙裾时，只见到她一晃而过的侧脸，没能看到正脸的遗憾，在六年后的今天得到了弥补。他感觉遇到了自己最为期待的瞬间。

时间是结晶体的美丽断面，改变了角度，六年后，依旧散发着清晰耀眼的光芒。在初春阴翳的光照下，聪子莞尔一笑，立马抬起白色弯弓一样的纤纤玉手遮住嘴巴，她纤细的腰身，像是一根鸣动的琴弦。

十八

新河男爵夫妇是一对疏离和狂躁的绝佳结合体。男爵对妻子的所作所为漠不关心，妻子则从不顾及周围人的反应，絮絮叨叨。

无论在家里还是出门在外，都是如此。平时看起来冷漠的男爵，有时却会用警句诗式的言辞对人进行辛辣的批评，绝不会长篇冗词。然而夫人虽然费尽口舌，却完全描绘不出他想要说明的那个人的鲜明特点。

他们是日本第二辆劳斯莱斯的买主，也因此深以为傲，扬扬得意。晚饭过后，男爵穿着丝绸简便礼服，惬意休息，夫人在一边没完没了地说话，他充耳不闻。

夫人把平冢雷鸟为首的一派作家请到家里，成立了一个名叫“天火会”的团体，名字源于狭野茅上娘子[1]的一首著名和歌，每个月召开一次例会。但每次开会都赶上下雨，便被报纸嘲讽作

---

① 奈良时代（710—794）的下级女官。

“雨日会”。对思想性问题一窍不通的夫人，却极度兴奋地关注起了女性的理性觉醒，就像注视着一只下了全新形状，比如三角形鸡蛋的母鸡一样。

男爵夫妇收到松枝侯爵的赏樱邀请后，喜忧参半。难为情的是，就算不去他们也知道这是场无趣的盛宴。让人高兴的是，可以威风凛凛地彰显他们正规的西式做派。这户富商之家，和萨长政府[①]长期保持着互相支持的合作关系。从父辈那一代开始，打心眼里对乡下人的蔑视就成了他们新的不屈的高雅的核心。

“依松枝家的做派，多半又要邀请皇室前来，还要准备乐队相迎。他们家把皇室的大驾光临看作一场戏。”男爵说道。

“我们总是得掩藏自己的新思想，”夫人回应道，“但把新思想隐藏起来，做出一副全然不知的样子，不也挺令人得意的吗？悄悄地混在那些守旧派的人群里，不也很有意思吗？看着松枝侯爵对着洞院宫殿下一边卑躬屈膝，一边刻意套近乎，不也是一场好戏吗？我该穿什么去呢？总不能白天就穿着晚礼服出门吧。干脆就穿裙裾带有花纹的和服吧，也许这样最合适。你告诉京都的北出，让他赶紧把和服裙裾染成篝火夜樱的图案。不过，我总觉得裙摆带花纹的和服不适合我。但是我一直弄不明白，我穿和服，到底是我自己觉得不合适，但实际上别人觉得还行，还是别人也

① 明治维新后的新政府。由于明治维新以后，出身萨摩藩、长州藩的人掌握政治权力的核心，因此明治新政府也被称为萨长政府。

认为不合适呢？你怎么看？”

赏樱当日，侯爵家通知新河男爵夫妇说，请于洞院宫殿下之前赶来。虽说他们故意比通知时间晚五六分钟到达，但离洞院宫的大驾光临，还是有大把盈余的时间。男爵对这种陈旧的做法愠怒不已。

男爵一下车便讽刺道：“殿下的马怕不是在半路上中风了吧。”不过，无论说什么挖苦讽刺的话，男爵总是端着英伦做派，面无表情地在嘴里嘟囔，谁也听不见。

这时传来急报，殿下的马车已经进入侯爵家的大门，东道主们已经在正房门口列队恭迎。马车穿过大门，压在松树掩映的小路的沙砾上。清显看见马偾张着鼻孔，脖颈直立立地挺着，灰白色的鬃毛倒立，恰如即将粉碎的、汹涌的海浪掀起的白色浪头。车厢上微微沾染上春泥的金色家徽像金色的漩涡随着车厢晃动，然后静止了下来。

洞院宫殿下的黑色圆顶礼帽下是一把漂亮的花白胡子，妃殿下紧随其后，踏上特意铺设的可以穿鞋进入室内的白布，走进了会客厅。当然，在此之前，他也和大家点头致意，正式的寒暄要等进入会客厅之后。

清显看着妃殿下黑色的皮靴鞋尖在洁白的和服薄纱裙底交替出现，仿佛泛着白色气泡的涟漪下若隐若现的马尾藻果实。由于太过优雅，他丝毫不敢仰视这位年长妇人的尊荣。

侯爵把当天在大厅里恭迎的各位客人引荐给殿下，只有聪子是殿下见到的生面孔。

“怎么把这么漂亮的小姐藏起来，不让我见啊？”殿下对绫仓伯爵抱怨道。

站在一旁的清显听到这句话，不由得背脊微微发凉。他感觉聪子如同一个耀眼夺目的皮球，被众人捧得高高的。

洞院宫殿下与暹罗国王素来交好，两位王子来日本以后不久就受到了殿下的款待。所以他们很快就聊得热火朝天。殿下问学习院的同学是否关心他们，乔·皮微笑着鲜有的认真恭敬地回答道：“大家就像认识十年的知己一般，都热心地帮忙解决问题，没有任何的不方便。”

但清显知道，除了他以外，王子没有其他可以称得上朋友的人，也几乎从来不去学校。听到这些，清显在一旁忍俊不禁。

新河男爵的心像是银做的一般，即使在家磨得锃光瓦亮，可一混入人群中，立马就会蒙上一层灰蒙蒙的锈。这般应酬光是听听，耳朵都要生锈。

终于，在侯爵的带领下，大家都跟随洞院宫殿下来到庭院里赏樱。通常，日本的宾客之间很少自然地熟络起来，妻子也都往往跟在丈夫身后。男爵早已陷入疏离的状态，甚至在人群中有些显眼，他看着离他们远远的人群，对妻子说道：“听说侯爵从外国留学回来以后，也学起赶时髦来了。摒弃了妻妾同居的习惯，把妾室迁到外面居住。就住在离大门八百米远的地方，他也就赶八百米远的时髦。五十步笑百步的谚语肯定就是这样造出来的。”

“既然是新思想，就要彻底贯彻新思想。不论别人怎么议论，就应该像我们家这样，遵循欧洲的风俗，无论是受邀出席还是夜里外出，都得夫妇相随。你看，对面山上的两三棵樱树和红白色布幕倒映在湖面上，多么好看！我的和服底襟图案你觉得怎么样？在今天所有的宾客里，我的花纹最为考究精致，而且大胆新颖，要是在对岸看我在湖面的倒影，肯定非常迷人。不能同时身处两岸可真是不自由！你不这样认为吗？”

新河男爵欣然地忍耐着，把经受住一夫一妻制的考验（虽说起初是他自愿的）视为由于自己拥有领先别人百年的前卫思想而经历的磨难。男爵本就生性淡漠，无论多么辛酸难耐的事物，要是没有可以感怀的空间，他就会认为是时髦得意的。

山丘的游园会场上，柳桥艺伎们扮成跳元禄赏花舞的武士、女侠客、奴仆、盲艺人、木匠、卖花人、版画商人、青年人、农村姑娘、俳谐师①等，热情迎接客人。洞院宫殿下对身边的侯爵露出满意的微笑，暹罗王子也高兴地拍着清显的肩膀。

清显的父亲陪同着殿下，母亲则忙于招呼妃殿下，这样一来，就剩下清显和暹罗的两位王子了。艺伎们围绕在清显周围，为了照顾这两位不会日语的王子，清显也是劳心费神，根本无暇顾及聪子。

“少爷，请过来玩一会儿吧。今天单相思的人很多，这样放

---

① 俳句诗人。

着他们不管也太残忍了。”扮演俳谐师的老艺伎对清显说。

年轻的艺伎，就连扮演男性的艺伎们，眼角也抹上了红晕，就连笑容都令人陶醉。日暮降临，周围寒气袭来，但清显觉得自己仿佛被丝绸、绢布和裹满脂粉的肌肤组成六曲双面屏风围得严严实实，吹不进一丝真挚的晚风。

女人们嬉笑打闹，纵情欢笑，仿佛正浸泡在温度适宜的洗澡水里一样，舒适惬意。她们说话时，手势优雅。白皙嫩滑的咽喉处，像安装了一个小小的金属合叶一般，在一定的时候停下来，微微点头。搪塞别人的讥讽时，夹杂着戏谑的愤怒充斥在眼眶里，微笑却总是挂嘴边。突然间惺惺作态地听着客人们谈天说地，但抬起手轻抚秀发的刹那间，又流露出惆怅恍惚……艺伎千娇百媚，清显情不自禁地将她们频繁抛出的媚眼和聪子独特的秋波相比较。但二者截然不同。

艺伎们的媚眼虽灵活愉悦，但各自独立，像是一群昆虫聒噪地盘旋在周围，令人生厌。这绝非聪子那般充满高雅韵律的眼神。

聪子正在远处和洞院宫聊天，她的侧脸掩映在夕阳的余晖之下，似远处的水晶、悠远的琴声，又似远山的皱襞，遥远的距离营造出的幽玄之感分外浓烈。随着暮色渐浓，在天空和树木的烘托之下，聪子的侧脸像富士山一般呈现出清晰的轮廓。

新河男爵和绫仓伯爵不冷不热地交谈着，旁边也有艺伎伺候着，但他们对艺伎似乎连看都不看一眼。樱花花瓣飘落在草地上，有一片花瓣沾在绫仓伯爵擦得锃亮、映出傍晚天空的鞋尖上，新河男爵发现他的鞋子尺寸和女子一般大小。这么说来，伯爵端着玻璃杯的手也像人偶一样又白又小。

男爵对这种衰亡的血统感到嫉妒。然而伯爵那种非常自然的、满含微笑的疏离状态，和自己的英式的疏离之间形成了一种与其他人无法形成的独特谈话氛围。

“在所有的动物之中，还是啮齿目最可爱。”伯爵突然说。

“啮齿目嘛……”男爵心里对啮齿目动物没有丝毫概念。

“兔子、土拨鼠、松鼠，等等。”

“您养这些动物吗？”

“不，不养，家里会有臭味的。”

“既然这么可爱，您也不养吗？”

“首先，这些动物写不进和歌里。凡是不能成为和歌素材的，就不养在家里。这是我们家的家规。”

“是吗？”

“虽然自己不养，但是这些小动物毛茸茸、战战兢兢的样子，我觉得很可爱。”

“是呀。”

“可是，不知道为什么，可爱的东西，相应的气味也大。”

“可以这么说吧。”

“听说您曾经在伦敦居住了很长一段时间……”

“在伦敦的茶歇时间，侍者会逐一询问是先放牛奶还是先放茶。其实，牛奶和茶混合在一起结果是一样的。不过，是先要牛奶，还是先要茶，对于每个人来说，比国家的政治问题更紧急重要……”

“这倒是很有趣。”

艺伎们根本插不上嘴，二人说是来赏樱，却并未把赏花放在心上。

侯爵夫人陪同着妃殿下，妃殿下喜欢长歌，也经常弹奏三弦，柳桥最有名的伴唱老艺伎也在旁边附和着。侯爵夫人谈起有一次在亲戚订婚的庆贺典礼上，乐师用钢琴、三弦、古琴合奏《松绿》，到场嘉宾也都沉醉于此。妃殿下兴致勃勃地说：“我要是在场就好了。”

侯爵时不时高声大笑，洞院宫殿下掩着他精心修剪的胡须笑着，没有那么豪放。这时，装扮成盲艺人的老艺伎在侯爵耳边低声说了一句，侯爵立刻大声招呼宾客们：“诸位，现在开始赏花舞的余兴表演，请大家到舞台前面来。”

这本来是管家山田的工作，却被主人越俎代庖。山田在眼镜后面流闪着黯淡的目光。谁也不知道，这是他遇到始料不及的事情时露出的唯一表情。

既然自己对主人的一切敬而远之，那么主人也不应染指自己的东西。去年秋天曾发生过这样一件事。租房的外国人的孩子到宅邸里捡橡子玩。这时，山田的孩子们也来了，外国小孩儿要分些橡子给山田的孩子，但山田的孩子坚决不接受。因为山田平时严格教育自己的孩子，绝不能染指主人家的东西。这却招来了外国人的误解，他向山田提出抗议。山田看着孩子们一脸严肃、抿着嘴唇恭恭敬敬的样子，就明白了事情的原委，对他们大大地表扬了一番。

在这一瞬间山田想起这件往事，他用不太利落的双脚踢着裙裤，悲愤地冲进人群中，急忙把宾客引到舞台前方。就在这时，围绕着红白布幕的湖边舞台后面传来两声梆子声，仿佛打碎了空气，扬起新的木屑。

十九

赏花舞的余兴表演结束后，日近黄昏，客人们也都进入洋馆，只有片刻工夫留给清显和聪子单独相处。观赏了表演的客人们又和艺伎们聚在一起推杯换盏，醉意渐浓。此刻离华灯初上还有段时间，室内人声嘈杂，是个不安与欢乐微妙交织的时刻。

清显知道自己只要远远地给聪子使一个眼神，聪子便能心领神会地跟在自己身后，保持着适当的距离。山丘小路通往湖边和大门方向的岔道口是红白布幕的尽头，那里正好也有棵高大的樱花树，遮挡人们的视线。

清显先藏身于布幕外面。眼看着就能见上面了，聪子却被陪同妃殿下环游红叶山从湖边走回来的女官叫住了。清显如今不便露面，只好独自在树下等着聪子找机会脱身。

独自一人站在树下，清显这才仔细仰望着满树的樱花。

朵朵樱花簇放在朴素的黑色枝条上，若同礁石上密密麻麻地挤满白色的贝壳。晚风把布幕吹得鼓了起来，又吹拂着下面的树枝，花朵随风摇曳，似乎发出阵阵呓语，随后四处延伸的枝条连同花朵一起婀娜起舞。

花朵是洁白的，只有一簇簇花蕾还带着微微红晕。但是，细细端详这洁白的花瓣，花芯的星形花蕊却是茶红色的，如同纽扣中间的织线一般，一个一个牢牢地系在一起。

稀薄的云朵和傍晚的蓝天纵横交错，花朵之间相互交融，模糊了连接天空的边界线，似乎要融入傍晚的天空。枝干的黑色越发浓郁，令人心旷神怡。

清显每分每秒都觉得自己与夜空，与樱花越来越亲近，看着看着，他的心中充斥着不安。

布幕再次鼓胀起来，清显以为是被风吹的，实则是聪子贴着布幕悄悄潜进来了。清显抓住聪子的手，她的手被晚风吹得冰凉。

清显正准备接吻，聪子却害怕被旁人看见而拒绝了。同时，她也担心自己的和服被樱花枝干上像是裹满了粉末的青苔弄脏，便这样被清显一把抱住。

“这样我会很难受的，清少爷，快放开我。”

聪子低声说着，语气听起来依然充满了害怕旁人听到的恐惧。清显埋怨她太过小心翼翼。

清显希望能够得到保证，樱花树下他们已经到达了幸福的巅峰。他想确认，即使不安的晚风煽动着焦躁，但此刻他和聪子确实沉浸在无与伦比的幸福之中，别无所求。但哪怕聪子透露出了一丝的不情愿，这个保证都无法实现。他就像一个善妒的丈夫，责备着妻子与自己同床异梦。

半推半就地闭着眼睛依偎在清显怀里的聪子美得不可方物。精妙的线条勾勒出脸部的轮廓，优雅端庄而又大胆奔放。嘴角一端微微上扬，不知是唏嘘还是微笑，在这残阳余晖中，清显焦急地想一探究竟。鼻翼的阴影像是在昭示着黑暗即将到来。清显看着她藏在秀发里若隐若现的耳朵，虽然耳垂微微发红，耳郭玲珑精致，仿佛梦境中收纳佛像的小小的珊瑚佛龛。被暮色笼罩的耳朵深处仿佛在隐藏着什么神秘的东西。难道是聪子的心吗？她的心难道也埋藏在微微张开的嘴唇下，那湿润光洁的牙齿背后？

清显苦恼着如何才能走进聪子的内心深处。聪子仿佛逃避着清显继续注视自己的脸，突然把脸凑过去和清显亲吻。清显搂着聪子的腰，指尖感受着她的体温。仿佛置身于鲜花开放的温室之中，香味扑鼻而来，要是就这样窒息而死多好啊。聪子一言不发，清显仔细地凝视着自己的幻想，只差一步就能达到和谐平衡、完美无缺的境界。

聪子离开清显的嘴唇，把头连同自己的秀发静静地埋在身着制服的清显怀里。清显被她的发香熏得心乱神迷，眺望着布幕那边的银光闪闪的樱花，他感觉惹人怜爱的发香和夕阳下樱花的芳香别无二致。残阳余晖里，远处的樱花簇拥着盛放，像蓬松的羊毛，一朵接着一朵。在那近乎银灰的粉色樱花中，深藏着些许不祥的、如入殓前妆容一般的红色。

清显突然感觉聪子的双颊被泪水沾湿。他不幸的爱探究的性格刚要分析聪子的眼泪到底是出于幸福还是不幸，聪子就从他的怀里抽离，并没有要擦拭眼泪的意思，突然变了脸色，带着犀利决绝的目光说："你还是个孩子，你还是个孩子啊！清少爷！你什么都不懂！你也什么都不想懂！我本应该毫不留情地把一切都告诉你，尽管你自视甚高，其实你还是个婴儿。我要是告诉你所有事情就好了，但现在为时已晚……"

说完，聪子转身，向着布幕逃去。只留下了一个深受打击的年轻人，孤零零地站在树下。

到底发生了什么？聪子精心准备了这一堆狠狠刺伤他的话，朝着他最脆弱的部分放箭，排山倒海地射来剧毒无比的箭，箭无虚发，字字诛心。清显首先应该考虑到的是这毒素为何如此精炼，为什么自己会得到这样如此纯粹的恶毒结晶。

清显此时心跳加速，双手颤抖，悔恨的眼泪在眼眶里打转。怒不可遏的他茫然地站在原地，万千思绪都禁锢于这段感情之中。他还得装作若无其事的样子出现在宾客面前，直到深夜游园会结束，这对于他而言是世上最难的事。

二十

宴会就这样圆满顺利地结束了。不拘小节的侯爵觉得很满意，也坚信宾客们定然满意而归。对于他而言，侯爵夫人的价值得到最大的发挥、最为光辉耀眼的时刻也就是那样的瞬间。这一点在下面的对话中展露无遗。

“两位殿下今天始终都笑逐颜开呢。你也觉得他们会满意而归吧。”

“这是当然。他们说自从先皇驾崩以来，这是最快乐的一天。”

“虽然这么说有失妥当，但也确实是有感而发。即便如此，从下午到半夜，参加如此长时间的宴会，客人们会不会感到疲倦？”

“怎么会呢？您制订了周详的计划，有条不紊，不断奉上精彩纷呈的表演。客人们怎么会感到疲惫呢？”

“放电影的时候没有人打瞌睡吧？”

“没有，大家都睁大眼睛，聚精会神地看着呢。”

"聪子真是一个心地善良的姑娘。尽管电影的确打动人心，可是只有她一个人被感动得流泪。"

放电影时，聪子动情泪目。直到灯亮了，侯爵才发现聪子脸上的泪花。

清显精疲力竭地回到了自己的房间，然而，他睡意全无，睁着双眼。他打开窗户，感觉昏暗的湖面上仿佛有一群甲鱼把青黑色脑袋黑压压地凑在一起向他张望。

他最终按了铃把饭沼叫过来。饭沼已经从夜校毕业了，所以晚上肯定在家里。

踏进清显房间的饭沼一眼就看出了少爷的气恼与烦躁。

饭沼最近学会了察言观色。这在以前完全是他能力之外的东西。尤其是在观察朝夕相处的清显时，他已经能够洞察清显的表情，就像看万花筒里五光十色、细小精致的碎玻璃组合一样。

因此，饭沼的心态和喜好也发生了变化。从前他将少爷那因为烦恼和忧愁而憔悴的脸庞视为懒惰懦弱灵魂的表现，对此深恶痛疾，如今在他看来却别有一番风韵。

清显带有些许忧郁的美貌，并不适合表现幸福和快乐的感受。反而悲伤和愤怒更能提高他的优雅气质。因此当清显愤怒焦躁的时候，脸上往往会呈现出一种无依无靠的天真神态。本就白皙的脸庞变得更加苍白，美丽的双眸也好似充血一样，平直的眉毛歪斜起来，显示出失去重心摇摇摆摆的灵魂渴望有一个依靠，就像在荒野上回荡的歌声一样，在一片荒芜中却飘散着些许期待。

清显一直沉默不语，饭沼径直坐在椅子上。最近，饭沼总是不征求清显的同意就坐下。饭沼拿起扔在桌上的晚餐菜单看了起来。饭沼知道这是一份即使自己再在松枝家待几十年也尝不到的菜单。

大正二年[①]四月六日赏樱会晚餐

一、汤羹 清炖甲鱼汤

二、汤羹 鸡肉肉末羹

三、鱼肉 奶油干白鳟鱼

四、兽肉 牛里脊焖洋蘑

五、禽肉 鹌鹑烧洋蘑

六、兽肉 羊里脊烧西芹

七、禽肉 鹅肝凉菜

配菠萝汁果酒

八、禽肉 斗鸡烧洋蘑

九、蔬菜 奶油龙须菜

奶油青蚕豆

十、甜品 奶油蛋糕

十一、双色冰激凌

小点心

① 1913 年。

清显看着一直在读菜单的饭沼，眼神里充满着鄙视和哀求，坐立难安。自己等着饭沼先开口说话，但饭沼偏偏没长眼色，仍是毕恭毕敬的样子，他不由得心生恼怒。要是饭沼可以忘记主仆之别，像兄长一样把手搭在自己的肩膀上询问，那将会多么容易倾诉衷肠呀。

清显没有意识到如今坐在自己面前的饭沼早已判若两人。从前那个只会笨拙地压抑自己澎湃激情的男子，如今已经会用平和的心情来对待饭沼，他并不知道自己正在介入细腻的情感领域，自己原本对此一窍不通的。

“你大概不知道我现在的心情。”清显终于先开口说了起来，“今天我受到了来自聪子的侮辱，听她的口气，简直没把我当成一个独立的成年人，差点就要说我的行为像个愚蠢的孩子了。不，她就是这样说的。她偏偏选了我最讨厌的事情来说，这种态度真让我失望至极。那个下雪的早上，我对她千依百顺，结果也只不过是她的玩物而已……对此你没有感觉出来吗？比如，有没有从蓼科那里听到些什么？”

饭沼思考了一会儿说：“哦，没有想起什么。”

但思考的时间很久，明显不太正常，使得清显那敏感的神经像藤蔓一般缠绕起来。

“撒谎，你一定知道些什么。”

“不，我什么都不知道。”

在这样的争执中，饭沼说出了一件他本不想说的事情。即使能读懂别人的心事，但对别人情感反应迟钝的饭沼，也不知道自己说的话会给清显的内心带来致命一击，如同一把重斧狠狠劈来。

“我从美奈那里听到一些事，她说这个秘密只对我说过，并让我保密。但这与少爷您有关，还是告诉您比较好。

“正月的贺年会，绫仓家的小姐不也来访了吗？每年的这个时候，侯爵都会和亲戚家的孩子畅所欲言，帮他们出谋划策。那时，侯爵打趣问小姐：‘你有什么想和我说的吗？’

“小姐也开玩笑似的回答说：‘是的，的确有重要的事。您的教育方针是什么呢？’

“为了慎重起见，我想强调一下，这些话可是侯爵的枕边话（饭沼话中带着说不出的愤恨）。”他笑嘻嘻地讲给美奈听，美奈又原封不动地告诉我。

“伯爵饶有兴致地说：‘教育方针指的是什么呢？’

“小姐便说：‘听清少爷说，您对他进行了实地教育，带他去了花街柳巷，因此，清少爷学会了玩乐，还认为自己成为堂堂男儿而得意扬扬。请问您真的带他进行了这样不道德的实地教育吗？’

“这样难以启齿的事情，小姐却以这样的口吻淋漓痛快地问了出来。

“侯爵哈哈大笑，说：‘这真是一个尖锐的问题啊。让我感觉就像矫风会[1]在贵族院上的质询演说。如果真像清显所说的那样，那我也还可以辩解一番。但事实上，这样的教育早已被他本人严词拒绝了。我那不肖之子，完全不像我，不仅晚熟还有洁癖。无论我怎么劝诱他，他都一口回绝，生气地走开。但他为了在你面前挣足面子，吹嘘这子虚乌有的事情，也着实有趣。但是，就算再不见外，也不能向名门闺秀讲这关于花街柳巷的事啊，我可没这么教育他。我立马叫他来，定要好好斥责他一番。或许能刺激他想去品品花街柳巷的滋味吧。’

“小姐费尽口舌劝说侯爵停止这样轻率的举动，侯爵也承诺忘记小姐刚才说的话。不过虽说约定好要保密，侯爵还是悄悄地告诉了阿峰。他一边描述一边高兴地大笑，还命令美奈要守口如瓶。

“美奈也是一个女人，怎么可能就这样把这件事藏在心里。她虽说只告诉了我，但我严肃地告诉她，这件事关乎少爷的名誉，要求她保密。如果她泄露了出去，那我就和她一刀两断。我的态度出乎意料地严肃认真，深深地震慑了她，想必她绝不会泄露半个字。”

听着听着，清显的脸色开始变得苍白，仿佛之前还一直置身于影影绰绰的浓雾之中找不到出路四处乱撞，现在突然浓雾消散，

① 1866 年日本基督教信仰者发起成立的日本第一个妇女组织，它的成立揭开了近代日本女权运动的序幕。

一排洁白玲珑的圆柱清晰地出现在眼前，所有事物模糊的轮廓变得鲜明清晰，豁然开朗起来。

虽然聪子极力否认，但其实她早已经看过那封信了。

当然，那封信会给她带来些许不安，但在新年庆贺会上，从侯爵的口中听到真相后，她欣喜不已，沉醉在她所说的“幸福的新年”里。因此，那天在马厩旁，聪子突然热情告白的原因也就显而易见了。

于是，聪子彻底放下心来，大胆地邀请清显一块赏雪。

虽说光凭这一点无法完全解释今天聪子的眼泪和无理的指责，但有一点是可以明确的，那就是聪子一直在撒谎，打心底看不起清显。无论如何辩解，不可否认聪子是为了满足自己的恶俗喜好而接触清显的。

“毋庸置疑，聪子一方面指责我还是个孩子，另一方面又想让我永远像一个孩子一样。这样的想法多么阴险啊。她时而做出一副小鸟依人的小女人姿态，风情万种，但不忘对我的轻蔑；时而又虚情假意对我奉承恭维，实际上在玩弄我。”

气急败坏的清显忘记了整件事始于那封骗人的信，源于他的谎言。

尽管如此，他还是将一切都归咎于聪子的背信弃义。归咎于，她伤害了一个在少年和青年的交界线上苦闷压抑的男人那最宝贵的骄傲自尊。虽说在成年人看来这不过是件不值一提的小事（侯爵父亲的笑可以证明这一点），但这些小事涉及男人的自尊，在某些时刻没有比这更细腻脆弱的东西了。不管聪子是否意识到这一点，但她用最残暴的做法蹂躏了清显的自尊心。清显太过羞耻，觉得自己几乎要病倒了。

饭沼痛心地看着脸色苍白、沉默不语的清显，却没有察觉到自己给清显带来的伤害。

对于这个一直伤害自己的美少男，刚才一番话并不是出于报复心理，他并不知道自己给清显带来了重创。因此，饭沼从未像这个瞬间这样如此怜爱这个垂头丧气的少年。

着急的饭沼也天真地想过扶清显到床上，如果他落泪了，自己也会陪他一块儿哭。但清显抬起头，一脸冷漠，丝毫没有要落泪的迹象。清显那冷酷无情的眼神立刻击溃了饭沼的幻想。

“知道了，你可以走了，我要睡了。”

清显自己也从椅子上起身，将饭沼推向门外。

二十一

从第二天起，无论蓼科打来多少电话，清显一律不接。

蓼科叫来饭沼，并拜托他务必转告给清显，说小姐有话必须当面对他说。但饭沼受到清显严厉的吩咐，并没有转告。蓼科又打了很多次的电话，甚至连聪子都亲自出面拜托饭沼，他也坚决地拒绝了。

连日不断的电话也引得仆人们议论纷纷，而清显一再拒绝接电话，最终的结果是蓼科亲自登门拜访。

饭沼从昏暗的便门走出来接待蓼科，下定决心绝不让蓼科进家门一步，他身穿小仓裙裤，正襟危坐在铺板低台中央。

“少爷不在家，您今天见不着他。”

“他不可能不在家，你要是这样推三阻四，那就请把山田叫出来。”

“叫山田来了也是这样。少爷绝不会见你。”

“那好，我就硬闯进去，直接见你家少爷。”

“房间上着锁，你进不去的。你要进去随你的便。但你该是偷偷来的，这件事要是被山田知道了，或是家中不宁，恐怕会传到侯爵耳里，你觉得这样妥当吗？”

蓼科沉默着，充满怨恨地看着黑暗中饭沼那长着粉刺的凹凸不平的脸。在饭沼看来，蓼科身后一片春光明媚，门口小花园的五叶松的叶尖在阳光照射下油亮亮的，但她像极了绉纱[①]画里用浓密的脂粉来掩盖满脸皱纹的老妪，深邃的双眼皮越发沉重，凶神恶煞。

“那好，就算是你家少爷的命令，既然你态度如此强硬，想必你已经经过深思熟虑了。过去我也帮你做了不少事，一切到此为止，请转告你家少爷让他看着吧。”

四五天后，聪子寄来一封厚厚的信。

要是以前她一定会瞒着山田，由蓼科把信直接交给饭沼，然后再递到清显手里，这次居然堂堂正正地让山田放在描金花纹漆盘里送来了。

清显特意叫来了饭沼，把这封没有开封的信亮出来，然后吩咐他打开窗户，当着他的面扔进了火盆焚烧。

清显白皙的手指一边躲避着跳动的小火苗，一边在桐木火盆里拨弄着，就像在火盆里窜动的小动物，挑起那被厚厚的信纸压

① 绉纱是古代纱织物。这种纱，表面自然绉缩而显得凹凸不平，虽然细薄，却给人一种厚实感。

住、即将熄灭的火焰。饭沼站在一旁看着，仿佛在目睹一场精妙绝伦的犯罪。要是自己再上前去帮忙的话，大火会烧得更加猛烈。但因为害怕被拒绝，饭沼并未帮忙。清显只是叫自己过来当证人。

房间里烟熏火燎，清显躲避不及，被熏得从眼睛里流出一滴泪水。饭沼曾经渴望看到清显得到严厉的教训和痛彻心扉的领悟，但眼前的清显被火烤得发红的脸颊上的美丽泪珠，并非是在自己的教化下而滴落的。为什么在他面前，无论何时何地，都感觉自己是如此无能为力？

大约一周后，父亲有一天回家比较早，清显也久违地来到主屋的日式餐厅和父母共进晚餐。

“时间过得真快，你明年就要被赐官从五位[①]了。以后就让家里人称你为‘五位少爷’吧。”侯爵沾沾自喜地说道。

清显却打心眼里诅咒着即将在明年迎来的成年日。自己才十九岁，对成长这件事感到极度厌倦和疲惫。他不禁怀疑这种心态是潜在地受到了聪子影响的毒害。在孩童的时候，他每天扳着手指数着新年的到来，急切地期盼着成为大人。但这样的心境早就从清显的心里消失得无影无踪。他冷漠地听着父亲的话。

一家三口吃饭时总是这样，有着两道略显忧伤的八字眉的母亲体贴周到地照顾丈夫和儿子，而脸颊红润的侯爵故意显得兴致

① 日本官阶的一种，位于正五位之下正六位之上，追赠时则称为“赠从五位”。以近代以前的日本位阶制度来说，从五位以上者为贵族。

高昂，两个人向来分工明确。父母微微地交换了下眼神，连使眼色都算不上，清显敏锐地察觉到了，这使他感到震惊。因为没有什么比这对夫妇间的默契更可疑的事情了。清显先看了母亲一眼，母亲有些许紧张，说出话也语无伦次。

“嗯……虽然你可能不愿意听，但也不是什么难以启齿的事儿，没什么大不了的，我只想听听你的想法。”

“什么事？”

“又有人给聪子说了一门亲事。攀上这门亲事不容易啊，要是再发展下去，怕是不能轻易拒绝了。现如今聪子依然犹豫不决，但不像从前那样一口回绝。她父母也对这门婚事很满意……所以，就想问问你，你和聪子是青梅竹马，一起长大，你对聪子的婚事不会有意见吧？在这件事上，你尽管说出你真实的想法，如果有意见就直接地告诉你父亲。”

清显仍然吃着饭，面无表情地飞快回答道：“没有意见，这件事和我没有任何关系。”

片刻沉默之后，侯爵依旧方寸不乱，和颜悦色地说：“现在还有回旋的余地。所以说，如果，我是说如果你心里还有什么放不下的话，就说出来吧。”

“没什么放不下的。”

“所以，我说的是如果。要是没有的话就算了。我们家常年受她家的关照，因此这次的亲事，我们要鼎力相助，能帮则帮，甚至还得出点钱……对了，下个月要祭祀神宫的先祖，如果这门亲事进展得顺利的话，那聪子也就会忙起来，或许不能来参加祭祖了。”

“那要是这样的话，还不如一开始就不叫她来参加祭祖。”

“没想到你们的关系已经到了如此水火不容的地步，真让人吃惊。”

侯爵一笑而过，话题也就到这儿终止了。

对于父母而言，清显就像谜一样的存在，他和父母之间存在着巨大的感情隔阂。父母每每想要追寻清显的感情轨迹，却总是迷踪失路，最后只好放弃。事到如今，侯爵夫妇甚至多少有些记恨儿子被寄养在绫仓家时受到的教育。

自己从前所憧憬的公卿贵胄的优雅，就只意味着意志薄弱、令人费解吗？远看美则美矣，但近看儿子的教育成果，就如同被抛来一个谜团。

侯爵夫妇就算有再多的期盼，心灵的衣裳也只是南国单调的鲜艳色彩。而清显的心就如同宫中女官的衣裳颜色，枯黄色里带着红，红色里却又混着青白，分不清到底是何种颜色，就连稍微揣度一下也让侯爵心疲身乏。只消看一看儿子对任何事都漠不关心的态度，以及满脸冷酷、沉默寡言却又英俊的脸庞，侯爵夫妇都觉得疲惫不堪。侯爵试着回想起自己的少年时代，从未有因为暧昧不清、摇摆不定的内心而烦恼过，那颗心就像一片水，表面涟漪荡漾，但内里澄澈见底。

过了一会儿侯爵说：“对了，最近我想让饭沼离开我们家。”

“为什么？”

清显第一次脸上出现了惊愕的表情。实在太出乎意料了。

“虽然一直由他在照料你，但你明年要成年，他也已经大学毕业了，我认为这正是一个合适的时间。根本原因是我听到了一些关于他的风言风语。”

“什么风言风语？”

“他在家里做了些不检点的事情。实话实说，他与婢女美奈有染。这要是放在古时候，可是要斩首的。”

侯爵夫人听到这些后显得异常平静。在这个问题上，她完全支持侯爵。

清显又问：“这是从谁那里听来的传闻？”

“是谁不重要。”

清显突然想起了蓼科。

“在古代这可是要斩首的，只不过现在不行了。再说他是老家的人推荐的，每年他的中学校长还来我们家拜年。为了不影响他的前途，让他妥当离开是最好的办法了。我还想到一个两全其美的办法，做个顺水人情，把美奈也辞掉，如果他们有意结为夫妻，我也愿意帮饭沼找个工作。总之，我必须把他们辞掉，但如果能让他们毫无怨言是最好的。毕竟他也照顾你这么多年，没出过什么差错。”

“能做到这份上，也仁至义尽了。”侯爵夫人说。

清显那天晚上见到饭沼，却什么也没说。

清显将头靠在枕头上，种种往事萦绕心头，他明白自己已经彻底成了一个孤独的人。要说起朋友，也只剩本多了，但又不能把这些事全盘托出。

清显做了一个梦，在梦里他觉得这个梦怎么也不能写在日记里，因为这个梦是如此错综复杂，杂乱交织。

梦里出现了各种各样的人：忽而梦见雪地里的三联队兵营，本多却当上了少将；忽而梦到了一群孔雀飞落在雪地里，突然暹罗王子站在聪子左右，给他戴上瓔珞长垂的黄金王冠；忽而梦见饭沼和蓼科起了争执，两人纠缠着共同坠入万丈深谷；美奈乘坐马车来到家中，侯爵夫妇毕恭毕敬地相迎；转眼间自己坐在木筏上，在无边无际的大海上四处漂流。

清显在梦中思考，因为陷入梦境太深，梦境竟然溢到了真实感受的领域，四处泛滥。

二十二

洞院宫三王子治典王殿下今年二十五岁，刚刚晋升近卫骑兵大尉，他才智过人，性格豪迈，成为最受其父器重的王子。正因如此，在选妃一事上，他从不听父母的意见，相当有主见，尽管有很多候选人，奈何一直未觅得如意佳人，年岁也越发见长。正当他父母为此忧愁烦心时，恰巧松枝侯爵邀请他们赏花，顺水推舟地将绫仓引荐给他们。两位殿下非常满意，有意要一张绫仓的照片，绫仓家便速速将聪子的正装照片献上。这次看过照片的治典王殿下一改往日的冷嘲热讽，盯着照片看得入了神。因此，尽管聪子已经二十一岁了，年龄问题也就无伤大雅了。

松枝侯爵一心要报答绫仓家对清显年少的养育之恩，因此想方设法帮助家道中落的绫仓家重整旗鼓。其捷径就是和皇族结亲，即使不是天皇的直系亲属也行。绫仓家本就是门第高贵的公卿世家，与皇族结亲也是情理之中的。但在这个时候，他们需要一个后盾。绫仓家不仅要负担高额的嫁妆，还有之后逢年过节给皇族及其仆人侍从们赠送的礼品。光是想想，这笔开支都让人头大。绫仓家经济不宽裕，因此松枝侯爵决定在这方面伸出援手。

聪子冷眼看着这周围一派匆忙景象。四月天气少有晴天，昏暗的天空下春意渐渐淡去，夏日正在悄然靠近。这座武士之家的大宅，只有大门气派辉煌，院内的房间却质朴简素。聪子从倚臂窗前向疏于打理的宽敞庭院望去，发现山茶花早已经凋落，墨绿紧实的叶丛之中抽出新芽，石榴神经质般的带着细小刺尖的枝叶顶端也冒出了微红的嫩芽。所有的新芽都是直立的，因此整个庭院看上去就像踮起了脚尖，伸展腰肢一般，比平时高了几分。

聪子明显变得不爱说话，总是若有所思的样子，蓼科对此十分担忧。此外，现在的聪子温柔如水地听从父母的吩咐，对他们言听计从，微笑着接受一切，不再像从前那般提出异议。此刻聪子千依百顺的温顺表面下，隐藏着她的无动于衷，就像最近的阴郁天空。

五月里的一天，聪子接到了去洞院别墅品茗的邀约。往年这个时候，聪子早已收到来自松枝家的祭祖请柬，而今年这份聪子翘首以盼的请帖却没有如期而至，反倒是洞院宫事务官带着请帖前来，若无其事地递给管家后就回去了。

无论看上去是多么顺其自然的事情，在背后都是经过精心设计，然后悄悄实施的。平时言语不多的父母也成了看管聪子的一员。他们仿佛悄悄地在聪子的身旁画了一道复杂的符咒，以此困住她。

绫仓伯爵夫妇当然也收到了品茗会的邀请。如果让洞院宫派马车迎送反而显得小题大做，于是决定借用松枝家的马车。洞院宫殿别墅建于明治四十年[①]，位于横滨的郊外。如果不是参加品茗会，这次马车之旅可以说是一家人难得的愉快郊游。

这一天天公作美，是个难得的大晴天，伯爵夫妇认为这是个好兆头，喜上眉梢。南风强劲，挂在沿路的街道两旁鲤鱼旗随风飘扬。鲤鱼旗是根据家里孩子数量来挂的，大黑鲤鱼旗中夹杂着红鲤鱼旗。要是五面旗子都整齐地挂着，不免显得烦琐，随风飘扬的姿态也没那么大气昂扬。可当伯爵伸出白皙的手指，从马车的窗外数着旗子时，他发现山脚下一户人家竟然足足有十面鲤鱼旗。

“这户人家真是人丁兴旺啊。”伯爵笑着说。

这话在聪子听来，是与父亲身份不符的、极其粗鄙的玩笑话。

绿油油的新叶喷薄而出，连绵群山上涌动着数千种绿色，从黄绿到墨绿，千变万化。特别是枫树的嫩叶间隙透出一缕缕阳光，仿佛在地面镀上一层紫金。

“哎呀，有些尘土……”

母亲看着聪子的脸颊，正准备用手绢帮她擦掉，聪子突然地向后退，与此同时脸上的灰尘也消失了。母亲这才知道，原来不过是窗户上的一块污垢挡住了阳光，在聪子的脸上留下了阴影。

聪子对母亲的错觉提不起一丝兴趣，只是静静地笑着。她讨厌母亲今日对自己脸颊的过分关心，就像是仔细检查即将赠送的

---

① 1907 年。

绫罗绸缎一般。

因为害怕头发被风吹乱，他们紧闭窗户，马车里热得像个火炉。马车不停地颠簸，四周连绵不断的水田还未插秧，映出翠绿的群山……聪子越来越不清楚自己对未来的期盼是什么。她一边出奇地大胆，要以身犯险坠入无处遁逃的境地，一边又好像在等待什么转机。现在还来得及。一定来得及。她盼望着在千钧一发之际收到赦免令，却又厌恶着一切希望。

洞院宫的别墅坐落海边的山崖之上，是一座宫殿风格的洋馆，铺着大理石台阶。伯爵一家在管家恭迎下走下马车，眺望着港口停泊的各色船舶，连声称叹。

茶会设在朝南走廊上，从这里可以瞭望大海。走廊里摆放许多枝繁叶茂的热带植物，入口处陈列着一对暹罗王室赠送的巨大新月形象牙。

两位殿下在这里迎接客人，并亲切地邀请客人入座。侍者端上刻有皇室菊花徽章的银制茶具，里面盛满了英国风味的茶。茶桌上还摆满了小块三明治、西式糕点和饼干。

妃殿下说起那日赏樱的趣事，还提到了长歌[①]和麻将。

伯爵顺口夸奖起自己默不作声的女儿："她在家还是个孩子，我们从未让她打过麻将。"

---

① 与短歌相对应，和歌的一种，初见于《万叶集》中。柿本人麻吕将长歌以和歌的形式确立。

“哦？我们在家空闲时要打一天的麻将呢！”妃殿下笑盈盈地说。

于是，聪子没有说出自己家玩的黑、白十二子的古老双六棋游戏。

今日洞院宫殿下身着普通西装，显得十分随和惬意。他陪着伯爵走到窗边，像给小孩子解说似的一一指出港口船舶的型号——那是英国货轮，平面甲板型；那一艘是法国货轮，放浪甲板型——展现他渊博的学识。

不难看出，在这种氛围下两位殿下正苦恼着到底选什么话题。不论是体育还是酒，只要有一个共同的话题就可以了。可绫仓伯爵总是被动地微笑着听别人讲话，聪子从未像今天这样，觉得从父亲那里学来的优雅是如此无用。伯爵以前总时不时地说一些和话题无关的风趣笑话，但今天明显克制了自己。

过了一会儿，洞院宫殿下看了看手表，像是忽然想起什么似的说道：“今天正好治典王向军队请假回家，我家这孩子虽然看起来有些粗犷不羁，但请不要介意，他本性是很善良的。”

话音刚落，玄关外传来嘈杂的声音，看来是治典王殿下回家了。

治典王殿下腰挎佩刀，脚踩军靴，身着军装英姿飒爽地出现在走廊，向父亲举手致礼。聪子在那一瞬间只觉得这是一种难以描述的、徒有其表的威风罢了。但她明白，洞院宫殿下喜欢儿子这样的英勇气概，王子也一切依照父亲的期望行事。另一个原因是洞院宫殿下的长子身体羸弱，健康欠佳，早就让父亲失望透顶。

治典王的这身装扮，大概也是为了掩藏初次邂逅美丽的聪子的羞涩。无论是最初的寒暄还是之后的对话，他都几乎没有直视聪子一眼。

王子虽然个子不是特别高，但体形健硕。他做事干练爽快，高傲坚毅，年纪轻轻却颇具威严。洞院宫殿下却眯着眼满意地看着儿子，因为坊间盛传仪表堂堂、气度非凡的洞院宫殿下，在内心深处是个意志不坚的人。

治典王喜好搜集西方音乐唱片，并在这方面见解独到。

于是他的母亲说："那放点什么来听吧。"

"好的。"王子回答道，朝着屋子里的留声机走去。

这时聪子的目光不由得也朝他的身影望去。王子大步流星地走过去，当他跨过走廊和房间的分界线时，擦得锃亮的黑色军靴上反射着窗户透来的白光，似乎就连窗外的蓝天也变成光润的陶片映在靴子上。聪子轻轻地闭上眼睛，等待着音乐开始播放。

于是乎等待的不安搅得她胸中乌云密布，就连针落在唱片上刹那间发出的细微声音都如同雷鸣一般轰轰作响。

至于聪子和王子，他们也只是在那之后简单聊了几句。到了傍晚，一家人便起身告辞，离开了洞院宫别墅。那之后的一周，洞院宫家的管家到访，并和伯爵进行了长谈。谈话的结果就是洞院宫家决定正式向宗秩寮[1]提交征询意见的文书，聪子也偷偷看了这份文书。

内容如下：

宫内大臣阁下：

治典王殿下与从二位勋三等伯爵绫仓伊文之长女聪子天赐良缘，欲结连理之好，今特呈文征询尊意，谨此奉达，敬候赐复。

洞院宫总管山内三郎

大正二年五月十二日

三天以后，宫内大臣发来如下通知：

关于回答洞院宫事务官征询事宜

洞院宫总管：

关于治典王殿下与从二位勋三等伯爵绫仓伊文之长女聪子愿缔结良缘征询宫内意见一事，现谨复同意。专此奉复。

宫内大臣

---

① 日本内属于宫内省的一个部门，处理皇族、皇族会议、王族公亲和华族爵位等有关事宜。

大正二年五月十五日

既然已经征询并得到宫内省同意，接下来便随时都可以奏请天皇敕许。

二十三

清显已经成为学习院高等科毕业班的学生，明年秋天就要升入大学。有的人为了考大学，从一年半之前就开始做准备。本多并没有这样做，清显很欣赏。

经乃木将军恢复的全体学生寄宿制度，原则上所有同学必须严格遵守，但是体弱多病的人可以选择走读。像本多和清显那样家里不愿让住校的学生，都开具了像模像样的医生诊断书。本多捏造的病症是心脏瓣膜症，清显则是慢性支气管炎，两个人也经常互相嘲弄这些捏造出来的疾病，本多模仿着心脏病患者呼吸急促的样子，清显则假装干咳几声。

没人相信他们的患病，他们也觉得没有装病的必要，除了监武课。参加过日俄战争的下士官担任教官，总是形式上把他们当作病人故意刁难，在教练训示时挖苦他们说："那些住校都不行的病弱之徒，当国家出现危急时刻，怎么能指望你们驰骋沙场报效祖国？"

因为暹罗王子也住校，清显于心不忍，所以经常带着礼物去看他们。和清显亲密无间的王子们也常常抱怨行动不自由。性格开朗却又冷酷无情的室友未必是王子们的良友。

本多就像什么事都没发生一样，接纳了冷落自己许久、又厚着脸皮小鸟般飞回来的清显。清显似乎也突然忘记自己已经遗忘了本多这个朋友很久了。新学期开学以后，清显就像突然变了一个人。看着快活但有些空虚的清显，本多感到惊讶，但他什么都没问，清显也什么都没说。

现在清显觉得，对朋友要有所保留是唯一明智的做法。这样就不用担心本多觉得自己是个被女人玩弄于股掌之间的傻孩子。他知道这份安心感是他能在本多面前表现得自在开朗的根本原因。而且唯有本多，清显不想让自己的形象在他心中幻灭，也唯有在本多面前自己才想做一个自由奔放的人，这种心情对清显而言是他无数次冷淡本多的充分补偿，也是这份友情的最好证据。

清显对自己的畅快感到惊愕。那之后，父母平淡地给儿子讲起洞院宫家和绫仓家亲事的进展：“就连那么要强的姑娘在相亲会上也有些拘谨，连话都说不出。”父母说这话的时候，似乎觉得这件事很可笑。当然清显从中也体会不到聪子的悲伤。

缺乏想象力的人往往将事物的外在现象作为自己判断的依据，然而想象力丰富的人则总是建起想象的城堡，把自己封闭在里面，甚至连所有的窗户也关得严严实实。这种倾向，在清显身上也有。

“接下来就等着敕许下达了。”

母亲的话在他的耳边回荡。“敕许”这个词，让他真切地听到了上锁的声音，那是在昏暗幽长的走廊尽头，有一扇门，门上挂了一把虽小但十分坚固的金锁，清显咬紧牙关亲自上锁发出的声音。

清显出神地看着平静倾听父母讲述这些事情的自己，觉得自己是一个扛得住怒气与悲愤的硬汉，是一个靠得住的人。“我远比自己想象的更加不容易受到伤害。”

曾经他一度对父母粗糙的感情感觉到疏离，但现在他发现自己无疑继承了家族的特性，并为此感到欣慰。他不是容易受伤的一方，而是可以轻易伤害别人的人！

聪子的影子正一天天地离自己远去，再过不久就要去一个遥不可及的地方了。想到这里，清显有一种妙不可言的快感。如同一边观望着施食饿鬼的灯笼影子落在水面上，随着夜晚的潮水渐行渐远，一边在心中祈祷着它尽可能地走远些，走得越远越能证明自己的力量。

现在，这世上芸芸众生，没有一个人可以证明他的心思。因此，清显也可以轻而易举地欺骗自己。就连那些不断说着“少爷的心思我最能理解，请放心地交给我”的“心腹”的目光也被自己从身边甩掉了。他为摆脱了蓼科那个大骗子而感到高兴，也为摆脱了饭沼那个亲密无间的忠实跟班而感到快乐。一切烦恼就此打住。

清显将父亲的宽大处理看作饭沼的自作自受，借此掩盖自己的冷酷无情。而蓼科也坚守承诺，“绝不将此事告诉令尊”，清显对此很满意。这所有的事都归功于这一颗水晶般冰冷透明、棱角分明的心。

饭沼离家之前，曾哭着去清显的房间和他告别。清显单从饭沼的眼泪中都感受到了多重含义，但饭沼只想强调自己对清显的忠诚，闹得很不愉快。

饭沼当然什么也没说，只是一味哭泣。通过缄口不言的方式向清显传递着某些信息。这七年两人形影不离，对于清显而言，饭沼的陪伴始于十二岁的春天，那时自己懵懂无知，记忆模糊，自那时起只要回忆起来，一定有饭沼的身影。几乎陪伴了清显整个少年时期的饭沼，在人们眼中留下身影一直是一个身穿有些污秽的藏青白点衣服的深蓝影子。面对他难以忍受的不满、难以忍受的愤懑、难以接受的否定，清显越是装作不在意，越是沉重地压在心头。但正是因为饭沼将这一切统统藏进阴暗忧郁的眼神里，才使得清显能够避免这些他原本难以逃避的不满、愤怒和否定。饭沼追求的东西终究也只是在他自己心里燃烧，他越是对清显寄予期望，清显就越是远离他，也许这一切是顺理成章的结果。

或许当清显把饭沼收为自己的心腹，无视饭沼压在自己身上的重负时，他就已经从精神层面上向着今日的离别踏出了第一步。这对主仆本不应该这样理解互相之间的关系。

清显忧郁地看着垂头丧气的饭沼，他胸前的藏青色白点衣服在夕阳的照射下，隐约露出了些许杂乱的胸毛。

他强加于人的忠诚被厚重的、令人厌烦的肉体保护着。他的肉体本身就对清显充满了指责，夕阳余晖下那带着粉刺凹凸不平的脸上的油光，像阳光照在湿乎乎泥巴上的光泽，带着厚颜无耻的光芒，诉说着信任他的美奈也和他一块儿被驱逐出府邸。这是多么无礼！年轻的主人被女人背叛，孤独地留下来，而仆人却受到女人信任，意气风发地离开。并且饭沼觉得今日的分别完全缘于自己的忠诚，对此深信不疑，这使得清显焦躁不安。

但清显还是拿出了贵族的姿态，露出了冷冰的人情态度。

“那你出去之后很快就会和美奈结为夫妇了吧。”

“是的，承蒙老爷美意，我确有如此打算。”

“那到时候一定告诉我，我也好送些贺礼。”

“谢谢。”

“等安顿下来后，写信告诉我你的住所，我说不定什么时候去看看你。”

“如果少爷要来的话，那真是荣幸之至。不过，寒舍定然是茅室土阶，狭小凌乱，恐不能迎客。”

“就别和我客气了。”

“好的，既然您也这么说了……”

饭沼又哭了起来。从怀里拿出了一张粗糙的草纸擦了擦鼻涕。

饭沼心想，清显说出的每一字每一句在这个场合下都是恰如其分的。清显洋洋洒洒地说出毫无感情的话反而让人更加感动。

原本一味生活在感情世界里的清显，如今因为需要学习了政治学，又要根据需求学以致用。他穿着情感的盔甲，也学会了打磨这套盔甲。

没有烦恼，没有忧愁，从所有的不安中解放出来，这个十九岁的少年感到自己是一个冷漠的无所不能的人。某些东西已经落幕。饭沼走了以后，他从敞开的窗户眺望着湖水，水面倒映着被新叶包裹的红叶山的丽影。

窗边的榉树新叶簇生，茂密繁盛，甚至要是不伸长脖子探出窗外，就看不到第九段小瀑布落入潭水的景象。湖岸边覆盖着一层淡淡的绿色莼菜，湖中萍蓬草的黄花还未显露身姿，但大客厅前九曲石桥的缝隙里，紫色的菖蒲，还有白色的花朵从深绿色的利剑般的叶丛中迸发出来。

清显的目光被停留在窗框上的一只吉丁虫吸引，这只虫正在慢慢地爬向屋内。它的椭圆形甲壳闪耀着金绿色光芒，两条鲜艳的紫红色竖纹纵贯全身。吉丁虫缓缓地晃动触角，用钢丝锯条般细长的腿一点点向前挪动。它全身凝聚着沉静的光彩，在不断流转的永恒时光中显得可笑却又沉重。清显越看越对这只吉丁虫着迷。它艳丽的身姿缓缓地向清显靠近，这没有任何意义的移动，仿佛在教诲自己应该如何优雅绚烂地度过每时每刻都在无情改变现状的时间。自己情感的盔甲又是如何呢？是否像这只吉丁虫一般，散发着自然美丽的光泽，又拥有坚强的力量抵抗外界的侵扰？

此时清显觉得，周围繁茂的树木、蓝天、白云、屋顶的瓦片，几乎所有的一切都围绕这只虫转动，这只虫现在是世界的中心，是世界的内核。

今年祭祖的氛围有些异常。

首先，说到祭祀，往年都是饭沼早早地开始认真打扫，摆放好祭坛和座椅，而今年他已经不在家中了。这些任务都落在了山田肩上，这本不是山田分内的工作，以前一直都是年轻人干的活儿现在落在他头上，自然有些不快。

其次，没有邀请聪子。虽然只是少了一个应邀前来参加祭祀的亲戚，更何况聪子并非真正的亲戚，但是女客中没有一个能与聪子的美貌相媲美。

神灵对这些变化似乎也不太高兴，祭祀进行到一半的时候，天空突然阴云密布，电闪雷鸣，正在倾听神官念祈祷文的妇女们担心下雨，心里发慌。幸好身穿绯红裙裤的巫女给大家轮番斟酒时，天空顿时放晴，同时炎炎烈日照射在她们俯首垂下的脖颈上，如白色储水井般、抹着厚厚白粉的脖颈也沁出细细的汗珠。这时，棚架上的成串的紫藤花在地上落下重重阴影，坐在后排的客人正好可以乘凉。

若是饭沼在场，他肯定会对祭祀时对先祖尊慕和缅怀的气氛逐年淡薄而愤慨不已。尤其是明治大帝驾崩以后，明治时期的帷幕被远远地抛在一边，上一代人变成与当今毫无瓜葛的遥远的神像。参加祭祀的人当中虽然除了身为遗孀的祖母，还有几个老人，但他们的哀悼的泪水也早已流干。

漫长的仪式过程中，女人们总是窃窃私语，声音也一年比一年大，侯爵也不敢责怪他们。侯爵也觉得这个祭祀是个沉重的负担，希望仪式能轻松一些，不要太沉闷。侯爵的眼睛一直紧紧盯着一个琉球人长相的巫女，她浓妆艳抹，在人群中显得格外艳丽，哪怕在仪式中，他也出神地望着巫女黑亮双瞳倒映在素陶酒杯里的影子。仪式刚结束，侯爵就匆匆跑到嗜酒如命的海军中将堂弟那边，似乎说了些关于巫女的猥琐话，使得堂弟放声大笑，引起周围人的注意。

侯爵夫人知道自己那略带伤感的八字眉非常适合这种祭祀的场合，始终保持着这副表情。

至于清显，也时不时窃窃私语，虽然略失稳重，却敏锐地捕捉到现场飘散的那股浓郁的氛围。聚集在五月末的紫藤花叶下的全家的女人们，甚至连名字都叫不出来的末等女仆，每一个人都面无表情，连一丝悲伤都没有，只是按照安排聚集在一起，然后又一哄而散。这些女人们的脸色如同白昼的月亮般苍白呆滞，充满了不可思议的积年累月的不如意。显然，这是女人们的气息，聪子也在其中。这种气息，即使是在缠着洁白币帛和光滑坚硬绿叶的杨桐树玉串中也难以驱散。

二十四

失去后反而定下心来，这种安心感在安慰着清显。

他向来都是这种心理，但比起害怕即将失去的恐惧，知道在现实中已经失去要好得多。

他失去了聪子。这很好。之后就连心中的怒火也能平定下来。他的感情得到了有效的节约。就像一支蜡烛，尽管因为被点亮变得明亮繁华，可自己也化为滚烫的蜡油，熔化燃烧。然而当烛火被吹灭，蜡烛虽然孤独地挺立在黑暗中，但不再惧怕身形销蚀。清显像极了这样的状态。他这才懂得孤独就是休息。

就快进入梅雨季节了。就像身体处于恢复期的病人战战兢兢地恢复着那些不健康的生活习惯，清显想试试自己是不是不会再对聪子动心，故意回想起聪子的事。清显取出相册翻看以前的照片。照片上，他们童年时胸前挂着白色的围裙并排站在绫仓家的槐树下，看着自己虽然年纪尚小却比聪子高出一截，清显十分满足。那时精通书法的伯爵教他俩藤原忠通[①]开创的法性寺流的古老和式书法。有时练字有些厌倦了，伯爵为了激发他们的兴趣，便让两人轮流在卷轴上抄写《百人一首》[②]中的和歌，这些东西到现在还留着。清显抄写了源重之[③]的和歌“狂风浪涌溅礁石，回首往昔心亦碎”，聪子便在旁边写下大中臣能宣[④]的和歌“皇宫卫士篝火燃，夜燃昼熄思不断”。一看就知道清显的书法比较稚嫩，而聪子的书法字写得舒展灵动，怎么看都不像小孩子的手笔。长大以后的清显，很少触碰这卷轴，是因为他发现聪子的早熟和自己的幼稚实在是天差地别，这种差距甚至有点可悲。可如今，当自己虚心地看完这些卷轴的时候，他发现虽然自己的笔法稚嫩，但这生硬的笔迹中男儿英气跃然于纸上，正好和聪子那行云流水的优雅形成鲜明对比。不仅如此，清显回想起当时自己把笔尖蘸满墨汁，大笔挥向印有小松树图案的精美金箔粉末和纸的情景，儿时的一切情景真切地在眼前重现。他想起了聪子那时留着娃娃头，浓密的刘海又黑又长。当她弓腰在卷轴上写字的时候，

---

① 藤原忠通（1097—1164），日本平安时代公卿。藤原北家出身，藤原忠实长子。官至从一位摄政关白太政大臣，世称法性寺殿、高阳院，法名圆观。

② 日本镰仓时代歌人藤原定家私撰的和歌集。

③ 源重之（？—1000），日本平安时代中期歌人。清和天皇皇子贞元亲王子源兼信之子。子源有数、源为清、源为业、源宗亲。伯父源兼忠养子。官位为从五位下筑前权守。三十六歌仙之一。

④ 大中臣能宣（921—991），日本平安时代中期贵族和歌人，官位为正四位下神祇大副，亦是三十六歌仙、《百人一首》歌人和梨壶五人之一，有约一百二十首作品收录于《后撰和歌集》。

由于太过专注，完全没有注意到浓密的长发从肩膀滑过散落在胸前，纤细的小手仍然紧紧地握住毛笔不松手。从头发的缝隙中可以看见聪子的可爱侧脸，她全神贯注，两颗洁白闪光的门牙紧咬下唇，虽然还是个小女孩，但已经长出了高挺的鼻梁，清显百看不厌。幽暗沉重的墨水散发着忧郁的墨香，笔尖在纸上游走时的沙沙作响仿佛清风拂过竹林。砚台名为“海与山”，听起有些怪异，砚海岸边风平浪静，但陡然下陷，这片海深不见底，只有一团黑乎乎的沉淀。海面四处飘散着剥落的金箔，像极了月光倾泻的永恒的黑夜之海……

“我甚至可以像这样单纯地怀念过去。”清显骄傲地想着。

就连梦中也不再出现聪子的身影。每当一个貌似聪子的身影出现时，那人就突然转身扬长而去。他频频梦见白天宽阔的大街，但街上空无一人。

在学校里，帕他提纳迪特殿下拜托清显把交由他保管的戒指拿到学校里来。

两位暹罗王子在学校的评价不是特别好。他们的日语并不是特别流利，有些影响学习也是没有办法的事，但对于朋友们友好的玩笑话，他们完全听不懂，最初大家也对此很焦急，但后来就敬而远之了。两位殿下总是保持着友好的微笑，但那些粗暴的学生只觉得他们莫名其妙。

清显听说安排他们住进宿舍是外务大臣的想法，可如何接待这两位贵宾让舍监们大伤脑筋。按照准皇族的标准，为他们准备了特别的房间，连床褥也是上等用品，舍监们费尽心思让他们和住校生能够更好地交流。然而日复一日，这两位殿下却躲在二人专属的城堡之中，连朝礼和体操也不出来参加，和住校生们越发疏远了。

造成这样的结果有很多原因。两位殿下初来乍到，离正式入学只有不到半年的准备时间，要想适应日语课程是远远不够的，再加上这段时间他们对学习也不是很勤奋。就连本应该得心应手的英语课，也是因为英日、日英互译的内容，让他们手足无措。

帕他提纳迪特殿下委托松枝侯爵暂时保管的戒指，存放在五井银行侯爵的个人保险柜里。为此清显专门借来父亲的印章，然后去银行取出来。傍晚又回到学校，拜访了王子的宿舍。

这一天的天气阴沉闷热，像极了梅雨天不下雨的日子。王子们期盼已久的明艳夏日近在咫尺，却又遥不可及。这样的天气似乎述说着王子的焦虑。他们住的宿舍是简陋的木板平房，掩藏在浓密树荫的深处。

运动场上传来阵阵练习橄榄球的叫喊声。清显讨厌这种从年轻人的咽喉里释放出来理想主义的叫声。粗暴的友谊、新人文主义、没完没了地赶时髦和俏皮话、对天才罗丹和完美塞尚的顶礼膜拜……这些不过是与古代剑道发出的叫喊声相对应的、一种新运动的叫喊罢了。因为年轻，他们的喉咙总是充着血，散发着青桐树上嫩叶的味道，戴着一顶无形的唯我独尊的大高帽。

从忧思中解放出来，心境释然的清显，一想起两位王子裹挟在这新旧潮流中，日语也不太流畅，生活是那么不尽如人意，便不禁同情起来。虽说二位王子住在上等的房间里，但位于简陋昏暗的走廊尽头，陈旧的房门上贴着两位王子的姓名牌。清显在门前停下脚步，轻轻地敲了敲门。

出来迎接的王子们看到清显，把他团团围住。

在两位王子中，清显原本更加喜欢那个一本正经却又喜爱做梦的帕他提纳迪特殿下，也就是乔·皮。但最近就连平日里轻浮聒噪的库里沙达殿下也变得沉静起来，两个人总是待在自己的房间里，用母语低声交谈。

房间里除了床、书柜和衣柜之外，没有一件装饰陈设。房间本身就充满了乃木将军的兵营气息。护板上面是光秃秃的白墙，白墙上有一个小小的架子，供奉着两位王子朝夕跪拜的金身释迦牟尼像。这尊佛像让整个房间熠熠生辉，但窗子两侧拉开的细布窗帘却被雨浸湿。

王子们脸庞晒得黝黑，在黄昏夜色的笼罩下微笑露出的洁白的牙齿格外显眼。他们邀请清显坐在床上，催促清显拿出戒指。

这个用黄金雕刻的戒指，在守护神阿斯卡的半人半兽中间镶嵌着一颗方形祖母绿宝石，散发着与这个简陋的房间格格不入的光芒。

乔·皮欢呼着接过戒指，立即戴在自己柔软褐色的手指上。这手指仿佛就是为了爱抚而生的，纤细而富有弹力。那手指仿佛是穿过门缝深深抓住木地板上的一道热带月光。

“月光公主终于又回到我的手上了。”

乔·皮忧伤地叹了一口气。库里沙达殿下也不像从前那样拿他开玩笑，他打开衣柜的抽屉，拿出自己小心藏在几件衬衫中的妹妹的照片。

“在学校里，我把照片放在桌上告诉同学这是我妹妹，却被同学们取笑了。所以我只好把月光公主的照片这样深藏起来。”库里沙达殿下几乎带着哭声说着。

片刻之后，乔·皮说已经连续两个月没有收到月光公主的来信了，向公使馆打听过，但毫无音讯。甚至连亲哥哥库里沙达王子也没有收到一封平安信。如果是身患重病这样的事情，至少也应该来封电报告知一声，但如果是发生了连对哥哥都有意隐瞒的变故，那就只能是暹罗朝廷急于促成一桩政治联姻。这对于乔·皮而言是难以忍受的。

一想到这些，乔·皮就变得郁郁寡欢起来，明天会有消息传来吗？会不会即使来消息了也是个坏消息呢？他终日劳心于此，无心学习。在这种时候，王子唯一的心灵慰藉就是取回那枚临别时公主赠予他的戒指，那枚密林晨光般的祖母绿宝石里也寄托着王子的思念。

乔·皮似乎忘记了清显就在身边，把戴着宝石戒指的手指伸向书桌上月光公主的照片旁。看起来他想要召唤一个瞬间，让时空相隔的两个真实事物联结在一起。

库里沙达王子打开天花板上的灯。乔·皮王子戒指上的祖母绿映在相框的玻璃上，正好在公主白色蕾丝裙的左胸上镶嵌了正方形的暗绿光彩。

“这样看上去，你觉得怎么样？”乔·皮呓语般地用英语问道，“她看起来是不是仿佛有一颗绿色火焰似的心脏？或许酷似藤蔓、在密林的树枝间盘绕的纤细绿蛇，也有这样一颗带着细微裂痕的冰冷心脏。她也许期待着我有一天能从她温柔的饯别中读懂这层寓意吧。”

“没有这回事，乔·皮。”库里沙达殿下敏锐地打断他。

“别生气，库里。我绝对没有侮辱你妹妹的意思，我只是在说恋人真是奇妙的存在。

“虽说她的一颦一笑都是拍照时留下的样子，但你不觉得饯别的宝石戒指，如今仿佛如实地反映了她的心境吗？在我的回忆里，照片、宝石、她的外貌和心境，曾经都是独立的，可现在都聚合在一起，变成了一个整体。

“即使心上人近在眼前，我们也会愚蠢地将外貌和内心分开认识。现在我和她虽然相隔天涯，但也许反而比朝夕相处的时候更能看到一个将一切凝结成晶体的月光公主。如果说别离是痛苦的，那么相见也可能是痛苦的。那么如果相聚是欢乐的，那么离别为什么不能是快乐的呢？

“是这样吧，松枝？我想探索恋爱能像变魔术一样穿越时空的秘密藏在哪里。即使心上人就在我们面前，我们也未必爱恋着她的实体，而且她美丽的外貌又是实体不可或缺的形式，所以如果相隔时间和空间，我们会感到双倍的疑惑，也可能会双倍地接近实体。”

虽说不知道王子的哲学思辨将走向何方，但清显并没有当耳旁风，认真倾听着。王子的话中有很多地方触动了他。如今，清显相信自己已经感受到了“向聪子的双倍靠近”，也明白自己爱慕的不是聪子的实体，但这一切都无从考证。或许自己只是陷入了“双重困惑”，而且自己归根结底真正迷恋的就是聪子的实体呢……清显半无意识地微微摇头。出乎意料地，他想起了有一次梦见从乔·皮的宝石戒指里出现的美丽女子。她会是谁？是聪子？还是素未谋面的月光公主？还是别的什么人……

“可是什么时候才能到夏天啊。”库里沙达王子焦躁地望着窗外被浓密绿荫笼罩的夜色。在茂密树丛的另一侧，星星点点地闪烁着学生宿舍的灯光。周围传来了一阵嘈杂的喧闹声，让人觉得是到了宿舍食堂的晚饭时间。也能听到有人漫步在草木茂盛的林间小路上吟诗诵读的声音，粗鲁的、漫不经心的诵读腔调惹来其他学生一阵哄笑。两位王子皱着眉头，仿佛害怕随着黑夜降临而出没的妖魔鬼怪……

清显就这样归还了戒指，几天后却引发了一件不愉快的事情。

几天后，蓼科打来电话。女仆转告了清显，但清显没去接。

第二天，蓼科又打来电话，清显还是没接。

这件事给清显的心情稍微带来了点影响，但他暗下横心，不理会聪子的事，只追究蓼科的无礼行为给自己带来的愤怒。这个爱撒谎的老太婆竟然恬不知耻地欺骗自己，一想到她，清显就满腔怒火，冲散了自己不接电话的不安。

又过了三天。已经进入梅雨季节，终日阴雨绵绵。清显刚从学校回来，就见到山田恭恭敬敬地托着漆盘送来一封信。他看见信封背面用优雅的笔记赫然写着蓼科的名字，大吃一惊。封口被精心地粘住。拿在手上，感觉到厚实的双层信封里还装着单独封装的书信。清显害怕自己一人时会忍不住打开信封，便当着山田的面把这厚厚的信撕成碎片，并命令他扔掉。他害怕如果扔进了自己房间的垃圾桶里，自己可能会捡起来把它拼好。山田眼镜后面的双眼直愣愣地瞪着，却什么也没有说。

又过了几天，撕碎的书信在清显心里越发沉重，他却和自己生气起来。如果只是懊恼自己因为撕掉了已经和自己没有关系的书信而心烦意乱，那倒也还好。他难以忍受的是他发现自己有点后悔没有果断拆开那封信。当时撕信确实是出于强大的意志力，然而随着时间流逝，当重新思考这件事时，他觉得这只不过是懦夫的行径罢了。

在撕碎这个毫不起眼的白色双层信封时，好似纸浆里混入了一根根柔软坚韧的麻线，清显的手指感受到了执着的抵抗。但信纸里哪会加入麻线，只不过是在清显的内心里藏着一种意识，要是不激发出更加强烈的意志力，就不能狠下心来撕碎这封信。是什么样的恐惧啊？

他也不愿再为聪子的事而烦恼，也不希望自己的生活在笼罩着聪子芳香而又不安的气息的雾霾之下。他好不容易才恢复清醒的……可是在撕碎那封厚厚的书信时，他却觉得自己像是在撕裂聪子惨白的肌肤。

一个梅雨放晴的周六，暑热难耐。正午时分，清显刚从学校回来，就听见主屋门前人声嘈杂的声音。马车正准备出发，仆人们正往马车里搬一个庞大的紫色纺绸包裹，似乎是一件礼物。每当运货时，马都会摆动一下耳朵，晶莹的口水顺着黑黄的后槽牙流了出来。在刺眼的阳光下，脖子上铁青色的鬃毛像是抹了油一般，细腻的皮毛下清晰地浮现出静脉的跳动。

清显正要进门时，撞见穿着印有家徽的三层礼服的母亲从里面走出来。

“我回来了。”清显说。

“呀！你回来啦。我正要去绫仓家送礼道贺呢。”

“道贺什么？”

母亲向来不喜仆人们听见重要的事情，便把清显拉到玄关旁放伞的一个昏暗角落里，低声说道：“今早，敕许终于到了。你也一同去祝贺吧？”

还没等儿子回答要不要去，侯爵夫人就注意到了他眼里带着几分黯然的喜悦，但她没时间探寻其中的寓意，便匆匆离开了。

母亲跨出门以后又回过头来——依旧是那副天生的悲伤面

孔——说了几句话，但话里话外，归根结底还是没有读出那瞬间清显眼神里深藏的心事。

“终究是件喜事，就算有些不和，但这个时候还是大大方方地去祝贺吧。”

“那就拜托您了，我就不去了。”

清显站在玄关前，目送母亲离开。马蹄踏在鹅卵石上的声响如同雨滴落下般清脆。松枝家金色的家徽在门厅前的五叶松林间轻快地摇晃着，闪着金光渐行渐远。随着主人的离开，仆人们如释重负。清显感觉似乎身后所有人心头都悄无声息地卸下一座大山。他回头看着这个没有主人的空荡宅邸。仆人们低着头，老老实实地等着清显进屋。清显此刻真真切切地感受到自己拿到一颗满腹思虑的种子，能够填补这巨大的空虚。清显无视着仆人们，跨过房门，在走廊上匆匆忙忙地朝着自己的房间走去，迫不及待地想把自己关在屋子里。

此刻，他五内如焚，伴随着胸口剧烈的起伏，紧紧地盯着“敕许”这个尊贵刺眼的词。最终，敕许还是下来了。蓼科频繁的来电和那叠厚厚的书信就像是敕许下达前最后的挣扎，述说着聪子渴望得到清显的宽恕，以弥补心中愧疚的焦急心情。

在剩下的一天里，清显肆意驰骋在自己的思绪中。外界的事物勾不起他一丝兴趣，尘封已久的明镜已经支离破碎，心头刮来一阵热风，搅得他心乱如麻。一直以来，他为数不多的热情定然伴随着忧郁的影子，而这次激烈的热情中不见其一鳞半爪。要说与这最相似的感情，他只能想到欢喜了。但人的情感中，越是这般毫无缘由地狂喜，就越让人不寒而栗。

要说什么能给清显带来欢喜呢？那一定是“不可能”这个观念。绝对的不可能。他和聪子之间的情缘，就像被利刃割断的琴弦，随着“敕许”这把锋利锃亮的刀的垂落，在迸发出断弦绝唱的同时彻底被斩断了。他从年少时，在反反复复优柔寡断中暗自期待的就是这种事态。他在为春日宫妃牵引裙裾时曾仰望她雪白的脖颈，那种昂头拒绝的、无与伦比的美是他梦想的根源，无疑预示着他如愿以偿。绝对的不可能。这才是清显忠诚于这种扭曲的感情而亲自招致的事态。

但是，这欢喜又是怎么回事呢？他的目光始终无法从这份欢喜中的阴暗、危险与恐怖中抽离出来。

对自己而言，唯一的真实就是为了这既没有方向也没有归宿的感情而存活着。如果说这样的生存方式指引着他走向欢喜的黑色漩涡，那么现在就只差纵身一跃了。

他又拿出小时候和聪子一起练习书写的《百人一首》端详，想看看上面是否还留着十四年前聪子焚燃熏香留下的余香，便凑近鼻子去闻。在卷纸混杂着霉味的幽淡香气中，深埋心底的一种痛切的、对尘世间无力的、不羁的原始情感记忆在苏醒。小时候玩双六棋游戏赢了以后，他们被奖励了皇后恩赐的干糕点。小小的牙齿轻轻咬下一口菊花糕点的花瓣，糕点入口即化，但颜色经过浸润显得愈加红艳；棱角分明、清冷雅致的白菊糕点，舌尖刚刚触碰上，就化身甘甜醇厚的泥浆在舌尖坍塌……

昏暗的一间间房舍、京都带来的皇室风格的秋草屏风、寂静的夜晚、聪子黑发下的小小哈欠……这一切都弥漫着寂寞的优雅，一一在眼前浮现。

于是，清显感觉到，自己渐渐地向着一个看都不敢看的观念靠近。

二十五

一个类似高音喇叭的声音在清显的心头翻涌着。

“我爱着聪子。”

从任何角度来看如此坚定不移，这是他有生以来第一次拥有这种情感。

他认识到：“优雅就是犯禁，而且是最高的禁忌。”这个观念让他首次体会到了长久以来被禁锢的真正肉感。回想起来，他游移不定的肉感里一定暗暗地追求着这样强烈观念的支柱。为了找到真正适合自己的使命，他花了多大的功夫啊。

“此时此刻，我才真正爱着聪子。”

为了证明这份感情是正确真实的，仅仅“它成为不可能的事情”一点就足够了。

他焦躁地从椅子上站起来，又坐了下去。自己平日里满是不安与忧郁的躯体，现在却充满活力。一直以为自己已经被悲痛和敏感打垮，原来这都是自己的错觉。

他打开窗户，看着波光粼粼的湖面，深呼一口气，榉树嫩叶的清香扑鼻而来。盘绕在红叶山天边的云朵，攒足了夏日云彩特有的光芒。

清显的脸颊在发热，双目神采奕奕。他重获新生了。不管怎么说，他也已经十九岁了。

二十六

他沉湎于热情的幻想之中打发时光，一心等待着母亲的归来。母亲总待在绫仓家也不是回事。最终，他等不及母亲回家就脱下学生制服，换上蓝底白点棉夹衣和裙裤，叫仆人准备马车。

他故意让仆人送他到青山六丁目，然后乘坐刚刚开通的六丁目到六本木的市营电车，在终点站下车。

鸟居坂[1]的拐角处有三棵大榉树，原来有六棵树，也是六本木地名的由来。虽然电车开通了，但树下一如往昔，仍挂着“人力车场”几个大字的招牌，立着木桩，几个头戴圆顶草帽、身穿深蓝色短褂和紧腿裤的车夫在等待客人。

他叫了其中一个车夫，先付给了他丰厚的小费，一路奔向近在咫尺的绫仓家。

绫仓家的长条屋的大门开不进松枝家的英国造马车，所以如

① 现东京都港区麻布的一个坡路名。

果大门左右敞开，马车又在门前等候的话，就证明母亲还在里面。如果大门紧闭，则意味着母亲已经离去。

人力车从长条屋门外经过，清显发现大门紧闭，门前留着马车造访和离开的四条车辙痕迹。

清显让人力车先把自己拉回到鸟居坂附近，自己留在车里，然后让车夫把蓼科叫来。在等待的间隙，人力车成了清显的容身之所。

蓼科迟迟不来，清显从车篷帷幔的缝隙往外看，渐渐西沉的夏日恰似丰沛的果汁，浸泡着绽放新绿的树木，树梢闪着金黄色的光。

鸟居坂附近建起高高的红瓦围墙，一棵粗壮的橡树长满新叶，越过红墙，盛开着一朵朵泛着红晕的白色花朵，整个树干宛若一个巨大的白色鸟巢。他回想起那天观赏晨雪的情景，心中涌起一股难以形容的激动。但是，现在强行去见聪子并不是明智之举。他对自己的热情还抱有清醒，所以没必要感情用事。

跟着车夫从便门走来的蓼科掀开车篷，一看是清显，就愣住了，一脸茫然。

清显拉着她的手，把她往车里拽。

“我有话想对你说，找个没有人的地方吧。”

“您就算有话要说，但是这么突然……松枝太太也刚回去……我今晚还要筹备家里庆贺的事情，忙得脱不开身呢。”

“不要提这些了，快告诉车夫去哪里！”

清显一直不撒手，蓼科只好说：“请去霞町。霞町三番地附近有一条坡道可以绕到三联队正门，走到坡下就可以了。”

人力车跑了起来，一路上蓼科一边神经质地不停整理头上的碎发，一边目不斜视地盯着前方。清显第一次这么近地挨着这个脂粉厚重的老太婆，感到十分厌烦。他也第一次感觉到蓼科身形如此之小，简直就像个侏儒。

随着人力车的摇摆，蓼科嘟嘟囔囔的声音像海浪般不绝于耳，她一遍又一遍地说：

“太迟了……一切都太迟了……

“为什么不回信……在变成这种境地之前，为什么……”

清显默不作声。过了一会儿，蓼科在车快到达目的地的时候，说道：“我有个远房亲戚，专门把房子租给军人。虽然脏一点，但是房间随时都是空着的，在那里可以放心地谈谈。”

明天是周日，六本木那一带就会变得异常热闹，成为军人的街道。整条街道打眼望去全是带着家属身着黄色军服的士兵。今天是星期六，看不到那般景象。人力车是绕远路走的，清显闭着眼睛坐在车上，他感觉那个下雪的早晨，人力车也走过这些地方。他刚想着这条坡道那天也走过，蓼科就叫停了人力车。

映入眼帘的是坡道下的一栋两层楼，是这户人家的主屋。四周被板墙圈起来，没有大门，也没有玄关，或许因此庭院显得很是宽敞。蓼科从板墙向二楼张望。房子很简陋，二楼空着，廊檐上的玻璃窗也紧闭着。一排六扇玻璃门，虽然门上的方格玻璃明净透亮，却看不见屋里的陈设。劣质的玻璃上映照着歪歪扭扭的黄昏天空，对面屋顶上工匠干活儿的倒影也如同水面上的人影一般，不停地扭动。黄昏的天空如同傍晚的湖面，带着忧伤，歪斜光润地映照在窗户上。

“那些士兵一回来，就吵得要命，这里只租给军官的。”

蓼科一边说，一边把贴着鬼子母神符的细格子门打开，向屋里打招呼。

一个四十来岁、头发花白的高个儿男人走了出来，用有些沙哑的声音说：“啊，是蓼科呀，进来吧。”

“可以借用一下厢房吗？”

“可以，可以。”

三个人穿过背面的走廊走进四张榻榻米大小的厢房。一坐下来，蓼科便用轻慢的语气，也不知对清显还是对房主说：“我们马上就走。和这么英俊的少爷待在一起，还不知道别人会说什么闲话呢。”房间被收拾得十分整洁，半张榻榻米大小的入口处，挂着一幅对开宣纸大小的茶室字画，还有画着源氏肖像的隔扇。完全不同于平日印象中租给军人的廉价出租屋。

房主刚走，蓼科就问道：“您有什么事要说？”

清显默不作声，蓼科不耐烦地又问了一遍：“您有什么事？偏偏挑在今天这个日子。”

“我就是特意选了今天才来的。我希望你能安排聪子和我见一面。”

“您在说什么呀，少爷。已经晚了……到了今天这步田地，您还说什么呢。从明天起，一切都要听从皇室的安排。当初她一次又一次地给您打电话，还给您写信，那个时候，您一概不理。时至今日,您到底还要说些什么？您就算开玩笑也要适可而止吧。”

“这全都怪你。”清显看着脸上抹了一层厚厚白粉的蓼科，以及她太阳穴上暴走的青筋，义正词严地说道。

清显指责蓼科撒了弥天大谎，嘴上说把信件销毁了，实际却让聪子看了那封信，还在背后打小报告，让清显失去了心腹饭沼。蓼科一听，不知是真心还是假意，流着眼泪跪下道歉。

她从怀里拿出一张纸擦着眼眶周围的眼泪，白粉也顺势被擦掉了，顿时老态毕现。然而，这让她露出了被擦红了的颧骨上的皱纹，如同擦掉鲜艳口红的皱巴巴的棉纸。蓼科带着哭肿的眼睛凝视着半空，说道：

“的确是我的错，但我知道，无论我再怎么道歉也于事无补了。不过，这份道歉与其是说给少爷的，不如说是说给小姐的。没能把小姐的心意如实地转达给少爷是我的错。本来是出于一片好心，没想到却事与愿违。您试想一下，小姐看了您的那封信之后，是多么痛苦啊，却还要在您面前故作镇定，这需要多么坚定的意志啊。她听了我的建议，在新年的亲戚贺年会上，下定决心，直截了当地向老爷询问事情的原委。那以后，她的心情是那么轻松。在那之后，她日思夜想少爷，终于下定决心，放下女子的矜持，鼓足勇气邀请您一起出来赏雪。接下来的日子她觉得整个世界都充满了幸福，连梦里都在呼唤您的名字。就在这时，在侯爵老爷的筹划下，洞院宫殿下派人来上门提亲。她一心指望您能做个决断，赌上了一切，可您却默不作声，置若罔闻。此后，小姐所经受的痛苦和折磨，真是说不尽道不完。就在敕许即将下来的时候，小姐说想告诉您还有最后一线希望，我怎么拦也拦不住，她以我的名义给您写了一封信。然而，这最后一线希望也破灭了。她决心从今天开始告别前尘往事，而这个时候您却说了这番话，真是令人惋惜啊！少爷您也知道，小姐自幼就被教育要敬重皇室。今时今日，也不曾改变……一切都已经晚了。如果您还不能消气，那就请拿我蓼科出气，打我也好，踢我也罢，只要您能消气……现在已经无法挽回，万事休矣。”

听了这段话，清显的心像是被利刃般的喜悦撕裂，所有的疑惑都被解开，他感觉只不过是自己早就一清二楚的事，从蓼科的嘴里再说出一遍而已。

他突然萌生出一种自己始料未及的犀利智慧，感觉自己已经具备了一种打开这个步步紧逼的世界大门的力量。他年轻的双眼炯炯发光：“既然我让你撕掉的那封信被她看了，那么这次反过来，我也要在这封被撕得粉碎的信上做文章。”

清显默默地盯着这个满脸白粉的矮小老妪。蓼科依然用纸擦着发红的眼角。在日暮降临的房间里，蓼科紧缩的肩膀脆弱得仿佛用力一捏就会咯咯作响，碎裂散架。

“现在还不晚。”

“不，已经晚了。”

“不晚，如果我把聪子最后写给我的那封信给洞院宫家看了，那会怎么样？如果信是在请求敕许以后写的。”

听了这番话，蓼科抬起头，脸色苍白。

接下来是一阵长久的沉默。窗上照来一束光，原来是正主屋二楼的房客回来点亮了灯。一身枯黄的军装晃眼一过。从墙外传来卖豆腐的喇叭声，梅雨间歇的夏日，法兰绒般温热的黄昏慢慢笼罩大地。

蓼科好像在反复嘟囔着什么。听起来好像在说“所以我才拦着您，我劝您别这样”……大概是说忠告聪子别写那封信。

清显渐渐感觉到在自己长久的沉默中有了胜算，仿佛有一只无形的野兽正在缓缓抬头。

“好吧，”蓼科说，“就让你们再见一次。不过要把信还给我。”

“可以。但是，光见面还不够，你得回避，让我们两个人单独相处。之后我就把信还给你。”清显说。

二十七

三天过去了。

雨一直下个不停。清显在学生制服外面套着雨衣，从学校回来的路上朝着霞町公寓走去。他接到消息，伯爵夫妇不在家，只有这个时候聪子才能出来。

都到了厢房，清显还是害怕被别人看到制服，于是一直也没脱雨衣。房主一边递着茶水，一边说道："到这里来，您尽管放心。我们早已是不问世事的人，您无须有任何顾虑。那么，您请自便。"

说完，房东就离开了。清显发现，上次仰望的主屋二楼的窗户上挂上了遮挡视线的竹帘。为了防止雨水飘进屋里，窗户也紧闭着，屋内如同蒸笼一般。清显闲着没事，随手打开桌上的小盒子，看见盖子里面的红漆也沁出了水滴。

源氏画像隔扇后面传来衣服窸窸窣窣的摩擦声，还伴有听不清的窃窃私语声，让清显感觉到聪子来了。

隔扇打开，蓼科三指点地下跪行礼。她突然翻了翻白眼珠，悄无声息地将聪子送了进去之后马上拉上隔扇门，然后像乌贼一般一闪而过，飞快地消失潮湿昏暗的白昼里。

聪子就地坐在清显的面前，低着头，用手绢遮着脸，一只手支在榻榻米上，扭着身子，垂下的脖颈白皙如雪，就像山顶的湖水。

清显沉默不语，和聪子对坐着，感觉自己似乎被雨滴落在屋檐的声音紧紧包围。他完全不敢相信，这一刻终究还是到来了。

把聪子逼到一句话也说不出来的绝境上的人是清显。她没有闲心以年长姐姐的语气训诫清显，只能无言啜泣。眼前聪子的这副模样是清显最期待的样子。

身着深紫外套和浅紫内里和服套装的聪子，不仅像一只奢华的猎物，还充满着一种无双的美。这种美是禁忌的，是绝对不可能的，是绝对拒绝的。聪子的美本来就应如此！是聪子不断地辜负她的美，威胁着清显！看吧，如果愿意，她可以成为这样神圣的、美丽的禁忌。然而她甘愿扮演成一个虚伪的姐姐，一边体贴入微，一边轻蔑对方。

清显之所以坚决远离花枝柳巷之事，无疑是因为很早以前就透视、预感到聪子身上最神圣的内核，正如透过蝉茧观察淡青色的蝉蛹成长发育一样。只有这个神圣的内核才能和清显的纯洁结合在一起。也只有在那个时候，他才能打破莫名悲伤的封锁的世界，升起任何人都没有见过的完美无缺的曙光。

从孩提时代起，绫仓伯爵就灌输给自己优雅的做派，如今感觉这种优雅成了一条极其纤弱又十分凶残的丝带，用来绞杀自己的纯洁。不仅是自己的纯洁，还有聪子的神圣。这才是长久以来用途不明的鲜艳丝带的正确用途。

他无疑爱着聪子。所以，他挪动膝盖靠近聪子，把手搭在她的肩上。聪子的肩膀坚决地拒绝了。他深爱着这拒绝的回应。这是一种声势浩大的、仪式感十足的、和我们生活的世界一样大的壮美的拒绝。这是一种来自轻柔的、充满肉欲的肩膀对沉重敕令的反抗与拒绝。这才是给予他双手炙热、烧毁他内心的神灵般的拒绝。聪子额前和鬓边蓬松卷曲的檐发发髻整整齐齐的梳痕上，带着秀发的芳香，每一根发丝直至发根都散发着乌黑亮丽的光泽。清显瞥了一眼，便如同迷失在月夜的森林里。

清显靠近那手绢遮掩下被泪水浸湿的脸颊。聪子的脸颊左躲右闪，无声地拒绝着。但清显知道她的躲闪其实是欲迎还拒，这个拒绝来自偏离她本意很远的地方。

清显拨开手绢，想要亲吻聪子。晨雪那日渴望亲吻的嘴唇，今日却始终拒绝着，拒绝到最后，聪子转过头来，像一只睡着了的小鸟，紧紧地把嘴唇抵在和服的衣领上，一动不动。

窗外的雨声势渐大。清显抱着这个女子，用眼睛打量她，猜她有多坚定。领绣着夏蓟花图案的和服领口扣得严严实实，只在合襟处露出些许倒三角形的肌肤，如同宫殿的大门一般威严地紧闭着。高高系在胸前冰冷坚固的腰带中央，钉着一颗金色铆钉模样的带扣，闪着金光。但是，清显能感觉到从她腋下和袖口中散发的、留有体温的微风。微风吹拂在他的脸上。

他把搂在聪子背上的一只手抽出来，用力地托着她的下巴。她的下巴就像一枚小小的象牙棋子，捏在清显的手里。聪子泪如雨下，精致的鼻翼也随之抽动着。于是清显重重地把嘴覆在她的唇上。

突然间，聪子的内心就像被打开的火炉，火势变得更加猛烈，火焰一个劲儿地往上蹿，她的双手不再僵硬，情不自禁地摁在清显的脸颊上。她想要推开清显的脸，被清显顶回来的嘴唇却无法抽离。尽管她湿润的嘴唇还在欲迎还拒，左右摇摆地反抗着，清显此刻却沉醉在这无比绵软的嘴唇里。于是，聪子坚固的内心就像一颗在红茶里浸泡的方糖一般渐渐溶化，开始融合在漫无边际的甜蜜里。

清显不知道怎么解开和服的腰带，坚固的太鼓结也和手指作对。正准备一通乱解时，聪子把手伸向了背后，阻挡着清显手上的动作，微妙地帮清显解开。两人的手指在腰带周围缠绕交织着，不久扣带被解开，腰带伴随着一声低沉的声响猛地向前弹了出去。那一瞬间，腰带仿佛是凭借自己的力量弹出去的。接下来，复杂而又一发不可收拾的暴动开始了，就像和服发起了叛乱一般，清显焦急地想解开聪子胸前的衣服，可布满全身的扣带一会儿紧了，一会儿又松了。最后，被紧紧遮住的、只露出小小倒三角形的雪白酥胸，终于带着芳香、一览无遗地呈现在他的面前。

聪子一言不发，连一个“不”字都没说。看不透这到底是无言的拒绝还是无言的诱惑。她在无止境地诱惑着，又在无止境地拒绝着。但有种东西让清显觉得与这神圣、与这种不可能进行斗争的，不单是自己一个人的力量。

那是什么呢？清显直视着眼前的聪子，她闭着眼睛，脸上渐渐泛起红晕，放荡的身影在眼中迷离。清显感觉揽在聪子背后的手掌上的压力越来越大，这压力如此微妙而又让人害羞。聪子似乎也无法抗拒，仰身向后躺了下去。

清显掀开聪子和服裙摆，友禅绸料的和服长衬衣裙裾上，一只凤凰盘旋于万字纹波浪和六角花纹云彩之上。五彩的凤尾被凌乱地左右岔开，远远地可以看见聪子被层层包裹的大腿。然而，清显还是感觉到非常非常遥远。还有好多层需要被不断被拨开的云朵。他感到，在遥远的深处，有一个狡猾的核心屏住呼吸，静静地支撑着前赴后继的繁琐。

终于看见了一丝曙光，当清显的身体靠近聪子的大腿时，聪子的手温柔地从下方支撑着。然而，这份温柔适得其反，就在他即将触碰曙光的一线之间，结束了。

两人躺在榻榻米上仰望天花板，耳边再次响起噼里啪啦的雨声。内心的激动久久不能平复，清显不仅没有丝毫的疲惫，反而在亢奋之中，他不想承认结束。但两人之间的难舍难分的情意，就像随着暮色渐浓，房间里渐渐现出身形的影子，愈加明显浓烈。他隐约听见隔扇外面传来老人似乎充满暗示的咳嗽声，刚要起身，就被聪子轻轻地按住肩膀拦住了。

片刻之后，聪子一言不发，在这份难舍难分的情意上向前跨越一步，不再有顾忌。这时，清显第一次感受到了按照聪子诱导行事的快乐。那之后，他可以原谅聪子的一切。

清显的青春活力在垂死边缘突然复苏，坐上了聪子平稳舒适的雪橇。当他被聪子引导时，第一次感觉到再艰辛的路途也会烟消云散，眼前一片坦途，风光旖旎。由于太热，清显早已脱掉了所有的衣服。他真切地感受到坚实的肉体，如同采藻船的船底，冲破水和水藻的阻力奋勇前进。聪子丝毫没有显露任何痛苦的表情，脸颊上挂着如同微光一般若有若无的微笑。清显对此没有半点诧异，心里所有的疑惑都消失得无影无踪。

事后，清显拉过衣衫凌乱的聪子搂在怀里，脸贴着脸，感受她脸颊流淌的泪水。

清显相信这是幸福的泪水，但同时，流淌在二人脸颊的泪水也在悲凉地诉说着他们刚才的所作所为是无法挽回的罪过。但这种罪恶感激发了清显心中的勇气。

聪子拿起清显的衬衫，催促道："别着凉了，快穿上。"这是今天见面以来她说的第一句话。清显正要胡乱抓起衬衣穿上的时候，聪子轻柔地躲开他的手，把衬衣捂在自己的脸上，深深吸了一口气，然后还给清显。泪水浸湿了洁白的衬衣。

清显穿上学生制服，整理好衣物。这时，聪子拍了拍手，把清显吓了一跳。过了好长时间蓼科才佯装不知情的样子，慢吞吞地打开隔扇，探出头问："有什么吩咐吗？"

聪子点了点头，用眼神示意了一下身边凌乱的腰带。蓼科关上隔扇，看都不看清显一眼，一言不发地在榻榻米上膝行到聪子身边，帮聪子穿上衣服，系好腰带。然后把摆在房间角落的梳妆镜拿来，为聪子整理头发。清显觉得无聊死了。房间里的灯已经被点亮，在这两个女人好似在举行某种仪式的漫长的时间里，他已经成了一个多余的人。

梳妆完毕，聪子娇美地低着头。

“少爷，我们该告辞了。”蓼科代替聪子说道，“我们已经履行了承诺，从今以后，请将小姐忘掉。也请少爷兑现诺言，将信还给我们。”

清显盘腿坐着，沉默着，也不回答。

“这是我们说好了的，请把信还给我们。”蓼科又重复了一遍。

清显仍旧默不作声，注视着坐在一旁的聪子。梳妆后的她头发一丝不乱，明艳动人，好像什么都没发生过一样。聪子忽然抬起了眼睛，和清显的眼神交汇在一起。就在那瞬间，她的眼中掠过一道清亮耀眼的光芒，清显明白了聪子的决心。

清显在这瞬间受到鼓舞，说道：“信不能还，因为我还想见面。”

“呦！少爷！”蓼科的言辞间满是愤怒。

“您知道后果吗？像个小孩子一样说些任性话……您不知道这会变成多么可怕的事情吗？身败名裂的可不止我蓼科一人。”

聪子制止了蓼科，说：“算了吧，蓼科。在清显爽快地把信还给我之前，也只好这样与他见面了。只有这样才能拯救你我，如果你也想拯救我的话。”聪子的声音仿佛来自冥界，如此清透，连清显都感觉不寒而栗。

二十八

对本多而言，清显难得来自己家里促膝长谈，于是本多请母亲准备晚餐，当晚的考前复习也暂停一天。这个朴素沉闷的家，因为清显的到来，氛围似乎也变得朝气蓬勃起来。

白天终日被如同白金般的云层包围，空气中弥漫着黏黏的湿气，可到了夜晚依旧闷热。两个青年卷起绑染[①]单衣和服袖子聊着天。

在清显来之前，本多就有一种预感。当二人并排坐在墙边的皮沙发上聊起天时，本多感到清显已经脱胎换骨。

本多第一次看到清显的眼睛散发着率直自信的光芒。这无疑是一双真正的年轻人的眼睛。但本多心里还是怀念从前的清显那双忧伤低垂的双眼。

即便如此，清显将如此天大的秘密毫不保留地和盘托出，也

① 通常是先织布后染色，而绑染技艺是先将纺线染后织布。

让本多觉得很幸福。这虽然是本多期盼已久的，但他从未强求清显这么做过。

仔细想来，清显这个人，向来对于秘密态度都是深藏在心，连朋友都秘而不宣。而当这个秘密关乎名誉和罪恶时，他才爽快地告诉别人。而在倾听者看来，没有比能获得朋友信任更加开心的事情了。

也许是心理作用，在本多看来，清显明显成熟了，年少时那个优柔寡断的美少年的影子也淡漠了。在这里讲话的，是一个热恋中的青年，他的言谈举止里的种种不得已和不可靠早已消失殆尽。

清显脸颊潮红，洁白的牙齿闪闪发光。话说到一半就害羞起来，继而用清脆有力的声音继续讲述。眉宇间比任何时候都英气豪迈，活脱脱一副沉浸于热恋的年轻人的形象。也许从前和他最不相配的就是那份内向吧。

难怪本多听完他的话，就开始前言不搭后语。

“听了你的这番话，不知道为什么，我竟然意外想起一件事。有一次，我们聊起是否还记得日俄战争的事，之后去了你家，你给我看日俄战争的相册。其中有一张‘凭吊得利寺附近阵亡者’的照片，那张照片非常奇特，看起来像精心编导的群众剧舞台照。我记得你说过最喜欢那张照片。我当时觉得对于不喜欢硬汉作风的你来说，说出这种话简直不可思议。

“可是，刚刚听了你说的话，不知为何脑海中漫天黄沙的平原景象与你美好的爱情故事交织在一起。我也是百思不得其解。”

本多不同寻常地一边热情洋溢地列举他那摸不着头脑的话语，一边自己都很惊讶，他心中居然对清显超越禁忌、触犯法律的爱情表示赞叹。本多明明早就下定决心，自己要站在遵守法律的一方。

这时，仆人给他们端来晚餐。为了这对好友可以自由自在地吃顿饭，本多母亲特意嘱咐仆人将饭菜送到房间里来。每个人的餐盘上都放有酒盅，本多一边给朋友斟酒，一边说些寻常的客套话：“你平日里锦衣玉食，因此母亲担心我家的这粗茶淡饭不合你的胃口。”

本多见清显吃得津津有味，也很开心。两个年轻人暂时没有闲聊，享受着健康静谧的美食时刻。

本多一边享受着餐后的富有满足感的沉默，一边思考着与自己同龄的清显的这种恋爱告白为什么不让自己产生嫉妒和羡慕，而是一味地给心灵带来幸福。那份幸福感就像是雨季的湖泊，在不知不觉中滋养着湖边的庭院，使他的心沉浸其中。

“那你接下来打算怎么办？”本多问。

“还能怎么办呢？我可是个不轻易开始、一旦开始就绝不会半途而废的人。”

这样的回答，若是从前的清显，是在梦里都不敢想的，本多对此刮目相看。

“这么说，你有意和聪子结婚了？”

“那可不行，敕许已经下来了。”

“你不打算即使违背敕许也要和她结婚吗？比如说，逃到国外去结婚之类的。”

“……你不懂的。”

清显说到一半，又沉默了下来。他眉宇间今天第一次挂上以往那种说不清道不明的忧郁愁容。大概是本多正想看到这个表情才特意不断追问的，但看到之后，他的幸福感里也渗入了几分不安的阴影。

清显对未来所期望的东西，究竟是什么呢？一想到这些，本多望着用非常微妙的轮廓线精巧组装而成的、工艺般俊美的侧脸，便感到一阵战栗。

餐后水果是草莓。清显端着草莓，坐到被本多整理得井井有条的书桌前，他把手撑在本多的书桌上，漫不经心地轻轻左右转动转椅。他以肘部为支撑点，不停地晃动着脸庞和微微敞露的胸口，右手用牙签把一个个草莓放进嘴里。这副架势表明这一刻他已经没有了家中的繁文缛节，变得放松随意起来。草莓上的白糖掉落在他敞露的胸口上，他不慌不忙地轻轻撣掉。

“喂，会招蚂蚁哦。”

本多一说，他嘴里含着草莓笑了。几分醉意让清显平日雪白的眼睑微微泛红。当转椅猛地飞快转动时，白里透红的手臂自然地垂下并随着转椅摆动，身体也在微妙地扭动着。就好像这个青年人正在无意识地承受某种莫名的痛苦的袭击。

的确，在清显平缓的眉毛下，闪耀的眼睛中充满了梦想。但是，本多感觉到那双眼睛的光辉绝不是面向未来的。

本多想向清显发泄自己前所未有的焦躁暴怒，越发想要亲手毁掉刚才的幸福感。

“那你打算怎么办？你考虑过最终的结果吗？”

清显抬起头注视着他的朋友。他的眼光如此闪亮却又如此阴郁，本多从未见过这种眼神。

“为什么需要考虑这些事情呢？”

“但是，你和聪子周围所有的一切，都孜孜不倦地追求着完美的结局，你们两个人总不能像两只恋爱的蜻蜓，在半空中悬浮不动吧。”

“这我知道。”

寥寥四字后，清显便缄口不言。眼神漫无目的地向房间的各个角落飘散，飘到书架下，飘到废纸篓拉下的影子上。这淡淡的影子，和种种情感一样，随着黑夜一同无声无息地潜入这充满学生气息的简朴书房里。清显漆黑的双眉拧成流畅的弧线，仿佛要把这些影子拉成一道弓形，由情感而生又因为情感而拧紧的眉毛，一边守护着阴郁不安的双眼，一边忠实地追随着目光所向，如同态度端正的贴心侍者，寸步不离地跟随主人。

本多横下心来，要把刚才盘旋在脑海中的想法一吐为快。

“我刚才说了番奇谈怪论吧。我听了你和聪子的事后，就想起了日俄战争的照片。

“要说这究竟为何，若是硬要牵强附会地解释的话，那应该是这样。

“随着明治时代的结束，那个轰轰烈烈的战争时代也落下了帷幕。战争的种种往事也沦为武监课幸存教官吹嘘自己功劳的资本和乡村炉灶旁农民们自吹自擂的故事。也不会再有年轻人战死疆场。

“但是，行动的战争结束后，取而代之的是感情战争的开始。这场看不见的战争，迟钝的家伙是根本感觉不到的，甚至有些人都不相信这些存在。但是，这场战争的确已经开始了。为了这场战争，特意被选中的年轻人，一定正开始战斗。你这家伙肯定是其中之一了。

“和行为的战场一样，我觉得这场感情战争中的牺牲者还是年轻人。这恐怕就是以你为代表的我们这个时代的命运吧……所以你就做好准备，在那场新的战争中战死。我说得没错吧？”

清显只是微微一笑，并未回答。突然窗外刮来一阵雨前潮湿沉重的大风，像一把毛刷拂过他们微微沁出汗水的额头，带来一阵清凉。本多觉得清显沉默不语，要么是答案已经不言而喻，要么是虽然自己说的话正合他的心意，但太过宏大，他没法正面回答。定是两者之一。

二十九

三天后，本多因为学校偶然停课，上午回到家，就和家里的学仆一起去地方法院旁听。这一天从早上开始下雨。任职大审院法官的父亲，在家里也是非常严格的人，但是儿子这才十九岁，在进入大学之前就开始热衷于法律的学习，父亲觉得很可靠，于是决定把儿子培养成寄托未来的继承者。一直以来法官都是终身制，但就在四月份，由于法院构成法的大修改，二百多名法官被命令停职或退职。大审院法官本多出于一种追随不幸的老朋友们的心情，请求了退职，但是没有被接纳。

但是，这成为父亲改变想法的一个转机。父亲对儿子的态度如同上司对未来后继者的爱，包含着几分宽宏大度。那种情感，到目前为止，本多从未在父亲的身上看到过，他为了不辜负父亲的期待，终于开始努力学习了。

父亲允许尚未成年的儿子旁听审判也是这一新的变化的一部分。当然，自己的审判并没有让儿子旁听，但是和家里的法律学仆一起，不管民事诉讼案还是其他，都允许他们出入法院。

让只通过书籍熟悉法律学的繁邦，通过接触到鲜活的日本的审判，学习法律实务上的一面，这仅仅是表面上的理由。但父亲肯定是想试探，年仅十九岁的儿子柔软的感受性，能否承受得住暴露人性且令人不忍目睹的刑事案件的审理过程，然后再想客观地评估儿子从中能获得哪些具体的东西。

那是危险的教育。但是，年轻人通过懒散度日的风俗和炫耀的歌舞，只摄入与年轻人的感性吻合的、口感好的东西，与逐渐被那些东西同化的危险相比，至少在法院旁听能达到一种教育效果。也就是，着实令人感受到有一双眼睛在严格监视着法律的秩序。让儿子亲眼看见，无形态、热乎乎、肮脏且黏稠的人的感情，是如何通过冰冷的法律程序一步一步被“料理”的。这样给儿子安排与此“厨房”见面，大概有技术性教育上的意义。

匆忙赶往刑警第八部的小型法庭的时候，本多发觉，在荒废的院子里的绿色植物上倾注的雨水，让法院暗暗的走廊看上去微微明亮。看到这些情景，本多就认为，将犯人连同他们的心牢牢锁住的这栋建筑物，即便是为了体现出一些理性，这种气氛也未免太过阴郁了。

本多心情暗沉沉的，坐在旁听席上也未好转起来。他冷眼望着这位性急的学仆目中无人地翻阅着携带过来的案例集。明明是他带自己到这里的，却似乎忘记这个老师之子的存在了。本多从远处望着那些检察官席、证人席、律师席等空位上的椅子，仿佛觉得那些椅子在雨季里湿漉漉的样子是自己内心空虚的映照。

他用青涩的目光观望着，仿佛眺望就是他人生的使命似的。

繁邦应该是直爽的性格，他确信原本自己是个更有作为的青年。但是自从听到清显的告白之后，就发生了一些不可思议的变化。与其说是变化，不如说是在他与这个挚友之间发生的不可理解的角色的颠倒。很长一段时间，他们都很珍惜彼此的性格，不会给对方施加任何东西，但是三天前，清显自己倒是突然痊愈了，却把疾病传染给别人，在这挚友的心中留下了“自我反省”的病菌。而现在病菌迅速地繁殖，犹如这“自我反省”比起清显本人，天生更适合本多似的。

无法认清的不安，首先以那个“传染病”症状的模式体现出来了。

“清显今后到底会怎么做呢？自己作为朋友，难道只是茫然地观望着事情的走向吗？”

在等待下午一点半的开庭期间，他的心已经离开了将要看的审判，一个劲儿地在脑海里追逐着这个不安的行踪。

“给这个挚友一些忠告，让他从此打消这些念头不是更好吗？到现在为止，我一直相信，所谓的友情是即便朋友再苦难也置之不问，守护他的优雅。但到如今，他已经把所有的事情都说了出来。我应该行使常见的、那多管闲事的友情特权，努力把他从眼前的危险中救出来！那才叫真的友情吧？结果，无论我如何被他埋怨，甚至被宣告绝交，也都不会后悔的。十年，甚至二十年后，清显也会理解我的！即使一辈子都不能被理解也没关系。

“确实，清显向悲剧勇往直前。那虽然很美，但为了从窗户擦肩而过的鸟影的一瞬间的美丽，却牺牲人生、放弃和聪子在一起，这样真的好吗？

“对了！从今往后，我必须闭上眼睛，投入愚者的平庸的友情中，不管他怎样嫌弃我，我都要向他的危险的热情上浇上水，尽力阻止他完成自己的命运。”

想到这里，本多的头脑开始发热，无法忍受在这里一直等待与自己无关的审判了。本多迫切地想着，马上跑到清显那里，极力说服他回心转意。于是，无法这样做的焦躁带来了另一种不安，烧起了他的心。

回过神发现，旁听席已经坐满了人，这才知道了学仆那么早来占座位的理由。既有像是法律系学生的人，也有普普通通的中年男女，戴袖章的新闻记者们一会儿站一会儿蹲，十分忙碌的样子。这些人明明是受卑微的好奇心驱使着来的，却装出一副严肃的样子。他们留着胡须，意味深长地甩着扇子，用长长的小指指尖挠着耳朵，掏出硫磺般的耳垢来消磨时间。看到这些人，本多总算见识到了摆出一副“我们是绝不会犯罪的”的嘴脸背后的人性有多丑恶。至少自己，哪怕一丁点儿都不能像这些人。旁听席的人们都在灰白色光芒的照射下，雨天紧闭的窗户上反照出他们呆板的模样，只有庭员的黑色帽檐的光泽显得格外突出。

被告人出现，人们开始吵闹。身穿青色刑衣的被告人在庭员的陪同下坐到了被告席上，但被争着要看被告脸的旁听者们妨碍，本多也只能略微窥视到一张微胖的白皙脸颊和鲜明地刻在脸上的笑洼。之后，就只能看到被告扎成女囚样的兵库发型[①]的头部背面和圆润的肩膀。她微微缩起身体，从肩膀上却看不出一丝僵硬的紧张感。

随着辩护人的出庭，人们等待出席的就只有法官和检察官了。

“就是那个女人！少爷，就凭她，不像是杀人的女人吧。有句话说‘人不可貌相’，这话说得太对了。”学仆在繁邦的耳边喃喃道。

审判程序按惯例进行。法官严厉盘问被告姓名、住址、年龄、族谱。场内静悄悄的，仿佛就能听到忙碌工作的书记员的笔记声。

被告站起来说：“东京市日本桥区滨町二丁目五番地，平民，增田富美。”

但是，声音太低了听不清楚，旁听的人担心听不到之后重要的问讯，所以都探出身子，把手支在耳朵上。被告虽然前面都回答得很流利，但在年龄上不知道是不是故意的，有些犹豫，在律师的催促下，她像清醒了似的，用稍高的声音回答道：“三十一岁了。”

这时，我瞥见了她一眼转向律师的脸颊上飘过的小碎发，以

① 女性梳头发的方法之一。将头发集中在脖颈后面扎起来后，再将发梢拧起来放到头顶的发型。

及一双冰凉的眼睛。

在旁听人的眼里，这个身材矮小的女人的肉体就像一只半透明的蚕，编织出了尤其复杂的罪恶之网。她身体的每一个部位的微微颤动都令人联想到，她湿润的狱衣腋下的汗水、因不安的心跳而乳头横亘的乳房，以及对任何事情都有点迟钝的、冰冷而丰盈的臀部。她的肉体与罪恶之间，如此精妙绝伦地照应着……这正是世人所期望的。一旦被暴露在这个热情的勾画好的梦幻中，平时人们所喜爱的、欲求的东西便全部都会成为恶果的原因，瘦的女人就因为消瘦，微胖的女人则因为微胖的体态而成为坏人的形象。

甚至渗透在她的乳房表面的、人们想象中的汗水也包括其中。从而，她无害的肉体成为人们想象力的媒介，旁听者们则沉浸在一个个对她的肉体的罪恶表示信服的喜悦中。

以本多的年纪，他也隐约地感受到了坐在旁听席上的人们的想象，因而他以清正廉洁的意念断然拒绝了被这些想象误导，一味地追寻着回答法官的被告的陈述如何朝着事件的核心前进。

女人的说明很冗长，总结的话虽然前后颠倒，但马上就能明白的是，这起杀人事件是搭乘一系列热情的、自动化的行动，横冲直撞走向了悲剧的结局。

“从什么时候开始和土方松吉同居的？”

“那个……去年，我想忘也忘不了，是六月五日。”

这个“想忘也忘不了”引起了旁听席上人们的失笑，因此还被庭员命令肃静。

增田富美以前是料理店的女招待，后来和厨师土方松吉成为好朋友，开始照顾丧妻不久的松吉后，从去年起他们就同居了。但是松吉一开始就没打算和她入籍，同居后玩起女人并且愈演愈烈，从去年年底起富美就被同一个滨町的岸元料理店的小姐顶替了位子。小姐名叫阿秀，她虽然才二十岁，但很会以花言巧语取悦男人，由此松吉开始时常出门在外。到了这个春天，富美叫出阿秀，恳求把男人还给她。阿秀趾高气扬，富美一时想不开就杀了阿秀。

这是在市井发生的三角关系中常见的由固执己见引起的事件，虽然看不到任何独特的东西，但事实的审理涉及细节的时候，却出现了许多无法用想象弥补的小真相。

原本这个女人就独自养育着没有父亲的八岁的孩子。前段时间把孩子暂时委托给乡下的亲戚抚养，但近期为了让孩子在东京接受义务教育带回了身边，以此为契机，她也坚定地要与松吉成立家庭，但是富美作为一个孩子的母亲，也不管她是否有意，事实上已经一步步逼近杀人了。

“不，那时要是阿秀不在场就好了。那样的话，也许事情就不会变成那样了。我邀请她去岸边的时候，要是她得了感冒在家睡觉什么的就好了。

“用作凶器的生鱼片菜刀事实上是松吉珍惜多年的刀。他是一个有匠人气质的男人，他拥有几把非常好的菜刀，为己用亲手磨刀并珍藏着。他还念叨着‘这对我来说是武士的刀’，也不会让女性触碰它。但是自从他和阿秀在一起，我起了嫉妒心之后，他也许觉得危险吧，不知把它放到哪里了。

“我有点生气，他居然那样看待我。虽然有时也会开玩笑威胁他说‘就算不是你的菜刀，刀这种东西到处都有啊’。长时间松吉出门不在家的某一天，我开始打扫柜子，菜刀包竟然在意想不到的地方出现了。令人吃惊的是，菜刀上还生了锈。光看到这个锈，我就能知道松吉对阿秀的痴心，我手拿着菜刀，身体不由得颤抖了。

“这时孩子从学校回来，我的心情也平静了下来。我想到如果我把松吉最珍惜的菜刀拿到磨刀店的话，或许他会很高兴的。我也知道我这是装作他妻子的名分，多管闲事罢了。孩子说：‘妈妈，你要去哪里？’我回答说：‘就出去一小会儿，你就乖乖地看着门啊。’孩子说：‘你不用回来了，我要回乡下的小学了。’孩子突然说了这么奇怪的话，我一追问才知道，他被附近的一个孩子嘲笑说：‘因为你母亲死缠着你父亲，所以被抛弃了。’那个孩子一定是把从父母口中听来的传言说给我孩子的。孩子还说道，比起成为人们笑料的母亲，更喜欢乡下的养父母。我一生气，就把孩子给打了一顿，然后听着孩子的哭声，从家里跑了出来……”

据富美的陈述，那时，她的脑海里并没有阿秀，只是一心想用磨刀来安慰自己才跑出去的。

磨刀师傅很忙，因为有约好的工作，在富美的再三催促下花了一个小时左右才把菜刀磨好。但是一走出店，富美就不想回家了，于是摇摇晃晃地向岸元料理店走去。

在岸元那边，因为擅自抽空到处玩耍，所以午后回来的阿秀被老板娘训斥了一顿，之后阿秀把原因归咎于松吉，哭着道歉求情，事情总算告一段落。这时富美过来找阿秀，因为有话要说便让她到外面去，阿秀出来后，对富美态度异常敷衍。那时阿秀已经换上了干净利落的招待服，穿木屐的步伐就像花魁的八字。阿秀说道："我刚才和老板娘约好了，从此会断绝和男人的往来。"

富美的心里不禁充满喜悦，阿秀一边大声欢快地笑着，一边突然说了一句话，那一句话足够推翻前面她亲口说的话。

"但是我不知道能不能撑过三天。"

富美拼命克制自己，可是为了把话说清楚，还是邀请阿秀去滨町河岸的寿司店，一边请她喝一杯，一边努力做出姐姐的样子。阿秀却冷笑着，始终保持着沉默。富美有了些醉意，低头恳求，可是，阿秀毫不留情地转过身去。一个小时后，窗外也变黑了。阿秀说再也不能被老板娘骂了，便起身想要回去。

之后富美也记不起来，两个人是怎么在黄昏混进滨町河岸空地的。在富美强行挽留想要回去的阿秀的过程中，她说自己自然地朝阿秀倒了过去。不管怎么说，富美并不是从一开始就动了杀心把阿秀引诱到那里的。

争吵了三言两语，最后阿秀面对只留在河面的夕阳露出洁白的牙齿大笑起来，随后这样说道："你这样一直说，说什么都没用的。因为你这么纠缠不休，所以才被阿松讨厌吧。”

富美说这句话起到关键性的作用，她是这样描述当时的心情的：

“……听到这些话，我头上冒着血，怎么说呢，正好在黑暗中，就像婴儿想要什么，悲伤得不得了，却无法倾诉，只是喋喋不休地哭泣，一味地乱晃手脚的心情。我那麻木的手，不知什么时候解开包袱握起菜刀。握起菜刀的手在黑暗中摇晃，正好与阿秀的身体撞到了。我只能这样形容了。”

通过这段话，包括本多在内，在场的旁听者仿佛都清楚地看到了在黑暗中悲伤得手脚乱晃的婴儿的幻影。

增田富美说到这里，两手捂着脸呜咽，从身后也能看到穿着狱衣的肩膀在颤抖，那丰满的体态反而被人们怜悯地观望着。旁听席的气氛，从最初毫无掩饰的好奇心，逐渐变成了另一种。

雨下个不停，白雾茫茫的窗户使场内充满沉痛的光芒，仿佛只有处在这中心的增田富美一人活着，呼吸着，并且表达了人们所有的悲伤与痛苦的呻吟。也就是说，只有她才有表达感情的权利。起初人们只看到三十一岁、微微发福、汗流浃背的女人的肉体，而现在，直到刚才，人们屏住呼吸凝眸注视着一种情感穿透人的皮肤，仿佛一只活虾在晃动。

她的一举一动被人们观察着。在没有人看见的地方犯下的罪，现在就进入人们的视野，借着她的身体呈现了出来。这比善恶和品德更明显地表现了罪的特质。舞台女演员只会展示自己想展示的东西，与之相比，增田富美是任由别人摆布的。她身边的律师似乎太弱了，不知道是否对她有帮助。矮小的富美，身上未佩戴女人用的装饰品或者其他宝石，未穿引人注目的华丽和服，她仅仅是个犯人，但足够演好一个女人了。

“这案子，如果日本实行陪审制的话，被判无罪也说不定呢。真敌不过能说会道的女人啊。”学仆又对繁邦低声私语道。

繁邦在想，人类的热情一旦按照这个规则运作起来，谁都无法阻止。但是，这在人类的理性和良知不能被证明的前提下所成立的近代法中是绝对不能接受的理论。

繁邦也想到，最初认为与自己无缘而前来旁听的审判，现在证实了不是无缘的审判，而成为寻找自我的因缘。增田富美眼前吹起的红色熔岩般的所谓的情感，令自己发现了无法接触到的自己的一面。

雨仍在下，但天空变得明亮，只有一部分折断的云彩，将绵绵不断的雨变成了瞬间的狐狸雨。能够把窗户玻璃上的雨滴同时照亮的光，像幻影一般射了进来。

本多多么希望自己的理性总像那样的光，但是又不能舍弃总被黑暗吸引的性情。然而，那炽热的黑暗只是一种魅惑，其他什么都不是。对他而言，清显也是个魅惑。并且是一种从生命深处摇动的魅惑，其实不是生命，而是命运。

本多决定暂时搁置给予清显忠告的行为，而选择在远处观望。

三十

在暑假即将到来的学习院，发生了一件事。

帕他提纳迪特殿下的一枚祖母绿戒指丢失了。当库里沙达殿下大声喧哗这是一起盗窃事件的时候，问题就变大了。帕他提纳迪特殿下因为希望内部处理这个问题，所以责备了堂弟的轻率。但是，这位王子心中同样认为戒指是被盗的。

对于由库里沙达殿下引起的争端，学校方面做出了最合理的反应。校方的回应是，学习院不可能发生盗窃事件。

这桩纠纷，逐渐加深了王子们的乡愁，终于发展到他们希望回国的地步了。引起王子们和校方正面对立，是从以下事情开始的。

舍管正在认真听取他们的意见时，王子们的证言也一点点地发生了分歧。傍晚从校内散步回到宿舍，吃晚饭，回到自己房间时，就发现戒指不见了。库里沙达殿下说，堂兄是戴着戒指出去散步的，而出去吃晚饭的时候才取下戒指放到房间里，就在这期间戒指被偷走。帕他提纳迪特殿下则越回忆当时的情景越变得记忆模糊，散步的时候确实是戴上戒指出门的，但是不记得晚饭时是否放在房间里。

这是弄清是丢失还是被盗的相当重要的分界点。于是，舍管问王子们散步的路线，了解了更多的信息：那天黄昏非常美丽，王子们越过禁止进入的展览台的栅栏，在那里的草坪上躺了一会儿。

当舍管听到这里时，已是十分闷热的下午，外面断断续续地下着雨。舍管立刻决定督促王子们一起寻找戒指，并说加上自己，三人去搜寻展览台的各个角落。

展览台在演武场一角的小台地上，四周都被草坪环绕。这里是明治天皇观看学生们进行演武训练的纪念场所。在这所学校，除了祭祀天皇亲手种植杨桐树的御榊坛之外，这里就是公认的神圣场所。

在舍管的陪同下，两位王子此刻公然越过栅栏，登上了展览台。但是，草坪被蒙蒙细雨淋湿，要搜寻那五六十坪台地的每一个角落，是一件非常不容易的事情。

他们认为仅仅在王子们平躺着交谈过的地方寻找还不够，便决定从三个角落开始分头找。雨又开始下了。他们一边被雨敲打着后背，一边仔细地翻着一棵棵的草寻找。

库里沙达殿下显露出有些抵触的情绪，一边抱怨，一边走到他要寻找的地方。温和厚道的帕他提纳迪特殿下则因为不是别人，而是自己的戒指，就老老实实地从台地一角的斜坡开始仔细地来回寻找着。

王子头一回如此细致地观察草地。之所以要仔细观察是因为，虽然可以依靠那黄金护门神的金色来寻找，但翡翠的绿色很容易混在这草的颜色里。

雨沿着制服的立领渗到了背上，王子开始怀念起故乡雨季下得温和的雨。草根上的淡绿色，令人觉得仿佛吸收了阳光的照射。乌云密布，草坪里夹杂的小花湿漉漉的，在敲打的雨滴里低着头，而淡粉色的花瓣仍保持着干枯的光泽。有时，还能发现草丛里透过高高的杂草锯齿状的叶子，花草落下影子，虽然觉得那枚戒指不可能隐藏在那样的地方，但王子还是把叶子翻开看一看，只见一只小甲虫为避雨躲在叶子下。

由于目光过于接近草地，在王子眼中，草叶渐渐地扩大成巨大的叶子，让他想起了故国雨季密林的繁盛景象。他们在草丛里忽然看见空中蔓延着耀眼的积云，随后天空呈现一边蔚蓝色，另一边却变得灰暗，仿佛巨大的雷声要响起了。

现在王子如此热心地搜寻的，已不是一枚祖母绿戒指，而是月光公主的难以捕捉的失落的面容。王子还被青草的绿色迷惑而使搜寻变得难上加难。王子觉得心情郁闷，有些想哭了。

这时，运动部的一群人把毛衣搭在穿着运动服的肩上，撑着雨伞正要路过，看到这三人，就停止了脚步。

戒指丢失的传闻已经传开了。男人戴戒指本身就是个不常见的习俗。因此，即使当人们听到丢失了一枚戒指，也很少有人愿意一起热心地搜索，或给予同情。当学生们得知王子们在雨中低头寻找的是那枚戒指时，因为他们对传开盗窃的谣言来挑事的库里沙达记恨于心，冷言嘲讽就脱口而出。

学生们还没有看到舍管的身影。那时，他们看到突然站起来的舍管，不禁大惊失色。舍管以令人惊讶的温柔的语气对他们说希望大家帮个忙一起寻找。话音刚落，一群人都默默地转身走掉了。

三人已经朝着台地的中心相互靠近，他们都意识到这意味着希望更加渺茫。这时，雨停了，微弱的阳光射下来。午后迟来的斜阳使湿透的草丛熠熠生辉，通过叶尖的影子勾画出叠叠起伏的草坪。

帕他提纳迪特殿下看到一棵青草的影子上，的确闪烁着一缕色彩斑斓的绿光。王子用湿手把草岔开一看，发现那是散落在土里的微弱的光，也只有草根上闪亮着金黄色光芒。别说戒指，连影子都没有找着。

清显后来才听说了那场以徒劳告终的搜索。舍管的做法，固然体现了他的真诚，但也不可否认地给王子们带来了不折不扣的屈辱感。最终，以此为契机，王子们收拾好行李离开宿舍，搬到了帝国酒店。他们给清显坦言说出实情——他们无论如何近期都想返回暹罗。

松枝侯爵通过儿子听说这件事，十分痛心。如果放任不管，让王子们回国，将会给王子们的心灵造成无法挽回的创伤，在日本的回忆也将成为他们的一生中厌恶的回忆。侯爵尽力尝试为化解学校和王子们之间的矛盾，但王子们的态度十分强硬，眼下以他从中解围的方式也难奏效。于是侯爵最终想到这样的办法——首先得极力挽回王子们，等时机成熟再考虑想办法缓和他们的情绪。

恰好暑假即将来临。

侯爵和清显商量后，决定等放了暑假就邀请王子们去松枝家海边的别墅，到时候由清显陪同他们一起度假。

三十一

夏季的第一天，清显征得父亲的同意，便带上本多和两位王子，四个年轻人乘上火车从东京出发了。

每当父亲前往镰仓这处的别墅，镇长、警察署长以及许多人都会到站台上热烈迎接。从镰仓站到长谷的别墅的那条路上，也会铺满从海边运过来的白沙。但是这一次因为侯爵提前吩咐过镇上的人，那几个年轻人中就算有人有王子身份，也还是个学生，禁止欢迎仪式。所以，四人在车站搭乘人力车，慢悠悠地抵达别墅。

走完一条隐没在树荫深处的蜿蜒曲折的小路，别墅那巨大的石门便出现在眼前。门柱上刻着“终南别业”四个字，那是以王摩诘[①]的诗题取名的。

这座日本的“终南别业”坐落在占地十五亩的一整个山谷里。

---

① 王摩诘，王维的别号。王维（701—761），唐代著名诗人，今存有400余首诗。

由于上一代人建造的草顶房子在数年前被烧毁，在那之后现任侯爵直接在原址上修建了一座日西合壁[①]且拥有十二间客房的宅邸，并将阳台前方向南无限延伸的整个庭院都改造成西式庭院。

从面向南边的阳台，就能远远地望见大岛[②]，岛上火山喷发出的火焰看起来竟像是遥远的夜空中飘舞的篝火。沿着庭院步行五六分钟就能到达由比海滨。侯爵有时会在庭院的阳台用望远镜观望侯爵夫人洗海水浴的光景，以此消遣作乐。但是，夹在庭院和海边之间的农田实在有些煞风景，于是侯爵命人开始在庭院的南端种起了松树，以便遮挡住田地。当生长成茂盛的树林之际，庭院的风景便能直接与大海连成一片，但用望远镜观赏的乐趣也会随之消失。

此处壮丽的夏日风景无与伦比。山谷起伏，宛如敞开的扇子，很是开阔。其右面的稻村崎和左面的饭岛，宛如与庭院东西走向的山脊连在一起。无论天、地，还是被山岬环绕的海，所有目光可及之处，仿佛都在松枝别墅的领地之内。而通常打扰这里的，也只有恣意飘移的云彩、偶尔掠过的鸟影，以及在海面上驶过的船只。

因此，在这一眼能望见云海的壮观的夏季，将这扇形的众山当作观众席，把广阔的海平面作为舞台，就会感觉像是身处剧场，

① 日西合璧是指日式和西方的结合。

② 伊豆大岛是伊豆诸岛中最大的岛屿，距离东京都中心一百二十公里，目前仍有火山活动。

笑看风起云涌，坐看云卷云舒。因设计师不肯在露天阳台上贴木片拼花，侯爵还将他骂了一顿。但突然灵光一闪，想到“船的甲板不就是用木头做的吗”，随后他派人用耐性坚硬的柚木材料拼成方格图案铺在阳台上。清显曾一整天就在这阳台上观察海上云彩的微妙的变化。

那是去年夏天的事了。

强烈的光线穿透宛如搅拌的凝乳般聚集在海面上的层层叠叠的积云，照进深处。那光雕刻出阴影的部分，越发显出顽强不屈的性情。然而在那积云中光线慵懒地停顿的地方，相比其他地方，感觉像是在打瞌睡似的，时间过得无尽漫长。相反，汹涌的云海被光沾染的地方，时间在迅速地、悲剧性地疯狂流逝。而所有这些，都发生在绝对的无人之境。所以，打瞌睡也好，悲剧也好，在那里都不过是相同性质的玩物罢了。

如果死盯着云彩看，就看不出其形状有丝毫改变，但是只要转换视线，云彩就会悄然发生变化。如同威武雄狮的鬃毛般的云彩，不知何时竟乱成刚睡醒时的鸡窝头。再一次盯着看时，云彩像是发起了呆，一直保持着那杂乱无章的样貌。

是云彩放松了心情的缘故？明明被满满的光照形成了亮白且坚固的形态，却仿佛在顷刻间沉入那最无用且脆弱的感情之中，看起来精神十分松懈。并且，那像是一种解脱。清显还曾见过分散的云朵迅速聚集在一起，形成神秘的影子，宛如浩浩荡荡的军队般，朝庭院逼近。这时，沙滩和田地首先被乌云吞没，随即庭院从南边开始逐渐变得昏暗。庭院的斜面上种满模仿学习院离宫修剪的枫树、杨桐、茶树、丝柏、瑞香、满天星、木斛、松树、黄杨、罗汉松等，在明媚的阳光下，叶尖仿佛用工艺镶嵌上去似的，宝石般闪闪发光。可随着那绿油油的色彩被阴影笼罩变得暗淡，连蝉鸣声听起来也如哭丧般阴沉了。

尤其美的还得是夕阳。到了晚霞的专属时刻，所有一眼望见的云彩，无论是红色、紫色、橙色还是淡绿色，都像是能提前预感到自己将要被染上色彩似的，在被染色前，通常都会紧张而发白。

“这庭院真漂亮啊！真没想到日本的夏天竟如此美丽！”乔·皮在说这话时，双眼闪闪发光。

两位王子站在阳台上，此时此刻没有什么能比他们身上褐色的皮肤更与夏天的风光融合了。今天，他们的心情看上去格外愉悦。

清显和本多都认为阳光过于强烈，两位王子却觉得阳光和煦，并毫不厌倦地享受着日光浴。

“冲个澡，休息一下，再带你们去逛逛庭院吧。”清显说。

“为什么要休息呢？我们四个不是还很年轻，精力充沛吗？”库里沙达王子说。

清显心想：现在对于这两位王子来说，比起月光公主、祖母绿戒指、朋友、学校，或许“夏天”才是他们最需要的。仿佛夏天可以弥补他们的任何欠缺，治愈他们的任何悲伤，补偿他们的任何不幸。

清显一边想象着自己从未经历过的只属于暹罗的酷暑，一边又陶醉在自己周围这明媚开朗的夏日里。院子里蝉鸣迭起，冷静的理智犹如冷却的汗液，从额头上蒸发出来。

四个年轻人从阳台上走了下来，来到下面宽阔的草坪中央，围聚在日晷周围。

古老的日晷上雕刻着“1716 Passing Shades①”的字样。一根用藤蔓花纹装饰的青铜晷针——形似伸着脖子的鸟，刚好指向西北和东北之间，被固定在罗马数字十二的地方，而晷针的影子已投向接近三点的地方。

本多用手指摩挲着日晷的文字盘上刻着“S”的地方，本想问问王子们暹罗的正确方位在何处，但又怕不小心勾起王子们的乡愁，便没开口。他转身背对太阳时，无意间让自己的影子遮住了日晷，抹去了文字盘上指向三点的影子。

“对，这样做很好。”乔·皮王子用调侃的语气说，“一整天都挡住它，就能让时间消失了。我回国后也在庭院里制作一个日晷，如果遇到非常幸福的日子，就叫仆人从早到晚，一整天都用自己的影子遮住日晷，来阻止时间的推移。”

“那样恐怕仆人会中暑而死吧。”

本多挪开身子，剧烈的阳光重新照射在文字盘上，指向三点

① 意为“流逝的光阴”。

的影子又出现了。

“不会的，我们国家的仆人一整天在太阳底下晒，也不会有事的，我们那里的日照强度可是这里的三倍呢。”库里沙达王子说。

清显想象着：他们闪闪发光的褐色皮肤下，一定藏着昏暗凉爽的阴凉处。他们就能够凭借自身的树荫得以休息了。

清显突然心血来潮对王子们说去后山道上散步很有意思，于是本多来不及喘口气休息就又不得不跟着他们一起登上后山了。之前无论对什么事都不太积极的清显，现在竟带头走在前面。本多看了这样的清显只觉得惊讶。

当他们爬到山顶，到达山脊的源头时，只见松荫在海风中尽情摇曳生姿，比海滨更是灿烂耀眼。攀登让他们冒出一身汗，海风一吹，大伙儿顿时觉得清爽极了。

四个青年找回了少年时的活泼童趣，在清显的带领下，他们在长满山白竹和凤尾草的山脊小道上前行。一路都踏在落叶上，走了一会儿，清显顿时停下脚步，指着西北方，大声喊道：“快看！只有从这儿才能看得见。”

其他人也随即停止步伐，透过树间俯瞰一片广阔山谷里的小镇的景象：门前町[1]密密麻麻的房屋中，还耸立着一尊大佛像[2]。

---

① 指在寺院、神社周边形成的城镇。

② 即神奈川县镰仓市的净土宗寺院高德院的国宝铜造阿弥陀如来坐像镰仓大佛，高度约11米。

在山上可以模糊地看见，大佛浑圆的背部和大致的衣褶。脸只能看见侧面；顺着圆润的肩膀到衣袖的流线的地方，隐约可以窥见佛胸；阳光将青铜的圆肩照得微光闪烁，而横照在宽阔胸膛的阳光清澄透亮。随后，在夕阳的照映下，头部的青铜螺髻，一颗一颗清晰地呈现了出来。头部两侧长长的耳垂则看似在热带树上挂着的奇妙的长形干果。

本多和清显在看佛像时，两位王子突然朝着佛像跪了下来，这让本多和清显大吃一惊。两位王子丝毫不惋惜身上笔挺而洁白的亚麻裤子，就跪在潮湿的竹子落叶堆上，朝着那边沐浴在夏日阳光下的佛像合掌膜拜。

这时清显和本多倒是不够严肃地看了看对方，憋住不笑。这样的信仰早已离他俩远去，在生活中消失殆尽。虽然他们对于两位王子那值得钦佩的礼拜绝没有嘲笑之意，但一直以来认为王子们与自己同样是学生，此时突然觉得王子们飞向与自己观念、信仰截然不同的另一个世界。

三十二

四人逛完后山回来，又走遍庭院的各个角落，才静下心坐在海风徐徐的客厅里，一边休息，一边喝着从横滨运来后放入井水中冰镇的柠檬汽水。之前的疲劳一扫而光，四人又想着趁太阳还没落山赶到海边游泳，便各自开始做准备。清显和本多的一身装扮是典型的学习院风：身着后背及身体两侧镂空且用锯齿形针脚缝制而成的白色棉质泳衣，下身是红色兜裆布，头上还戴着草帽。他俩先换好衣服，便等着二位王子。没过多久，王子们露出褐色的肩膀，身穿一款英制露肩横纹泳衣走了出来。

清显与本多做了这么长时间的朋友，清显都未曾邀请本多在夏天到这座别墅来玩过。倒是有一年的秋天邀请本多到别墅来捡过一次栗子。因此本多和清显自幼年时期在片濑学习院的游泳场练习之后，就再也没有一起到海里游泳过。当然那时候两人还没有成为像现在这样的挚友。

四人走到庭院，直接冲向院子尽头种植的还不茂密的松林，然后越过那一大片农田，直奔海滩。

游泳之前清显和本多一本正经地做着热身运动。两位王子看到他们不禁捧腹大笑。话说回来，这笑中也带有对清显和本多的报复，因为他们看到佛像却没有跪拜。在两位王子眼里，这种现代化的、只为自已履行的行为异常可笑。

这样的笑声也意味着王子们难得度过放松的时刻。清显也许久未见外国友人如此开朗的样子。在水里纵情玩耍之后，清显早已忘却了作为主人应有的待客之道。为了让各自都能用本国语开怀畅谈，清显和本多，与王子兄弟俩，各自分开躺在沙滩上。

落日被薄云笼罩，逐渐失去先前的热烈。对于皮肤白皙的清显来说，这样的阳光刚刚合适。他仅穿着那条红色的兜裆布，带着湿漉漉的全身十分惬意地躺在沙滩上，闭上双眼。

本多就在清显的左边盘腿而坐，静静地望着大海。此刻的大海风平浪静，粼粼微波让本多着迷不已。

他的视线与海平面应该在同一高度，令本多觉得不可思议的是，眼前是大海的尽头，也是大陆的起点。

本多一只手抓起一把干燥的沙子，又把沙子倒入另一只手中，直到手中的沙子都流尽。随后他呆呆地抓起一把沙子。他的眼睛和他的心灵，都深深地陷入大海之中。

大海的尽头就在眼前。如此广袤无垠的大海，如此波澜壮阔的大海，就在眼前终结。对于时间和空间来说，没有什么比立足于边界更让人感觉神秘。这种自身正置于大海和陆地这壮阔的分界线上的感觉，就宛如自己正在亲眼见证一个时代向另一个时代更替的重大历史时刻。那么，本多和清显所生活的现代，也不过是一个退潮的滩头，或是一个涨潮的滩头，一个边界罢了。

大海的尽头就在眼前。

望着海浪的尽头，便能明白经历长时间无休止的努力，最终就要在这里悲惨地结束了。一个围绕整个世界、覆盖所有海洋的宏伟计划将在这里以徒劳告终。

即使这样，这挫折也显得十分温和善良。海浪最后的余波那小小的白色边脚，突然丢掉感情上的纠结，与湿润而平坦、宛如镜面的沙滩融为一体，再等到它已化成淡淡的泡沫时，浪身也大致退回海里。

在辽阔的海面上即将崩坏的白浪大概有四五层——昂扬、顶峰、崩溃、融合、退却，每一层海浪都同时扮演着自身的角色。

那个呈现出光滑的腹部翻滚的青绿色浪花，它喧嚣、怒吼，随着它的即将碰坏、逐渐变成小小的呼喊，最终成为耳语。巨大的白色奔马，变成奔腾的白色小马，随后马队里健壮的马身也会消失，最终只有白色脚印留在海滩上。

向左右两边粗狂展开的扇面上，互相碰撞的两道余波，不知不觉中融入镜面般的沙滩。那期间镜中的影像也随之开始活跃地变化着。白浪竖起爪子翻滚时，在沙滩上映射出那锋利的纵形，像极了闪烁的霜柱。

波涛退回远方，而后又会层层叠叠、前赴后继地涌过来，但没有一个海浪将白色光滑的背朝向这边。所有的海浪都往同一方向，朝着同一目的地，齐心协力向着岸边汹涌而来。但是，如果将目光投向更远的海面，便会感觉直到目前，海岸边看似猛烈的涛浪，也只不过是巨浪蔓延后残存的微弱余波。由近到远，大海的颜色逐渐加深，海岸边那点稀薄的蓝色被逐渐浓缩、压榨，直至变成一条深蓝色的海岸线。那被无限凝缩的深蓝色，终于形成一块坚硬的晶体。虽然在距离和宽度上稍加修正，但那蓝色的晶体才是大海的本质。在这稀薄、匆忙的海涛在反复动荡的尽头，那蓝色的结晶体才是真正的大海……

…………

想到这里，本多的眼睛和心都觉得疲惫，便视线转移到已经熟睡的清显身上。

清显那白皙、优美且柔畅的躯体，与他身上唯一的那条红色的兜裆布形成鲜明的对比。已经干燥的沙砾和细小的微微闪烁着的贝壳碎片，在他随着呼吸微微起伏的洁白腹部与兜裆布相接处沾成一条分界线。清显无意中将左手枕在后脑勺下，本多注意到在他的樱花花蕾般的左侧乳头再往外侧的左腹上，在平日里被手臂遮挡的地方，三颗极小的黑痣靠拢在一起。

肉体的特征真是不可思议，相处了这么久，本多却第一次发现清显身上有这三颗痣。这让他觉得挚友无意间说出秘密似的，便不敢再看了。本多闭上了眼睛，可这三颗痣清晰地浮现在本多的眼中，就像散发着强烈白光的傍晚天空下远处的鸟影。随后，那些鸟影拍打着翅膀，似乎朝着他头顶的方向逼近过来。

本多又睁开眼，看了看正熟睡的清显：俊秀的鼻翼微微发出鼾声，微张的嘴唇里露出润泽而洁白的牙齿。本多的目光又停留在他侧腹的黑痣上，这一次那黑痣看起来活像嵌进清显白嫩肉体里的沙粒。

实际上，干燥的沙滩就在本多的眼前结束，靠近海面的沙地上铺满了夹杂着干燥的白沙的细碎花纹。尽管它们凝聚成黑黑的点点，但海浪在沙面上刻下了浅浅的波痕。那些小石、贝壳，还有枯叶，仿佛化石一般也紧紧地镶嵌在沙滩上。哪怕再小的石头，都将从它上面退却的潮水的痕迹，朝大海的方向呈扇形展开。

不只小石子、贝壳和枯叶，还有被冲上岸的马尾藻、小木片、稻草，甚至夏季的柑橘皮等，也都那样镶嵌在沙滩上，所以极其微小的黑色沙粒，完全可能嵌入清显紧致而白皙的侧腹的肌肤。

本多实在是觉得那东西看起来很痛，便思考着有没有什么办法，在不吵醒清显的情况下，帮他把沙子除掉。但观察到那细小的颗粒随着胸部的呼吸一起动弹时，本多又觉得这些沙粒绝不是无机物，而是清显身体的一部分，也就是黑痣。

本多觉得那东西破坏了清显肉体的优雅。

也许是因为从肌肤感受到了本多那强烈的注视，清显突然睁开了眼睛，视线刚好与本多相撞，清显把头伸了过去，脸朝向不知所措的本多说道：“能帮我个忙吗？”

“嗯。”

“我这次来镰仓，表面上是为了陪同王子们游玩，实际上是为了制造我不在东京的传闻。你明白吗？”

“我猜到你会那样做。”

“我想把你和两位王子留在这里，时不时偷偷地回东京。三天不见她，我就受不了了。我不在的时候，请你帮我应付一下王子那边。万一东京家里来了电话，也要找借口帮我蒙混过去，这就全靠你的本领了。今晚我会坐末班火车的三等车厢回趟东京，明早再坐头班车回来。那就拜托你了啊。”

“好的！”本多坚定地回应。

清显满心欢喜地伸出手要与本多握手，接着说：“有栖川宫殿下的国葬，你的父亲也会参加吧？”

“嗯，好像是的。”

“殿下去世得正是时候。我昨天听说因为殿下的去世，洞院宫家的纳彩仪式恐怕是要推迟了。”

本多从清显这一句话中明白了，他的恋爱竟与一件件国家大事联系在一起，这也才重新切身体会到其中的危险。

这时，两位王子一起兴高采烈地跑了过来，打断了两人的对话。库里沙达殿下气喘吁吁地用蹩脚的日语说：“知道我和乔·皮刚才在聊什么吗？我们谈论了关于转世再生的话题呢。”

三十三

两个日本年轻人听到这话不由得对视一眼。向来浮躁的库里沙达本就不太会对听者察言观色，而与他相比，这半年来饱尝身处异国他乡之苦的乔·皮虽然没有涨红双颊，但看上去是在犹豫要不要继续讲这个话题。也许觉得令人听起来文明些吧，乔·皮便用流利的英语说道：

“不是的，刚才我和库里聊起小时候乳母经常讲的《本生经》的故事，就说连佛陀，在前几世中作为菩萨也曾转世成为金天鹅、鹌鹑、猴子、鹿王等，所以我们觉得有趣，也来猜测我们的前世是什么。结果让我生气的是，库里说他的前生是鹿，而我的前生是猴子，所以我就反驳他，我的前生是鹿，他的前生才是猴子。你们觉得我俩的前世是什么？”

因为不管支持谁的说法，都会得罪另一方，所以清显和本多只是微笑着，没有表态。为了换话题，清显说：“我和本多都对《本生经》一无所知，能不能讲一讲其中的一两个故事呢？”

“那就我来说金天鹅的故事吧。”乔·皮说，“这是关于还在菩萨时期的佛陀接连两次转世的故事。你们都知道，菩萨就是悟道成为佛陀之前的修行者，佛陀的前世就是菩萨。所谓的修行是追求无上菩提、利益众生、修诸波罗蜜之行。传闻还在菩萨时期的佛陀，尽管转世为各种动物，仍要积善行德。

“很久很久以前，出生在某婆罗门家的菩萨，娶了一位出身于同等阶级的女人为妻，生了三个女儿后，便去世了，遗族由别家收留。

“死后的菩萨投胎转世成为金天鹅，但还具有看到前世的智慧。不久，菩萨转世的天鹅长大了，浑身覆盖着金灿灿的羽毛，呈现出世间绝无仅有的美丽。若这只鸟一下水，倒影会如同月影一般散放光辉。若从树林间飞过，树梢茂叶则会像金色的笼子一般被穿破。偶尔停留在枝头休息时，就仿佛树上结出了不合时宜的金色果实。

“天鹅知道自己的前世是人类，也知道留下的妻子和女儿被别人家收留，做一些家庭副业来勉强糊口，于是心想：‘我的一根根羽毛都可以捶打成金条来卖钱。为了依然留在人间过着贫穷凄惨生活的妻子，从今往后我就将羽毛一根根地拔了送给她好了。’

“天鹅从窗外看着昔日妻子和女儿们过着贫困的日子，不禁心生怜悯。而窗内的妻子和女儿们看到窗台上竟停了这么一只闪烁着金光的天鹅，感到十分惊讶，于是询问：‘天啊，多么漂亮

的金色天鹅啊。你是从哪儿飞来的？’

“‘我曾是你的丈夫，是女儿们的父亲。我死后，投胎转世成为金天鹅，今天是特意过来看你们的，我想让你们的苦日子变得轻松。’

“说完，天鹅拔下一根羽毛给了她们就飞走了。

“就这样，天鹅会时不时地过来给她们一根羽毛后离去，母女们的生活显而易见地富裕起来了。

“有一天，母亲对女儿们说：‘禽兽的心思捉摸不透啊。你们的父亲化成的天鹅，说不定什么时候就不会再来了，下次趁它飞来的时候，就把它的羽毛一根不剩地全拔下来吧。’

“‘啊，这样太残忍了妈妈！’

“女儿们哀叹着拒绝此行为，可这贪得无厌的母亲，在有一天把飞来的天鹅骗到跟前，用双手抓住了它，将它金色的羽毛全都拔光了。然而不可思议的是，刚被拔下来，金色的羽毛竟变成鹤的白羽毛。前世的妻子将无法飞行的天鹅关进大罐里，用饲料喂养，期盼着它再次长出金色的羽毛。可是，重新长出的羽毛也全是白色的。天鹅羽毛长满一身后，飞向空中，变成一个闪耀光亮的白点，逐渐消失在云层，从此再也没回来过。

“这就是我们从乳母那里听到的《本生经》里的一个故事。”

本多和清显觉得这个故事很像自己小时候听过的童话故事，很是惊讶。但话题又转移到了是否相信转世的问题上。

清显和本多至今为止从未讨论过这个话题，所以他们有些不知所措。清显带着探询的目光瞅了本多一眼。向来我行我素的清显一遇到这种抽象的问题，必定会流露出不知如何是好的表情。而这样的清显反倒像是用来刺激马奔跑的马刺一般轻轻地刺激本多的心，使他振奋起来。

“如果真的有转世这等事，”本多有些仓促地继续展开了该话题，“那就会像刚才讲的故事中的天鹅一样，如果拥有知晓前世的智慧还好，可如果没有那种智慧，已经断绝过一回的精神和失去的思想，不会在下一世里留下任何痕迹。然后又会萌生一种崭新的精神和一种同前世毫无关联的思想……这样一来，在时间轴上排列的一个个转生个体，像是同一时代中分散着的不同个体……那将失去转生原本所拥有的意义吧。如果把转生看作一种思想的话，那么是否存在能够把几种毫无关系的思想囊括在一起的某种思想呢？现在我们没有任何前世的记忆，所以要说转生是否存在，就像努力证明绝无确切答案的东西一样徒劳无益呀。要想证明它，就必须均等地看待前世和今生，必须从对等比较的见解出发才对。而人类的思想，必然会偏向过去、现在或是未来的某一方，因为人们无法从处于历史中央的‘自己的思想’领域中逃脱。佛教中的‘中道’大概就是这么个意思。但是，‘中道’本身到底是不是人类能够拥有的有机的思想，颇有疑点呢。

“退一步说，若把人类所拥有的全部思想当作各种迷妄，那么若想区分从上一世转生到这一世生命的过去的迷妄和这世的迷妄，就必须由第三者来识别。只有这第三者的立场才能证明转生轮回，而对于转生者本人，这将是一个永恒的谜团。这第三种立场，恐怕就是悟道的立场，所以应该只有超脱转世的人，才能理解转生轮回思想的含义。因此，就算理解了转生轮回的思想，到那时候转生轮回是不是也就不复存在了？

“我们活着，关于死亡的东西充斥在我们周围。例如葬礼、墓地、墓碑前枯萎的花朵、关于死者的记忆、亲眼所见的亲人的去世，以及对自己死亡的预测……

“那么也许死者们也拥有各种各样关于生的东西。例如从死者的国度眺望我们生活的城镇、学校、工厂的烟囱，还有不断死去又不断出生的人们……

“所谓转生轮回，也只不过与我们站在生的角度看待死亡相反，是从死亡的角度来看生的表现而已。这仅仅是一种观看问题的立场的转变罢了，难道不是吗？”

“那照你说的，为什么人死后，他的精神和思想依旧能够传递下去呢？”乔·皮冷静地反驳道。

本多是个才思敏捷的青年，他意气风发，用略显不屑的语气断言：“那跟转生的问题不一样。”

“怎么不一样呢？”乔·皮用平稳的语气说，“你也认同一种思想能跨越时间在同一个体间传承的观点吧？既然如此，同一个体即使跨越时间也能继承各种思想，这样想也不足为奇嘛。”

“猫和人能说是相同的个体吗？刚才的故事中，人和天鹅、鹌鹑、鹿也算吗？”

“在轮回转世的思想中，把他们都称为同样的个体。即使肉体没有延续，只要妄念延续了，就可以看作同样的个体。也许不叫‘个体’，称之为‘一个生命的流动’更合适。

“我弄丢了那枚满载回忆的祖母绿戒指。戒指不是活物，它不会转生。但是，丧失又意味着什么呢？对我来说，丧失就是出现本身的依据。总有一天，那枚戒指会像绿色的星星那样出现在夜空中的某个角落的。”

说到这里，王子不禁悲从中来，似乎些许脱离了这个话题。

“不过，乔·皮，说不定那枚戒指是某个生灵悄悄化身的呢。”库里沙达天真地回应，“于是，说不定它用自己的双腿，偷偷地溜到了某处。”

“要真是那样，现在那枚戒指也许转世成了月光公主似的美人了。”乔·皮说着，忽然陷入了自己的恋爱回忆，“其他人的来信里都告诉我她过得很好，可是为什么唯独月光公主本人不给我写信呢？那些人是为了安慰我。”

而另一边，本多将这些谈话全当耳旁风，一个人仍在沉思刚才乔·皮说出的那番奇特的观点——把人看作生命的延续而不是单独的个体——这样的想法的确也说得通。不看作静止的存在，而看作流动的存在来理解，也的确行得通。按照刚才乔·皮的观点，一种思想被不同的“生命的流动”继承，这与一个“生命的流动”在不同思想中延续是一样的。因为生命与思想将被同一化。这样一来，若是将这种生命和思想是统一体的哲学思想推广，那么聚集无数“生命的流动”而形成的巨大的生命潮流之环，也就是人们所说的“轮回”，也可能是一种思想吧……

在本多陷入这种思考时，清显正在聚集着渐渐消失在夜幕中的沙子，与库里沙达一心一意地堆着沙子寺院。不过很难用沙子堆成暹罗风格的尖塔和鸱尾的造型。库里沙达巧妙地往沙子上滴一些水，堆积成极其纤细柔美的尖塔，宛如女子从袖子中伸出又黑又柔软的手指般，小心翼翼地在用湿沙砌好的屋脊上拉出了向上翘起的鸱尾。可是，因一瞬间指向了天空，那个像只痉挛后翘起的黑色手指般的尖角，随着沙子的风干，脆弱地被折断，坍塌了。

本多和乔·皮没再争论，都看向正笑嘻嘻地忙碌着玩堆沙、像小孩似的两人。沙子寺院也需要灯光。好不容易精雕细琢出的正门和窗子，在黄昏的笼罩下也变成了只能看出轮廓的黑乎乎的沙堆。打碎的白浪像极了人临终前的白眼球。这世界将要消失，但仍将光亮全集中起来，留下一片白色的背景。寺院在这背景前，像极了模糊的剪影画。

不知不觉间，四人头顶早已变成满天星空。银河跨越天际，无数繁星清晰地闪烁着。本多能识别出来的星星不多，但还是迅速地分辨出了相隔银河的牛郎星、织女星，以及张开巨大双翼为牛郎织女做媒的天鹅座北十字星。

海里传出远胜过白天的咆哮，白日里界限分明的大海与沙滩，如今彼此融入同一个黑幕，夜空中星星一味地拥挤不堪地增加，不断向下施放威压……四个年轻人被包裹其中，仿佛置身于一个肉眼看不到的、巨大的古琴似的乐器之中。

这确实是一把琴！他们是混进琴箱的四粒沙子，琴箱里是无边无际的黑暗世界，琴箱外却是光明灿烂的世界。从龙角到云角紧绷着十三根弦，若是有白皙灵巧的手指拨动这琴弦，星河流转般悠扬的乐章，通过这琴的振动，定会摇动琴箱底的四粒沙子。

微风吹拂的海之夜。浪潮的气味、被冲上海滩的藻类的味道，让暴露在凉爽晚风中的年轻人的肉体里充满悸动的情绪。海风的湿润附上肌肤，却从那里喷发出如火般的东西。

“回去吧。”清显突然说道。

这确实意味着提醒客人们该回去吃晚饭了。但本多知道，清显一直惦记着那趟末班车的时间。

三十四

清显三天两头偷偷地跑回东京，他一返回镰仓，就把东京发生的事情一五一十地都告诉本多。据他讲洞院宫家的纳彩仪式已经确定延期了。但这并不意味着洞院宫家与聪子的婚礼会受到任何影响。聪子还常常应邀前往洞院宫家，洞院宫殿下也对她照顾有加。

清显不满足于现状，他开始思考下次无论如何也要把聪子叫到“终南别业”与他共度良夜。为了实现这个危险的计划，他找了本多帮他出谋划策。但是，光想想都知道要实现这个计划有多困难。

在一个十分闷热而难以入眠的夜晚，清显在半梦半醒间做了一个从未做过的梦。这个梦中的浅滩，水是温热的，被浪冲上岸的各种海草的漂流物堆积着，让人无法分辨是海里的漂浮物还是陆地上的垃圾，而且会刺伤徒步涉水人的脚。

不知为何，清显穿着平常没穿过的白色木棉和服与裤裙，带着一支猎枪，站在原野的道路上。略有起伏的原野并没有多么辽阔，远处能望见一排排民房屋脊，还有在这原野上行驶的自行车。但是，整个原野都被一层奇怪又沉重的光占领着。那落日余晖一般残弱昏暗的光线，无法确定究竟是来自天边还是地上。覆盖在起伏的原野上的绿草也散发着幽幽绿光，就连渐渐远去的自行车车身也发出模糊的银光。清显忽然朝自己脚下看了看，只见又粗又白的木屐带和脚背上的静脉都奇妙而明亮地浮现出来，清晰可见。

这时候，光线暗淡下来。鸟群从天空的某处出现，当一群鸟的鸣叫声逼近头顶时，清显朝着天空扣动了猎枪的扳机。他并非无情地射击。由于他内心充斥着一种难以名状的愤怒与悲伤，与其说是瞄准鸟群，倒不如说是瞄准天空的巨大蓝眼射了一枪。

结果被击中的鸟儿们一同坠落，惊叫与血液的龙卷风把天与地连在一起。因为无数飞鸟一边哀鸣一边流着血，聚集成一根粗大的柱子，仿佛瀑布接连不断、无穷无尽地落在同一个地方。坠落伴随着哀鸣与血色，就像龙卷风一样不停延续着。

接着，那龙卷风逐渐凝固成一棵通天巨树。由于这是无数鸟儿的尸体聚集而成的大树，所以树干也呈现出异常的红褐色，但没有枝和叶。巨树的形状稳定后那些叫声也随即消失，但是周围又开始弥漫着先前一样沉重的光线。沿着原野小道，一辆新的无人驾驶的银色自行车摇晃着缓缓靠近。

清显觉得自己处理掉了遮蔽天日的东西，很是自豪。

这时，他远远看见一群装束打扮和自己一样的人，从原野小道上走了过来。他们严肃地走到离自己一两间[1]的地方停下脚步，每个人手上都有一枝光润的杨桐树叶玉串。

为了给清显净身，他们在清显面前摇了摇玉串，那响声清脆悦耳。

在他们之中，清显清清楚楚地看见了学仆饭沼的脸，这让他不由得惊诧。饭沼还开口对清显说："你无疑是个灾神。"

他这么一说，清显不由得看向了自己。不知何时，一条暗紫与深红相间的月牙形玉项链挂在了自己的脖子上，玉石冰冷的触感扩散至胸膛，自己的胸部竟像一块平整厚重的岩石。

清显转头看了看白衣人手指的方向，只见那棵由一群鸟的尸体凝结而成的巨树上已长出了茂密而明亮的新鲜绿叶，连下面的树枝也同样被那新鲜的绿叶覆盖着。

这时，清显醒了过来。

着实是个非比寻常的梦，清显翻开近来都没怎么动过的梦境日记，开始把它尽可能详细地记录下来。梦醒过后，他觉得体内仍有着强烈的行动与勇气的火光。这让他感觉自己刚从一场战斗中回归似的。

要想深夜把聪子接到镰仓，黎明前再把她送回东京，用马车不行，火车也不行，人力车更谈不上，无论如何都需要一辆汽车。

---

① 间是用于测量田地、土地和室内的测量单位。一间长一般 6 尺，约 1.82 米。

而且不能用清显周围认识的人的私家车，更不能用聪子周围人的汽车。必须是陌生且不了解情况的司机开的汽车。

这“终南别业”地盘虽大，但也不能让王子们跟聪子碰面。不知王子们是否知晓有关聪子婚约的事，若被他们认出来的话，总归会留下后患。

要克服这种种困难，无论如何都需要本多出面来扮演一个他自己都不熟悉的角色。于是，为了朋友，本多还是答应承担一项接送聪子的任务。

本多想到了一个身为富商儿子的同班同学的名字，他是五井家的长男。在朋友中也只有他才拥有一辆能够自由支配的汽车。为了借车，本多还特意回一趟东京，拜访了位于麴町的五井家，拜托这位朋友借一晚他的福特汽车，连同司机。

这个一直都在留级边缘徘徊、游手好闲的公子哥，万万没想到这位年级上有名的一丝不苟的秀才竟会来拜托自己这样的事情，震惊得目瞪口呆。随后便抓住这次机会摆出一副傲慢狂妄的姿态告诉本多，如果理由充分，也不是不能借的。

在这个愚蠢的家伙面前，这虽然不是本多一如既往的作风，但他故作胆怯地捏造了一个理由，为此还感到高兴。明明是本多因撒谎才说话吞吞吐吐，而对方却误以为那是由于本多感到极其困惑和羞耻而导致的。那深信不疑的样子让本多觉得好笑。用理智那样很难让人信服，可是只要有一点点热情，哪怕是虚伪的热情，也能如此轻易地让人信服。本多看着他，不禁感到可悲又可笑。恐怕在清显眼里，本多也是如此吧。

“真让人刮目相看，没想到你还有这样的一面啊。但是你保密工作做得可真好，她叫什么名字总能告诉我吧。”

“她叫房子。”本多随口说出许久未见的表妹的名字。

“也就是说，你找松枝借住一晚上，又从我这借了车呗。那作为回报，下次考试就拜托你了！”说着，五井还半正经地向本多低头行了个礼。此刻，他的眼中充满友情的光辉。

“人啊，归根结底都一个样。”

他觉得自己和本多，在智力上，在某种层面上终于变得不分高低了。庸俗的人生观得到了肯定，于是心安理得地说出了这句话。

这也是本多一开始就设想的目标。与此同时，通过清显，他还得到了罗曼蒂克的名声。这样的名声只要是十九岁的少年都渴望获得。总之，这件事对清显、本多、五井三人来说，谁都不亏。

五井的1912年版最新款的福特汽车，由于配备了自动启动装置，再也不用令司机欲哭无泪地屡次在出发前专门下车启动了。虽然只是装有二级变速器的普通T型车[①]，全黑的车身，红色边线的车门，唯独被车棚遮罩的后座上还残留着马车的痕迹。与司机交流时，只需嘴巴对着传声筒讲话，司机就能够通过耳边开着

① 福特T型车是福特汽车公司于1908年至1927年推出的一款汽车产品，由此美国成为车轮上的国度。

的喇叭听到声音。车顶上除了备用轮胎之外，还配置了行李架，由此能够满足长途旅行的需求。

姓森的司机，原本是五井家的马车夫。他在五井老爷的专用司机那里学了驾驶汽车的技术，当在警察局考驾照时，明目张胆地让他师傅在警察局的门前等候，若考试时遇到不懂的问题，他就出来询问答案再进去接着考。

本多在深更半夜去五井家借了车，为了不暴露聪子的身份，就计划把车停在那个军人宿舍的前面，等待着与蓼科一起偷偷地乘人力车过来的聪子。清显不希望蓼科一起来，实际上在聪子离家的这段时间里，蓼科也需要伪造聪子一直在自己房间睡觉的假象。因为蓼科有这样的任务在身，所以她想来也来不了。蓼科始终无法放心，就啰啰唆唆地交代了一堆，才终于把聪子托付给本多。

“在司机面前，我会叫你房子。”本多在聪子耳边低声说了一声。

深夜悄无声息的街道上，福特车发出轰鸣整条街的爆音，开始驶向镰仓。

聪子不拘小节、无所畏惧的态度，令本多惊讶。她身穿白色西装，越发给她增添了坚忍不拔的气质。

本多感受到单独和朋友的情人在半夜里乘车兜风的微妙氛围。在这夏季深夜，在弥漫着女性香水味的汽车里，他也只是友谊的化身，挨着坐在一起。

她是“别人的女人”。何况聪子是个漂亮的姑娘，这让本多觉得朋友越发失礼。本多感觉到在清显对自己的信任中，清显那冷漠的毒素一直是维系着他们关系的神奇纽带，可从来没有如此淋漓尽致地体现过。信赖和侮蔑，就像薄皮手套和手的关系那样，紧密地贴合在一起。但由于清显的美貌，本多并没有再计较。

为了躲避那样的侮辱，本多只能选择相信自身的高洁。本多没有那些盲目而古板的青年的做派，而是理性地坚信自己是高洁的一个青年。他绝不是饭沼那种看轻自己的自卑型男人。如果看轻自己就完蛋了，就只能跟在清显身后给他当个仆人。

当然，聪子在疾驰的汽车上，尽管被凉风吹得头发凌乱，可依旧端庄矜持。清显的名字自动成为两人间的禁语，而虚构的房子这名字却成为彼此之间亲切的象征。

…………

回程的氛围截然不同。

“遭了，忘记跟清少爷讲了。”车子启程不久，聪子突然说道。但是不能掉头回去了，夏天天亮得早，如果不抓紧回东京，恐怕无法在黎明前到家。

“我转告他吧。”本多说。

“这……”聪子犹豫了一下，还是下决心开了口，“那就请你转告他，蓼科前几天跟松枝家的山田见了面，便知道了清少爷撒了谎。蓼科已经知道了那封清少爷一直佯装握在手中的信，其实在他刚拿到手时就被他当着山田的面撕碎扔掉了……不过，蓼科那边不用担心，她已经释然了，对所有事都视而不见……请把这些话转告给清少爷。”

本多照这个话复述了一遍，关于这神秘的传话内容，只字不问就答应了。

或许，聪子被本多这样认真礼貌的态度触动，她跟来时全然两样，话开始多了起来。

“本多先生，您为了朋友如此尽心尽力，清少爷能有您这样的朋友，不得不说是世界上最幸福的人了。我们女的，就没有真正的朋友。”

聪子的眼睛里还残存着放纵后的火花，头发却梳得整整齐齐，未见丝毫凌乱。

见本多没有接话，聪子低下头，轻声说道：“不过，本多先生应该觉得我是个放荡的女人吧。”

“您可不能这么说！”

本多不由得用强烈的语气打断了她的话。因为，虽没有轻蔑她的意思，聪子的话却无意间戳中本多心中浮现的一个场景。

本多忠实地完成了彻夜接送的任务。无论是到镰仓后把聪子交到清显手中，还是从清显手中接到聪子送回家，他内心都一直平静、毫无波澜，为此他还感到自豪。当然，不能有一丝心慌意乱。对本多自身而言，正是这次行动，让自己卷入严峻的危险。

当本多看着清显牵着聪子的手，穿过月光照射下的庭院，沿着树影奔向海边时，他感到即使自己这样帮助人的行为也是一种罪行，并且亲眼见证了那罪行化为绝美的背影逐渐远去。

“是啊，不可以那么说，我也不觉得自己是放荡的女人。

“可为什么呢？我虽和清少爷犯下如此可怕的罪行，却丝毫不觉得这罪孽有任何肮脏和不堪，反而觉得如此才能洗涤我的身心。方才我看到海边的松林，深觉有生之年应是再也看不到那样的松林，也不会再听见那样的松涛了。身处那里的每一分每一秒，我都感觉清明通透，没有一丝后悔啊。”

聪子一边说着，一边因迫切地希望本多能够理解她想要倾诉衷肠的心情而感到焦虑。因为，她把每一次与清显的幽会都当作最后一次，特别是今晚，被包围在静谧的自然里，达到那么可怕的、令人神昏的境界，她即便丢掉矜持，也难以名状。这就像跟人诉说死亡、宝石的光辉或落日的美一样，无比困难。

清显和聪子避开明亮的月光，在海滩上四处徘徊。深夜的海滩冷清得空无一人，只有渔船翘起的船头向沙滩落下黑影的地方，比起周围明亮的月光，着实让人觉得可靠安全。月光照耀着渔船，船板像是白骨一样，仿佛只要将手伸过去，月光就会穿透手掌。

海风微凉，两人立马躲到渔船覆盖下的阴影里，紧紧地拥抱在一起。聪子懊悔自己穿着平时不常穿、此时却十分显眼的白色洋装，也忘了自己的皮肤是白净的，她只想要早点脱掉那衣服隐身在黑暗里。

不会被人看见，但散落在海面上的月光宛如上千万双眼睛。

聪子望着天空的云层，还有悬挂在云端上微微闪烁着的星星。聪子感觉清显小而硬的乳头触碰到自己的乳头，磨蹭着，随后将自己的乳头压进丰满的乳房。这里有一种比接吻更有爱的、像是在和自己饲养的小动物玩闹时互相触碰的、意识跟不上的甜美。这种肉体的边缘和肉体的一端产生的亲密感触，让闭着眼的聪子想到了云端上闪闪发光的星星。

二人离到达深海般的愉悦，还有一段路程。不断想把自己藏进黑暗里的聪子，一想到这黑暗只不过是渔船的阴影，便突然感到害怕。因为那不是坚固的建筑物或山岩的阴影，而是也许不久之后就要出海的、暂停在这儿的渔船的影子罢了。船只不会永远靠岸，那看似可靠的阴影也如同幻影。她依旧感到恐惧，害怕那艘古老巨大的渔船会悄无声息地从沙滩上滑走，驶入海里。若想追逐那艘船的阴影，若想永远待在那阴影之下，自己就必须变成大海。于是，聪子在沉重的充沛中变成了大海。

包围着他们的一切万物，挂月的天空、大海的粼粼波光、卷沙的海风，还有远处涌动的松涛……一切都注定走向消亡。时间碎片的对面，吵嚷着巨大的“不”的声音。这不是松林喧嚣的声音吗？聪子觉得他们被绝非原谅他们的东西包围、守望、守护着。就像落入水盆中的一滴油，只能受到水的守护。然而那水是黑的、辽阔的，又是沉默的，一滴香油只得漂浮在孤独的边界上。

这是多么有包容性的“不”啊！那个“不”字究竟是夜的本身，还是黎明将至时的曙光呢？他们无从知晓。那些“不”只是朝他们逼近，并没有开始侵犯他们。

两人起身，从黑暗里勉强探出脖子，注视着天边逐渐西沉的月亮。聪子感到那轮恬静的圆月，正是他们被钉刻在空中的、极其瞩目的罪恶勋章。

周围没有人影。两人为了取藏在船下的衣物，站了起来。借助月光互相凝视着对方腹部下方的、仿佛从黑夜中残存的黑色部分。虽然只是短暂的时刻，但两人真切地看了一会儿。

穿上衣服后，清显坐在船舷上，摇晃着双腿说道："如果我们是被允许的正常关系，绝不会这样大胆吧。"

"真是过分呢。原来你的真心是这样的呀。"聪子以埋怨的语气说道。

然而，他们调侃的话语掺杂着一种不可名状的苦涩。因为绝望就在身边等候。聪子躲在船影的黑暗里，看着船舷边清显摇晃的脚背被月光照得雪白，就不由得把嘴唇凑到他的脚指尖上。

…………

"或许我不应该说这些。但是，除了本多先生之外，我没有人可以倾诉。我知道自己做的事情非常可怕，但也请您别阻止我。因为我知道总有一天会结束……可在那之前，我想过一天算一天，尽可能地拖下去，别无他法。"

"您已经做好思想准备了啊。"

本多的语气中情不自禁地带有一丝悲切。

"是的，我已经做好了心理准备。"

“我想松枝也是。”

“所以，我不能再麻烦您了。”

本多突然出现一种迫不及待地去理解这个女人的奇怪冲动。这是一种微妙的报复心——既然她只把本多当作“理解自己的朋友”，本多也拥有既非同情也非共鸣的理解权利。

但是，要理解这样一个为情所痴的、娇媚的女人，一个人在身边心却在远方的女人，需要什么种类的操作呢……本多与生俱来爱用逻辑探究的习惯被触发了。

随着车辆的晃动，聪子的膝盖好几次都贴近本多，但她努力控制着身体，避免二人的膝盖触碰。那些灵敏的动作像极了松鼠踩踏小车，让人眼花缭乱。本多看到这样的情景，心中些许烦躁起来了。他想至少在清显面前，她绝不会这么小心翼翼的吧。

“刚才您说，您已经做好思想准备了，”本多没有看聪子，说道，“那与‘总有一天会结束’的心情有着怎样的联系呢？在结束的时候，思想准备也就没意义了，不是吗？还是说，在做出觉悟后，一切也会随之了结呢？我知道向您提出这样的问题很残酷。”

“这个问题，您问得好。”聪子平静地回应。

本多不由得注视了她的侧脸，那张美丽端庄的脸上未见丝毫慌乱。这时，聪子突然闭上了眼睛，长长的睫毛在车厢顶昏暗的灯光下投下深深的影子。窗外黎明前的繁茂的树木，如同缠绕的乌云不断向后擦身而过。

司机规规矩矩地背对着他们，一心一意开着车。因为在驾驶位与后座之间，厚厚的玻璃推拉窗是紧闭着的，只要不专门对着传声筒讲话，司机是听不到他们的谈话内容的。

“您说我总有一天可以让一切结束，对吧？作为清少爷的挚友，您自然会这么说。如果我活着无法将一切都了结，那我死后……”

聪子也许期待着本多会着急地打断她这种说法，但本多一言不发，只等待聪子说完。

“总会结束的，而且这一天不会那么遥远。到那时，我可以保证，绝不会有任何留恋。既然如今已经体会了如此令我感恩不尽的生活，我不会再去奢求什么了。梦总会结束，世上没有永恒的事物。若真把那些永恒当成自己的权利，那明摆着不是愚蠢之举吗？我和那些‘新女性’[①] 不一样……可要是真的存在永恒，那恐怕也只是现在了……总有一天本多先生也会明白的。”

本多似乎明白了为何清显以前那么畏惧聪子。

“您刚才说不能再这样麻烦我了，是什么意思呢？”

“因为您是将来要走正道的人，不能让您与这些事扯上关系。这次是清少爷做得不好。”

“请不要把我想得那么正派。确实，我的家庭非常保守，但

---

① 指从明治四十四年（1911）到大正五年（1916），以杂志《青鞜》中的女文学者们为中心、主张的现代自我意识觉醒的进步女性。换句话说，即打破封建的旧习，无论在社会层面还是家庭层面都想获得新地位的女性。

是今晚我也参与了犯罪。”

“请别这么说。”聪子有些生气，强硬地打断了他的话，“犯了罪的，只有我和清少爷两个人。”

聪子的话听起来像是在包庇本多，言语间却充斥着一种要与别人保持距离的冷漠的矜持。聪子把那份罪行当作一个只有她和清显两人居住的水晶离宫。这个水晶离宫小巧得都可以放在手掌上，任何人想进入都是不可能的，只有他俩可以通过变身在那里居住片刻。不仅如此，从外面可以细致、清晰地看到他们在里面生活的情景。

聪子忽然低下头，本多伸手想要扶她，却碰到了她的头发。

“抱歉。虽然我很小心了，但总感觉鞋子里进了沙粒。因为家里管鞋的不是蓼科，不注意的话，回到家脱鞋的时候鞋里的沙就会被女佣怀疑。如果被她告密，那就太可怕了。”

本多不知道在女人整理鞋子的时候自己该做什么，便将脸转向窗边，刻意不去看她。

车子已经驶入东京城内，天空变成了鲜亮的紫蓝色。街上房屋的屋顶缭绕着黎明时横浮的云彩。本多一边祈祷着车子快一点到达，一边对这人生中不会再有的奇妙之夜即将结束又有几分不舍。本多感觉耳边传来微弱的声音。那个声音细小到让人怀疑耳朵，也许是聪子脱鞋时细小的沙粒掉落到车厢而响起的。本多仿佛听到了世界上最光润悦耳的沙漏的声音。

三十五

暹罗王子们都非常满意这段在“终南别业”的生活。

某天傍晚，四人在庭院的草坪上摆出四脚藤椅，享受着晚餐前晚风清爽的时刻。两位王子用母语交谈，清显陷入沉思，本多正阅读着摊开在膝盖上的书。

“来一根‘曲’吧。”

库里沙达王子一边说日语，一边给每人递了一根威斯敏斯特牌金嘴香烟[①]。王子们早就学会了通常在学习院称呼香烟的暗语“曲”。学校里本是禁烟的，但是只要高中部的学生不明目张胆地吸，校方也就睁一只眼闭一只眼。于是，学校半地下室的锅炉房就变成了吸烟的巢穴——“曲场”。

在如此晴朗的天空下，毫无顾忌地吸着香烟，里面竟带有一丝在“曲场”偷偷吸烟时的香味。锅炉房的煤炭味、昏暗空间中

---

① 威斯敏斯特市是英国的行政中心所在地，是一个伦敦市下属的城市。

不断警戒而转动眼珠的亮光、为了多吸一点忙碌着吮吸烟头而不断亮红的火花，英国的烟草也只有与这些相结合才能增添香味。

清显背对着大家，目光追随着空中飘浮的白色烟雾，同时注视着海面上明明已经支离破碎、模糊不清，却还带着淡淡的黄蔷薇色的云彩。他在云彩中也看见了聪子的身影。聪子的身影和气味渗入周围的一切事物，大自然所有的微妙变化都与聪子有某种关联。突然间风停了下来，夏日傍晚温热的空气触到皮肤，那种感觉就仿佛清显的肌肤与那个空气中迷茫的聪子的裸肌亲身相贴。清显甚至觉得在渐浓暮色下，那合欢树的绿色枝叶重叠在多层的树荫中，也飘浮着聪子的身影。

本多生来喜好读书，手中不能没有书，否则他会感到不安。他正在读的是从一个学仆那里借来的禁止销售的书籍，北辉次郎的著作《国体论及纯正社会主义》①。作者只有二十三岁，这让本多觉得该位作者是日本的奥托·魏宁格②。但是，书里极其有趣又激进的内容引起了稳健理性的本多的警惕心。他并不讨厌过激的政治思想，但是由于他自身不懂得愤怒，他把别人的愤怒只当成一种传染性很强的疾病来看待。他这样读着别人的愤怒还深

---

① 北辉次郎（1883—1937），日本思想家、社会运动家、国家社会主义者。他批判天皇制，曾参加过中国辛亥革命。1906年发行的处女作《国体论及纯正社会主义》，因批判大日本帝国宪法中的天皇制，在发售后的第五日就被禁止发行，从此他成为警察的监视对象。被禁止后他与宫崎滔天等革命家加深了交流，加入中国革命同盟会，之后投身革命运动。

② 奥托·魏宁格（1880—1903），奥地利哲学家，著有《性和性格》（1903）等。

觉有趣，从良心上来讲并不是一件趣事。

上次跟王子们讨论转世再生的事，使本多想要耕耘一下这方面的知识，所以他在送聪子回东京的那天早上，顺便回了趟家，从父亲的书架上拿出斋藤唯信[①]的《佛教学概论》。这本书开篇写到的“业感缘起论”很有意思，让他想起去年初冬时读《摩奴法典》入迷的情形，但是出于担心看得过于深入而影响考试，所以没有再继续读下去。

于是，摆放在藤椅扶手上的这几本书，只是被漫无目的地随处翻阅了几次。本多甚至从摊开在膝盖上的书本上挪开视线，眯着稍微有些近视的眼睛，望了望环绕庭院的西侧山崖。

天色尚明，山崖却已遍布阴影，变成黑压压的一片。然而，覆满山脊的树林那繁茂的树缝间，从西边照进细碎的白光。那透亮的西边天空的云母，酷似夏季一日缤纷多彩的画卷尽头那长长的留白。

四个年轻人快活又心虚地吸着烟。日暮时分在草坪角落成群飞舞的蚊群。游泳之后懒洋洋的身体黄金时刻。充足的日晒……

本多一言不发，心里却想着：今天的确可以算作我们青春时光里充满幸福的一天。

两位王子应该也是这么想的。

---

① 斋藤唯信（1865—1957），文学博士，他一生从事教育事业，在京都帝国大学文学部、大谷大学等多个院校讲授佛教概论。主要著作有《佛学概论》《佛教逻辑》《阿弥陀佛经讲义》《真宗的信仰及其教义》《净土教史》等。

王子们显然对清显忙于恋爱的事情佯装不知，清显和本多对于王子们与海边渔民的女儿们调情之事自然也视而不见。为此，清显还私下给这些姑娘们的父亲送上一些慰问金。于是，两位王子在每早膜拜的大佛庇佑下，带着美丽的心情悠然自得地度过了这夏天。

现身在阳台的仆人端着他那被擦拭得亮晶晶的银托盘（这里与东京本宅不同，很少使用银盘，于是这个男人不禁感到遗憾，经常将闲暇的一整天的时间都用在擦拭银托盘上）向草坪走来。最先发现他的是库里沙达。

他飞奔过去拿到信，发现那是王太后陛下寄给乔·皮的亲笔信后，便故作滑稽、假装毕恭毕敬地双手捧着信，将它递给坐在椅子上的乔·皮。

清显和本多当然也注意到这些动静，但还是抑制住好奇心，决定在一旁等待着王子将满腔的喜悦或思乡的情感分享给他们。白白厚厚的信纸如同飘浮在夕阳光下的一根洁白的羽毛，被翻阅时还会发出清脆的声响。突然，只听乔·皮尖叫一声，随后瘫倒在地上。清显和本多看着他，也慌忙站起来。乔·皮昏迷了过去。

库里沙达伫立在原地一脸茫然地看着被清显和本多扶起来的堂兄，然后捡起掉在草坪的信纸开始读。读完信，他立刻趴在草坪上痛哭起来。库里沙达不停哭喊，但喊出来的全是清显和本多听不懂的暹罗语，本多又看了看信面，也是暹罗语写的，根本看不懂。只能看出信纸上方闪烁着金色的王室徽章。它以三头白象为中心，配以佛塔、怪兽、蔷薇、剑、权杖等复杂的图案。

大家迅速将乔·皮抬往他的房间，扶到床上休息。途中他已经清醒过来，但目光呆滞。库里沙达跟在后面边哭边喊。

清显和本多虽都不知到底发生了什么，但也察觉到传来的肯定是坏消息。乔·皮只无声地躺在床上。他褐色的脸颊渐渐融入黄昏的暮色，如珍珠一般的双眸默默地盯着天花板。过了许久，还是库里沙达率先冷静下来，用英语向清显和本多解释道：

“月光公主去世了。她是乔·皮的恋人，也是我的妹妹……当初应该先告知我这个消息，之后我肯定能找到合适的机会跟乔·皮讲的，这样他也不会受到如此大的打击。王太后陛下应该是怕我受打击，才先告诉乔·皮的。但在这件事上，陛下还是失算了。或者，陛下有更深远的打算，有可能是为了让乔·皮拥有直面真实悲痛的勇气。”

这段经过深思熟虑的话语，完全不同于平日里库里沙达的风格，但清显和本多被王子们热带丛林中狂风暴雨般的悲痛深深打动。他们可想而知，伴有电闪雷鸣的暴雨后，那光润的悲伤丛林，又会迅速繁茂地生长起来。

晚饭被送到王子们的房间，可两位王子都没有动过筷子。但是，随着时间的流逝，库里沙达也想起了自己作为客人的义务和礼仪，便叫来清显和本多，把王太后陛下亲笔信的内容用英语翻译给他们听。内容大致如下：

其实月光公主从今年春天就开始生病了。她自己都病到无法提笔写字的程度，还吩咐大家绝不能把病情告诉哥哥和堂兄。

月光公主白皙秀美的双手逐渐麻痹，最终无法动弹。就像是从窗框钻入的一丝冰冷的月光。

英籍主治医生虽尽全力治疗，但也无法阻止麻痹向全身扩散，最后公主变得连话都说不出。即使这样，她也想让自己当初与乔·皮分别时的健康模样保留在乔·皮心中，便用逐渐含糊不清的口齿拜托大家绝不能透露病情。她的这种样子让所有人都伤心流泪。

王太后陛下时常会去看望她，每一次都泪流满面。当听到月光公主去世的消息时，陛下立刻对众人说："帕他提纳迪特那边，我会亲自通知的。"

"我将告诉你一个不幸的消息，请你做好充分的思想准备。"王太后殿下的来信是从这一句话开头的。

"你所深爱的嘉多拉帕公主不幸去世了。即使躺在病床上，她也日夜思念着你，关于这点我会在稍后详述。但作为你的母亲，我更希望你将此事当作佛意，不要执迷不悟，要时刻保持王子应有的骄傲和荣誉，勇敢地接受这个噩耗。我心知身处异乡的你听到这样的噩耗必定心碎神伤。很遗憾不能陪伴在你身边给予安慰，但还请你以兄长之怀，委婉地将此凶讯转达库里沙达。我之所以如此突然地亲自写信，也因信任你不惧悲伤的刚毅意志。公主直至临终依旧对你思念不已，愿此事对你能有几分慰藉。想必你一定悔恨未见公主最后一面，但请你体谅一下希望将美丽健康的模样永存你心的公主的心情……”

一直听着库里沙达把信译完，乔·皮才勉强地从床上坐起来，对清显说：

“我这样惊慌失常，完全违背了母亲的告诫，实在是羞愧。但是，请想一想……

“我从刚才开始就想弄清一个谜团，可那并非月光公主去世之谜，而是从月光公主生病到她去世这段时间，不对，应该是月光公主已经去世的二十天里，我内心一直感到不安。但尽管如此，我丝毫不知不安的真相，还一直泰然自若地生活在这虚假的世界里。这就是我思考的谜团。

“我能清清楚楚地看见大海和闪烁耀眼的沙滩，却为何无法看穿在这世界的底部发生的微妙变化呢？世界就像瓶中的葡萄酒，不断悄悄地发生着变化，我透过瓶身，双眼却只会被那诱人的紫红色吸引。为什么我没想到至少一天检验一次，它口味的微小变化呢？早晨的微风、吹动树林的萧萧声，还有飞翔的小鸟和它们的啼叫，我也没有做到每时每刻地注视和倾听，只把这些当作无数生命之喜的伟大总和，却没有察觉到世界上所有美好事物的底层的沉淀物每天都会不断地改变。如果我的舌头在某一天早上发现这世界的味道有微妙的差异……啊，如果真能那样，我一定能立即嗅到这世界已经变成‘没有月光公主的世界’了。”

说到这里，乔·皮又猛地咳嗽起来，眼泪止不住地流起来，也难再接着说下去了。

清显和本多让库里沙达照顾乔·皮，便回到了自己房间。然而，两人同样无法安睡。

“两位王子恐怕迫不及待地想要快点回国了。不管谁说什么，他们应该都没有心情继续在这儿留学了。”本多趁着两人独处时这样说道。

“我也是这样想的。”清显也沉痛地回答。他显然受两位王子悲伤情绪的影响，也陷入一种不可名状的不祥预感中。

“要是王子们离开了，只有我俩继续留在这儿，会显得太不自然了。也许父亲和母亲会过来一起过完这个夏天。但不管怎样，我们幸福的夏天就此结束了。”清显自言自语地说道。

恋爱中的男生心里容不下恋爱以外的任何东西，甚至连对别人的不幸应有的同情也丧失了。本多清楚地认识到了这一点。但他又不得不承认清显冰冷坚硬的玻璃心，原本是放置纯粹和热情的最理想的容器。

一星期后，两位王子乘坐英国轮船踏上回国之路，清显和本多到横滨港为他们送行。正值暑假，所以没有别的同学来送行。只有与暹罗关系颇深的洞院宫派了一位管家来送行。清显冷淡地与这位管家简略寒暄了几句。

巨大的客轮离开码头开始行驶，起航时投掷的纸带顷刻间被扯碎随风飘去。与此同时，王子二人出现在船尾，站在随风飘舞的英国国旗旁边，久久地挥舞着白色手绢。

轮船在海上远去，送行的客人也都离开了，而清显一直伫立在那反照夏日黄昏的强烈夕阳光的码头，直到本多开始催他。清显送走的不是暹罗王子，他仿佛感觉到当下自己最美好的青春时光，在海平面上逐渐消逝而去。

三十六

秋天来了，到了开学的日子，清显和聪子的相会就变得困难了。即使傍晚时分躲避人群散步，也需要蓼科随时跟在身后确认周围的情况。

两人就连点瓦斯灯的灯夫也要防备。灯夫们身穿瓦斯公司的立领制服，在鸟居坂一带还残存的瓦斯灯上，用自带的长棍前端，对着灯罩点亮瓦斯灯。每晚夜间他们匆匆点完灯，周围来往的行人也消失了。清显和聪子走进弯曲的小巷子。虫鸣绕耳，百家灯火也变得暗淡。有一家没有大门的住户，归家的主人的脚步声也随即消失，传出响亮的锁门声。

“再过一两个月，我们也该结束了。宫家也不可能一直推迟订婚的时间。”

聪子以一副事不关己的口吻，淡淡地说。

“每天睡觉前都在想着，明天就结束了吧，会发生不可挽回的事吧，但想着这些却意外地睡得安稳。明明就像现在这样，还在做着无法挽回的事。”

“即使订婚后也……”

“清少爷，你在说什么！罪孽太深的话，会压碎善良的心的。趁着还未走到那一步，不如算算我们还能见几次。”

“看来你是做好了打算，以后就忘掉我们之间发生的所有事情吗？”

“嗯，但还不知道用什么方式。我们一起走的不是路，而是临时码头。终归还是要面临尽头的，直面大海也是没办法的事情了。”

仔细想来，这就是他们最开始谈关于结束的对话。

说到结束，两个人像孩子般不负责任，无计可施。他们觉得没有任何准备、没有解决方法和对策，才算是纯粹的保证似的。但是，即便是那样，一旦说出口，结束的念头就在两人心中突然生锈，迟迟不消散。

这两人是没有考虑结束而开始的呢，还是考虑到结束才开始的？关于这个问题清显自己也不清楚。要是受到雷神的眷顾被劈中就好了，如果像这样不受到惩罚，该怎么办才好呢？清显对此十分不安：到那时，自己还能像现在这般热烈地爱着聪子吗？

这种不安对于清显来说也只是一开始罢了。因为不安，他握住了聪子的手，聪子也伸手回应。她十指紧扣住清显的手，但清显不喜欢手指分开时的累赘感，索性紧紧地握住聪子的整只手，聪子并没有流露出疼痛的表情，清显也丝毫没有要放开的迹象。

借着远处二楼昏暗的余光，看到眼中闪烁着泪光的聪子，清显内心的阴暗才得到了满足。

他渐渐发现，过往学习的那些优雅中却隐藏着沾满鲜血的实质。最简单的解决方法肯定是两人双双殉情，但想要那样做的话似乎还需要更苦恼，目前还未达到那种地步。在这种私会中，逝去的每个瞬间，清显都越发深陷禁忌，仿佛沉溺在到不了的彼岸传来的金铃声中。他似乎觉得越是犯罪，离罪越远。到最后，所有的一切都将以一场骗局结束。想到这儿，他不寒而栗。

“这样一起散步，你看起来并不幸福，而我却感受着每时每刻的幸福。你已经厌烦了吗？”聪子像以往用爽朗的声音，轻轻地抱怨。

“因为太过喜欢，已经超过了幸福。”清显沉稳地说道。清显知道，自己说这样的逃避之词的时候，也不用担心显得孩子气。

两人走到六本木的商家附近。有一家关掉防雨板的冰店，在那家房檐下方有一面画着“冰”字的旗帜在随风飘扬，满街回荡着虫鸣。这种氛围看似不得安宁，他们继续往前走，偌大的灯影洒落在昏暗的街道。联队专用的一家叫作“田”的乐器店，因为有急事，夜里还在经营。

两人避开灯影前行，但眼中映出玻璃窗里光彩夺目的铜器的光泽。崭新的小号有序地挂在店里，在明亮的灯光下，就像是在盛夏军队演习般的光彩夺目。好像有人在尝试吹响，刚觉得从店里迸发出一声闷闷的声响，就听到崩溃的小号声。清显在那小号声中感知了不祥的前景。

“请回去吧，前面人多眼杂。”不知何时跟到后面的蓼科，对清显轻声说道。

三十七

洞院宫家对聪子的生活不做任何干涉，加上治典王殿下忙于军务，周围的人也没有刻意制造殿下见聪子的机会，殿下也一副不太希望见面的样子，但这绝不是宫家故意冷处理，倒不如说这就是联姻的惯例。周围的人认为，既然已经决定了结婚，双方频繁见面只会有害无利。

另一方面，即将成为妃子的女子，如果在门第方面有所欠缺，为了能胜任妃位，要学习各种礼仪教养。以绫仓伯爵家的优良传统，为女儿随时成为妃子做好了充分的准备。这种高雅的教育使聪子精通和歌、书法、插花等方面的才艺。即使在十二岁时被选为妃子，也无须担心。

然而，有三件事是聪子从未受过教育的，这让伯爵夫妇担心，想尽早教会女儿，这三件事便是殿下的母亲喜欢的长歌和麻将、治典王殿下喜欢的西洋唱片。松枝侯爵从伯爵那里听说了这个消息，立即请来一流的长歌师傅上门指导。他又买来一台德律风根[1]留声机和尽力收集能买到的西洋唱片送了过去。唯独在找麻将师傅的事情上费了一番周折，原本喜欢英式台球的侯爵，自然纳闷宫家怎么就喜欢上这种低俗的游戏。

因此，以麻将闻名的柳桥的茶馆老板娘和一名老艺伎经常被派到绫仓家，加上蓼科，围成一桌，就开始手把手教聪子打麻将。当然侯爵家支付的费用中包含了老艺伎的上门费。

加上一个行家，一共四位女玩家聚在一起，让平时冷清的绫仓家变得格外热闹有趣，但是蓼科很讨厌这种聚会。名目上的理由是打麻将有损高雅，实则是害怕聪子的秘密被行家锐利的眼睛识破。

的确，这个麻将局对于伯爵家来说，就像是引进了松枝侯爵家的密探。蓼科一副十分高傲的排外态度，立刻挫伤了老板娘和老艺伎的骄傲。果然，她们对蓼科的反感，不过三日便传到侯爵的耳朵。侯爵见机委婉地向伯爵说道："您家的老仆重视绫仓家的规矩固然好，但这种事情的初衷本来也是为了讨好宫家，还希望多多包容啊。柳桥的两位，至少觉得这是一项光荣的工作，才在百忙之中抽空前来的呀。"

伯爵把这个抗议转告给蓼科，但蓼科也左右为难。

---

① 德律风根（Telefunken）最初是1903年由西门子公司和德意志联邦共和国通用电力公司合资的企业——德律风根公司，1955年成立德律风根股份有限公司。它生产的包括无线通信、电视、电子摄像机、真空管、前置放大器、麦克风等产品在当时处于领先地位。

原本茶馆女老板和老艺伎跟聪子并非初次会面，惯例赏花会的时候，老板娘在里边指挥，老艺伎则扮演俳谐师。在第一次的麻将聚会上，老板娘向伯爵夫妇滔滔不绝地表达了对婚礼的祝福，还带了过于夸张的礼物。

“小姐真是美若天仙啊，简直与生俱来王妃的气质！这次结缘，殿下不知道有多么满意呢。我们能够一起打麻将是一生的纪念。当然对外是保密的，我想把这事讲给子孙后代听呢。”

说完赞不绝口的问候语后，在别的房间只有四个人围在麻将桌旁的时候，老板娘因不能时刻都维持那表面上的伪装，那双十分恭敬地看着聪子的眼中，有时也会失去温和，暴露出刻薄的真实面目。蓼科因自己身上的和服腰带上那过时的银吊坠也受到同样的视线，感觉十分不爽。

“松枝家的少爷怎么说呢，我没有见过比他更仪表堂堂的青年了。”老艺伎一边打麻将牌，一边若无其事地说了一句，这时候老板娘貌似无意地转移了话题。见此情景的蓼科有所察觉，一度十分紧张，或许老板娘只是认为这个话题有失体统。

按照蓼科的谋划，聪子在那两个女人面前尽量管住嘴，少说话。都不用说，她们熟知女人身体里的光明与阴暗，因此在如此眼光犀利的两个女人面前，聪子由于过度注意自己绝不能打开心扉，却随之引发了新的顾虑：要是聪子表现得过于忧郁，被抓住把柄，她们会说三道四——“聪子对这门婚事怀有不满”之类的。总之，如果伪装身体，怕内心被看穿；如果伪装内心，就怕身体被看透。

结果，蓼科凭借自己的才智，成功中止了麻将局。她对伯爵是这样说的：

“真没有想到松枝侯爵居然听取女人们的谗言，我认为这不像松枝侯爵一贯的风格。那两人将小姐不喜欢麻将的责任强加于我——小姐不喜欢麻将也应该是她俩的责任啊。所以，她们肯定说我傲慢无礼。尽管侯爵一片好意，但府里进出这类人，恐怕也有损名誉。况且，小姐现在也能够识别麻将上的花纹了，嫁人后也只是陪婆婆娱乐而已，经常输掉，也显得挺可爱的。麻将这门课就到此为止吧。要是侯爵那边不肯退让，就让我蓼科辞职吧。”

蓼科这样威胁，伯爵只好接受她的建议了。

话说回来，当蓼科从松枝家的管家山田的口中得知，关于信件清显撒了谎的时候，抉择就迫在眉睫：今后是敌对清显呢，还是佯装不知、按照清显和聪子的期望做事呢？最终，蓼科选择了后者。

这也说明蓼科对聪子是真爱，同时蓼科害怕如果棒打鸳鸯，聪子可能生起自杀的念头。不如先让他们秘密交往，最后走不下去了，自然就分开了。蓼科决定等到时机成熟，她认为这是一个好计谋。另一方面，她只要尽全力守护他们的秘密就行了。

蓼科很自信地认为自己深知感情规律，信奉不暴露的事情等同于不存在的哲学道理。换而言之，蓼科既没有背叛伯爵主人，也没有背叛宫家或其他任何人。就像做一个化学实验，她对这一件情事要做的事情也就是，一方面亲手帮助保证它的存在，另一方面又保守秘密、销毁痕迹，否定它的存在。当然，蓼科选择了铤而走险，但她认为自己简直就是为了弥补这样的破绽而生的。要是一直示好，有朝一日对方会对自己言听计从的。

蓼科一边尽量频繁地安排密会，一边等待他们的爱情枯萎，在这样做的过程中，她也不知不觉变得热情起来。对于清显贪得无厌的唯一报复就是等待有一天，清显找到她并请求说："我想和聪子分手，请您稳妥地引导她。"以此让清显看见自己热情崩溃。蓼科自己已经对这样的梦半信半疑。到时候最可怜的，不就是聪子吗？

沉着镇静的老仆，信奉万事皆有风险的哲学，这本应该是自保的警戒，却成为她不顾自身安全、选择冒险的借口。这到底是为什么呢？蓼科不知不觉地成了一种无法言说的快感的俘虏：在自己的安排下，年轻貌美的两人秘密相会，并眼看着他们毫无希望的爱情在强烈地燃烧。蓼科强烈的快感，令她觉得与什么样的危险交换都值得。

她在这欢愉之中，感觉到美丽而年轻的肉体融合在一起，这本身是神圣和无可救药的正义的实现。

两人见面时目光闪烁，两人靠近时心跳加速。这些仿佛暖炉一般，让蓼科那颗冷却的心温暖起来，因此她为了自己也不会熄灭火种。见面之前聪子憔悴的脸庞，在见到清显的那一刻，变得比六月的麦穗还耀眼。那一瞬间，仿佛瘫痪的人重新站立、失明的人重见光明一般，充满奇迹。

事实上，蓼科的作用是保护聪子不受到邪恶的影响。燃烧的感情不是恶，成为歌谣的也不是。这难道不是绫仓家自古以来传承的古训中所暗示的“优雅”吗？

即便如此，蓼科一直耐心地等待，也可以说是等待将放养的小鸟捕捉回笼的机会，这期待中潜伏着某种不祥而血腥的东西。蓼科每天早上精致地化起京都风格的妆容，用白粉遮住眼下的皱纹，用彩虹吉丁虫色京都口红的光泽遮盖唇纹。一边化妆，却又一边避开看镜中的容颜，暗暗的视线只凝视着半空。在秋日远空的月光照耀下，她的眼中掉下清澈的泪，并且从她的眼睛深处，隐约可以看出一张仍然流露出对未来的向往的脸庞……蓼科为了检查自己化好的妆，拿出平常并不使用的老花眼镜，将细细的金眼镜腿架在耳朵上。那苍老洁白的耳朵，立刻被镜腿的前端刺得火辣辣的。

十月，接到通知纳彩仪式[①]于十二月份举行。礼品目录上写着：

一、西服布料五匹

二、清酒二桶

① 纳彩仪式是皇族结婚时举行的一种仪式，皇族的父母天皇和皇后（若是宫家，则为该皇族的父母）派遣使者带着供物到结婚对象的家里。常有的供品是雌、雄的鲷鱼和一担酒，以及缎子。

这其中，后面两项没有问题，但西服布料只有请松枝侯爵负责，给五井物产的伦敦分店长发送一通长电报，让那边尽快将英国上好的布料送到国内。

有一天早上，蓼科去叫醒聪子的时候，发现聪子已经醒了，但脸色十分苍白。她见到蓼科，突然起身，一边推开蓼科的手一边奔向走廊，结果在快到洗手间的地方吐了出来，可是呕吐物只打湿了睡衣的一角。

蓼科陪同聪子回房后，确认紧闭的障子门外没有人。

绫仓家在后院养了十几只鸡，报时的鸡鸣像是要将白色的推拉门震碎，这就是清晨的绫仓家的画面。即使日上三竿，鸡鸣也不会停止。聪子脸色苍白，在鸡鸣声中再次躺在床上，闭上了眼。

蓼科趴在她耳边这样说道："小姐，这件事一定不要告诉别人。弄脏的衣服我悄悄处理，千万不要交给仆人。以后的饮食也交给我，为了不让其他人察觉，我会加倍注意专门挑一些合您口味的饮食的。我郑重地告诉您，往后最重要的是听我的安排。"

聪子微微点了点头，美丽的脸庞滑过一行清泪。

蓼科满心欢喜。第一，在除了她没有他人的地方聪子有了最初孕呕症状。第二，因为这是蓼科所期待的事情，所以知道后，也能马上接受这事实。这样一来，聪子就变成蓼科的人了！

回想起来，对于蓼科来说，比起感情的世界，这个世界更得心应手。曾经，聪子来初潮时，她第一个发现并成为聪子商量的对象。可以说蓼科是一个善于处理沾满鲜血的事情的专家。对世事不太关心的伯爵夫人，在聪子来初潮两年后，也是从蓼科口中无意中听到才得知的。

蓼科一直关心聪子的身体，从不懈怠。那天早上呕吐过后，聪子抹白粉的肌肤状况、从远方袭来不悦的预感而皱起的眉头、食物喜好的变化、日常起居中的堇色忧伤……将这一切都看在眼里的蓼科，终于不假思索地做出了决断。

“长期闭门不出，对您的身体不好，我陪您散散步吧。”

这样说，多半是在暗示和清显见面，但在这样明媚的午后说出来，着实让聪子很惊讶，于是聪子用充满疑惑的眼神看着她。

和往常不同，蓼科脸上充满一副不容他人靠近的表情。她知道自己手里握着与国事有关的名誉。

她们想从后门出去，经过后院时，伯爵夫人正两手抱胸，看着女仆们喂鸡。秋日阳光的照射下，一群鸡的白羽毛看起来亮白有泽，随风飘舞的晾晒区衣物的纯白色也看起来无比荣耀。

聪子一边走在蓼科负责追赶鸡群的身后，一边向母亲微微点头致意。鸡的脚藏在蓬松的羽毛下，走动的时候一步一步固执地露出来。聪子第一次觉得，她对这种生物产生的敌意是基于这种生物与自己的亲缘关系，因此她觉得很不愉快。有几根雪白的鸡毛掉落在地上，飘动着。

蓼科向伯爵夫人问好："我陪小姐散散步。"

"散步吗？辛苦你了。"伯爵夫人说。

女儿的喜事临近，夫人也显得有些浮躁，对女儿就像对待外人一样变得越来越客气了。这是公家的规矩，对即将成为皇室成员的女儿不能有一句责骂。

两人走到龙上町内的小神社，御影石的玉垣上刻着"天祖神社"，两人走进秋祭结束后的狭小的院内，在垂挂紫色帷幔的拜殿前低头参拜之后，聪子继续随蓼科走到小小的神乐堂后院。

"清显会来这儿吗？"聪子莫名地被蓼科的气势压倒，小心翼翼地问。

"不，他不会来这里。今天，是我有事相求，所以带您来这里的。在这里就不用担心被人听见了。"

神乐堂侧面有两三个为拜访者做的石材座椅。蓼科把自己的衣服叠起来，铺在生苔藓的石头上说："这样就不会冻着了。"随后她就让聪子坐在那儿。

"那么，小姐，"蓼科一本正经地说，"都不用我说，您也知道天皇对我们来说有多重要。绫仓家世世代代受到天皇的恩赐，现已走到第二十七代了。我一个仆人跟您说这些，也只不过是班门弄斧。不过，这门亲事已经被天皇敕许，无论如何不能再返回了。如果违背皇命，等同于背叛恩赐，这罪大恶极啊。"

蓼科屡屡劝导聪子。即使她这样说，也绝不是责备聪子的行为，在这个问题上，自己也是同罪；未暴露就觉得不需要责备自己，但也要有限度；既然已经怀孕了，就应该结束这段关系；虽然蓼科一直保持沉默观望的态度，但事到如今这段恋情不能再拖了；现在聪子就应该坚定决心，和清显告别；凡事得听蓼科的安排等。蓼科有条不紊地，不掺杂任何感情，对聪子进行了一番说教。

蓼科认为自己已经说到这份儿上，聪子应该懂得一切要按自己的想法行事，便不再说了。她掏出叠好的手帕轻轻地按了按被汗水浸透的额头。

用大道理包装好的那些话，虽然蓼科说的时候摆出一些悲伤的神态，甚至声音都有些许哭腔，可对待这个比自己亲生女儿都让她更加疼爱的聪子，她自己也察觉到其实并非在用真正的悲悯对待聪子。这种疼爱和悲悯之间是有鸿沟的，蓼科越是觉得聪子可爱，就越希望聪子和她分享那可怕的决定中潜在的、难以捉摸实质的、令人恐惧的喜悦。一个不胜惶恐的罪，通过犯另一种罪得以拯救。其结果，两种罪相杀，使两种罪都不曾有过。在一个黑暗中混入一个捏造的黑暗，从而引发可怕的血色的不祥之兆。而且还要暗中行事！

聪子长久的沉默让蓼科有些不安，她再次问道："都按照我说的做，怎么样？"

聪子面无表情，没有丝毫惊讶。她不明白蓼科凝重的语气到底意味着什么："那你要我怎么做？说清楚一点。"

蓼科环顾四周，只有神社屋檐下的鳄嘴铃有轻微的动静，确定不是人发出的声音，而是风的声音。神乐堂的地板下，蟋蟀的叫声变得逐渐微弱。

“要尽早把孩子处理掉。”蓼科说。

聪子喘不上气来。

“你在说什么？要被判刑的。”

“您说什么，这事就交给我吧。即使走漏风声，首先警察也不会问罪到您和我身上。再说婚事已经定了，十二月纳彩仪式以后，就更安全了。警察们也不能把我们怎么样的。

“可是，小姐，现在您要好好考虑一下。如果继续拖拖拉拉，随着肚子大起来，不要说皇室，就是民间也会察觉到的。这样一来，这门亲事一定会破裂，到时候伯爵只能隐居江湖了。清显少爷的立场也会变得很困难。说实话，到时候松枝侯爵怕自己家陷入困窘，为了前程他肯定佯装不知道，那时候您就什么都失去了。您希望那样吗？所以，现在只有一条路可走。”

“消息总会从哪儿漏出去。即便警察守口如瓶，宫家也会知道的。那我又有何颜面嫁过去，有何颜面伺候殿下？”

“只是谣言罢了，没必要害怕。宫家怎么想，就看您了。一辈子做一个贤淑的妃子挺好的，谣言很快就会消失的。”

“你能保证我不被判刑，不用坐牢，是吗？”

“那我再说得更直白一点，首先警察忌惮宫家，是绝对不会起诉的。如果还担心的话，可以借助松枝侯爵的力量吧。只要松枝侯爵发话，什么事都能压下去，这本也是为他们自己的儿子处理善后事宜。”

“啊，千万不行！”聪子喊叫，“我不同意那样做，绝不能做依靠松枝侯爵或者让清显有事。那样的话，我就成了卑鄙的女人了。”

“这，我只是假设而已。其次，就算被起诉，走法律途径，我也做好了心理准备庇护您。这样就好了，您说什么都不知道，全是我一个人的主意，在毫不知情的情况下嗅了麻醉药，才招到那样的事情。那时，无论被起诉怎样的罪，都由我一人承担就完事了。”

“那么，你的意思是无论怎样我都不会坐牢了？”

“这一点，请绝对放心。”

即使蓼科这样说，聪子也并没有露出安心的神态。紧接着说了一句令人惊讶的话：“我想去坐牢。”

蓼科突然感觉到紧张感消除了，笑了出来：“像个孩子说的话。这又是为什么？”

聪子说：“女囚犯会穿什么样的衣服呢？我想知道，如果我穿上囚服，清显是否还会喜欢我。”

蓼科看见，聪子说这么无厘头的话时不仅没有落泪，反而眼神中掠过某种激动的喜悦，不禁感到害怕。

这两个女人，虽然身份不同，但内心强烈渴望的一定是同样的力量和勇气。无论是为了欺瞒，还是为了真实，再没有比此刻更需要同等的力量和勇气了。

蓼科感觉到自己和聪子就像逆流而上的舟与顺流而下的河流，刚好产生相撞而迫使舟在一个地方稍作停留似的，现在的每个瞬间的亲密结合，都令人着急。并且，彼此能理解同样的欢喜。像是为躲避临近的风暴，头顶盘旋的群鸟急切地拍打翅膀的声音似的。这与悲伤、错愕、不安，看似一样，其实又不同，是只能称为“欢乐”的粗犷的感情。

“总之，你同意今后照我说的做，是吧？”蓼科看着秋日下聪子红红的脸蛋儿说。

“这件事，不要跟清显提及。当然包含我的身体状况在内的所有的事情。听你安排也好，不听也好，你大可放心，我只会与你商量的。我会做最好的选择。”

说这番话的聪子，俨然一副王妃的气势。

三十八

十月初，清显和父母一起吃晚饭时才知道纳彩仪式最终于十二月举行的消息。

他父母对这仪式抱有莫大的兴趣，热烈地谈论着皇家仪式的知识。

“绫仓为了迎接宫家总管[①]，不准备一间正式的房间是不行的，不知道打算用哪个房间。”

“因为是立礼，一间气派的西式洋房是最好不过的了。但绫仓家，只能在内客厅铺上布，从玄关开始一直铺到里屋来迎接了。洞院宫家的总管带着两位下属乘着马车过来。绫仓得在大号檀纸上写上受礼记账书，再用同样的纸包上，还要准备用两根纸捻做成的纽带。因为总管是穿着大礼服来的，所以接待方的伯爵也要

① 这里的总管，日语叫“别当”。别当共分为三种，在这里是指辅佐亲王家掌管家政、会计等职务的职员。

穿伯爵服。这些琐碎的事情，绫仓是行家，所以用不着我们说，我们只需操心钱就行了。”

这天晚上，清显焦躁不安，仿佛自己的爱情将要被铁链捆绑，听到了那个铁链在地上拖拽渐渐逼近自己的黑暗的声音。可他已经失去了刚得知宫家敕许时的明朗的心情。那个时候，他坚定着“绝对不可能”的、如白瓷般纯洁的信念，已经有了一面破碎的痕迹。过去的那个决定所促成的热烈的欢愉不复存在，取而代之的是将要与一个季节离别的悲伤。

清显问自己，是想放弃了吗？并非。敕许曾起到一个作用，让两人越发疯狂地想在一起，如今这只不过是其延续的纳彩仪式的消息，却使他清晰地感受到了要将两人分离的外部力量。前一种力量，让他按照自己所想的去做就好了。后一种力量，他却不明白该如何应对。

第二天，清显给联络地点的军人旅馆打了电话，让老板转告蓼科，他想尽快和聪子见一面。约定好傍晚之前得到回音，所以他去了学校，可什么也听不进去。放学后，清显从校外又打电话询问情况，老板转述蓼科的话：“正如您所知道的，以目前的处境，这十天是不能见面的，等时机一到立刻告诉您，在那之前请耐心等候。”

这十天，清显在苦苦等候的痛苦中度过了。他清楚地感到自己以前对聪子的冷淡行为，现在遭到了报应。

深秋，红叶还未完全染色，只有樱花的树叶已被染红，开始掉落。没有心情邀请朋友的星期天，独自一人的清显格外难受，他看着在池塘里移动的云的倒影，又呆呆地望着远处的九段瀑布。他惊奇为什么水可以如此源源不断地流着。他开始思考关于柔顺的水的延续性的惊奇之处，觉得那水流就像是自己的感情的缩影。

空虚的不适感在体内流窜了一阵子后，有些地方感到灼热，有些地方感到冰冷，稍微动一下身体也会有严重的疲惫感和焦躁感扑面而来，看样子是生病了。清显一个人在偌大的府邸踱步，走进主屋后面的桧树林。他碰见一名老园丁在挖蔓叶发黄的野山药。

桧树林透露出天空，昨天的雨从树梢滴落，打在清显的额头，像是要滴穿他的额头似的，发出清脆的声音。仿佛要将他从害怕被丢弃、被遗忘的不安中拯救出来。清显一直等待着，虽然什么事都没有发生，却感觉像是匆匆而过的脚步声在十字路窜来窜去那般，彷徨与不安涌上心头，让他的心疲惫不堪。清显甚至连自己俊美的容貌都忘却了。

十天过去了，蓼科遵守约定。但是这次吝啬的相会，撕裂了他的心。

这次聪子要到三越百货去定做和服。本来伯爵夫人应该一起去的，但因为感冒病倒了，就只有蓼科陪同前往。由此可以在那里和清显见面了。可如果在和服店见面，怕被店员看到不合适。于是，希望清显就下午三点在有狮子雕像的入口处等候。如果看到聪子从百货店出来了，等她经过后，再跟在她们身后。最终她们会走进一家隐蔽的汁粉屋[①]，若随后进店，便能在那里短暂地说上话。她们会装作让等候的车夫认为她们还没从店里出来。

清显从学校早退，在校服上面套上一件雨衣来遮住校徽，把校帽放进包里，站在三越百货入口处的人群之中。聪子走出店，以悲哀而炽热的目光瞥了他一眼，走到马路。按事先的约定做的清显，终于到一家冷清的汁粉屋的角落，与聪子面对面地坐了下来。

可能是心理作用，看上去聪子和蓼科之间像是有什么隔阂似的。而且，与往常不同，聪子的妆容浮粉，很明显是在强装健康，并且说话气短无力，头发显得十分厚重。清显突然觉得眼前本该是艳丽的画面，却黯然失色。这和十天前他迫切地想见到的，有些微妙的差异。

“今晚不能见面吗？”清显急切地问道，但他有预感得不到满意的回应。

“请不要再说无理取闹的话。”

“怎么是无理取闹了？”清显有些激动，心里却很空虚。

聪子低着头，眼泪已经控制不住地流了下来。害怕被其他客人发现，蓼科赶忙拿出一块手帕，按了按聪子的肩膀。清显感觉蓼科的动作有些粗鲁，就狠狠地瞪了她一眼。

---

① 汁粉是一种日本传统甜食，其做法是把红豆和砂糖熬煮成甜汤后，再放入烤熟的年糕、团子、栗子肉等一起食用。中文可以称为“红豆年糕汤”。

“您可不要这样瞪着我了。”蓼科的话中充满了轻蔑的语气，“我为了少爷和小姐的事，辛苦得要命，难道您不懂吗？不对，不只您不懂，恐怕小姐也一点都不懂。那我这种人不如死了更好。”

三碗汁粉摆在桌上，谁也没动。热乎乎的紫色豆馅粘在小小的漆碗盖的外侧，如同春泥般慢慢地变干了。

短暂的相逢中，说好十天后再见的不确定的约定后，两人便分开了。

那天晚上，清显苦闷极了，一想到聪子大概会一直拒绝与他共度夜晚，他便感觉自己被全世界都拒之门外一样，在那绝望之中，他越发坚信自己已经深深地爱上了聪子。

从今天聪子流泪来看，也能够明白聪子的心是属于清显的。与此同时清显也清晰地明白了一个现实，那就是即便两个人心心相印，也还是远远不够的。

现在他所拥有的是真正的感情。与他以前想象的所有种类的爱情相比，是粗野的、无趣的、荒废的、黑暗的、与美好娴雅无关的。无论如何都不会成为和歌诗词。这是他第一次把丑陋的自己的事情当作嘲讽的材料。

清显度过了无眠的夜晚后，神色憔悴地去了学校。本多立马察觉并询问了究竟。本多欲言又止、细致的关心，让清显几欲落泪。

“听我说，她不愿意再和我一起睡觉。”

本多一脸童真，露出困惑的表情。

“那是为什么呢？”

“大概因为十二月就要办纳彩仪式了。”

“因此要洁身自好吗？”

“除此之外，想不到别的原因了。”

本多想安慰他，又不知道说什么。而且本多也不能用自己的经验开导他，只能说些通用性的理论，为此他感到悲哀。本多认为有必要为朋友强迫自己爬上树梢，俯瞰地面，进行心理分析。

“你不是说过你们在镰仓相会时，突然怀疑过自己已经厌倦了吗？”

“不过那只是一瞬间的感觉。”

“会不会是聪子为了再次得到你的深爱，才故意那样对你呢？”

可是本多的企图失败了。本多原本想让用清显自爱的幻想当作这时候的慰藉，但清显已经一点都不在乎自己的美貌了，别说这一点，就连对聪子的感情也顾不上了。

重要的是两人无须顾忌、光明正大、自由自在地能够见面的时间和地点。他怀疑只有在这个世界之外才会有这些，不然就是世界灭亡的时候。

重要的不是心，而是状况。清显疲惫的、危险的、充血的眼里，还梦想着为了两人的存在，这个世界有秩序地崩坏。

“发生一场大的地震就好了。那样的话，我就去救她。爆发大战也行。那样的话……对，最好发生一件动摇国家根基的事。”

“你说的这些事，必须靠谁来制造才行吧。”本多怜悯地看着眼前这位优雅的年轻人，因为他领悟到适当的嘲讽或许会鼓励朋友，“你去干不就行了吗？”

清显露出疑惑的神色。显然忙着恋爱的年轻人没有那样的时间。

然后，清显听了本多的话，双眸再次亮起了光芒。本多被这样的挚友吸引。那样的目光就像狼群在澄澈的神圣领域的黑暗中奋力奔跑。不需要力量的驱使，或许清显自己也没发觉他眼中那一瞬间飞驰的、狂暴的灵魂的影子。

“有什么样的力量，才能走出这个困境呢？是权力，还是金钱呢？”清显自言自语地说。

可松枝侯爵家的儿子说这种话，多少有些可笑。本多冷淡地反问：“如果是权力，你会怎么做？”

“为了获取权力，不择手段吧。但这需要一定的时间。”

“权力也好金钱也罢，都无济于事。你不要忘记你的对手，权力、金钱再多也不可能打败的。因为是绝不可能的事情你才感兴趣，不是吗？如果那是可以实现的事情，你会觉得不值得了。”

“可是，有一次显然快实现了。”

“那只是可能的幻觉而已。你都看到了彩虹。除此之外，你还奢求什么？”

“除此之外……”

清显没有继续往下说。本多从中断的话语中感到了无法预测的、虚无的空间，不禁战栗。本多想："我们的对话，就像深夜的工地上胡乱堆放的大量石材一样，要是注意到那个工地上方的广袤星空的沉默，石材也只会欲言又止吧。"

第一节课伦理学结束了。他们走在环绕洗血池的林间小道时，又说到刚刚那些话。但快到上第二节课时，就开始原路返回。秋天的林间小道上，目光可及的是各种掉落的东西。湿湿地堆在一起的茶色树叶，脉络清晰，还有橡子、开始腐烂的青栗子、烟头……其中，他们发现有一团古怪的白色的东西。那东西毛茸茸的，白白的颜色看上去尤其异常。本多停止步伐凝视了一会儿，结果发现那是一只幼小的鼹鼠的尸体。清显也蹲下来，默默地看着鼹鼠的尸体。清晨的阳光透过树梢之间洒在他的额头上。

因为小鼹鼠仰面死掉，他们只能看到胸部周围的白毛，所以看上去才那么白。它全身被打湿的天鹅绒般的毛覆盖，小得几乎看不到的脚掌的白色皱纹上沾满泥土，应该是在挣扎时嵌入的。鸟喙一般尖尖的嘴巴张开，露出两颗精妙的门牙和柔软的嫩粉色口腔。

两个人同时想起，以前松枝家瀑布那里死掉的一只黑狗。那只狗的尸体享受了一场意想不到的周到的祭奠。

清显提着没有剩下多少毛的小鼹鼠的尾巴，把小小的尸体轻轻地放在自己手心上。已经完全干透的尸体不会让人觉得不干净。只是卑微的小生命的肉体中残留的盲目劳碌的命运让他觉得不吉利，张开的爪子细微的造型也令他讨厌。

他又拿起小鼹鼠的尾巴，起身，走到小径与池塘相连的地方时，把尸体随意扔进水里。

“你这是在干什么？”本多皱起眉头看着朋友的举动。在学生般幼稚的行为中，他感受到朋友内心的非正常的颓废。

三十九

七八天过去了，蓼科仍然没有联系清显。第十天，清显试着给军人旅馆的老板联系，却得到了蓼科因病卧床的回复。又过了几天，得到的依然是蓼科还没有完全好转的告知，清显怀疑那是在故意推辞。

清显疯了似的开始想念聪子。晚上一个人走到麻布，徘徊在绫仓家周围。他走过鸟居坂一带的瓦斯灯下时，看到自己苍白的手背，不由得灰心失望。他想起一句话：濒临死亡的病人，总喜欢看自己的手背。

绫仓家的大门紧闭着，昏暗的门灯下连风化的、凸出的黑色字迹的门牌也难以辨别。这座府邸灯火的确很微弱，因此他也知道肯定看不到院内聪子房间的灯光。

无人居住的长房的棂子窗，让清显想起小时候和聪子曾从这里偷偷跑进去，但充满霉味、昏暗的一个个房间令他们感到害怕，在他们因想念外面的光明而爬上去的那个窗户上，清显觉得还沉积着当年灰尘。那时候，对面人家的绿植十分夺目，让人眩晕，那就大概是五月的事情了。而且，那样密的棂子都没有把那一片绿色划分，那时两人的脸蛋儿该多小啊。卖秧苗的经过，他们就模仿卖茄子、卖牵牛花的吆喝声，笑作一团。

清显在绫仓府邸学到了很多。墨的味道时常孤独地缠绵在回忆中，寂寞的回忆与心里的高雅难以分割地结合在一起。伯爵向他展示蓝紫色的金佛经手抄本、京都风情的秋草屏风……这些本该给这烦恼的肉体照射光明，可如今绫仓家全被淹埋在霉味和古梅园[①]的墨香之中。如今，清显就这样被拒之门外，当墙内的高雅久违地恢复了艳丽的光辉时，他却无法触及。

从墙外勉强能看见的二楼的灯光也熄灭了。伯爵夫妇大概睡了吧。他们从前就有早睡的习惯。聪子估计难以入睡，但也看不见她房间的灯光。清显顺着围墙绕到后门，不禁伸手想要按向干裂的黄色门铃开关，但又克制住了。

他没有勇气，于是伤心地回到家里。

风平浪静的日子过了几天，又过了几天。他去学校纯粹是为了打发时间，回家后就把学习丢在一边。

为了明年夏天的大学入学考试，包括本多在内的许多学生都在刻苦学习，不用考试的学生则忙于运动。与这两类学生步调都

① 古梅园株式会社是日本的文具制造商。创立于1577年，是日本最古老的制墨业公司。店铺等多个建筑被登记为有形文化财产。

不一致的清显，变得越来越孤僻。跟他搭话他也很少搭理人家，所以大家渐渐和他疏远了。

有一天从学校回到家，山田管家在门口等候说："今天侯爵回家早了，想和少爷玩台球，正在台球室等着您。"

这个命令很不同寻常，清显心里惴惴不安起来。

侯爵鲜少有兴趣邀请清显打台球，那种情况仅限于在家吃晚饭喝醉后，这样的大白天有这个兴致，要么是心情大好，要么是心情极其不好。

清显从未在白天去过台球室，推开沉重的大门，当夕阳透过关紧的波浪形玻璃窗，照射到四面墙壁上的槲木镜板的时候，他仿佛觉得自己进了一间陌生的房间。

侯爵正低着头，抓着一根球杆打一颗白色球。夹住球杆的左手手指，像个象牙琴柱的棱角。清显穿着制服，伫立在半开的门口。

"把门关上。"

侯爵低头看着绿色的桌面，绿色浅浅地映照在他脸上。所以清显猜不透父亲的脸色。

"你念一下，这是蓼科的遗书。"

侯爵终于直起身来，用台球杆杆头指着窗边小桌子上的一封信示意。

"蓼科死了吗？"清显把信拿在手里，全身战栗地问道。

"没死，被救活了。她没死……这更可恶。"侯爵说。从侯爵的举止中看得出来，他在极力控制自己，不让自己走到儿子身边。

清显有些踌躇。

“快给我看！”侯爵这一次厉声斥道。清显站在原地，开始看着那张写在长卷纸上的遗书。

遗书

侯爵大人，当您看到这封信的时候，我想我已经不在人世了。我罪孽深重，以贱命赎罪，但断掉我的小命之前想要忏悔，我有一个请求，愿用性命换取。

绫仓家的小姐，因为我的懈怠，怀有身孕，这令我恐慌不已，于是我劝小姐尽早处理，可小姐不听劝告。倘若再拖延下去，越发难处置，所以我将事情原委告诉了伯爵大人，但伯爵大人光说“实在难办，实在难办”，迟迟没有下定决心。再过这个月，这事情就越来越难处理了。事关国事，这都是由我的不忠导致的问题，因此就拿我的小命，斗胆请求侯爵大人救助，别无他法。

侯爵大人未免动怒，但小姐怀孕是内部家事，切勿外漏，望侯爵大人明察。老身死不足惜，于九泉之下，恳请大人给小姐援手。

看完信的清显，对于信上并没有写自己的名字而感到卑怯的安心，但他又将这种心情丢在一旁，只希望抬头看父亲时不要露出狡辩的眼神。但清显感到口干舌燥，太阳穴在剧烈地跳动。

侯爵问："看完了？"

"'小姐怀孕是内部家事，望明察'，这里也读了吗？我与绫仓家再亲近，也没有到家人的程度，而且蓼科是故意用'内部'这样的话的……你如果有什么要解释的，尽管说。在这祖父的画像前说吧……如果我想错了，我向你道歉。作为父亲，我本不愿这样推测。实在是该唾弃的事情、该唾弃的推测啊。"

那个一向不严肃、乐天派的父亲，此刻看起来比任何时候都要可怕，都要伟大。侯爵背对着祖父的画像和一幅日俄战争的画像站着。他用球杆烦躁地敲打着一只手的手掌。

这是一幅巨大的有关日俄战争油画，那里描绘了日本海海战"敌前大回头"[①]。半幅画都是海洋的暗绿色波涛。通常在晚上看的时候，尤其在暗淡的灯光下，波涛的色彩就变得不明显。画像与灰暗的墙壁融为一体，不过就是有凹凸层次的黑暗罢了。但在白天看时，波涛以沉郁的绛紫色重重叠叠地耸立在眼前，暗绿色的边缘夹杂几分重叠的亮色，白色的浪花四处飘逸，然而在这激情澎湃的北方海域上，同时逐渐转弯的舰队溅起水花、流畅地行驶的画面极其富有张力。纵向穿过海域的大舰队冒出的浓烟也向右边飘荡。北方五月尚冷的蓝空，被那时期才有的淡淡的嫩草色渲染。

---

① 1905 年日俄战争时期，司令一级参谋秋山真之提出的"敌前大回头"战术。日方联合舰队军使用这个战术，日本只损失几艘小舰艇，打败了二十八艘俄国舰船，令俄军战队几乎全军覆没。

与之相比，祖父穿着大礼服的肖像画，顽强不屈的性格中还透露着一丝温和可爱，因此令人感觉，与其说严厉地呵斥清显，不如说是用温和的威严教导他。清显总觉得面对祖父的画像，一切都可以坦白。

他优柔寡断的性格，在祖父鼓起来的沉重的眼睑、脸颊上的疣、厚厚的嘴唇面前，尽管只是一瞬间，也明显被治愈了。

“我没有要辩解的。就是您说的那样……是我的孩子。”清显没有遮掩地说。

松枝侯爵处在这样的立场上，他的内心同他霸气的外表截然不同，只感到十分困惑。他本就不擅长使自己处于这种尴尬的立场。本应该强烈地谴责清显，可最终也只是自言自语道：“蓼科这老太婆竟然一而再再而三地告状，之前是为学仆不忠，这也就算了，这次竟然都告上侯爵的儿子了……而且这事情还挺顺的，她居然没死掉，那个贪婪固执的老东西！”

一般对于心中的微妙问题，侯爵想找借口来蒙混过去时都会哈哈大笑，但对于同样的微妙问题，该勃然大怒时却不知如何是好。那个有着红红的脸蛋儿、仪表堂堂的男孩，和他父亲截然不同的地方就是——侯爵的虚荣心。这个父亲就连自己的孩子，也不允许被别人认为是个愚蠢而冷酷无情的人。侯爵不想因循守旧地发脾气，但又觉得那种生气的方式缺乏一种蛮不讲理时的力量。另外，他是离自我反省最远的人，这对发脾气是有利的。

父亲迟疑不决的几句话，倒是给了清显勇气。就像从裂缝中喷出来的清澈的水那般，这个年轻人嘴里冒出一句他生平说过的最自然的话。

“总之，聪子是我的。”

“什么？‘我的’？你给我再说一遍！你敢说‘我的’？”侯爵因儿子的话引爆了自己的愤怒而感到满足。因此，他就可以安心地随意发脾气了。

“事到如今，你在说些什么？洞院宫家找聪子谈亲事的时候，不是多次向你确认过有没有异议吗？我不是跟你说过‘现在后悔还来得及，哪怕心中有一点在意的事情就说出来’这种话吗？”

侯爵气昏了头，“我”和“老子”都乱套了。他犯了常有的、骂人的时候用“我”而温和的时候用“老子”的错误。侯爵顺着球台向清显走去，清显能够清楚地感受到，侯爵握住球杆的手在颤抖，清显脑海里第一次萌生了恐惧。

“那个时候你是怎么说的？嗯？你是怎么说的？你可说过‘我不在意’。男人应该说话算话吧。你这样算个男人吗？我一直后悔把你培养得过分柔弱，但没想到你竟如此柔弱。你不光染指天皇许可的宫家的未婚妻，还让她怀孕了。不仅伤害了家族的名誉，还往父母脸上抹了黑。这世上没有比你更不忠不孝的人了。要是以前，作为父亲的我必须切腹自尽，向宫家谢罪。你干的事情根性是坏透了的，是畜生做的事情。喂，清显，你到底怎么想的？怎么不回答？你又要闹情绪吗？喂，清显……”

父亲刚刚还喘着粗气责骂，清显为了躲避父亲举起来的球杆，翻了身，但还是被狠狠地打中了穿着制服的后背。为了保护后背，伸出遮挡的左手也被打中，他越发感到发麻。往头上打的那一杆子打偏，落在了正在找门逃生的他的鼻梁上。清显被椅子绊倒，想要起身时还抱着椅子一起顺势倒了下去。鼻血瞬间弥漫在鼻孔中，球杆也没有再次袭来。

清显大概每挨打一次，都会发出撕心裂肺的惨叫。祖母和母亲推开门出现了。侯爵夫人躲在婆婆身后颤抖。

侯爵还是握着球杆，剧烈地喘着气，呆呆地站在原地。

“到底发生了什么事？”清显的祖母问道。

侯爵听到这句话才注意到母亲的身影，但他仍难以相信母亲站在那里。他更不会猜到，妻子意识到事态的严重性后，叫上母亲一同前来，因为母亲离开隐居房半步都很反常。

“清显做了大逆不道的事情。看看桌上蓼科的遗书就明白了。”

“蓼科自杀了吗？”

“遗书是寄过来的，我给绫仓家打电话后……”

“然后呢？”母亲坐在小桌子旁的椅子上，好不容易从和服腰带间慢慢地拿出老花眼镜。她就像翻开钱包似的仔细地按压扣子，打开天鹅绒镜盒。

侯爵夫人才注意到婆婆完全没有看倒在地上的孙子。从婆婆这个举动中能够看出，她把这件事交给侯爵一人处理的决心。夫人明白这一点后，便安下心来，向清显跑去。清显已经拿出手帕，按住了沾满血的鼻子。身上没有明显的伤口。

“哦。然后呢？”侯爵的母亲一边打开信件，重复问道。

侯爵用有些失望的语气说道：“打电话询问那边，说是命保住了，现在在休养中。伯爵疑惑不解，问我怎么知道的，好像不知道蓼科给我寄来了遗书。我让伯爵不要走漏蓼科吃安眠药自杀的事。但不管怎么说，这是清显惹的祸，不能一味地责备对方，所以打这通电话说得我语无伦次。我给伯爵说了尽快找机会和他商量，不管怎样我们这边得先明确态度，不然就无法采取行动了。”

“说的也是……说的也是。”老夫人一边看着信，一边心不在焉地说。

老夫人厚实光滑的额头、粗犷的轮廓，仿佛一笔勾勒而成的脸庞依旧留下从前被晒的肤色，将短发随意地黑乎乎染成一片的看着不自然的发型……这样刚健的田园风造型，出乎意料地与这维多利亚式的台球室契合，就像裁剪后镶嵌上去般合适。

“但是，这封遗书里不是没有提到清显的名字吗？”

“您仔细看看那句提到‘家事’的地方。一眼就能明白其中带有讽刺。而且，清显已经亲口坦白了，那是他的孩子。母亲，您就要有曾孙了，还是个见不得人的曾孙。”

“清显也许是为了庇护谁，故意承认这个谎言呢？”

“您在说什么呢？您自己问问清显就好了。”

老夫人这才终于转向孙子，就像对五六岁的小孩那般，慈爱地问道：“听好了，清显。好好看着奶奶，看着奶奶的眼睛认真回答哟，这样就不能撒谎了。刚才你父亲说的话是真的吗？”

清显强忍着后背的疼痛，擦着仍然没止住的鼻血，握着鲜红的手帕，转过身来。好好的一张脸上，被擦得到处都是血迹的秀气的鼻子和湿润的双眸让他看起来就像打湿了鼻头的小狗那般稚嫩可爱。

“是真的。”

清显带着鼻腔说完，又匆匆地接过母亲递来的干净的手帕，按住鼻子。

这时，清显祖母的一番话，如同自由奔驰的骏马的马蹄声，将有序排列的东西痛快地一脚踢散。祖母是这样说的：

“让宫家的未婚妻怀孕了，真是厉害！不是那些㞞货能做到的。真是了不起。不愧是祖父的孙子。做了这种事，即使坐牢也是你自愿的。反正也不至于判死刑。”

很显然祖母是高兴的。绷紧的唇线松弛，常年的阴郁也释放了出来，老夫人沉浸于一种满足感中，仿佛她用一句话一下子打破了到侯爵这一代就蔓延在府邸的气氛似的。这不只是现在的侯爵、自己的儿子一个人的错。这府邸周围有一股力量，重重包围着她的晚年，企图将她压倒。针对那些力量，祖母的豪迈声音，明显反映了如今已被忘却了的动乱年代。那时候人们对于下地狱和死刑也不足为惧，生活在死亡和牢狱的气息中。至少祖母辈的这些妇女们是经历过在漂着尸体的河里冷静地刷碗的时代的。对她而言，那才是生活！然而就这个看似柔弱的孙子，竟如此出色地令那个时代的幻影历历在目。祖母的脸上迟迟泛起沉醉的表情，因为太过突然，侯爵夫妇不知做何反应，只是呆呆地从远处望着母亲的脸。侯爵绝不想让别人看到，身为侯爵的母亲，老婆婆过于野性的面孔。

“您这是在说什么？”侯爵终于茫然中清醒过来，无力地反驳道，“这样一来，松枝家族就毁了。这怎么对得起父亲？”

“那是当然了。”老夫人立即回答，“你现在该考虑的，不是责备清显，而是怎样守护松枝家族。国家固然重要，松枝家族也很重要。我们家和世代拿皇室俸禄、已经到二十七代的绫仓家不同啊……那你到底想怎么办？”

“当作什么都没发生，从订婚到结婚，就这样按部就班地进行吧，没别的办法了。”

“有这个觉悟是好的，可这样的话，有必要尽快处理掉聪子肚子里的孩子。而且在东京附近做了后，万一被记者们发现可就麻烦了。没有什么好的办法吗？”

“可以去大阪。”侯爵思考了一会儿说道，“倒是可以让大阪的森博士秘密处理掉，为此要不惜重金。但是得找一个借口让聪子去大阪。”

“绫仓家的话，那里有许多亲戚。刚好纳彩仪式也定下来了，让她去大阪问候一下吧，时机正好。”

“但是，见那么多亲戚，被人察觉身体的变化，反倒坏了事……对了，有个好主意，让她到奈良的月修寺和住持尼致别。

这不是很好吗？那里原本就是宫家的寺院，理应具备接受致别仪式的格调。怎么看也不会觉得不妥吧。聪子小时候就得到住持尼的关爱……那就先去大阪，让森博士做手术，静养一两天，再去奈良就行了。可能聪子的母亲也会同去。”

“光她一人去不行！”老夫人厉声说道，“绫仓家的夫人到底还是对方的人。我们也应该派人一同前往，必须亲眼看着森博士如何处置。那这个人还得是女的才行……”

“啊，都志子你去吧！”她对清显的母亲说。

“是。”

“你是为了监视才去的，不用去奈良。该处理的结束后，你一个人尽快回东京汇报。”

“是。”

“没错，就按母亲说的做吧。我和伯爵商量一下出发的日期，绝对要做到万无一失。”

清显已经自觉退到后台，自己的行为和爱情早已被视为死亡的东西。他仿佛感到，祖母和父母不在意眼前的死者在逐句地听他们对话，当着死者的面详细地讨论着葬礼的细节。不，是在葬礼之前，就已经把一切都埋葬了。清显是极其脆弱的死者，也是被呵斥而受伤的一个穷途末路的孩子。

所有的安排，不顾当事人的意志，也无视绫仓家的意志，出色地被整理，逐渐形成了一个决定。刚才说出豪言的祖母也投入这种充实而快乐的紧急事态的工作中。祖母本就不是清显那般温和的性子，但在败坏名誉的危机中，野性的高贵被唤醒，同时她又拥有为了维护名誉将真正的高贵迅速隐藏在手里的能力。这就是她！这些能力与其说是从鹿儿岛的夏日阳光中学到的，不如说是从祖父身上或者通过祖父学来的。

用球杆打了清显之后，侯爵第一次端详着清显说道："你从今天起可要谨言慎行啊。做个好学生，努力为考大学专心学习，知道了吗？我也不想再说什么了，现在是个你是否能够出人头地做男人的关键时刻。至于聡子，以后就不要再见面了。"

"用过去的话说，这叫作闭门蛰居。如果学习累了，就到我那里去玩啊。"祖母说。

然而，清显知道，父亲为了面子也不会把自己的儿子逐出家门。

四十

绫仓伯爵最怕受伤、疾病、死亡这类事情。

早上，因为蓼科迟迟不醒，引起家里一片哗然，同时在蓼科枕边发现了一封遗书。这封遗书马上被送到伯爵夫人手里，然后再被转交到伯爵手上。结果伯爵打开信封时，手指就像触碰到有细菌的东西似的。信里只写道，对伯爵夫妇和聪子小姐表达歉意，认为自己做得不够好，还对多年来的恩赐表达了谢意。这是一封谁都可见的普通的遗书。

伯爵夫人立马叫来了医生，当然伯爵都不愿意去看望蓼科，只是事后听夫人详细报告。

“说是吃了一百二十粒安眠药。她现在还没有恢复意识，医生是这么说的。好像蓼科手脚乱动，弓着身子抽搐，大闹了一场。医生都说，不知道为什么一个老太婆有这般蛮力。最终她还是被大家按住了，又是打针，又是给她洗胃什么的（洗胃太残忍了，我没敢看），医生说算是保住了一条命。还是专家有办法，我们都没说什么，他一闻蓼科的气息就说：‘啊，闻到了大蒜味，应该是吃了安眠药。’说完马上就开始了治疗。”

“多久能治好？”

“医生说，至少要静养十几天左右。”

“这件事绝不能走漏风声，叮嘱家中女人们让她们管好自己的嘴，也要拜托医生不要说出去。聪子现在怎么样了？”

“聪子一直把自己关在房间，也不愿意去看望蓼科。看到蓼科的样子，以聪子现在的身体也没什么好处吧。而且，自从蓼科把那件事告诉我们后，聪子就没有理睬蓼科，这时候突然去也会感到内疚的。最好让聪子就这样静静地待着吧。”

五天前，蓼科思来想去，最终将聪子怀孕的事情告诉了伯爵夫妇。蓼科本以为自己要被狠狠责骂，伯爵也会气得狼狈不堪。但从他的表现来看，他并没有赢得激烈的讨论。为此蓼科十分焦虑，才在给松枝侯爵寄了遗书后吞了安眠药。

聪子怎么也不听蓼科的劝说，再拖下去身体会变得越来越危险。聪子还命令蓼科不许告诉任何人，始终做不出决定的样子。蓼科不知所措，最终背叛了聪子，将一切向伯爵夫妇坦白了。可伯爵夫妇知道后，也许是太意外，表情就像听到后院里的鸡被猫叼走般。

伯爵知道了这么重大的事情后，在那第二天、第三天后，虽然碰见蓼科，但也没再说什么。

其实这件事情让伯爵彻底地感到无助。他认为这事情大到自己一个人无法处理，何况这么丢尽脸面的事又不能和别人商量，可以的话只想忘掉。伯爵夫妇在采取行动前，决定对聪子保持沉默，可敏感的聪子质问蓼科，知道情况后，就不再和蓼科说话了，并把自己关在房间里不出来。伯爵一家被奇怪的沉默气氛笼罩着。蓼科对外界所有的联络，都以生病为理由打发走了。

伯爵甚至与妻子都没有深入谈论过这件事。的确这事态很严重，是紧急状况，但也只能不断拖延，拖一天算一天。但他也不是因为相信奇迹。这人的怠惰中也有一种精妙之处。在对于任何事情都难以做决定的背后，的确抱有一种信念，那就是不太相信所有的决定，但是伯爵甚至不是一般意义上的怀疑者。绫仓伯爵即使整日苦思冥想，也不愿意给尚能忍受的丰富情感找一个解决方案。他的思虑就像家艺蹴鞠。他知道无论球踢得多高，总会迅速掉到地面。即使像难波宗建①那样，抓住鹿皮白球的紫色皮往上踢，就算踢过了十五间紫宸殿②的高度，得到大家的喝彩，白球还是会马上掉到皇宫里的庭院。

因为所有的解决方案都缺乏趣味，那还不如等待别人接管那种无趣的事。那接住掉下来的白球的，必须是别人的鞋。尽管是自己踢上去的，但升入空中的那一刻，白球就不受控制，可能会随风往意想不到的方向飞走。

---

① 难波宗建（1697—1768），江户时代中期的公卿，擅长家艺蹴鞠。

② 紫宸殿是指古代都城宫城的天皇私人居所，内殿之一。

伯爵的脑海中，始终想不出什么毁灭性的想法。这门亲事得到了天皇的敕许，女儿却怀上了其他男人的孩子，如果这都不算大事的话，这世上也没大事可言了。但不论什么样的蹴鞠都不可能一直掌握在自己的手中，总会出现能够托付的人。伯爵是绝不会让自己焦急烦躁的，结果总会有人替他焦躁。

被蓼科的自杀未遂事件吓得惊慌失措的第二天，伯爵接到了松枝侯爵的电话。

侯爵已经知道这件事，这让他感到很不可思议。但是，就算伯爵家中有内奸，他也不会感到惊奇，事到如今他已经做好了心理准备。但是，原本被怀疑内奸的蓼科本人，昨天一天已经失去了意识，所有合乎情理的推测都变得毫无逻辑了。

这时，伯爵从妻子那里得知，蓼科的症状已经好转了，能说话也有食欲，因此他才鼓足勇气，决定一个人去病房探望。

“你不用去了，相比之下，我一个人去探望，那个女人可能会说些真心话。”

“房间脏乱，您突然去看她，会让她为难吧。事先说一声，好让她收拾收拾。”

“也好。”

绫仓伯爵已经等了两个小时，因为病人开始化妆了。

特地在主屋给蓼科腾了一个房间。可那是一间阳光照不到、只有四张榻榻米大小的房间，因此，铺上被子后就没有空余了。伯爵从未去过那个房间。终于仆人来迎接他了。榻榻米上为他专门放了一张椅子，被子都收好了。蓼科手臂靠在几个重叠的坐垫上，披着棉睡衣，低着头一动不动地在等候伯爵的到来。这时她的额头都要碰到坐垫了。但蓼科为了保护涂到发际线的厚厚的白水粉不被弄乱，即使身体很虚弱，行礼时也尽量不碰到额头。这些伯爵都看在眼里。

“真是受苦了。还好救回来了。不要太让人担心了。”

伯爵坐在椅子上俯视着病人，也不会觉得不合适。虽然他认为蓼科听不进去自己的话和心意，但还是开口说了。

“实在不敢当，让您担心了。不知如何赔罪。”

蓼科仍然低着头，好像还摸出纸巾按在眼角处，伯爵也知道这样做是为了保护她的白水粉。

“医生也说，再休养十几日就好起来了。别不好意思，这段时间就好好休养一下吧。”

“十分感谢……都没死成，这个样子实在羞愧。”

蓼科披着一件点缀小菊花的红色睡棉衣跪坐着，然而她的姿势中带有一种离开人间、刚从黄泉路归来的晦气。伯爵觉得这个房间里的碗柜、小抽斗都很肮脏，让他感到不舒服。伯爵想到这里，再看看蓼科低头露出的、太过精心地涂抹了白水粉的脖颈，还有梳得一丝不苟的头发，不可言喻地感到厌恶。

“其实我今天接到了松枝侯爵的电话，我很惊讶他已经知道了这件事。我就想过来问一问，不知道你是否知道什么事情……”伯爵若无其事地问道。

通过提问自然会得到问题的解答。当他说完后，突然觉得猜到了答案，不禁感到惊讶。这时蓼科也刚好抬起头。

此时蓼科比以往都鲜明地展示出具有京都风格的浓妆。嘴唇内侧涂着京都红的口红，为了在遮盖皱纹的白粉上面更加均匀地涂粉，又涂了一层一层的白粉，由于昨天中毒而皮肤变粗糙，最后导致粉不服帖，化了妆的脸反而像生了霉菌一样。伯爵轻轻移开视线，继续说道："你事前给侯爵寄遗书了吧？"

"是。"蓼科抬着头，无所畏惧地回答。

"因为我真打算自杀的。死后想拜托他处理这些事，所以将遗书寄给了他。"

"什么都写了吗？"伯爵问。

"不是。"

"还有没写的吗？"

"是。很多都没写。"蓼科爽朗地回答。

四十一

伯爵这么问，并不意味着脑子里浮现出什么真的怕让侯爵知道的事。可当听到蓼科说还有不少没有写上去的事情时，他突然变得不安起来。

“没写的事是什么？”

“您怎么这么说呢？您刚才问我‘是不是把所有事都写了’，所以我才这样回答的。您既然这么问了，想必是心里有数吧。”

“并非我故弄玄虚，之所以我这样独自一人前来拜访，为的是不顾忌地和你交谈。你还是直截了当地说吧。”

“没有写的部分还有很多，尤其是八年前在北崎家中老爷找我的事情，我原本打算将它一直深藏在心底直到死去。”

“北崎……”

伯爵就像听到了很晦气的名字一样，浑身颤抖。因此伯爵也就明白蓼科指的是什么了。虽然明白了，但伯爵还是感到不安。为了想再弄清楚，他问道：“在北崎的家中，我说了什么？”

“那是一个梅雨季节的晚上，您是不可能忘记的。虽说小姐长得越发亭亭玉立，可她当时才十三岁。那天，恰好是松枝侯爵大驾光临的日子，他回去之后，老爷您的气色不太好。因此便前去了北崎家中散心。就是在那晚，难道您忘记了对我说了什么吗？”

伯爵知道蓼科要说什么了，她想把伯爵说过的话当作一个借口，将她的过错全部都归咎在伯爵身上。伯爵顿时怀疑蓼科服毒自杀到底是不是真的想自尽。

此时，蓼科从那重叠的棉垫上抬头看向这边的眼睛，就像在浓妆似玉的脸上挖的箭缝。那个墙壁内侧的黑暗中充斥着往事的气息，从黑暗深处举起箭，她想瞄准处在明亮环境中的这边。

“这都什么时候了，你胡说些什么？那只是开玩笑说说而已。”

“是吗？”

忽然，那双犹如箭缝一般细小的眼睛缩得更小了。伯爵感受到从蓼科的眼睛里冒出的锐利的黑光。

蓼科又开口说道：“但是那天晚上在北崎家中……”

北崎。北崎。那是伯爵一直想忘记、却缠绕在记忆里的名字。从蓼科难缠的嘴里频繁地喊了出来。

从那以后，在八年的时间里伯爵再没有踏入北崎家半步。即便如此，房屋结构的细节仍旧清清楚楚地浮现在眼前：那房子坐落在坡下，既没有大门，也没有玄关，被木板墙围着的庭院却很宽广。玄关潮湿阴暗，可能鼻涕虫都会出没。地下放着有四五双黑色长靴，隐约可见长靴内侧的皮革上的汗液和脂肪，因潮热被蒸出红褐色皮革斑点。从那里到长靴外侧脏脏的宽而短的条纹绳上，写着主人的名字。就连玄关前也响起了粗野的高歌。正值日俄战争之际，开军人寄宿馆是个安全的职业。也许是这样的定位，让那家显得很质朴，还散发着马舍的味道。伯爵被带到屋中深处的厢房时，就像经过医院的走廊一样，只要衣袖稍微触碰那随处可见的柱子，就会瑟瑟发抖。他由衷地讨厌人类的汗水。

八年前那个梅雨的晚上，送完前来拜访的松枝侯爵后，伯爵难以平复自己的心情。就在那时，蓼科敏锐地察觉到伯爵的心情，说道："北崎手里弄到一些有意思的东西，他想给老爷看看。就算散散心，今晚就去看看，怎么样？"

当时只要聪子睡了，蓼科就可以自由自在地"走亲戚"之类的。再说，晚上与伯爵在外面见面不是什么难事。北崎殷勤地恭迎伯爵，还拿出酒来款待，并拿着一卷古老的卷轴恭恭敬敬地放在桌上。

二楼的主屋里，人们在合唱军歌并用手打拍子，北崎有所顾虑地说道："太吵了，因为今晚有即将出征战场的人来参加欢送会，虽然天气闷热，但还是把护窗板关上比较好……"

伯爵同意了。这样一来反倒觉得被雨声包围了。隔扇的色彩给这个房间带来一种令人窒息的、似被逼到绝境的妖艳感。这间房间本身仿佛就在秘画当中。

北崎伸出那双布满皱纹、拘谨老实的手，从桌子前解开卷轴上的紫色绳子，并在伯爵面前对那幅画赞叹不已。

那里引用了《无门关》公案中的一个故事：

> 赵州到一草庵，对庵主说："有吗？有吗？"
>
> 庵主竖起了拳头。
>
> 赵州说："水太浅了，不是我舟的停泊处。"说完便离开了。

那时正值酷暑，蓼科在背后扇扇子，那风就像蒸笼一样闷热。酒劲儿一上头，雨滴的声音就像落在后脑勺时发出来的感觉，外面的世界则幼稚地高呼着"战争胜利"。然而伯爵是在欣赏着春宫画。北崎的手一直停留在空中，他拍打了一只蚊子。随后因制造噪音向受到惊吓的伯爵道歉。伯爵瞟了一眼觉得很脏，北崎那雪白干燥的手掌里已留下蚊子的小黑点和血迹。这蚊子为什么不咬伯爵呢？难道他在各方面都得到了庇护？

卷轴上的画，从屏风前对坐的穿着柿子色衣服的和尚和年轻寡妇开始。这是用俳画风格的笔触洒脱地一挥而就的，和尚脸上的神情给人一种既滑稽又魁梧的感觉。

接着和尚突然扑倒，像是要侵犯寡妇，小寡妇虽然奋力抵抗，但衣领早已凌乱不堪。随后二人便赤裸相拥，寡妇的表情也渐渐变得平和。

和尚的阴茎像巨大的松树根一样缠绕，他伸出狂喜的黄褐色舌头。用胡粉涂白的年轻寡妇的脚趾，按照传统画法画得全都向内弯曲。那是由于被缠绕的雪白的腿在颤动，律动传到脚趾后被挡住造成脚趾弯曲。那种腿上的紧张感，看上去像是在努力让那一刻的沉醉永无止境，永不流逝。在伯爵看来，这个寡妇很坚强。

另一方面，在屏风外面的小和尚们，或是坐在木鱼和经卷桌上，或是骑在别人的肩上，一个劲儿地想窥探屏风里面，看似难以抑制兴奋。最终屏风倒了下来。赤裸的寡妇遮挡身前想要逃离，和尚已经没有训斥小和尚们的力气了，从此便开始了极端粗野的画面。

画里描绘的小和尚们的阴茎几乎跟他们的身高差不多长。画家想借此表达出一种用普通尺寸无法表达苦恼的重担。他们一起侵犯女人时，脸上露出无法形容的滑稽，将阳物全都扛在肩上，陷入迷魂阵。

女人受尽凌辱，留下一身的淤青，最终死掉了。她的幽灵出现在随风飘动的柳荫下。女人已经变成了有阴部脸的幽灵。

这时，画卷滑稽的画风消失殆尽，扑面而来的是阴暗悲惨的氛围。岂止她一人，许多女阴幽灵披头散发，张开大红唇追着男人们攻击。落荒而逃的男人们面对飞速追来的幽灵们毫无招架之力，包括和尚在内，所有男人的阳物都被幽灵们用嘴连根拔起。

最后的场景是在海边。在海边有一群失去了阳物、赤裸的男子们在哭喊。一条满载着刚抢夺的胜利品的船上，还坐着众多女阴幽灵，她们头发随风舞动，低垂着苍白的手，尽情地嘲笑着岸上哭叫的男人们。船正朝着黑暗的海面起航。面向深海行驶的船尾刻画成女性阴部的形态，那个最前端有穗状的女性阴毛正随风飘扬。

看完画卷后，伯爵感到难以言表的郁闷。酒过三巡，越发感到心情复杂，但他还是叫人添酒，一声不吭地继续喝着酒。

然而，卷轴上女人心神专注地弯曲的脚趾，在他心中挥之不去；还有那猥琐的白白的胡粉色，也给他留下深刻印象。

那之后发生的事情，就只能说是因为梅雨时期的阴郁和伯爵的厌恶情结所招来的。

早在这个梅雨之夜的十四年前，当时夫人还怀着聪子，伯爵就和蓼科有过暧昧。那时蓼科已经四十多岁，只能说伯爵是一时冲动，但没过多久就与蓼科结束了关系。伯爵做梦也没想到，再过十四年后，竟又和快六十岁的蓼科做了那样的事。自从发生了那晚的事情后，伯爵再也没有踏进北崎家。

松枝侯爵的来访、深受伤害的自尊心、梅雨之夜、北崎家的厢房、美酒、阴惨的春宫画……是这一切勾起了伯爵厌恶之情，令他热衷于糟蹋自己，驱使他一时糊涂干出那样的事。

蓼科的态度中看不出丝毫拒绝的意思，这令伯爵对她的厌恶达到了极点。“这个女人无论十四年、二十年，还是上百年都愿意等候。只需叫唤一声，她随时都会准备得万无一失。”对伯爵来说，这一切纯属偶然，因为极端的厌恶感，他在迷迷糊糊钻进阴暗的树荫下，看见了静静埋伏的那个春宫画中的幽灵。

更何况，那时伯爵清楚地看到，蓼科毫不慌乱的举止、毕恭毕敬献媚的姿态、大家闺秀的教养、不亚于任何人的矜持，都与十四年前一样。这一切都对伯爵产生了某种震慑作用。

北崎再也没出现，可能是早已串通好了。雨声笼罩着事后两人鸦雀无声的黑暗的房间。合唱的军歌掩盖住雨声，词句都清晰地传到耳畔：

在枪林弹雨的战场上，

保卫国家的命运，等着你。

前行，我忠勇的朋友；

前行，君国的英烈男子汉。

伯爵忽然变成一个孩童。他想把满腔怒火倾诉出来，把本不该对仆人说的话向蓼科屡屡不断地都吐露了出来。归根结底，伯爵感觉自己的愤怒里蕴含着“祖先”的愤怒。

原来这天松枝侯爵上门后，可能是带了点醉意的缘故，他一边抚摸前来寒暄的聪子的蘑菇头，一边在孩子面前冷不防地说道：“啊，小姐现在真是长成亭亭玉立的大姑娘了，很难想象长大后该有多漂亮呢。叔叔会给你寻找好夫家，所以不用担心，所有事都交给叔叔的话，我保证会找到一个举世无双的夫家。完全不用你爸爸操心，叔叔帮你置办绫罗绸缎，让你的嫁妆的行列长达一百多米。那种绫仓家世世代代也没有出现过的超长豪华的嫁妆行列。”

伯爵夫人微微皱起眉头，当时伯爵倒是和蔼地笑了一下。

对于羞辱，他内心的“祖先”并未报之一笑，而是用稍显高雅的权威予以抗争。可如今，家传的蹴鞠早已荒废，用来表演给庸俗之人的诱饵也没有了。真正的贵族、真正的优雅，是当面对充满善意的假冒者无意间的侮辱时，丝毫不受到伤害。对此，贵族也只是暧昧地一笑置之。文人在新的权力和金钱面前泛起的这种暧昧的微笑之中，隐隐约约透露出些许神秘色彩。

伯爵把这些事告诉蓼科后，沉默了片刻。他在思考一个问题：要是优雅决定复仇的话，会用什么样的方式呢？有没有僧侣们用来熏长袖大褂的香的那种报复方式呢？藏在袖子下的香气缓慢地燃烧，几乎看不见火就悄悄地化成灰烬的过程，经过炼制凝结成的香，一旦焚烧后就会把微妙芳香的毒转移到袖子底下，将永远留存在那里的那种报复……

于是，伯爵确实对蓼科说过“今后就拜托你了”。

“也就是说，聪子长大成人后，终究还是要对松枝百依百顺，那样松枝会决定其婚事的。到了那个时候，在结婚之前，让聪子和另一个她喜欢的、能守口如瓶的男人一起吧。不管是什么身份的男人都没关系，唯一的条件就是他必须是聪子喜欢的人。绝不能让聪子以处女之身，嫁给松枝介绍的男人。这样就能悄悄地给松枝来个出其不意。但是这件事绝对不能告诉任何人，也不要跟我商量，全程都得像你一人犯的错那样去做。关于闺房之事，你如同博士一般了如指掌。你能不能教会聪子两种截然相反的本领呢？一种是让与非处女共枕的男人以为她是处女；另一种则是让本是与处女共枕的男人以为她不是处女。”

对此，蓼科坚定地这样回答道：“您大可放心，我有办法用这两种本领，就算是玩惯了的老手也保准发现不了。我一定会悉心地教会小姐。可是，第二种本领为的是什么呢？”

“为了不让那个得到了未婚少女的男子有过度的自信。如果他知道了她还是个黄花大闺女，说不定会认为自己应该负起责任，那可就麻烦了。这一点也拜托你了。”

蓼科这次并没有轻声地说“遵命”，而是非常拘谨地答应承诺。

…………

蓼科现在所说的就是八年前的那个夜晚的事。

伯爵虽然了解蓼科究竟想说什么，但像蓼科这样的女人，是不会盲目地要履行八年前所承诺的事的，如今事态有了从前难以想象的变化，对方是宫家，尽管松枝侯爵在筹办，可这门婚事都足够让绫仓家东山再起，这一切都与八年前伯爵在一怒之下所预测的情况截然不同。蓼科丝毫不顾这些，依旧按原计划行事，只能认为她是别有用心了。而且秘密已经传到了松枝侯爵耳里。

难道蓼科认为，将这一切推向不可收拾的局面，是因为怯懦的伯爵不敢做，她想代替伯爵理直气壮地对侯爵实施报复吗？或许这不是对侯爵的报复，相反正是对伯爵本人的报复呢？不论伯爵如何做，他总归是心怀愧疚的，因为如果蓼科把八年前的私密话向侯爵告状了的话，那可就为难了。

伯爵下定决心不再说什么了。既然事情已经发生了，并且还传到了侯爵家的耳朵里，就算侯爵说些挖苦他的话，也只好认了。取而代之，侯爵会发挥强大的力量，总会想出弥补的对策吧。事到如今，就只有将一切交给侯爵了。

伯爵只弄清楚了一点：蓼科不论嘴上怎么说，心里却丝毫没有歉意。这个毫无歉意且服了毒的老太婆，妆化得犹如一只滚进了粉盒里的蟋蟀，身上还披着红色棉睡衣蹲在那里。她的姿态让伯爵感到，她越把自己缩得娇小，就越会往外扩散令人腻烦的气息。

伯爵注意到这间屋子和北崎家那间屋有同样张数的榻榻米。淅淅沥沥的雨声忽然传到他耳里，不合时宜的闷热感袭来，像是给腐烂加速。蓼科又仰着那张涂得雪白的脸，看似想要说点什么。灯光照到她那干燥的、布满竖形皱纹的嘴唇内侧。那湿润的紫红色京都胭脂，都与口腔充血不容分辩，格外显眼。

蓼科究竟想说什么呢？伯爵认为自己能猜到蓼科的心思。正如蓼科自己所说的一样，她做的一切都和八年前的那个夜晚有关，恐怕就只是为了让伯爵回想起那一夜的事情，仅此而已。因为自那以后，伯爵便再也没有对蓼科表示过关心……

突然伯爵竟像个孩子一般，残酷地提问蓼科：“总而言之，你活下来了是万幸……但你真的想自寻短见吗？”

本来以为蓼科会发火或大哭，然而她只是嫣然一笑："那……老爷要叫我去死的话，或许我真的就打算死了。如果您现在重新下令，我就再死一次。话说如此，虽然您亲口下令了，但八年后您也许又会忘记吧。"

四十二

松枝侯爵和绫仓伯爵见面后，见到他那副无动于衷的样子被吓得目瞪口呆，可伯爵爽快地接受了侯爵的所有要求，之后侯爵才平复了心情。一切都严从吩咐。侯爵夫人愿意一同前往，这样也更让伯爵放心，能够请大阪的森博士在严格保密的情况下全部处理，真的是求之不得的幸运。伯爵向侯爵打了声招呼说："今后所有的事都听从侯爵家的指示，请多多关照。"

绫仓家只提出了一个小小的条件，侯爵也只好答应。那就是在聪子离开东京之前，允许她最后与清显见面。当然这也并非要求他们二人单独见面，在双方父母的陪同下只要再见一眼，也算是能了却心愿了。倘若这个愿望能实现，聪子从今以后不会再与清显相见……绫仓伯爵迟疑地说，这是聪子自己的意思，做父母的也想满足她的心愿。

为了让此次见面显得更自然，侯爵夫人的同行会起到作用。儿子送母亲出发是理所当然的事情，那时和聪子互相寒暄几句，就不会让人质疑了。

事情谈妥之后，侯爵就根据夫人的建议，极为隐秘地把繁忙的森博士叫到东京。直到十一月十四日聪子出发前的一周，森博士都在侯爵家里做客。他暗中盯着聪子随时准备着，只要伯爵家一联系他，就立即赶过去。

之所以这样做，是因为聪子随时都有流产的可能性。要是流产了，博士就将亲自动手处置，决不能对外泄露风声。另外，前往大阪的长途旅行中危险重重，博士会搭乘另一辆客车悄悄同行。

侯爵像这样剥夺了这位妇产科名医的自由，随意指使人家，可是花了一大笔钱。如果运气好，这些计划能实现的话，聪子此次的旅行便能巧妙地瞒住世人。因为大家做梦也不会想到，一个孕妇竟贸然乘火车去旅行。

博士虽是一位穿着英国服饰的时髦绅士，但也是个长着一副掌柜面孔的矮胖子。他在问诊时，都会在枕头上铺一张上等的奉书纸[1]，每换一个病人，就把它揉成一团丢掉，再铺上新的一张。对博士的一部分的好评就是由此而来的。他待人殷勤郑重，总是面带微笑。他的患者大多数是上流妇女，他医术精湛，并且嘴巴严实得犹如牡蛎。

博士喜欢谈论天气，即使没有什么特别的话题，也会说些什

① 奉书纸是由楮纸原料和白土等混合制成、在日本历史上在奉书等古文献中被使用的和纸的一种。

么“今天太闷热了”“下场雨就舒服多啦”等，亲和力十足。他很擅长写汉诗，曾把自己在伦敦的见闻写成二十首七言绝句出版，诗集取名《伦敦诗抄》。他戴着一枚三克拉大的钻戒，每次问诊前都会夸张地皱起眉头，显得很费劲地取下来后，往旁边的桌子上随意一放，但从来没听过博士遗忘过那枚钻戒。博士的八字胡像雨后羊牙，总是带着暗淡的光泽。

出发之前，绫仓伯爵夫妇还需要带聪子去宫家打个招呼。乘马车风险会更大，所以侯爵安排了一辆汽车，森博士借了一套山田的西服，乔装成管家，坐在副驾驶一同前往。幸运的是洞院宫少宫出席军事演习活动，没在家。聪子在门口和妃殿下寒暄几句便离开了。这让人担心的往返路程，总算平安无事。

洞院宫家曾通知在十一月十四日出发的时候要派事务官前来送行，但伯爵家谢绝了。一切都按照侯爵的计划稳步地进行，绫仓一家和松枝母子约定好在新桥车站碰面。博士则装作陌生人坐在二等车厢的角落。若说此次旅行是为了跟住持尼婚前问候，不管谁听了都会觉得是个很体面的理由。所以侯爵为夫人和绫仓一家订了观光席[①]。

从新桥开往下关的特快车，早上九点半从新桥出发，十一点五十五分到达大阪。

---

① 为了让旅客能够眺望沿途的风光，列车会使用大玻璃窗，或者将座位面向窗户设置。

由美国建筑师普利詹斯[①]设计、于明治五年（1872年）建成的新桥车站是木质结构，木骨架张贴的石面上有斑纹的伊豆石已褪了色，十一月清澈的晨光，使蛇腹状屋檐显现出影子。侯爵夫人一想到这次旅行连一个下人都没带，只得孤身一人返回，这让她紧张得不得了，因此不管是恭恭敬敬地抱着皮包坐在副驾驶的山田，还是清显，她自始至终都没有与他们交谈。三人在车站门口登上高高的石阶。

火车还没有进站。两旁都配备线路的宽阔的头端式站台上[②]，清晨的阳光斜照下来，灰尘颗粒的飘动显露无遗。侯爵夫人对本次旅程感到不安，数次深深地叹气。

夫人说："还没来，不会是出了什么事吧？"

眼镜片上透着白光的山田，只是恭顺地做出毫无意义的回答："嗯……"

虽然知道山田会这样回答，可夫人还是忍不住这样问。

清显虽然知道母亲的不安，却没有前去安慰，只是伫立在离她有一定距离的地方。他感到头脑发晕，快要昏过去了，但还是硬撑着僵硬的站姿。他感觉自己快要垂直倒下了，就只是毫无力气地站立着，仿佛以模型铸造的姿态站在空气中。在冷飕飕的月

① 普利詹斯（Richard Perkins Bridgens，1819—1891），活跃于幕府末期到明治时期的英裔美国建筑工程师，被称为"横滨西洋馆之祖"。

② 头端式站台是指在始发站、终点站或转轨站，面向线路终端一侧有旅客流动（有检票口、楼梯等）的站台。

台，他身穿校服，挺直腰板痛苦地等待着，他甚至觉得连内脏都冻僵了。

列车的观光席车厢先是栏杆进入视线，随后穿过光纤缓缓地从后尾驶入月台。这时，夫人在等待列车的人群中远远地确认了八字胡子的森博士后，才稍微放下了心。他们事先和博士商量好，除非有紧急情况发生，否则直到抵达大阪之前，都要装作不认识。

山田将夫人的皮包搬进观光车厢，在夫人一会儿这一会儿那地指使他时，清显隔着车窗死死地盯着看月台。他看到绫仓伯爵夫人和聪子从人群中走来。聪子身穿和服，衣领外还围着彩色的披肩，当她出现在从月台顶部照射进来的阳光中时，就发现她那毫无表情的脸像凝固的乳汁一样苍白。

清显心中悲喜交加。看着在母亲陪伴下慢慢靠近的聪子，瞬间让他感到在迎接即将嫁给自己的新娘似的。这个缓慢的仪式，就像疲惫感一点一点地在心中累积那般，包含着另一份苦闷的喜悦。

挤进观光车的伯爵夫人，将提包的下人晾在一旁，首先为迟到的事情表达了歉意。清显的母亲虽礼貌地回应，但眉宇间也露出了一丝高傲的不满。

聪子用彩色披肩遮住大半边脸，始终躲在母亲身后。虽和清显像寻常那样互相寒暄了一下，但很快就被侯爵夫人安排，深深地坐在了暗红色的椅子上。

清显这才知道聪子姗姗来迟的理由。因为在这像苦涩而清澈的药水般的十一月早上的阳光中，她肯定是想尽可能地延长这一句话都不能说就要离别的瞬间。在夫人们交谈期间，聪子始终低着头，清显害怕自己注视聪子的视线过于热烈。当然他从内心十分渴望能够以这样热烈的视线注视聪子。但他害怕的是，过于灼热的阳光会晒伤聪子脆弱白净的脸颊。清显知道，在这种情况下力量、互通的感情，都必须是非常微妙的，但自己的热情导致行为过于粗暴。他突然好想向聪子说声抱歉，这是他心中第一次萌生这样的情感。

藏在和服底下的聪子身体的每一处，他都很熟悉。他知道她肌肤的哪个部位会首先羞红，哪里会柔软，哪里会像被捕的天鹅一样颤动着翅膀，哪里会表达喜悦，哪里会诉说悲伤。他了如指掌的这一切，朦胧地发出微光，即使隔着和服，他也能窥视到聪子的身体。如今，也许是心理作用，只有聪子用衣袖遮住的腹部，萌芽着他并不了解的新生物。十九岁的清显缺乏对孩子的想象力。只觉得那是个被暗热的血和肉包裹着的有形之物。

即便如此，唯一能让清显从内部通往聪子的东西，被寄托在所谓的“孩子”身上，然而即将被残酷地葬送了，这令两人的肉体永远分开。他只能眼睁睁地看着这样的事态，毫无办法。不如说“孩子”是清显自己。他还什么能耐都没有。当大家都开开心心地去游山玩水的时候，这个孩子却受罚，只能看家，由于被抛下而引起的沮丧、懊悔、孤寂的心情使他全身战栗。

聪子抬头呆呆地望着靠近月台的窗台。清显清楚地感受到那双眼睛被她心中的投影占满，已经没有容得下他身影的余地。

窗外响起了尖锐的笛声。聪子站了起来。在清显眼里她是毅然决然地用尽全身力气才站起的。伯爵夫人慌忙地挽着她的胳膊。

“火车要开了，得下车了哟。”聪子用洪亮甚至令人觉得有些高兴的嗓音说道。

清显与母亲匆匆交代一些“路上注意安全”“看家注意”等任何一对母子都会互相嘱咐的话。清显竟然能如此演出一副自然的样子，他自己都感到惊讶。

终于他离开母亲，与伯爵夫人简短地互相道了别，就像顺便似的轻轻地对聪子说：“那么，请多保重。”

他的话语中带有轻松的语气，在这股劲儿的带动下，倘若想要用手去触碰她的肩膀，好像也可以。但是，他的手就像发麻了一样，一动不动。因为那时他的目光刚好跟聪子对视。

聪子那双漂亮的大眼睛确实湿润了，但清显所担心的眼泪始终没有落下。眼泪就这样硬生生地被抑制住了。那双眼睛一直注视着他，就像溺水者在求救。清显突然感到害怕。聪子那美丽的长睫毛都向外面绽开，宛如一朵绽放的花蕾。

聪子用郑重的语气说道：“清少爷，你也注意身体……保重。”

清显像被人追赶似的下了火车。这时，一位腰间佩戴短剑、身穿五个纽扣的黑色制服的站长举手示意，再次传来了列车员吹哨子的声音。

清显生怕被站在旁边的山田听到，在心中不断地呼唤着聪子的名字。火车轻轻晃动了一下，像是缠线圈上的线松开了似的向前行驶。不论是聪子，还是两位夫人都未出现在观光车尾部的栏杆处，火车渐渐远去。发车时留下的大量煤烟，逆流到站台上，导致周围弥漫着浓烈的煤烟味，仿佛不合时宜地已到黄昏时分。

四十三

一行人到达大阪的第三天早晨，侯爵夫人独自一人离开旅馆，到最近的邮局发了封电报。因为侯爵再三嘱咐夫人一定要她亲自发电报。

这是夫人生平第一次去邮局，所以对什么都感到不知所措，她还想起了不久前去世的公爵夫人——她觉得金钱都是很肮脏的，所以从未用手碰过就过完了一生。提前跟丈夫商量好了发电报时用的暗号，最终也还是发出去了。

已完毕 登门拜访 一切顺利

夫人切实地体会到如释重负的感觉。她立即返回旅馆，收拾好行李，独自一人从大阪车站踏上归途的火车。伯爵夫人给她送了行。为这个送行，伯爵夫人从医院出来，离开聪子片刻。

聪子原本就用虚假的姓名住进了森博士的医院。由于博士主张让她静养两三天。伯爵夫人一直陪着聪子，聪子虽然身体恢复得不错，可始终不愿说话，这让夫人苦恼不已。

住院是为了做到万无一失而采取的精心举措，所以当院长同意聪子出院时，聪子的身体已经恢复到能承受相当大的运动量的状态。也没再孕吐，按说身心都放松了，但聪子始终不肯说话。

按照预定计划，母女二人前往月修寺登门问候之后，在那里住一晚就回东京。十一月十八日下午，他们在樱井铁路线的带解站下了车。这一天宛如春天般阳光明媚，伯爵夫人虽然对一言不发的女儿有些担忧，心却平静了下来。

为避免麻烦老尼姑，两人并没有告知到达的时间。于是拜托车站的人叫了个车，然而车始终没有来。在等车的时间段，夫人看到什么都觉得很稀奇，就把女儿单独留在一等候车室里任凭她陷入沉思，独自逍遥漫步在没有人影的车站周围。

马上映入眼帘的是介绍附近的带解寺的告示牌——

日本最古老的安产求子祈愿灵场。

文德、清和两帝，染殿皇后敕愿所。

带解子安地藏、子安山带解寺。

夫人立马想到："还好聪子没有看到。车来后，为了避免聪子看到这个告示牌，必须让车停靠在车站屋檐下面，之后让聪子从那儿上车。"对夫人而言，这个告示牌中的文字，在十一月明媚和煦的阳光下的整个风景中就像意外混入的一块血迹。

带解站是白墙瓦顶，旁边有一口井，对面是拥有一座高高矗立的仓库的泥墙旧居。那个仓库墙壁的白色和泥墙的白色，都十分明亮耀眼，像进入了幻影一般静谧。

霜融化在灰黑色的路上，极不好走，但是排列在铁路两旁的枯树，越深处的就越高大，一直排到了铁路对面的旱桥。夫人被桥头大片美丽的黄色的东西吸引，便卷起袖子爬到坡上。

那是放置在桥头下的悬崖小雏菊的花盆。有好几盆在桥头那翠绿色的柳枝下方随意地放着。虽说是旱桥，但也只是个像马鞍那样大小的木桥而已，在桥的栏杆上晒着方格花纹的被子。被子晒足了阳光，鼓起来了，仿佛下一秒就要蠕动。

桥附近有人家，有晾着的尿布，也有用红色布做成的张布架①。挂在屋檐下的柿饼，还保留着落日般湿润的色彩，然而一个人影也没有。

伯爵夫人看见两辆黑色车从道路的尽头缓缓逼近，就赶紧跑回车站去喊聪子。

因为天气晴朗，两辆车行驶时都取下防雨布。路过一座有两三家旅馆的小镇，途经了有一段距离的田间小道，一个劲儿地朝对面的群山驶去。月修寺就在那座山脚下。

---

① 张布架是洗布或染色时，保持布的一定宽度的工具。

路旁有棵剩下两三片叶子、果实累累的柿子树。田里像迷宫似的摆满了稻架。坐在前面车辆的夫人时不时地回过头看看女儿的车。她看见聪子将披肩放在膝盖上，转头看向周围，沉浸在风景中，便安心了些许。

到了山路以后，车速变得比走路都慢了。两个车夫还都是老人家，看起来腿脚不够利索。夫人倒是觉得反正也没什么急事，反而还可以好好地欣赏风景。

快要到月修寺的石柱大门了。门内有一条缓缓的上坡路，眼前可见一片白芒林和淡蓝色的天空。远远望去有连绵不断的矮山，除此以外什么都没有。

车夫终于停下了车擦了擦汗，夫人也不跟车夫打声招呼，就直接对女儿大声说："好好记住从这儿到寺院的风景。我们只要想来，随时都可以来啊。但你以后的身份就不允许你随意出远门了。"

聪子只是无精打采地笑了一下，轻轻地点了点头。

车子又继续前进了，但因为是上坡路，所以行进得比刚刚还要慢。可是进入大门后，一路树木茂盛，因此阳光没有强烈到让人出汗。

就在刚刚停车的时候，夫人竟听到了这个季节的虫叫声，现在仍然像耳鸣一般在耳朵里回荡。但不一会儿她的眼睛就被道路左边结果的许多柿子的艳丽吸引了。

阳光照耀下诱人的柿子，有一根小树枝上结了一对柿子，一个在另一个的上方落下了如漆一般的影子。其中有一棵树，所有的树枝上都结满了红色果实。不同于花木，除了枯叶微微飘动之外，一般的风力也吹不动它们，因此数不清数量的柿子就像被图钉牢牢地钉住了一样，嵌入纹丝不动的天空。

“怎么看不到红叶呢？怎么回事啊？”

夫人活像一只白舌鸟，放开声音朝后面的车子喊道，却没见回应。

路旁的草还没有变黄，唯独西边的萝卜地和东边竹林的青绿色，那么显眼。阳光透过萝卜地茂密的绿叶，落下重重的影子。没过一会儿，西边出现了用来围沼泽的长长的茶篱[①]。篱笆的上面还缠着结了红色果实的美男葛，隔着篱笆可以看见大沼泽里的淤水。刚一经过这里，道路就暗了下来，进入了有古杉遮阴的地方。普照大地的阳光，只能洒落到树下的小竹叶上，唯独有一根茁壮的竹子在闪闪发光。

顿时感到寒气逼人，夫人不再期待聪子的回应，就朝后面的车子做了个往肩上搭披肩的动作。夫人再一次回过头时，飞舞的彩虹披肩映入她的眼眸。夫人看得出聪子虽没出声，还是乖乖听从她的话。

当两辆车从黑漆的大门通过时，道路四周终于有了浓厚的寺院氛围。夫人来到这里第一次看到红叶，不由得发出了赞叹。

---

① 茶篱是指用竹穗和小枝子并排排列、不系上方、像圆筒竹刷一样的篱笆。

黑门内这几棵红枫，颜色说不上很艳丽，但在深山里，这凝重的黑红色给了夫人一种无法彻底洗净罪孽的印象。这让夫人突然感到不安，心里像被锥子刺了一样。因为她想到了走在身后的聪子。

红叶后面的那些纤细的松树和杉树，根本不足以遮挡天空。穿过树间，红叶从宽广的天空仍照射到逆光，伸展的树枝看上去就像轻浮在空中的朝霞。从树枝下抬头一看，暗红的纤细的红叶一片接一片地紧挨着，犹如透过胭脂色蕾丝，仰望着天空。

在绵延不断的石板路的尽头，出现了正门的平唐门，伯爵夫人和聪子在那里下了车。

四十四

自从住持尼去年进京以来，夫人和聪子已经有整整一年没看到她了。月修寺的一老[①]首先说，住持尼也非常期待她们此次的来访。她们在交谈时，两个老僧侣搀扶住持尼来到了伯爵夫人和聪子二人正等候的有十张榻榻米铺席的房间。

伯爵夫人跟她说了这次聪子即将有纳彩仪式的事情。

住持尼说："恭喜恭喜，那下次来的时候，就应该住寝殿了。"

寺院的寝殿是专门用来接待皇族的。

聪子来这里后，不好继续默不作声，只好简短地附和着。若是不知情的人，她忧郁的神情也可以被当作仅仅是因为害羞。当然很有礼貌的住持尼并没有露出诧异的表情。当伯爵夫人夸赞排列在中院的几盆漂亮的菊花时，住持尼说："村子里有一个种菊

---

① 在室町、江户幕府，在土地或庄园领主的家里，称重臣为"年寄"（现代日语中意为"老人"），宫座（与神社祭祀相关的村落内的特权集团）中的重要人物、工商业的股东也被称为"年寄"。"年寄"按加入顺序被称为"一老""二老""三老"等。后文中的"二老"也源于此。

花的人，每年都像这样送菊花来，还会讲解一番。”

然后，住持尼让一老进行讲解——这是亲手栽培的单株红色一文字菊[①]，那是亲手盆栽的单株黄色管状菊[②]等，原封不动地说给夫人听了。

不久，住持尼亲自陪二人到书院。

“今年的枫叶红得比较晚。”住持尼一边这样说着，一边让一老拉开障子，请她们欣赏庭院。院子里有干枯的草坪和美丽的筑山[③]。另外，几棵大枫树都只有树尖染红，越靠下的树枝颜色越浅，依次呈现出杏色、黄色，最后至淡绿色。树顶的红色，就像凝固的血浆一样暗红。山茶花都开始盛开了。在庭园的一角，还有紫薇花那光滑又弯曲的干枝的光泽，反而显得更艳丽。

她们又回到了有十张榻榻米的房间，住持尼和夫人谈论着各种各样的事，不一会儿，冬季日短夜长的一天迎来夜幕。

为了庆祝，晚饭很是丰盛，还有寓意十足的红豆米饭。虽一老和二老费尽心思地款待，但其间气氛始终活跃不起来。住持尼说：“今天皇宫里举行了‘焚烧仪式’。”

一老曾经在宫里工作过，对于正中央要摆放一个火势旺盛的火盆的宫中仪式，有所见闻。她还记得女官围着火盆念的咒文，

---

① “一文字菊”的特征是长而宽的花瓣呈圆形开放。花瓣的数量在十六片左右，因为和日本天皇家的徽章相似，所以又被称为“御纹徽章菊”。

② “管状菊”的特征是细长管状花瓣呈放射状开放，别名“丝菊”“细菊”。

③ 将石头或泥沙比作山，堆起来建造而成的庭院。

于是给她们模仿了一番。

那是个在十一月十八日举行的古老仪式。在天皇面前，将火烧得让火焰能碰到天花板，身穿白袴和服的女官这样吟唱着：“烧啊，烧啊，燃烧吧，尊敬的火神啊，燃烧吧，蜜橘、豆沙包，想要啊……”

投到火里的蜜橘和豆沙包烤得差不多了，就拿出来献给天皇。模仿这样的宫中秘事总是让人觉得太放肆，可能是体谅到为制造热闹氛围用心良苦的一老，住持尼也没有责难。

月修寺的夜晚来得早，五点就关上了门。晚饭后不久，大家就各自回到自己的房间休息，绫仓母子被安排到客殿。母女二人计划在此待到明日下午，之后依依不舍地搭乘明晚的夜车离开此地回东京。

等到只有母女二人时，夫人本想提醒聪子一整天都表现出忧郁的神情，实在是有失礼节。然而考量到到大阪以来聪子的心情，就控制住了，默默将话吞了进去。

月修寺客殿的障子即使在黑暗之中也泛出素雅的白色，十一月夜间冰凉的空气直袭而来，仿佛连冻霜也一并进入窗纸纤维。透过手工折纸拉手的十六瓣菊花和云，清晰地浮现而出。钉帽装饰盖上有六个菊花围着桔梗的图案。这些装饰盖就像缩紧了黑暗高处的每一个要点。这个无风的夜晚，虽然听不到松涛，却能真真切切地感受到外界是一片寂静的深山野林。

夫人只顾心里念叨着，总之这份不论是对自己还是对女儿来说都痛苦不堪的差事总算要结束了，今后的日子会慢慢平静下来的。她虽然有所察觉女儿在旁边辗转难眠，自己却不一会儿就睡着了。

当夫人睁开眼时，旁边女儿的身影却见不着了。在黎明前的黑暗中伸手摸索，就明白了女儿连睡衣都叠好放在一边了。夫人心慌了起来，但转念一想可能是去上洗手间了，姑且又等了一会儿。随后，突然胸口像发麻了似的感到冰冷，于是去洗手间看了看，却没见到人影。周围都还没有起床的动静，此时天空还是朦胧的淡蓝色。

就在这时，听到从远处的厨房传来的声音，夫人便朝那儿走了过去。早起的侍女一看见夫人，便慌张地下跪请安。

夫人问道："有没有看见聪子？"

侍女吓得直发抖，只是一个劲儿地摇头，不肯给夫人带路。

夫人毫无目的地朝寺院的走廊走去，正巧遇到刚醒来的二老，便将事情的原委告知了她。二老十分吃惊，为她带路。

廊下的尽头就是正殿，从远处就能看见殿里烛光摇曳。按理说不可能这么早就有人来工作。一对花车图案的彩绘蜡烛被点燃，聪子竟坐在佛像前。夫人从未见过聪子那样的背影，原来她将自己的头发全剪了。她把剪下的头发放在供佛桌上，手里握着几颗佛珠，正专心地祈祷。

夫人发现女儿还活着，才松了一口气。于是在那一瞬间她才意识到，原来自己刚刚还认为女儿不在人世了。

夫人紧紧地抱住女儿说道："你把头发剃了啊。"

聪子第一次看着母亲说："妈妈，我别无选择。"

她的瞳孔里摇曳着微弱的烛光，眼角的白膜上则已经映现黎明的白光。夫人从未见过如此恐怖的曙光，而它竟是从女儿眼里射出来的。聪子缠在手中的每一颗水晶珠子上，也都映现着同她眼里一样的白光。这一颗颗珠子像是因某种意志力极强而失去意志、散发出曙光似的。

二老连忙将事情的来龙去脉告诉了一老。二老完成任务后便退下了，一老陪绫仓母女到了住持尼的卧室前，从隔扇外喊了一声。

“您起床了吗？”

“起来了。”

“那我们进去了。”

拉开隔扇一看，住持尼端坐在被子上。伯爵夫人结结巴巴地说：“其实是刚刚聪子在正殿里，自己把头发给剃了。”

住持尼朝透着光的隔扇外看了看，目光停留在聪子那变了个人似的模样上。可她丝毫没有惊讶，反倒说：“果然如此，我早就预料到会有这样的事了。”

过了一会儿，住持尼忽然想起了什么似的说道：“这种事情必有很多原因。让聪子独自留下来，跟我好好敞开心扉聊聊，夫人您最好还是回避一下。”

于是，夫人和一老都按住持尼说的退下了，只留下聪子一人在房间里。

这段时间，一老陪在被留下的伯爵夫人身边。给夫人端上早餐，但夫人碰都没碰一下，可想而知心里有多操劳。一老想排遣夫人的烦闷，却很苦恼，不知选什么话题。过了许久，住持尼才叫她。在那里，当着自己女儿的面，夫人从住持尼口中听到了意想不到的话。住持尼说，聪子出家的意愿已经很明确了，因此月修寺打算收聪子为佛门弟子。

从方才开始，夫人满脑子想的都是各种各样的弥补对策。聪子的决心是毋庸置疑的，头发大概需要几个月或半年才能恢复到原样，只要能说服她不剃发就能以在途中生病为由敷衍几个月，纳彩仪式也可以暂缓。另一方面，借助伯爵和松枝侯爵的说服力，或许可以让聪子改变主意。听了住持尼的话后，夫人的这种心情非但没有减弱，反倒变得越发强烈。通常要想皈依佛门，需修行一年，然后在得度式上才会剃发，因此不管怎么样，这一切都取决于聪子的头发多久能长长。要是聪子早一点回心转意的话……夫人脑海里忽然闪出了一个妙计。顺利的话，就凭一顶精致的假发，甚至连纳彩仪式也能够对付过去。

夫人马上下定决心，姑且把聪子留在这里，自己尽快赶回东京，最好寻求善后的对策。于是她对住持尼这样说道："承蒙您这么说，但这是旅途中突然发生的事，况且又涉及宫家，所以我想立即返回东京，和夫君商量后再回来。怎么样？在此期间，聪子就麻烦您照顾啦。"

聪子尽管听到母亲这么说，却连眉毛都没有动一下。此刻夫人都害怕与自己的孩子说话了。

四十五

绫仓伯爵从回到家里的夫人那里听说如此严峻的变故，却将事故隐瞒了将近一个礼拜。松枝侯爵得知此消息后勃然大怒。

松枝一家还以为，聪子早已回家，并且，还以为他们已经向宫家汇报好，聪子已回到东京了。虽然这不像一向谨慎的松枝侯爵会犯的错误，但根据侯爵夫人回到东京后听到的消息，侯爵认为这次计划完成得滴水不漏。于是，侯爵对于此事的进展原本抱有十分乐观的态度。

另一方面，绫仓伯爵对此事感到茫然自失。伯爵想："如果承认事态已面临无法挽回的境地，婚约不得不取消，那未免太低俗了。"因此，他不愿相信此事真的不能无力回天。他的"假睡状态"还可以代替婚约的破裂。即便看到斜坡朝着未来的方向无限地往下延伸，像对于蹴鞠来说，跌倒滚落可是常态，不必大惊小怪。愤怒、悲伤之类的情感本身就意味着对事物抱有热情。这些是极其渴望高尚的人才会犯的错。就这样，伯爵认为自己才不是那种渴望高尚的人。

那就只有坐等了。接受周密的时间安排所带来的微妙的好处，胜过接纳一切的决定背后潜在的粗俗。不管是多么重大的事件，若把它放置一段时间，利害关系也会由此产生，这时自然会有人站在这一边了。这就是伯爵持有的政治观。

伯爵夫人因有这样的丈夫在身旁，在月修寺里感到的不安也在日渐减少。在这个特殊时期，蓼科不在家，没有人轻举妄动已是万幸。蓼科生病后为了休养生息，在伯爵的关照下，这段时间一直在汤河原的温泉里进行疗养。

过了一周后，侯爵打电话过来询问，这时伯爵也难以继续隐瞒实情了。松枝侯爵在电话中知晓实际上聪子并未归家时，瞬间哑然。这时，侯爵心中的种种不祥的预感涌上心头。

于是，侯爵在夫人的陪伴下一同奔往绫仓家。一开始伯爵极其含糊地回答侯爵。侯爵最终知晓真相后，感到非常愤怒，使劲拍了下桌子。

一间简陋的、由十张榻榻米的和室简单改造而成的西式房间里，两家夫妻揭开了真正的面纱。那是他们在长时间的相处中，从未给彼此看过的。

话虽这么说，但夫人们还是都背过脸，朝着自己丈夫的方向偷偷看去。两个男人都将脸朝向对方，而伯爵总是低垂着头。搭在桌布上的伯爵的手是白白的，就像个女孩子的手一样又小又可爱。侯爵缺乏控制力，如同纸包不住火般的气势，眉间怒筋倒竖，涨红的脸就像戴上了大癋见[1]的能乐面具般怒目圆睁。在夫人们的眼里，明显伯爵取胜的希望十分渺茫。

事实上，最先动怒的是侯爵，但他一边生气，一边逐渐发现自己无论在什么方面实力都比对方强大，因此显得过于强势，对他而言这一点很不利。侯爵认为，没有比眼前的这个敌人更软弱的了。脸色暗沉且棱角模糊的脸型，就像是雕刻着的发黄的象牙；浮在脸上的表情看不出是悲伤还是困惑，只是一味地保持着沉默；而且伯爵目光低垂，深深的双眼皮，显得眼眶更加凹陷、目光呆滞。都认识这么久了，这时候侯爵才觉得那双眼睛简直就是女人的眼睛。

此时伯爵那倦怠的、无可奈何地斜坐在椅子上的身姿，透露出在侯爵的血统中丝毫没有的古雅，才是明显受尽了伤害的。就像是一只拥有白色翅膀的鸟的亡骸。这种鸟啼声也许婉转动听，但其肉质难以下咽，最终还是面临被遗弃的命运。

"唉！痛心啊！事态发展到这种地步，已无颜再面对皇室和国家了。"这时，侯爵带着怒气，夸大其词地说道。但侯爵自己也感受到，火气快要消了。伯爵既无逻辑支撑，也毫无行动能力，冲着他发火也是徒劳无功。不仅如此，侯爵逐渐发现，越是生气反而就越等于将气撒在自己身上。

---

① 大癋见是日本能乐中的奇兽面具的一种。能乐是日本四大传统演艺之一，通常会使用面具。据统计，现代能乐使用的面具有七八十种。

这不可能是伯爵一开始就策划好的。但从伯爵丝毫不采取措施的举动来看，无论是否面临这门亲事成不了的这种恐怖的结果，要把责任原封不动地推卸给他人的伯爵，立场都是十分明确的。

最初将清显送到伯爵那里学习诗文的是侯爵自己，这一次闯祸的是清显，虽说这也是因为清显自幼起就一直被绫仓家的思想深深影响，而如今清显到如此地步，最终的祸根理应怪罪于侯爵自身。再说，在最后关头，没有预测到这样的事态的发生、还强行将聪子送往关西的人也是侯爵……这样看来，侯爵的怒气最终全都返回自己身上也是天经地义的事情了。

最后，侯爵感到不安，身心疲惫，只好默不作声。

屋内四人之间的沉默持续了许久，那种情景宛如在拜菩萨。在大白天，鸡鸣声在后院中响起。正值初冬，凉风拂过窗外的松枝，枝叶受惊似的随光闪动。或许是因为察觉到这客厅中的凝重气氛，整个绫仓家悄无声息。

终于，绫仓夫人打破了沉寂。

“都是我的过失，才造成这样的后果，我也不知该如何向松枝侯爵道歉才好。事到如今，现在就应该让聪子尽早回心转意。纳彩仪式也是照原来的时间推进比较好。”

“那头发又该怎么办？”松枝侯爵迅速回应道。

“头发的话，就赶紧定做一顶假发，先隐瞒众人再说吧。”

“假发啊，这点倒没有想到。”松枝侯爵都不给其余的人说话的机会，大声说道。

“原来如此呀！确实之前没想到。”侯爵夫人也不失时机，夫唱妇随。

之后大家被侯爵的高兴劲儿带动了，就开始谈论假发的事情。这时客厅中才开始有了笑声，四人也开始争相夸赞，这的确是个妙案！

但大家并没有一致认为这个想法十分可靠。至少绫仓伯爵认为那玩意儿并没有实际效用。关于效用这点，松枝侯爵的想法与伯爵差不多，但侯爵可以要威风，表面上装出认同的样子。这时伯爵也急忙跟着侯爵模仿逞威。

“即使看起来哪里不自然，王子又不会触摸聪子的头发。”侯爵一边笑着，一边不自然地悄声说道。

一时之间，在虚伪的氛围中四人关系变得和谐。现在就能明白，在这样的场合，最缺的原来是虚伪，而这种虚伪是借助于有形之物体现出来的。在这些人眼里，重要的不是聪子的内心，只有聪子的头发才与国事紧紧相连。

松枝侯爵的上一代，以那种惊人的能力和热情，对明治政府做出了诸多贡献，才获得了侯爵一家的名誉。若让祖先知晓原来一女子的假发与松枝一家的名誉息息相关，着实会让他们感到泄气吧。这种微妙而阴暗的骗术，并不像松枝家的作风，反而更像绫仓家的作为。因对绫仓家的优雅以及失去优美的虚伪着迷，如今松枝家也不得不承担起一头责任了。

即使如此，这顶假发，眼前还未曾出现，并与聪子的想法无关，只不过是如梦幻一般的东西罢了。就像原本是一堆散乱的嵌绘，通过精心的拼接最终成为一幅毫无缝隙、玲珑晶莹的完成品一样，那顶假发若恰好可以贯通前前后后的事情该多好。因此，看似所有的事情都关乎假发，侯爵便热衷于这个想法了。

关于这顶还未真正出现的假发，四人都忘乎自我地讨论着：纳彩仪式上需要光滑的垂发，平时就需要束发吧。到哪里都有可能被人发现，聪子即使在沐浴时也不能将它摘下来。

聪子即将戴的那顶假发，在四人脑海里如影如幻——要比真发更加润泽、漂亮才行，就像射干的种子那样乌黑。这顶假发被周围强制扣上王权。高高盘上去的黑发虚无的形态和乌黑油亮的光泽。那是在白昼的光照中浮现的黑夜的精髓……究竟在这秀发之下应有的、那个年轻悲愁的聪子的脸庞，复制到他们的想象中是一件多么困难的事情，这一点四人并非都没考虑过，但是在他们刻意的努力下又被忽略掉了。

“这次请伯爵亲自去一趟，态度坚决地去劝导劝导聪子吧。希望夫人也劳步一同前往，我让内人再次陪伴夫人。本来我也应该一起去的……”侯爵其实颇为在意自己的体面，继续说道，“如果连我都一同前往的话，恐怕会引起众人的疑心吧。这次的行程绝对要保密，我也会向外谎称内人生病在家休养。同时，我会在东京，私下寻找能做出精巧假发的技术一流的匠人。这件事若被新闻报的记者发觉就不得了了，但这点请放心交给我吧。”

四十六

由于母亲再次准备上路，清显感到惊愕不已，并且她不说明出发的目的地以及原因，也不让他人知晓。虽然清显隐约感觉到聪子周围定是发生了一些不同寻常的事，但碍于身边的山田总是牢牢地监视着自己，他也无法按照内心的想法去做。

当绫仓夫妻以及松枝夫人到达月修寺时，令人震惊不已的状况摆在面前——原来聪子早已剃发出家了。

在如此突然剃发出家的这一决定背后，有以下的经过和缘由：

那天早晨，住持尼从聪子口中听闻整件事情之后，她当场就认为聪子除了出家没有别的路可走了。月修寺作为皇族子弟出家的寺院，对于住持尼来说，她自然想保护天皇，虽然会造成一时间背叛天皇的后果，但除了以这样的方式保护天皇之外别无他法，于是她决定接受聪子作为弟子留在寺院内。

当得知欺骗天皇的所作所为后，住持尼不能放任不管了。她既然知道了如此包装成美的不忠行为，是不可能不伸出援助的。

于是，平时如此谨慎谦和的老住持尼，已做好在势力面前不屈服的准备。与现世的所有人成为敌人，就只是为了默默地守护至高无上的天皇的圣洁，甚至已做好天皇的命令她都可以违背的决心。

聪子亲眼看到住持尼的决意后，再次发誓舍世出家。聪子一直没有想通，住持尼竟如此轻易地令她如愿以偿。当聪子遇上佛陀时，住持尼以仙鹤般的眼睛，一眼就看破了聪子的坚定意志。

到出家为尼的正式仪式本应还需一年的修行，但如今寺院和聪子都希望尽早落实剃发进佛门。然而住持尼可没想要在绫仓夫人回来之前履行。住持尼心想，在聪子剃发前，至少得让清显留个念想吧。

聪子着急地催促住持尼。每天就像小孩向大人索要糖果一样，缠磨着住持尼给她剃发。终于，住持尼拗不过聪子，就答应了。她说道："剃发之后，就无法再跟清显见面了，你愿意这样吗？"

"愿意。"

"下定决心这一世不会再和他相见后，再给你剃发，如果后悔了那可就不好了。"

聪子用明朗的声音坚定地说道："不会后悔的。这一世已不会再与他相见了，我已经跟他好好道别了。所以请寺主……"

"那就真的准备好了？那么，就明早进行剃发吧。"

住持尼又宽限了一天。

绫仓夫人仍未回到寺里。

在这期间，聪子主动全身心地投入寺院的修行。

法相宗原本就属于重视教学的宗派，不太重视修行。作为国家的祈愿寺的特征尤其鲜明，也不收施主。住持尼偶尔会开玩笑说，法相宗没有“不胜感激”的说法，在祈求弥勒佛本愿的净土宗兴起之前，是没有“不胜感激”喜极而泣的顿悟之情的。

大乘佛教并没有明文规定的戒律，通常有寺内的规定，再加小乘戒。而在尼姑庵，遵从《梵网经》里的菩萨戒，即从杀生戒、盗戒、淫戒、妄语戒等开始，到破法戒为止，总共有四十八戒的戒律。

但比起戒律，更艰苦的还是修行。聪子在几天时间之内，尽早熟记法相宗的两部根本法典——《唯识三十颂》和《般若心经》。早晨早起，在住持尼念经之前打扫佛堂，还要学习诵经里面的经文。她已经摆脱客人的身份，不再受人照顾。受住持尼的委托负责指导聪子的一老，像换了个人似的变得严格。

在进行得度式的早晨，聪子洗净身体，换上染墨的僧衣，在佛堂，手上拿着佛珠双手合十。住持尼首先剃了一刀聪子的头发，随后一老也手法娴熟地继续帮聪子剃掉头发。这时，住持尼念诵《般若心经》，二老也跟着一起念经文。

观自在菩萨。

行深般若波罗蜜多时。

照见五蕴皆空。

度一切苦厄……

聪子也一起念经，同时闭上了眼睛。此时身体乘上厚实饱满的诵经声的海浪，如同装在船底的货物一个个被卸下、船锚也一同被解开似的。聪子逐渐感受到漂浮在海面上的轻盈自在。

聪子仍闭着双眼。早朝佛堂内的温度低如冰窖。虽然自己感觉漂浮在海上，身体的周围却结成清澈的冰。忽然，从院子里响起百舌鸟的啼声，如同一道闪电般划过堂内，留下了龟裂的痕迹。不一会儿龟裂再次复合，划痕也随即消失。

剃刀细致周密地在头顶移动着。那种刮头发的声音，听起来像是小动物用锐利细白的门牙在不停歇地啃食，也像草食动物在用大臼齿温和地咀嚼食物。

随着发丝一缕一缕地掉落，一股从未有过的清凉澄澈之感渗入聪子的头部。在那原来保护着身体避免接触宇宙中的空气的黑发中，充满一股闷热的烦恼与忧郁。剃掉一头黑发后，头顶出现了一片他人从未触碰过的、新鲜的、清凉且清净的光景。随着被剃掉后露出的肌肤面积的扩大，宛如涂上了一层冰凉的薄荷液一般，刺骨的寒气扩散到整个头部。

头部的冷气，也许就如同月亮那种无生命的天体直接接触宇宙中的灏气的感觉。颓落的头发象征着现世。眼前的世界由于现世的颓落转而变得广袤无垠。

然而这黑发本身是某种形式的收获。黑发里含有夏日灼热的阳光，但脱离聪子身体后，掉落在地上就变成了一堆无用的收获。因为，乌黑油亮的头发在离开身体的一瞬间就变成了一堆难看的残骸。它曾经属于聪子肉体的一部分，与她的内部和美丽紧紧相连，但在一点不剩地脱落之后，就如同手脚脱离身体般，聪子也随之与现世渐渐脱离……

变成苍白的光头后，住持尼怜悯地说道："真正的出家是在剃发之后。我也由衷地佩服你的决心啊。接下来如果保持内心清净、专心修行的话，你一定能成为一名出色的尼姑的。"

以上便是如此突然剃发的经过。虽然，绫仓夫妇和松枝夫人对聪子此举感到十分惊惶，但并没有因此而放弃。虽已剃发，但还有可以戴上假发挽留的余地。

四十七

来访月修寺的三人中，绫仓伯爵始终保持温容，神色自然地与聪子和住持尼聊着闲话，丝毫没有要催促聪子回心转意的迹象。

每日松枝侯爵都会发电报询问结果。最终，绫仓夫人哭着恳求聪子，但没有起到任何作用。

第三天，伯爵继续留在月修寺，绫仓夫人和松枝夫人把后面的事情拜托给伯爵，返回东京。绫仓夫人因过于操劳，一回到家就卧病在床。

伯爵一个人在这一周，无所事事地待在寺内。此时伯爵害怕回东京。

伯爵丝毫未提到想让聪子还俗一事，这让住持尼放下了戒备，给聪子和伯爵父女二人叙叙旧的时间。但一老仍对此有所戒备，悄悄地窥视和伺候着伯爵。

冬日的阳光倾斜在檐廊一侧，父女二人相对而坐，沉默不语。从枯枝间能够望见朦胧的白云和晴空，百日红的枝干上飞来一只鶲鸟，正唧唧叫唤。

父女俩长时间保持着沉默。最终，伯爵露出笑脸讨好般地说道：“你做出这番决定后，我这个做父亲的无脸面对世人啊。”

“女儿对此还希望能得到父亲的原谅。”聪子语气平和地回应父亲，难以听出任何感情的成分。

过一会儿，伯爵又说道：“这个庭院里常来各种各样的小鸟啊。”

“是的，是有各种小鸟。”

“今早我出门散步看到了。被小鸟啄过的柿子，熟透后只会掉在地上，也没有人去捡。”

“嗯，的确如此。”

“再过不久就要下雪了吧。”

伯爵说完这句后，聪子没有回应。父女俩只是默默地望着院内的景色。

次日一早，伯爵终于启程回到东京。松枝侯爵出来迎接毫无收获归来的伯爵，侯爵也没再生气。

这一天已是十二月四日，离纳彩仪式没剩一周。此时侯爵私下叫来警视总监到府邸。这次侯爵企图借助警察、动用武力来强行将聪子带回。

警视总监虽秘密给奈良的警察发出指令，但若直接闯入这座皇家寺院，怕是会与宫内省[①]结下纷争。即使一年的捐赠未满一千元，皇室捐内帑钱的地方，想碰一根手指头也不行。于是，警视总监带上穿便服的部下，非正式地访问了月修寺。

住持尼看到一老递过来的名片后也依然表现得从容自若，眉毛都没有动一下。住持尼以茶待客，与警视总监交谈了一个钟头，来客深感住持尼不可撼动的威压，之后便灰溜溜地离开了寺院。

松枝侯爵只要把力所能及的事情都试了一遍，可最后他也只好认了，就只能向皇族提出退回亲事的请求。皇宫知晓此事后，对绫仓家惊奇的操作困惑不已，频繁地向绫仓家派往事务官探听。

松枝侯爵把绫仓伯爵也请到府邸，包括退亲理由，给伯爵讲解了一番善后的策略：首先拿张名医给聪子写的“严重神经衰弱”诊断书到宫家，将这件事情当作只有皇家、松枝和绫仓家三方知晓的秘密来处理。宫家父亲出于被分享了秘密的信赖感，怒气也会缓和不少吧。在这之后，便对外故意泄露一个谣言，也就是，因宫家无理由突然提出退婚，聪子变得厌世而决定远离俗世出家。这样颠倒原因和结果，对皇族一方来说，虽然多少会遭到讨厌，但保住了名誉和威望；对绫仓家这一方来说，虽会背上不光彩的名声，但多少还能得到世人的同情。

但这也不能演得太过了。如果做得太过了，众人过多地同情绫仓家，必会迫使皇族不得不对无缘无故遭到的抵触做出合理解

① 宫内省是明治二年（1869）所设立、处理皇室相关的一切事务的政府机关。

释，这时聪子的诊断书就得公之于众了。面对报纸记者这方，宫家退婚与聪子出家这两件事，不要让记者们联系在一起，这才是最关键的事情，只要把两件事情的前后时间颠倒就可以了。但是，报纸记者还是会继续寻求真相的，那时就伪装成十分伤心的样子，装作不小心似的将事情的因果说给他们听，但对此要压住他们手中的笔，不能让其完全报道出来。

商量好这样的解决方案后，侯爵赶忙给小津脑科医院的小津博士打电话，请求博士立刻赶往松枝侯爵的府邸进行出诊，并且要对外保密。小津医院经常收到身份高贵的人士突然提出以保密为前提出诊的要求，因此在这方面是个行家。博士迟迟不来，在等待博士到来的过程中，侯爵焦急如焚，连在被挽留在府邸的伯爵的面前都难以掩饰焦躁。但由于此次为秘密会诊，不能派车迎接，所以只好干等着。

博士到达府邸后，被带到二楼的小接待室。暖炉内的火，红彤彤地燃烧着。侯爵将自己和伯爵做了介绍后，向博士递上一根烟卷。

“病人在哪里呢？”博士问。

侯爵与伯爵面面相觑。

“事实上病人不在这里。”侯爵回答。

博士一听到让他给见都没有见过的病人写下诊断书，脸色骤变。比起这种要求，更让博士生气的是，在侯爵眼里博士肯定会照做的，看上去侯爵早就预想好了。

“为什么提出这么无礼的要求？把我和只为钱工作的帮闲医生混为一谈了吗？”博士说道。

“我们绝没有把您想成那样的人。”

侯爵吸一口卷烟，拿在手上，在屋内徘徊了一阵。伯爵远看着暖炉内的火焰颤动，照映着博士的小胖脸，然后深沉地说道：“这个诊断书，是要上交给殿下，为了让殿下心安的。”

松枝侯爵拿到诊断书后，立刻赶往洞院宫，当晚就上交给殿下。

恰好这个时候少宫出去执行军队的演习，没在殿内。由于侯爵申请了单独拜见治久殿下，妃殿下也暂时离席了。

殿下见到侯爵心情大好，就给他敬上法国贵腐红酒，还提到今年松枝府邸上的樱花格外漂亮等话题。像这样促膝长谈的见面已是久违，侯爵也开始说起1900年奥运会竞技时巴黎的往事。谈到“设有三鞭酒喷泉之家”等各种逸闻趣事来消遣作乐。这让人认为仿佛这世间没有什么烦恼。

但侯爵清楚地知道，此时的殿下虽然有着威风堂堂的风采，内心却带着不安和恐惧，在等待侯爵说出实情。纳彩仪式就在几日后举办，可殿下丝毫不提这件事。侯爵饱实半白的胡须，在灯影的照射下就像晒阳光的稀疏的森林一样，嘴角偶尔露出困惑的影子。

“其实，夜间来拜访的原因是……”这时的侯爵像是原本平稳飞行的轻盈的小鸟直线飞入巢箱一般，故意用轻佻的语气进入正题，“不知该如何向您报告才好，其实我带了不好的消息。事实上，绫仓家的女儿大脑患了疾病。”

“什么？”殿下感到震惊，瞪大了眼睛。

“绫仓也真是的，一直隐瞒这件事情，也不与我提前商量。为了体面，都让聪子出家了，他到今日都没有向殿下说出实情的勇气。”

“怎么会有这样的事情？都到了这个时候。”

殿下紧紧地咬住下唇，胡子与嘴唇保持同样的形态，伏贴在上面。眼睛只是呆呆地看着向暖炉伸出去的鞋尖。

“这是小津博士开的诊断书。上面的日期竟然是在一个月前，绫仓对我也隐瞒了此事。但这一切都应怪我考虑不周，不知如何赔罪才好。”

“患病确实是无可奈何啊，但为何不早点告诉我呢？原来去关西旅行也是与此事有关吧。难怪聪子来告别时妻子说她的脸色不大好，还一直担心她。”

“因为大脑的问题，她从九月开始就有过奇怪的行为，但我现在才听说此事。”

“事到如今就没有办法了。明早要迅速进宫觐见陛下。到时候还不知陛下会做何指示，这诊断书也要一并呈交上去，可以借用吧？”殿下说道。

殿下从始至终都未提及王子本人，由此可看出殿下的高贵。

此时侯爵也不敢怠慢地关注殿下表情的细微变化。一股昏暗的波涛涌动，接着像深深地沉在海底似的沉住了气，随后又涌起了波涛。没过几分钟，侯爵认为自己可以安心了。最令他恐惧的瞬间已经过去了。

那天夜晚，侯爵加上妃殿下一起商量善后的计策，一直到深夜，才从洞院宫里出来。

第二天一早，殿下正在准备进宫的事宜，恰巧王子演习结束回到了家中。殿下叫儿子到屋里来，然后告诉了实情。年轻英勇的王子听了，只说将这件事情全程交给父亲来处理。别说埋怨，甚至都没有露出愤怒的表情。

王子因彻夜的演习浑身疲惫，于是送父亲到门口后匆匆回到了卧室。妃殿下认为王子可能睡不着，就过来慰问。

“昨晚，是松枝侯爵来告知此事的吧。”

王子彻夜未眠，眼睛虽然充血，但就像往常一样，毫不避讳地盯着母亲说道：“是的。”

“也不知道为什么，我突然想起曾经在宫中经历过的一件事。很早之前，那时我还是少尉。有一次去进宫的途中，碰巧在走廊遇到了山县元帅。直到现在我都忘不了，那是皇居宫殿的走廊。元帅应该是在拜谒结束后回去的路上。他穿着平时的军服，披了一件宽襟外套；军帽戴得快遮住眼睛，两手随意地揣在衣兜里；军刀拖挂在身旁，正信步从幽暗的回廊朝我走来。我立刻让路，并且一动不动地站在一旁行上军礼。元帅帽檐下那双不带任何笑容的锐利的眼睛瞟了我一下，又忽然不悦地背过脸去。元帅并非不知晓我的身份，却不给我回礼，只是倨傲地耸了耸肩，迅速走了出去。我也不知道，为什么现在突然想起了这件事。”

报纸刊登了“因洞院宫家一方的理由”废弃婚约的报道，也同时报道了取消世人盼望已久的纳彩仪式。清显对家里发生的一切都毫不知情，从报纸上才看到这个消息。

四十八

这件事被公之于众后，侯爵一家则加大力度监视着清显，他即便到学校也会有管家山田随时跟在身后。毫不知情的同学们只是瞠目结舌，他们认为清显上学就像送小学生般地大阵仗。侯爵夫妇面对清显时，对这件事情依旧只字不提。在松枝府内，人们就像什么事都没发生一样照常过日子。

连学习院里家世显赫的清显，都丝毫不知事实的真相，因而这件事在学校引起一片哗然。同学们纷纷向清显探问究竟，令他感到颇为吃惊。

“大家虽一致对绫仓家寄予同情，但我认为这多少还是伤及了皇族的尊严吧。不是说叫聪子的脑子有问题的事情，是后来才知道的吗。难道婚约之前就不晓得这病情吗？”

清显不知道如何回答，这时站在一旁的本多立马顺水推舟地说道：“如果是生病的话，当然是有了症状才能知道啊！你们还是打住吧，别在这儿像个女生一样说闲话。”

但是，此类“像个男人”的花招，在学习院是行不通的。能够对这种话下结论的人首先就得是消息通，而本多的家庭背景显然是不够格的。

“她其实是我的表妹”或是“他是我叔父的小妾生的儿子”什么的。若是在面对犯罪事件或丑闻时，在强调自己与当事人有血缘关系的同时，要表现出对事件毫无兴趣并不会受到任何影响的高贵的一面，要用冷漠的表情，还要承认自己掌握的是与世间传闻不尽相同的内幕。如果做不到这一点，就没有资格当所谓的“消息通”。

学校内总有十五六个学生会说：

“内府对此也颇感头疼，昨晚还给父亲打了电话呢！”

“内务大臣说感冒，但其实是去晋谒的路上，急忙下马车时因踩空了踏板而扭伤了脚哪！”云云。

但这次，不知是不是清显长年的严守秘密奏效了的缘故，没有一个同学知晓他与聪子的关系，并且没人知道松枝侯爵怎样关联其中。但是有一个公家华族的同学是绫仓家的亲戚。不论他如何主张“漂亮且聪慧的聪子怎么可能疯了呢”，众人都认为，这样的说法肯定是他为了拥护自己的家族血统才说的，因此反而遭到嘲讽。

这一切都不断地伤害着清显的心。但与聪子的身败名裂相比，自己受到的伤害并非来自外界的谴责，也就仅仅是个胆小之人的烦恼罢了。每当同学提起这件事情以及聪子的事情时，清显从二楼的教室里望向窗外，刚好在空气清新的早上，远山深处冬日的雪景中，清显似乎看到了聪子正在众人的注视下，默不作声地展示着她的清白。

远方山顶闪烁的那片洁白的光线，也只会映入清显的眼帘，直射他的心底。聪子成为罪人，被污蔑成疯子，还遭受名誉损坏，通过这一身的惩罚，她得到了净化，可自己该何去何从？

清显时而有一种大声向世人宣泄自己罪孽的冲动。但倘若那样做，聪子为自己保住名誉而做出的牺牲就会化为乌有。为了卸下良心的重担，让聪子所做的一切化为泡影，可谓真正的勇气？默默地忍受如同软禁般的目前的生活，可谓正确的忍耐？清显感到难以明确地分辨是非。但，不管心中的苦闷不断叠加，只要一直做到一声不吭地继续忍耐，就如父亲及家人所愿。这本身就让他无法忍受了。

无所作为与悲伤，对于过去的清显来说，这些本应是与他最亲近的生活元素。享受它，并且不倦地投入那种生活的能力，他到底丢失在哪里了？也许就如同把雨伞忘在别人家里似的随手丢掉了。

现在的清显，忍耐悲伤与无所作为，需要有一线希望来支撑。但他又觉得得到那些希望的可能性十分渺茫，于是自己给自己找了个希望。

“说什么她精神失常，显然毫无议论的余地，就是个谣言！我完全不相信！如果真是那样，或许她的出家以及剃发也只是个幌子。莫非聪子是为了逃避一时，为了回避与皇族举办纳彩仪式，也就是为了我，才果断演了这么一出戏的？那么，即使换一个地方待着，只要两人齐心协力，鸦雀无声地保持沉默，直到平息世人的流言蜚语就好了。她一张明信片都不给我寄，她的沉默，不就刚好说明这一点吗？”

如果清显对聪子的性格坚信不疑的话，很快就能察觉到这压根儿不现实。若聪子的倔强是曾经清显的怯懦而产生的错觉，那么从那之后的聪子便是在他的双臂中融化的雪。只专注于一个真实的过程时，往往清显就愿意相信至今勉强地保持着真实的伪装将会永续下去。那时候的他，为了一线希望都可以欺瞒自己。

曾经在那一线希望中也含有卑微的形影，因为如果他将聪子想得美丽无瑕，就意味着丝毫没有希望。

那本应如水晶般坚硬的内心，不知不觉被温柔而怜悯的夕阳染红了。他突然想对人温柔一点，于是看了看周围。

班上有个学生是家世久远的侯爵之子，还被同学们称呼为“怪物”。有传闻说他有麻风病，但学校肯定不会允许麻风病患者来上学，所以他得的疾病应该是非传染性的。他的头发大半都脱落，脸色灰黑，毫无光泽，弓着背，总是戴一顶帽子——因为得到了特许，在教室都可以一直戴着，但帽檐压得很低，谁都未曾看过他的眼睛。他还经常抽吸鼻涕，那种声音听起来就像在锅里熬煮食物。他不跟任何人说话，一到休息时间，便抱着书本独自一人坐在校园的草地上。

清显跟这个学生不是同一个专业，自然就没有和他搭过话。可以说，清显是在校生中美男子的代表，同为伯爵儿子的他则代表的是丑陋而悲惨的形象。

“怪物”经常去的草坪，尽管在冬日的阳光照射下潮湿的枯草变得暖烘烘的，但谁也不愿靠近那片地。清显这时走近他，特意坐在了他的身旁，“怪物”立马警觉地合上书本。他为了随时逃走，屁股都离开了地面。在沉默中只听到“怪物”轻轻拖着铁链般的吸鼻涕的声音。

“你通常在读什么呢？”美貌的侯爵之子问道。

“没什么……”

这时丑陋的侯爵之子立马将书藏到身后，清显看到了书脊上印有叫作莱奥帕尔迪[①]的名字。他在慌忙藏起书本时，封面上印有的烫金文字在清显眼前闪过，那一瞬间，似乎与枯草的淡黄色融为一体。

清显看出“怪物”似乎没兴致与自己聊下去，于是挪到了离他稍微远一点的地方。这时制服的呢子布料上沾满了枯草，可清显丝毫没在意，也不抖动一下，只用一只胳膊支撑上半身，双脚向前舒展。令人感到不舒服的一股风，吹过“怪物”蹲着的地方。清显看到“怪物”原本想要打开书本但又合上的情形，似乎从那

① 贾科莫·莱奥帕尔迪（1798—1837），意大利著名诗人、散文家、哲学家。主要作品有《回忆》《暴风雨后的宁静》《致西尔维娅》《无限》《道德小品》等。

里看到自己不幸的画面，原本想待人温柔的情绪也逐渐化为微微的愤怒。冬日的阳光中总是充满强加于人的恩赐。这时，丑陋的侯爵之子姿态上起了变化。他逐渐开始放松紧绷的身子，折叠的双腿小心翼翼地向前伸展，用与清显不同的那只胳膊支撑着上半身。此时，他手肘的姿势、脑袋倾斜的方向、肩膀的耸立高度、身体的角度都与清显如出一辙。两人看起来就像两座石狮般，十分对称。虽然看不清“怪物”的深帽檐下是否藏有似笑非笑的表情，但至少这人肯定尝试了一次诙谐逗趣的幽默。

此时，一个丑陋的侯爵之子与一个美貌的侯爵之子变成一对。对于清显一时的温柔和怜悯之情，“怪物”并未表示恼怒或感谢，但他操控一切自我认知，犹如完全一致的镜像般，到底还是展现出了另一个对等的形态。如果不看脸蛋，从海军校服的蛇腹镶边到裤脚，两人在明亮的草坪上巧妙地对称了。

对于清显所尝试的接近，没有比这更富有亲切感的拒绝了。虽然清显被拒绝，但他从未感受过如此派头十足的亲切。

附近不远处的弓道场传来了射箭的声音。划过冬日朔风凝结的空气般的弓弦之音，也有缓缓地、像是击响太鼓时发出的余音般的射箭之音。清显似乎感受到自己内心失去了那把尖锐的箭头上的白白的羽毛。

四十九

学校进入寒假，勤奋用功的学生早已开始准备毕业考试，然而清显还没心思碰书本。

明年春天，从学校毕业后，参加夏季大学入学考试的同学，包括本多在内只有三分之一。大多数的同学，会利用免试的特权去就读东京帝大（选择学生少的学科）、京都帝大，或东北帝大。对于清显而言，不论父亲的意向如何，都会选择免试这条道路吧。若能就读京都帝大的话，也能离聪子所在的寺院更近一些。

这么说清显目前还能够光明正大地无所事事起来。十二月下了两场雪，地上出现了积雪。清显在下雪的早上也无法露出孩子般兴奋的心情。他拨开窗帘，许久躺在被褥里，兴味索然地望着院子里湖心岛上的雪景。即使在府内散步，山田也随时会跟随在一旁，有时为了报复山田，在北风直下、格外寒冷的夜晚，清显故意让腿脚不方便的山田手拿电筒，自己则将下巴埋进外套的衣领里，几乎快速奔跑着爬上红叶山。夜晚的森林喧嚣起来，传来猫头鹰的叫声。双脚踩在凹凸不平的小路上，火速爬到山上时心情尤其愉悦。在下一步就会踩到柔软的生物般的黑暗中，清显觉得自己甚至可以将黑暗踩烂。此时冬日的星空，敞亮在红叶山的山顶。

年末繁忙之际，有人将刊登了一篇饭沼的文章的报纸寄到侯爵府里。侯爵对饭沼的忘恩负义勃然大怒。

虽然此文章只是刊登在由右翼团体印刷的小众报刊中，按照侯爵的话来说，这个新闻等同于用恐吓的手段曝光上流社会的丑闻。如果饭沼堕落到事先要钱，就另当别论，但毫无预兆地突然写了这等文章，显然就是公然挑衅、忘恩负义的小人之举。

文章无不彰显出撰者一国风范的态度，标题为“松枝侯爵的不忠不孝”。文中谴责道：在本次的结亲中，松枝侯爵起到了不容忽视的作用。这次的皇族婚姻按照《皇室典范》[①]详细筹划，原因是今后有可能涉及皇位的继承问题。虽说松枝侯爵后来才知晓问题，但连脑子出了问题的伯爵家女儿都得到了敕许。临到要举行纳彩仪式时，因发现问题，婚约也不得不取消，即便如此，侯爵本人连名字都未公布在公众面前，依然安然无恙，不知羞耻！这不仅是大为不忠的表现，对明治维新中的元勋先代侯爵也极为不孝，应当对侯爵所为加以弹劾。

---

① 此处的《皇室典范》是指明治时期的《皇室典范》，于1889年2月11日颁布并生效。它是日本历史上第一部关于皇室制度的成文法，其制定的目的是使皇室制度规范化，避免皇位继承之争。

虽父亲感到极为愤怒，但清显看到这篇报道时，却有另一番感受。他抱有疑问的地方有两点。首先是文章带有饭沼签名，其次是饭沼十分清楚聪子和清显之间的内情，在文章中却故意装作相信聪子脑子出问题一事。不知现在住在哪里的饭沼，都不顾冒忘恩负义之名，悄悄地向清显透露他的存在，这不是明摆着为了让清显看到这篇文章才发表的吗？清显认为，不管怎样，至少文章在暗示着他——不要成为像父亲那样的人。

清显忽然开始怀念饭沼。看到他们那段笨拙的爱情之后嘲笑一下他们，对于今天的清显来说，这种事情却是最大的宽慰。可清显又想到，父亲此刻还在气头上，若现在去和饭沼见面，只会让事情变得越来越复杂。清显还是顶不过这样的压力，也就意味着对他的怀念还不至于那么迫切。

也许目前更容易见得到面的，反而是蓼科，但自从自杀未遂事件发生后，清显对这个老妪有种说不清道不明的厌恶感。这老太婆通过遗书把自己出卖给父亲，既然如此，这老太婆肯定是通过不留情面地出卖自己牵线的人来得到快乐的性格。通过这件事情，清显认识到了世上竟有这样的人，只为撕掉花瓣而细心养花。

另外，父亲几乎不与清显交谈。母亲也站在父亲一方，她只想暂时不打扰自己的儿子为好。

愤怒的侯爵其实对此次报道十分害怕。前门增加了一名巡警，后门也重新安排了两人进行巡查把守。不过，侯爵家并没有来找碴的人或受到任何胁迫。饭沼的言论也没有波及更公开的地方，之后就迎来了年末。

圣诞节前夕，依照往年的惯例，两家出租房屋都会收到西方人寄来的请柬。但单独去任意一家都会有失偏颇，干脆将两家都婉拒，只给两家孩子们送礼物，这是以往松枝一家的态度。但不知为何，清显今年格外想去外国友人家中感受一家团聚带来的温暖，于是将自己的愿望通过母亲传达给父亲，但没有得到父亲的批准。

父亲对此感到不满的理由，并不是只去其中一家，对另一家有失礼节，而是应了这个邀请，反而有损作为侯爵之子的身份。这件事实际上说明，父亲对清显的品位心存疑念。

侯爵家年末开始进行大扫除，除夕一天是忙不完的，只好每天一点一点地收拾，因此周围人都忙得不可开交。清显则无事可做，只是沉痛地感受到今年即将结束。一生中的最高峰也就随着时间一同翻过去了。这样的感受正与日俱增地变得深切。

这时，清显离开了众人还在忙前忙后的府邸，想独自到湖中划船。山田追到身后想让清显带上他，但被清显冷冷地拒绝了。

枯芦和寒冬的莲花被压倒在船底，准备出船时，几只受惊的野鸭也飞走了。野鸭扇动翅膀飞向晴朗的寒冬天空的那一瞬，小小的扁平的肚子十分显眼，丝毫不怕打湿的、柔软蓬松的羽毛在阳光下显得光润。野鸭飞翔上天空时，在茂密的芦苇上方投下歪斜的影子。

湖中倒映着蓝天与白云的颜色，显得十分冷清。用船桨后，水面泛起的迟钝而厚重的波纹，逐渐扩散，这让清显感到不可思议。这沉重暗沉的池水，与冬日水晶般的空气以及云朵有着鲜明的对比。

清显停止划桨，回头看了看主屋的大厅。远望着厅中众人的姿态，就如同在观望舞台剧中的演员。水面还未结冰，因为虽看不到在湖心岛背面的瀑布，但能够听到瀑布的水流尖锐地向下跌落的声音；红叶山的北边，透过枯枝随处可见染上风尘的积雪。

最终，清显在湖心岛的湾口处将小船系在木桩上，并朝着松叶逐渐褪色的山顶走了过去。三只铁鹤中，有两只把长喙直直地伸向天空，像是尖锐的铁矛对着冬日的天空。

清显很快就找到一片暖洋洋的枯草地，仰面朝天地躺了下来。在那里才能感受到真正的独自一人了。放到后脑勺下面的两只手，因为划船用了劲儿，还在发麻。忽然，清显心中涌出种种悲惨的感慨，且这种感情在面对其他人时并不会表现出来。他在心里不断呐喊道——“啊！‘我的黄金时代’已经离我而去了！一去不复返了！和天上的云一同飘走了……”

清显在心里毫不夸张地表达出自身的处境，像是在鞭挞自己。这一切话语正是曾经清显禁止自己去想的。

“心里难受极了，已经失去了感到纯粹的快乐的能力。眼前变得十分清晰，如果弹一下手指头，仿佛全世界就能用细腻的玻璃般的共鸣来回应我一样，那种十分透明而清晰的感觉征服了世界……而且，寂静变得灼热。感觉就像一碗吹上好几口才勉强喝得下的浓汤一样灼热，并且经常摆在我的面前。说到那碗浓汤，味道就像啃被褥一般肮脏而迟钝。是谁给我点了这碗汤呢?

“我孤苦伶仃一人。此时此刻，对爱的欲望、对命运的诅咒、无止境的彷徨、漫无目的的期待、小小的自我陶醉、小小的自我辩护、小小的欺瞒……对一去不复返的时间与事物，就像火焰炙烤着身心般地留恋。毫无意义的年龄推移。毫无青春的休闲之乐。人生无任何成果可言，有的只是愤怒……一个人的房间、一个人度过的夜晚……与世界和人群绝望的隔绝……呐喊。不被接纳的呐喊……表面的华丽……空洞的高贵……这就是我！”

他听到红叶山的枯枝上聚集的一大群乌鸦，一边发出粗糙沙哑的声音，一边越过清显的头顶，一齐振翅飞向宫家的那方缓丘。

五十

新的一年刚开始不久，宫中即将举办一场例行活动歌会始[①]。依照惯例，从清显十五岁开始，之前绫仓伯爵负责施行的文雅教育活动的一个环节，绫仓伯爵可以邀请清显一同参加。今年应该不会受邀了，但没想到这一次是通过宫内省得到了参观的许可。伯爵不知羞耻，今年也担任御歌所寄人[②]一职，所以这也说明清显肯定是经伯爵介绍过去的。

松枝侯爵看了看儿子递来的许可证，在上面看到了唱和歌的四人的名字，其中还赫然写着伯爵的大名，不由得皱了皱眉。侯

---

① 歌会始是以共同的题目吟咏和歌并发表演讲的歌会，一般天皇在年初举办的会被称为“歌御会始”。活动形式是，每年都会有主题歌公开征集，一月中旬预选人和天皇、皇族一起出席宫殿。按照入围者、选人、（特别是被指定的）召人、皇族、天皇的顺序来发表演讲。首先由讲师朗读，发声为第一句谱曲，第二句以下四人歌唱。

② 御歌所是为了处理和歌会始等宫中和歌相关事宜，曾经设置在宫内省的一个部门。御歌所寄人是御歌所的职员名之一，敕任官从事与咏歌相关的编辑和选述。于 1946 年废止。

爵再次真切地领教了优雅的倔强与优雅的厚颜无耻。

“历年的活动，你去了便是。如果特意今年不出席的话，外人怕是会认为我们和绫仓家有过节什么的。但关于那件事情，对于外界来说本来我们就与绫仓家没有什么关系。”侯爵说。

清显对此次仪式并不陌生，甚至有些期待。伯爵在那种场合上，身上会增添一份威严风貌，非常适合他。虽然现在看到那样的伯爵，只会加重心中的痛苦，但清显希望再次尽情地听到一度留给自己回忆的和歌，并试图通过这种方式来怀念聪子。

清显这时已经丝毫不觉得自己是强健的松枝一族手指上的“优雅的荆棘”。他也没有重新审视自己，认为自己不过是那强健的手指中的一员。他曾经信任的自己家的优雅早已干枯，灵魂也变得颓废，哪里都找不到成为和歌的流丽感伤的情感，体内只吹着空洞的风。清显没有比此时更觉得自己远离了优雅、远离了美丽。

但是，让自己真正成为美丽的人的，也许就是那样的事情。如今清显已失去了感知能力，对事物毫不感动，眼前的苦恼都无法相信是自己的苦恼，连痛苦都不觉得是现实中的痛苦。这症状，感觉就像患了麻风病一样。怎样才能称得上美丽的人呢？

清显满脸都写着憔悴和忧郁，但最近都丧失了照镜子的习惯。他本人似乎都没有发现那张脸刻画出了“被爱情摧毁的年轻人”的经典形象。

清显一人吃晚饭，桌上放着雕花玻璃杯，里面装有黑红色的液体。他也懒得问旁边的侍从那是什么，心想应该是葡萄酒吧，于是一口气喝掉了。但喝完后舌头上留下异样的触觉，口腔内存有一种生疏暗滑的余味。

“这是什么？”

“这是鳖的鲜血，少爷。”侍从回答道，“上面指示，不问就千万别告诉您。厨师想让少爷尽快恢复精神，所以特意在池中捕获后做成料理的。”

清显在等待那黏滑的不舒服的液体逐渐经过胸口时，脑海里突然想起了一些小时候被仆人们吓唬的情景。在他脑海里浮现出从暗池的水面上探头窥伺这边的鳖的画面。鳖一直潜在池底，并将身子覆盖在微温的泥藻之下，在池水变得半透明时，鳖偶尔拂开腐蚀时间的幻想或怨恨的水藻，渐渐露出水面。就这样，鳖长年累月静静地观望着清显的成长。但在今天，这个魔咒突然被解除了。鳖被宰杀，清显在不知晓的情况下，将鲜血也吞了。清显突然感到一切都结束了。那个恐怖的液体，正逐渐在胃里悄然开始转化为某种未知的、不可测的力量。

歌会始上的发表惯例是，首先从下级官员开始，依次发表主题歌。主持人会先宣读和歌的标题，再念撰者的官位和氏名。再下一轮，则不再读标题，念官位氏名之后直接进入和歌的本文。

天皇和皇后陛下，以及东宫殿下都出席了此次歌会始，伯爵用纤弱唯美的嗓音歌咏。从他的声音中听不出一丝罪恶感，声音明朗得甚至令人觉得可悲。伯爵一首一首地将和歌缓缓道来。那懒洋洋的速度，犹如一位穿着黑皮鞋的神官，一步一步地踏上沐浴着冬日阳光的石阶。声音没有任何男性的魅力。厅内连一次咳嗽声都未响起过，此时只有伯爵的声音充满整个房间。他的声音没能超越语言来戏弄听众的肉体，只是带着一种明亮的忧伤和不知羞耻的优雅，从伯爵的咽喉中不断冒出，又像卷轴中绵长延展的雾霭般，弥漫整个厅内。

下臣歌一般大家都读一段，东宫殿下的和歌，说完“开始歌咏这首歌”之后，便可以开始下一段。

皇后歌咏第三段，只要开口吟出第一句，从第二句开始全员就会一起歌咏。皇后吟诵和歌期间，其他的皇族和下臣，当然东宫殿下也包括在内，起立以示尊敬。

在今年的歌会始上，皇后的和歌格外优美且高雅。起立示敬的过程中，悄悄向伯爵那方窥去，远远地看到伯爵手上拿着用两张和纸做成的怀纸[①]。伯爵的手，就像小女孩的手一样白白的。手里拿的那张怀纸，还是红梅色的。

尽管发生了震撼社会的事件，清显在伯爵歌咏的声音中，却并未听出任何战栗畏缩或对女儿的出家感到悲痛的情感。伯爵只是用他那美丽的、无力的、清澈的声音敬于侍奉之职。伯

---

① 怀纸指的是折叠后携带在怀中、用于各种用途的纸。在正式歌咏、记录和歌、连歌、俳谐时使用。

爵想必在千年之后也是亘古不变地奉献给大家，声音如美丽动听的雏鸟般。

终于，歌会始进入了最后阶段，也就是即将开始歌咏天皇写的和歌。讲师这时恭敬地走到天皇的座位前，将砚盖上的和歌拿到手上，开始了第五段的吟诵。伯爵用更加明朗的声音说：“现在开始诵读天皇的圣作……”

在这期间，清显正敬畏地瞻仰着天皇的龙颜，突然想到幼时被先皇怜爱地抚摸过头的情景。当今的天皇，看起来比先皇更为瘦弱。天皇即便听到大家唱自己写的和歌，脸上也丝毫没有露出自豪的表情，而是冰冷平淡。清显仿佛感觉到天皇脸上藏着对自己的愤怒，因此觉得有些后怕。

“我居然背叛了天皇，怕是只能以死谢罪了。”

清显脑海里突然浮现出这句话。这时，他漠然地感到自己倒在香气缭绕的地方，分不清是兴奋还是战栗的感情正在逐渐贯穿全身。

五十一

进入二月，毕业考试已迫在眉睫，同学们都忙碌起来，唯有对一切都失去兴趣的清显超然自若，本多虽然愿意帮助清显学习，可又顾虑会遭到清显的拒绝，只好作罢。他知道清显最讨厌“烦人的友谊”。

这时，父亲突然提出希望清显到牛津大学的墨顿学院读书。父亲说，这是一所创立于13世纪的名牌学院，因为有主任教授的特别关照，入学比较容易，但必须通过学习院的毕业考试。儿子获得从五位官衔是理所应当的，然而侯爵眼睁睁地看着他日渐一日地苍白衰弱下去，便想出了这样一个拯救方案。在清显看来这个想法简直离谱，但这反而引起了他的兴趣。他暗自决定要装作乐意接受父亲建议的样子。

他也曾像一般人那样憧憬过西洋，但眼下他的心灵执着于日本最纤细最美丽的一点上，打开世界地图，别说辽阔的海外各国，就连涂成红色的像小虾米一般的日本，他都觉得庸俗恶心。

他所认识的日本，原是一个更加蔚蓝、不定形的、像雾一样悲伤的国度。

侯爵还叫人在台球室的墙上张贴一幅巨大的世界地图，他想以此培养清显成为一个气宇轩昂、胸怀博大的人。不过，地图上呆板冷漠的海洋并不能使他动心，使他回忆复苏的只有那让他无比烦恼的镰仓夏夜的大海，那夜的海洋本身如同一只具有体温、脉搏跳动、热血沸腾、高声怒吼的巨大黑色野兽。

他从未向别人提起过，最近他时常感到头晕，还伴随着轻微的头疼。失眠日渐加重，夜间躺在床上，便不断地开始各种各样的想象：明天就会收到聪子的来信，与她商量私奔的时间地点；在一个无人知晓的乡村小镇，他站在有外涂石灰的仓库式银行的街角，迎接奔跑过来的聪子，把她尽情地搂抱在怀里。然而，这些想象的背面都贴了一张像锡箔纸般冰冷易碎的东西，不时地透露出苍茫的内里。清显的泪水濡湿了枕头，在深夜中不知多少遍徒然呼唤着聪子的名字。

逐渐地，在梦境与现实的分界线上，突然出现了聪子清晰的身影。清显的梦境不再是那本梦境日记所记录的那种客观的故事了。只是希望与绝望交织，幻想与现实互为消长，描绘着宛如海水在沙滩上涌动一样的不定形的线条，但在沿着滑溜的沙子退去的海水的明镜里，倏然映现聪子的容颜。这面影从未像眼下这样美丽而悲戚，这张脸宛若星辰般高雅地闪烁着。清显正要把嘴凑过去，它又随即消逝了。

想逃出这里的念头日益强烈，成为心中一股不可抗拒的力量。所有的一切，时间、早晨、白昼、傍晚以及天空、树木、云彩、北风，都在告诫他放弃幻想，然而捉摸不定的痛苦不时地折磨着他，他只想亲手抓住一个确定的东西。他想从聪子嘴里听到忠诚可靠的话语，哪怕一句也好。倘若难以实现，仅仅见一面也好。他的心乱得几乎发疯。

另一方面，社会上的风言风语很快就平静下来了。敕许下达后即将举行纳彩仪式的前夕却突然解除婚约，这种前所未有的不祥事件逐渐被人们淡忘。社会的愤怒已经转移到海军受贿的问题上。

清显决心离家出走，但他一直受到严密监视，也没有零花钱，即使渴望自由也身无分文。

本多没想到清显会向自己借钱，有点吃惊。由于父亲的方针，本多有一些可以自己支配的存款。他把全部的存款取出来交给清显，也不问什么用途。

二月二十一日早晨，本多把钱带到学校，交到清显手里。那是个晴朗又严寒的早晨，清显接过钱，怯生生地说："离上课还有二十分钟，你送送我吧。"

"你上哪儿去啊？"本多吃惊地反问他，因为他知道山田在大门口严密地看守着。

"那边。"清显指着森林方向，微笑着说。

好久没有看见朋友的脸上恢复活力，本多快活地凝望着他。

可那脸上并没有红晕，反而紧张而苍白，如同凝结着一层初春的薄冰。

“身体不要紧吧？”

“有点感冒，不过不要紧。”

清显领先步履轻快地沿着通往森林的小径走着。本多好久没看到挚友这么快活的脚步，心里明白这双脚将要走向何处，但没有点破。

一束束晨曦深深地照射下来，黯然映照着冰封的池沼面，眼下东一处西一处嵌有杂乱无章的浮木。他们穿过小鸟嘤嘤的树林，来到校园内平地的最东端。从这儿起就是斜坡了，一直延伸到东边的工厂街。这一带简易地围了一道铁丝网代替围墙，孩子们经常从铁丝网的破洞钻进来。铁丝网外面是一段杂草丛生的斜坡，连接着道路的低矮石墙那里，又有一道矮栅栏。

两人来到这里就停步了。

右边是院线电车的铁轨，眼下，充分沐浴着阳光的工厂街那锯齿形房顶的石棉瓦熠熠生辉，各种机器的轰鸣混合在一起发出海涛般的喧嚣。烟囱悲怆地耸立着，烟影爬过房顶，有工厂间的贫民街头的晾衣场显得阴翳沉郁。有的家屋顶伸出一截平台，摆着众多盆栽。不知什么地方，总有一种光亮不停地闪烁。比如某个电线杆上电工腰间的铁钳，或是某家化工厂窗户里梦幻般的火焰……一处的呻吟刚停歇，敲击铁板的锤声又叮叮当当地响个不停。

远处有清澄的太阳。眼下是一条沿着校园的白路，清显即将顺着这条路逃离。他看到路面上鲜明地映着低矮房屋的阴影，几个孩子在玩踢石子的游戏。一辆锈得连一点光泽都没有的自行车从路上驶过。

“那我走了。”清显说。

这显然是“出发”的意思。挚友说出了不愧为年轻人的朝气蓬勃的话，本多将它铭记心头。清显连书包都撂在教室里，只穿着校服和外套。外套上有一排金色樱花状纽扣，领子潇洒地左右敞开，从海军式立领和洁白的镶边，露出细腻的肌肤和洋溢着青春的喉结。帽檐的阴影下，清显漾着微笑，用皮手套将破掉的铁丝网的一部分压弯，斜着身子钻了出去……

清显失踪的消息立即传到家里，侯爵夫妇惊慌失措。然而还是祖母的意见平息了混乱的场面。

“这不是明摆着吗？他本人对出国留学感到那么高兴，尽管放心好了。他要到国外去，在那之前，他是要向聪子告别的。要是事先告诉你们，你们肯定不会让他去，所以不辞而别了啊。应该是没错的，不然还会是什么呢？”

“不过，聪子想必是不会见他的。”

“那样的话，他也就会死了这条心，会回来的。年轻人嘛，想做的事情就让他去做吧，管得太紧，才会这样子啊。”

“惹了那样的事，当然要严加管束啊，妈！”

“所以，这回也就不足为怪了。”

“不管怎么说，这回要是泄露出去，那可不得了。要赶紧告诉警视总监，让他极为秘密地寻找吧。”

“什么寻找不寻找的，他的去向很清楚嘛。”

“必须尽快把他抓到，强行带回来才行……”

“那就错了！”老太太怒目而视，大声嚷道，“那就错了！要是那样做，下次他兴许就会干出无法挽救的事。

“当然，以防万一，让警察悄悄寻找也未尝不可，只要知道了他在哪里，马上报告就行。不过目的和去处都很清楚，警察只要远远监视一下，不让他察觉就行了。眼下不要束缚那孩子的行动，只要远远盯着就好。一切都要慎重行事，为了不扩大事态，没有别的办法。如今要是办砸了，会闹出乱子来的，我先把话说在前头。”

二十一日晚上，清显住在大阪的酒店里，第二天一早离开饭店，乘樱井线火车抵达带解车站，并在带解镇上的一家叫作葛屋旅馆的商人夜宿客栈订了一间房，随后雇了一辆人力车前往月修寺。他催促车夫登上月修寺门内的坡路，在平唐门下了车。

他在紧闭的玄关处白色障子外叫门。寺院男仆出来，问清姓名和来意。等了半晌，一老出现了，但绝不允许他进玄关门内，并斩钉截铁地告诉他，住持尼表示不予接见，随侍弟子更不能见人。就这样，把他轰了回去。这样的接待本来就多少在清显的意料之中，因此他没有再强行坚持，暂时回到了客栈。

他寄希望于明天，他一个人思忖再三，最初这趟之所以会失败，恐怕是因为心不够诚，不该乘坐人力车直接到达门厅门口。这固然是自己心情过于急迫造成的，但会见聪子既然是自己的一个愿望，那么不管是否有人看见，都应该在月修寺门前下车，然后徒步而上。这样怎么也算作某种修行。

客栈的房间很脏，饭菜也不可口，而且晚上很冷，但不同于待在东京，一想到聪子就在距此不远的地方，他心里就得到莫大的慰藉。这天晚上，他难得地睡了个好觉。

第二天是二十三日，他觉得浑身精力充沛，所以上下午各去了一趟，两次都叫人力车等候在大门前，清显步行来到长长的参道，但寺院冷漠的接待丝毫没有变。回去的路上他一路咳嗽，胸间隐隐作痛，谨慎起见，他甚至没有洗澡。

从这一天的晚饭起，就乡下旅馆而言，摆出了最上等的饭菜，服务也明显提升了。并且，硬要他搬到最好的房间里。清显盘问女招待，她却不肯回答。一再追问，才揭开了谜底。据女招待说，今天清显外出时，当地的巡警来询问过清显的事，说他是一位出身尊贵的少爷，必须好生伺候。还说，这事要严格保密，如果客人离开了，要立刻悄悄向警察通风报信。说完他们就走掉了。清显听完，不免心急火燎，决心从速行事。

翌日早晨，清显刚起床就不舒服，脑袋发沉，浑身倦怠。但他认为，经受越多的修行、克服越多的苦难，才越有可能见到聪子。所以他不再雇用人力车，从客栈步行到寺院，走了将近四公里的路程。虽然天气晴朗，但毕竟步行艰辛，他咳得更厉害了，胸口也感到一阵阵剧痛，仿佛胸腔深处沉淀着砂金。当他站在月修寺的玄关外时，又剧烈地咳了起来，然而出来回话的一老始终无动于衷，还是重复了相同的话予以拒绝。

次日是二十五日，清显感到浑身发冷，还开始发烧。这天他很想休息，但还是叫了人力车又去了一趟，同样吃了闭门羹回来了。清显几乎绝望了。他灼热的脑袋绞尽脑汁，但别无他策。最后，他终于委托客栈的掌柜，给本多发了电报：

请速来。拜托了。樱井线带解葛屋，务必对我父母保密。

松枝清显

就这样，他度过了痛苦难眠的一夜，迎来二十六日的早晨。

五十二

这天，大和平野黄色的芒草地上空飞舞着雪花。说是春雪吧，它又太淡了，降下来的时候犹如羽虫飞舞。天阴时，它和天色融为一体，在微弱的阳光里，才能看清是纷飞的细雪。寒气却远比真正大雪纷飞的日子来得凛冽。

清显依然将头枕在枕头上，正思考着自己如何对聪子表示无限真诚。昨晚他求助于本多，本多今天定会赶到这里来。凭着本多的友谊，或许能打动住持尼的心。然而，在这之前，还有一件事情必须做，还得去试一试。那就是不凭借任何人的帮助，向聪子表露自己最后的真诚。仔细想来，自己还从未有机会向聪子表露过赤诚。或许是由于自己的怯懦，一直回避这样的机会。

眼下自己只能做一件事。越是病重越要带病修行，这理应是既有意义又有力量的。聪子也许对这样的赤诚有所触动，也许毫无反应。然而，事到如今，即使无法期待聪子会有所触动，对自己来说，不这样修行也无法使内心平静下来。想要见聪子一眼的翘盼起初占据了他的整个灵魂，渐渐地灵魂自身开始活跃起来，似乎超越了原有的祈望和目的。

但是，他的整个肉体都抵抗着这个游离出来的灵魂。发烧和疼痛，如用沉重的金丝缝合肌肤一般渗透全身，他觉得自己的肉体仿佛被编织成了锦绣。四肢的筋肉绵软无力，如果要抬起胳膊，裸露的皮肤立即起鸡皮疙瘩，胳膊就像盛满水的吊桶一样重。咳嗽往胸部深处渗透进去，宛如倒入墨汁的苍穹深处的远雷似的隆隆作响。连指尖的力量都消失殆尽，唯有真挚的病热，贯穿着整个倦怠而不自主的肉体。

他在心里拼命地呼喊聪子的名字。时光徒然流逝。客栈的人们今天才发现他生了病，于是给房间加热，还要细心照顾他。但他顽固地拒绝看护，或是请医生治疗。

下午，清显吩咐女招待雇人力车时，女招待不敢贸然答应照办，便告知了客栈老板。为了向前来劝阻他的老板显示自己很健康，他不得不起身，不用别人的帮助，穿上学生制服和外套。人力车来了。他用客栈的人硬塞进来的毛毯裹住膝盖出发了。尽管裹了这么多东西，但还是冷得厉害。

透过黑色车篷的缝隙，隐约看到雪花飘进来，清显想起去年和聪子一起乘坐人力车观赏雪景的那难以忘怀的一幕。这段回忆使他感到胸口憋闷。实际上，是他的胸口在隐隐作痛。

他蜷缩在幽暗中，随着车子颠簸，竭力忍耐头痛。他对这样的自己感到厌恶。于是掀开前面的车篷，用围巾掩住口鼻，因发热而变得湿润的眼睛不断追逐着车外的景色，这样反而好一些。凡是促使他内心泛起痛苦的，他一概厌烦透了。

人力车穿过带解町一条条狭窄的街道，直到远处烟雾迷离的山腰里的月修寺，车子沿着田地中间行驶的平坦道路上，无论是收割之后尚留有稻架的稻田、桑田里干枯的枝条，以及夹在中间的满眼青绿的冬菜地，还是池沼里发红的枯苇和香蒲穗，都承受着静悄悄降落的细雪，然而并没有积下来。雪花飘落在清显膝盖的毛毯上，还没等看它化成水珠就消失了。

天色如水一般发白，随即又投下稀薄的阳光。雪花在阳光里越飘越轻，轻如白灰。

到处都是干枯的芒草，随着微风轻轻摇曳。淡淡的阳光照射着低垂的穗子，上面的茸毛泛着微光。原野尽头低矮的群山笼罩在薄雾中，而遥远的天际露出一片蔚蓝，远山顶峰覆盖着皑皑白雪。

清显的脑袋嗡嗡作响，面对如此风景，心想自己着实有好几个月没观赏户外的景致了。这确实是个静寂的地方。也许是车子的颠簸与沉重的眼睑扭曲、搅乱了景色，然而每天因苦恼与悲伤过着捉摸不定的日子的他，只觉得很久没有见到如此明晰的风景了。而且，这里没有一个人影。

即将到达竹丛环绕的月修寺的山腰。大门内坡道两旁那并排的松树也越来越显眼。当仅仅竖着两根石柱的大门出现在弯曲的田间小道尽头时，一阵痛切的思绪袭上清显的心头。

“倘若坐在车上进大门，再经过三百多米到达玄关，然后才下车，那么今天聪子想必绝不肯见我。说不定眼下寺院正发生着一些微妙的变化。或许一老说服住持尼，住持尼终于心软下来，看我今天冒雪前来，同意我和聪子见一面也说不定。可是，要是我乘车进入，对方心中会有所感应，事情就会发生微妙的逆转，因而决定不让我和聪子见面。我这最后一番努力的结果，总会在寺院的人们心中留下结晶。眼下的现实，是将众多看不到的薄片聚合在一起，正要编织成一把透明的扇子。稍不留神，扇轴脱落，也许整个扇子就会七零八落……退一步说，如果乘车直接抵达玄关，而今天聪子还是不肯见我的话，那时我准会责备自己：‘都怪我诚意不够。不论多么艰难，如果下车徒步而来，这种不为人知的赤诚，说不定能打动她的心，从而答应见上一面的……’对，绝不能因为不够真诚而留下遗憾。不豁出性命就无法与她相见的思想，大概可以把聪子推到美的巅峰。我正是为此而来的。”

这究竟是理智的考虑，还是因发烧引起的谵妄，他已经辨别不出了。

他下了车，告诉车夫在大门前等候，然后开始登上门内的坡道。

天空稍稍放晴，雪花在淡淡的阳光里飘舞。路旁的竹林中传来像是云雀的鸣叫声。夹杂在成排松树中枯萎的樱树上长出青苔，一株白梅在树丛中绽放着花朵。

已经是第五天第六次来访了，眼前的景致按说都已经司空见惯。可下了车，双脚像踩在棉花上般摇晃地走着，清显用发烧的眼睛四下一打量，只见万物都异样梦幻般的清澈，熟悉的风景今天似乎格外新鲜，新鲜得令人发怵。其间，寒噤始终不止，如锐利的银箭射穿脊梁。

路边的羊齿草、紫金牛的红色果实、随风摇曳的松针、主干青绿叶子发黄的竹林、大片的芒草以及草地上冰冻的残留着车辙的白色道路，一起没入前方幽暗的杉树林。这个世界的每个角落都是全然沉寂、十分明晰的，并蕴含着不可言喻的悲愁，聪子千真万确地像一尊纯金的小佛像似的，屏着气藏身在这纯洁的世界中心的最里面，最最里面。然而，如此澄澈而生疏的世界，果真是她住惯了的“现世”吗？

走着走着，清显喘不过气来了，便坐在路边的石头上休息。虽然隔着好几件衣裳，石头的寒凉还是直接侵袭着皮肤。他剧烈地咳嗽，咳着咳着，发现吐在手绢上的痰呈现铁锈色。

咳嗽好不容易止住了，他回过头眺望矗立在疏林远方的山顶积雪。咳嗽带出了眼泪，透过湿润的眼睛看远方的积雪显得更加辉煌。这时，他十三岁那年的记忆倏然苏醒了，当时他手持春日宫妃的裙摆，抬头望见她那露在乌黑头发下的脖颈白得晃眼，如今那白皙仿佛重新出现在眼前。那是他第一次感受到令人痴醉的女性之美。

天又阴下来，雪花渐密，他摘下皮手套，用手心去接雪花。雪花落在灼热的手掌上，随即融化。这美丽的手掌纤尘不染，连一个水泡也没有。清显想到自己这一生一直保护着这双姣好的手，绝不沾染泥土、鲜血和汗水。他的手只为感情而使用。

他吃力地站起身来。

他担心自己是否能够冒雪走到寺院门口。

不久，走到杉树林中，寒风更加凛冽，风声在耳畔呼啸。透过杉林缝隙，看见宛若一泓清水的冬日天空下，有片荡漾着冰冷涟漪的池沼。过了这里，古老的杉树越发苍郁，落在身上的雪花也逐渐稀疏。

清显什么也不想，只是一步一步往前迈。他的回忆悉数崩溃，只想把逐渐靠拢而来的未来的薄皮一点一点剥去。

不知不觉过了黑门，覆盖着薄薄一层雪花的菊花形瓦檐的平唐门已近在眼前。

他瘫倒在玄关的障子前，咳嗽得很厉害，所以用不着叫门，一老就走了出来，抚摸他的脊背。清显宛如坠入梦境，他怀着恍恍惚惚的幸福感，似乎觉得眼下是聪子在抚摸自己的背部。

一老没有像前几天那样立即表明拒绝，而是把清显撂在那里，自己回屋了。清显觉得等待的时间长得有如永恒。在他等待的时候，感到一层雾般的东西笼罩在眼前，苦痛与净福之感朦朦胧胧地融在一起。

隐约听到了女人们慌里慌张的对话声。接着，声音停止了。又过了片刻，一老单独出现了。

“还是不能见面。无论你来多少趟都是一样。我让寺里的人送你，快回去吧。”

于是，清显由一位身体壮实的寺院男仆搀扶着，在雪花纷飞中回到人力车上。

五十三

二月二十六日深夜，本多抵达带解的葛屋客栈。他发现清显的病情非同寻常，打算尽早带他回东京，然而病人执意不肯。那天傍晚，当地医生到客栈来给清显看了病，结果说有肺炎的征兆。

清显希望本多明天无论如何也要去造访月修寺，直接拜见住持尼，并恳求改变主意。清显觉得住持尼也许能听得进第三者的意见。清显说，要是答应他们见面，就请把自己的这副身子抬到月修寺去。

本多起初表示反对，结果最后还是接受了病人的请求，决定推迟一天明日启程。他答应清显自己会想方设法去拜见住持尼，尽力争取满足清显的愿望，但让清显保证，万一希望落空，就立即和他一同返京。那一夜，本多通宵达旦地为清显更换胸脯上所敷的湿布。在客栈黯淡的煤油灯下，本多看到清显那洁白的胸脯被湿布敷得一片通红。

毕业考试就在三天后。本多以为自己的父母当然会反对他在这样的时刻去旅行，没想到，父亲看了清显打来的电报后，并没有详细盘问情况，就说“去吧”，母亲也很赞成。

大审院的本多法官，当年原想与那些由于取消了终身制、突然被勒令退职的旧友们共命运，愤而辞职，却未获批准。此刻他想教导儿子，友谊是何等尊贵。本多在去程的车里还在努力复习功课，来到客栈后，他一面彻夜看护病人，一面抽空翻看伦理学的笔记。

在煤油灯黄色雾状的光晕里，两个年轻人截然不同的心灵世界的影子，都集中表现在那锐利的灯火尖端。一个为恋爱而病损憔悴，一个为坚固的现实而刻苦学习。清显沉溺在梦幻般的混沌盲目的爱情海洋里，一边扯着缠脚的海草一边艰难地游泳。本多则幻想着在地上建造一座坚不可摧、井然有序的理智的大厦。昏热的头脑与冷静的头脑，在早春的寒夜，在这老客栈的房间里，紧紧靠在了一起。而且，双方都被自己世界的最终时刻的到来所束缚。

本多从未像此刻这样痛切地感到，他是绝不可能把清显脑子里的东西据为己有的。虽然清显的身体躺在自己眼前，但他的灵魂早已飞驰而去，他在朦胧中时时呼唤聪子名字的潮红的面庞，看起来一点都不憔悴，反而比寻常更加鲜活，俊美得仿佛在象牙内部放置了一团火。然而，本多深知，那内部连一根指头也是不许别人触动的。他无论如何也不能成为情感的化身。不，无论什么情感，自己都无法成为其化身。难道不是吗？他缺乏这种允许情感渗透内心世界的资质。他虽然自认为富于友情，又懂得掉眼泪，但对于真正地“有所感受”，却还缺点什么。自己为什么一直专心致力于维持里里外外的井然有序，而不能像清显一样，将火、风、水、土这不定形的四大元素统统收藏于体内呢？

他又把目光移回密密匝匝地写满了工整字迹的笔记本上。

> 亚里士多德的形式伦理学，到中世纪末叶为止一直统治着欧洲学界。按照时代划分为两个时期，首先是《古伦理学》，以《推理法》中的《范畴篇》和《命题篇》为祖述，而《新伦理学》则以十二世纪中叶完成《推理法》的拉丁语全译本为标志……

他不由得感到，这些文字恰似风化了的石头，从自己的脑袋里一一剥落下来。

五十四

本多听说寺院的人们起得很早，所以天刚刚亮，他从浅睡中醒来，吃完早饭便匆匆忙忙叫人力车准备出门。

清显从被窝里抬起湿润的眼睛，他仍把头枕在枕头上，唯独眼睛里露出一味恳求的目光，刺痛了本多的心。直到此刻为止，本多原来只是去一趟寺院姑且碰碰运气，内心却倾向于尽早将身染重病的清显带回东京。但是，当看到清显的眼神之后，他决心尽自己最大的努力让清显和聪子见上一面。

幸而这一天早晨春意盎然，天气和煦。当本多抵达月修寺的时候，正在扫地的男仆远远一见他的身影，就返身跑进去了。本多知道自己穿着和清显一样的学生制服引起了对方的警惕。出来接待的尼姑，还没听本多通报姓名，就摆起一副拒人于千里之外的僵硬面孔。

“我姓本多，是松枝的朋友，为他的事专程从东京前来。我想拜见一下住持尼，可以吗？”

"请您稍等一会儿。"

本多在玄关入口等了好长时间，他心里盘算着如果被拒绝的话，自己该说些什么。良久，刚才那位尼姑出来，请他进入客厅。本多觉得出乎意料，心里萌生一丝希望。

本多在客厅里又等待了好久。障子紧闭，看不见庭院，却听见黄莺清脆的叫声。门把手周围贴着手工剪纸，隐约浮现着菊花和云彩的纹饰。壁龛的花瓶里插着油菜花与桃花，黄色的油菜花带着浓郁的乡土风韵，含苞待放的桃花蕾从色泽暗淡的枝干与嫩绿的叶子缝隙间探出头来。隔扇都是清一色的纯白，却立着一扇颇有来头的屏风。本多凑近身子，仔细观赏狩野派绘画[①]上加入大和绘色彩[②]的月次绘屏风[③]。

季节由右侧春天的庭院开始，一些贵族在栽种着白梅、松树的庭院里游玩，金色云彩中露出丝柏薄板篱笆环绕的宫殿一角。依次向左移动，一群毛色斑斓的小马驹欢蹦跳跃，池沼不知何时已转为水田，姑娘们正忙着插秧。两股小小的瀑布从金黄色的云朵深处跌落下来，池边芳草如碧，告知夏天的到来。池畔竖起水

---

① 狩野派是日本绘画史上最大的画派，是从室町时代中期（15 世纪）到江户时代末期（19 世纪）历经约四百年的专业画家集团，给日本美术界带来了极大影响。

② 大和绘是以日本列岛的故事、人物、事物、风景为主题，在平安时代发展起来的日本独有的绘画。

③ 月次绘是将一年十二个月的活动、风俗、自然的推移等作为画题，按月的顺序排列描绘的连续作品。多用于屏风画和障子画。

无月祓[1]的白色帛币以拔除六月的不祥，贵族们聚集在这里，身旁有奴仆和朱衣侍者伺候着。红色的鸟居附近有鹿在嬉戏，神苑内牵出一匹白马，身背弓箭的武官正在为祭祀忙碌地做准备。眼见着红叶映照的池面即将进入万物萧索的冬季，金光辉耀的白雪中，鹰猎开始了。竹林上覆盖着积雪，斑驳的竹影间隙，辉映着金色的天空。一条白狗从枯苇间朝一只野鸡吠着，有着火红的颈毛的野鸡，像箭一般飞过冬天的天空。猎鹰在人的手里，以威武的眼神直勾勾地盯着野鸡飞去的方向……

本多看完四季屏风图，回到座位上，住持尼依然没有出现。刚才那位尼姑用托盘端来了点心和茶，告诉他住持尼一会儿就到。

“请慢用。”

桌上放着一只贴画小盒子。无疑是这里的尼姑亲手制作的。从稍欠火候的手艺来看，说不定还出自聪子本人那不熟练的双手呢。小盒子四边贴着彩色印花纸，盖子上鼓起的贴画，色调完全是宫廷风的，过于浓艳华美，反而显得沉闷。贴画的图案是一位童子在追赶蝴蝶，裸体的儿童追逐着紫色和红色的两只比翼双飞的蝴蝶，他的眉眼长得和宫廷人偶一模一样，肥墩墩的肉是用白绉绸裹成的。本多走过早晨寂寥的田地，又攀登了树木凄清的坡道到了此地。在月修寺幽暗的客厅中央，第一次感受到犹如熬糖般浓郁的女子的甜美。

---

① “水无月祓”是在6月30日各地神社举行的祭神仪式的日子。

传来衣服窸窣的响声，一老挽着住持尼的手，身影映在障子上。本多立刻正襟危坐，却止不住内心的悸动。

按说住持尼已是高龄，但她身穿紫色法衣，一张容光焕发的小脸如黄杨木雕刻一样清爽秀气，哪里也没有留下年龄的尘垢。住持尼满面笑容地落座，一老在她身旁侍奉。

“听说你是从东京来的啊。”

“是的。”

本多在住持面前一时语塞。

“他是松枝的同学。”一老补充说。

“说实话，松枝少爷也怪可怜的……”

“松枝发了很严重的高烧，在客栈里卧床不起。我接到他的电报，急忙赶到这里。今天我是替他来求情的。”本多这才流畅地诉说道。

本多觉得，出席法庭的年轻律师的心情恐怕就是他这样的，不去考虑审判官的心情，只是一味地陈述自己的主张，替人辩护，以证明其清白。他从自己和清显的友谊说起，讲到了清显眼下的病情，告诉住持尼清显为了见聪子一面甚至豁出了性命。甚至说，要是清显有个三长两短，就连月修寺方面也会追悔莫及的。本多情语深切，说得浑身燥热，尽管身处这寒气森森的月修寺的一隅，却感到自己的耳朵直冒火，头也几乎燃烧了起来。

本多的痛切陈词似乎的确打动了住持尼和一老，但她们都一直沉默不语。

“请你们也体谅一下我的处境。朋友向我诉苦，我就借给他一笔钱，他是用这笔钱上路的。关于松枝在旅途中患重病这一点，我感到自己对他的双亲是负有责任的。大概你们会认为，事到如今应该争分夺秒地将他护送回东京。按理说，应该这样，我也这么认为。但是，我已经做好了将来被他的父母抱怨责怪的思想准备，前来求情，希望你们无论如何满足松枝的这个愿望。我看到松枝的眼睛里充满不顾舍弃生命的渴望，要是您看到了那双眼睛，我想您也会动心的。在我看来，松枝实现这个愿望比治病更为重要，所以我不能坐视不管。说句不吉利的话，我觉得松枝的病大概好不了了。我是前来转达他弥留之际的愿望的。我想恳请您发一发大慈大悲的佛心，答应他见上聪子一面吧。难道怎么都不许他们见面吗？”

住持尼依然默不作声。

本多担心再说下去，反而会妨碍住持尼改变主意。虽然他心情依然激动不已，可还是缄口了。

冷冰冰的屋子寂静无声。雪白的障子透出雾一般的朦胧亮光。

这时，本多仿佛听到了从一板之隔的不远的地方，似乎是走廊尽头或者隔着一间房间的地方传来幽微如红梅绽放的窃笑声。他随即转念一想，他所听到的年轻女子的窃笑声，倘若他的耳朵没有听错的话，那声音肯定是荡漾于初春寒气的啜泣。比起强忍的呜咽来得急促，又犹如崩断的琴弦，暗暗传递着呜咽断绝后的余韵。于是本多开始觉得，这一切仿佛是自己的耳朵刹那间产生的错觉。

“也许，你认为我好像不太通情达理。”住持尼终于开口说道，“看来，或许你认定是我不让他们两人相见的。其实，这是人力所不能阻拦的事啊，不是吗？聪子是在佛前发过誓的，发誓今生今世不再见他。所以佛祖才安排不让他们见面。不过，少爷也实在令人可怜啊。”

“那么，您还是不肯答应，是吗？”

“是的。”

住持尼的回答带有无可名状的威严，本多无言以对。这一声“是的”，具有把天空像锦缎般轻而易举地撕裂的巨大力量。

面对灰心丧气的本多，住持尼用优美的声音对他讲了许多尊贵的话，他却没怎么听进去。眼下，他只是不想看见清显沮丧绝望的表情，所以才迟迟不肯告辞。

住持尼跟他讲了因陀罗网的故事。因陀罗是印度神，这尊神一旦撒开网，世上凡是有生命的东西便会悉数落网，无一幸免。一切生灵都是挂在因陀罗网上而存在的。

所有的事物都根据因缘果的理法生息，叫作缘起。因陀罗网就是缘起。

而法相宗月修寺的根本法典是唯识开祖世菩萨的《唯识三十颂》，但唯识教义对缘起的认识则采取赖耶缘起说，其基本理念就是阿赖耶识[①]。所谓阿赖耶，原是梵语 ālaya 的音译，译意为“藏”，就是收藏着一切活动结果的种子。

我们在眼、耳、鼻、舌、身、意这六识深处，还有第七识，即末那识，也就是自我意识。再深处就是阿赖耶识，正如《唯识三十颂》[②]所言，恒转如瀑流。

就像水的激流似的，接连不断地转换不止。这个识，正是有情的总报应之果体。

无着的《摄大乘论》是在阿赖耶识变幻无常的形式上发展起来的具有独特时间见解的缘起说。这就叫作阿赖耶识与染污法的同时更互因果。唯识说认为，诸法（实际上这就是识）仅存在于现在这一刹那，转瞬之间便化为乌有。所谓因果同时，则指阿赖耶识和染污法同时存在于现在的一刹那，二者互为因果，一刹那之后，双方均化为无。但在下一个刹那，又重新产生阿赖耶识与染污法，更相互为因果。通过存在者（阿赖耶识和染污法）每个刹那的消灭，从而产生时间。由于刹那的不断消失，时间就具有连续性，这大概可以比喻为点与线的关系吧……

渐渐地，渐渐地，本多觉得自己被住持尼阐述的深奥教义吸

---

① 阿赖耶识是佛教术语，意旨个人存在的根本，通常是意识不到，位于第八识（眼识、耳识、鼻识、舌识、身识、意识、末那识、阿赖耶识）的最深层。阿赖耶识是清净与污染种子的合体，须由闻法修行净除染污种子方能成佛。

② 《唯识三十颂》是概括了大乘佛教唯识派世亲所著唯识思想的三十个释颂。护法注释的《唯识三十颂》，玄奘翻译的《成唯识论》成为法相宗（唯识宗）的重要论典之一。

引住了，不过，在这种场合下，他深究事物道理的精神并没有调动起来，只是觉得难懂的佛教用语如一场暴雨般劈头盖脸地向他侵袭而来，什么时间的经过包含在必然之中，什么自无始以来继起的因果，同时又互为因果，什么乍看起来似乎矛盾的观念的操作，反而成为产生时间的重要因素……种种难懂的思想使他疑窦丛生，却没有闲心向住持尼请教。而且住持尼每说完一段话，一老就在旁边令人心烦地随声附和“是这样的”“是这么回事”“所言极是”。本多心里感到焦躁，他只是记住了住持尼提到的《唯识三十颂》和《摄大乘论》这两个书名，心想着日后慢慢研究一番，再向住持尼请教问题。本多尚未察觉，住持尼这一番看似不着边际的议论，其实如同映照池塘的天心之月，从远处将现在清显以及自己的命运照耀得细致入微。

本多致谢后，匆匆从月修寺告辞。

五十五

在返回东京的火车上，清显那副痛苦的样子使本多如坐针毡。他只是焦急盼望着尽快回到东京，也顾不上复习功课。清显那样渴望与聪子相会，却未能如愿，而今身染重病，躺在卧铺上被运送到东京。本多望着清显，懊悔得心如刀割。当初帮助清显出走，果真是一个真正的朋友应有的行为吗？

清显正迷迷糊糊地睡去，本多睡眠不足，头脑反而更清醒了，他思绪万千，任凭各种回忆穿梭于脑际。这些回忆之中，月修寺住持尼两度宣讲的佛法分别浮现出迥然不同的印象。前年秋天聆听的第一次佛法，讲的是喝骷髅里的水的故事，事后本多把它当作恋爱的比喻，觉得如果能将自己心的本质和世界的本质做到如此巩固的结合，该多么了不起。再到后来，他从学习法律涉及《摩奴法典》的轮回思想，今天早晨聆听的第二次佛法，似乎将那难解之谜的唯一钥匙在他眼前轻轻摇动，另一方面他又觉得这谜语充满过于难解的飞跃，使得这个谜语更加高深莫测。

火车将于明天早上六点抵达东京。夜已深，乘客们的呼吸声填满列车轰鸣的间隙。本多坐在清显对面的下铺，打算通宵达旦地看护清显。卧铺的帘子是敞开的，不论清显发生多么细微的变化，他都能及时处理。隔着玻璃，他眺望着窗外笼罩在夜色中的原野。

原野一片漆黑，夜空朦胧，山峦的轮廓也模糊不清，火车明明在行驶，然而移动的夜景却依稀难辨。小小的火焰和小小的灯火时而闪现，恰似黑暗中出现的鲜明的破绽，不过，这些不能成为判断方向的标志。隆隆的声音仿佛并非火车的声音，倒更像是空虚地在轨道上滑行的小火车周围那广漠黑暗的轰鸣。

收拾好行李准备离开旅馆的时候，清显大概是向老板借的纸笔，交给本多一张粗糙的便笺纸，上面写着潦草的文字，托他转交给清显的母亲侯爵夫人。本多将它小心翼翼地收藏在校服内兜里。此刻百无聊赖，便掏出来借着昏暗的灯光阅读，铅笔的字迹扭曲颤抖，不像是清显平时的字迹。平时他的字迹虽然显得稚拙，却苍劲有力。

母亲大人：

我有一样东西想送给本多，就是放在我抽屉里的《梦日记》。本多喜欢这类东西。旁人读来也无趣，因此请务必送给本多。

清显

显然，这是作为遗书，用无力的手指写的。但是，如果真的是遗书，至少也应该给母亲写点致意的话，而清显只是做一些事务性的托付。

本多听到病人发出痛苦的呻吟，便赶紧把纸片收起来，走到对面的卧铺，看着他的脸。

“怎么啦？”

“胸口疼，刀割一样地疼。”清显上气不接下气，时断时续地说。

本多不知如何是好，用手轻轻按摩他疼痛的左胸下边的部位。昏暗的灯光勉强够到的清显那张脸，显得异常痛苦。

然而，被痛苦扭曲了的脸是俊美的。痛苦赋予了它前所未有的朝气，甚至使它有了青铜般严峻鲜明的轮廓。漂亮的眼睛泪水盈盈，眼角向紧蹙的眉梢吊起，眉头一蹙，看上去越发威武英俊，也增加了乌黑的眼珠散发出的悲怆的光芒。端庄的鼻子不停地翕动，仿佛要捕捉空中的什么东西。因发烧而干燥的嘴唇里，露出的洁白门牙闪耀着珍珠贝内侧一样的光彩。

过了一会儿，清显的痛苦平静下来。

“能睡着吗？还是睡一会儿吧。”本多说道。

他怀疑，自己刚才看到的清显痛苦的表情，莫非是清显在这个世界的尽头见到了禁止看的东西而露出的欢悦表情。对于看到这种东西的友人感到嫉妒，同时带着微妙的羞耻和自责。他微微摇了摇头。悲哀麻木了脑袋，如蚕丝一样不停地抽出连自己都觉得莫名其妙的感情，他感到不安。

看起来仿佛入睡了的清显，忽然睁大了眼睛，要拉本多的手。接着，他紧紧握着本多的手，说道："刚才，我做梦了。还会见到的，一定能见到。在瀑布下面。"

本多思忖，清显一定梦见在自家的庭院里彷徨，他在梦中描绘着侯爵家那广大的庭院一角的九段瀑布的景致。

回到东京两天之后，松枝清显去世了，终年二十岁。

译后记一

三岛由纪夫被认为是日本战后文学的鬼才，被称为“日本的海明威”，凭借高深的文学造诣和独特的文学审美多次入围诺贝尔文学奖，在近代日本文学中与川端康成、大江健三郎齐名，蜚声文坛。其作品中充斥着美、矛盾与禁忌，结合华丽的古典王朝情节，总是散发着华美、邪魅与哀愁的气息。

本书为三岛长篇小说系列《丰饶之海》第一卷，讲述了贵族青年松枝清显和绫仓聪子之间的爱情悲剧，曾被视作三岛问鼎诺贝尔文学奖最具竞争力而又呼声最高的作品。《春雪》主题之一就是美。松枝清显就是一种美的化身。倘若将此作归类为爱情小说，那男主角清显的英俊优雅是美，女主角聪子的高贵决然是美，二人间青梅竹马、两小无猜的爱恋亦是美。然而正是千丝万缕异色的美最终酿成了一场悲剧，最终形成一种凄美。这种悲剧仿佛是命中注定的，从清显发现自己纯净无瑕宛如水晶玻璃一般的心灵被聪子的言行所侵染开始，命运的齿轮就无法停止运转了。清显对待外界一股傲气逼人，他十分清楚自己的美，于是他表现出的态度是孤冷高傲的。对绝对的美的追求和孤冷高傲的性情，让他对“犯禁，而且是触犯至高无上的禁忌”——和未来王妃幽会这种危险的欢愉心生向往，最终断送了他和聪子的爱情。

松枝清显的矛盾贯穿了整部作品。首先是家族利益和个人感情的矛盾，清显是家族利益的牺牲品，为了家族的繁荣昌盛，他从小被送往绫仓家，鲜少感受到亲情的温暖，因此始终和父母有着一种疏离感。其次，他有着矛盾的个性。一方面优柔寡断，另一方面在聪子已经和治典亲王订婚后仍然约会，明知东窗事发后两人会身败名裂，显露出追求爱情的勇气和叛逆。清显的最大矛盾体现在他和聪子的感情方面。内心深爱着聪子的他，同时又因为年少自负，拒绝承认自己真实的内心，正如文中所说：“聪子的影子正一天天地离自己远去，再过不久就要去一个遥不可及的地方了。想到这里，清显有一种妙不可言的快感。如同一边观望着施食饿鬼的灯笼影子落在水面上，随着夜晚的潮水渐行渐远，一边在心中祈祷着它尽可能地走远些，走得越远越能证明自己的力量。”而当清显真正觉醒之时，聪子已然决心待嫁，他只有克服种种困难才能再见到聪子。而结局部分，清显去寺庙试图挽回聪子，而聪子已削发为尼，遁入空门。清显似乎总是跟不上聪子的节奏，时时刻刻处于得而不爱，或者爱而不得的矛盾之中。

此外，生死是本书的一个重要的主题。书中数次描写了死亡的场景，相较其他明艳热闹的场景，比如松枝侯爵府旖旎的风光、宴会时的高朋满座、清显和聪子春雪中约会的浪漫等，凄美华丽的死亡场景让人更加印象深刻，回味无穷。在三岛由纪夫的理想世界中，死亡与毁灭是一种艺术。三岛曾说过：“美之所以为美，就是因为它灭亡。”这似乎也预示着三岛以自尽的方式告别世界。

这样唯美而又扭曲的审美倾向的形成，自然离不开三岛个人的成长经历和当时日本的历史背景。三岛的祖母是旧贵族，但后来家道中落，将希望寄托于三岛身上。祖母性情阴晴不定，在她的管束下，三岛不被允许外出，一周只能见到母亲两三次，还不能玩任何“危险”的游戏，只能和小女孩玩，因此，幼时的三岛身体羸弱，内心脆弱敏感、安静内秀。而同时，当时日本社会鼓吹武士道精神，推崇文武两道，受右翼的激进主义煽动的三岛，最终形成了这种独特的文学审美。此外，日本传统文化中的无常观也给予三岛的文学思想巨大的影响。相较生之绚烂，死之悲壮才是永恒的主题，是日本人心目中不可逾越的、终极的美，让人们冷静地面对毁灭与死亡，甚至从中看出积极的价值。这种物哀思想在三岛由纪夫的作品中体现得淋漓尽致。

由此，怪异的文学理念和唯美的文字造就了三岛由纪夫独特的文学风格，散发出独特的魅力。

陈静

2021 年 12 月于成都

译后记二

三岛由纪夫是日本小说家、剧作家、演员、健美者、随笔家、评论家、政治活动家，是战后日本文学界的代表作家之一，也是诺贝尔文学奖候选人，他是著作被翻译成英文等外语版本最多的日本当代作家。他的作品以新潮社文学奖（1954）为首，在国内外获得了众多奖项。近年来三岛的作品因“技巧性的才华”备受瞩目，也开始揭露一些真相，他曾经处于非常接近获诺贝尔奖的位置。在从1963年到1965年的诺贝尔文学奖的有力候选人中，三岛和川端康成、谷崎润一郎、西胁顺三郎一起入选。在选拔中，委员会要求日本学家唐纳德·基恩在意识到实际成绩和年龄顺序的同时，也考虑到日本社会的年功序列，虽然是按照谷崎、川端、三岛的顺序推荐的，但后来唐纳德表明了自己的真实想法，三岛是这些作家中最优秀的。1968年川端康成获得诺贝尔文学奖，他在接受采访时除了回答“运气好”“多亏了翻译”之外，还回答“多亏三岛由纪夫太年轻了”。

我本人在翻译这部作品之前，没有真正地读过三岛由纪夫的小说。说到三岛由纪夫，除了名作家之外，大家可能对他震惊世人的死亡方式也有所耳闻。因此我内心从某种意义上来说，对这位“古怪的”文人的作品甚至有一些“拒绝反应”。当真正细读《春雪》时，不料发现与自己当初预想的“古怪作家写的古怪作品”的印象相差甚远，我开始不得不佩服他的写作才艺。下面我想与读者分享一些翻译后的心得。

首先，《春雪》这部小说是目前我读过的日文作品中表达最难懂的一篇长篇小说，第一印象是里面使用的日语非常难懂，因为里面有很多生僻的词汇和饱满的句子结构。某天我问一位日本朋友：“有没有读过三岛由纪夫的作品？”但是这位友人的回答让我很意外，他说：“没有。三岛由纪夫的作品日本人读起来都很难的，他太擅长用生僻的汉字词汇了。也许中国人读会更容易理解吧。”我心想，中国人倒也不是一看就能明白呢。这位友人的话看似笑话，但三岛的确在小说里使用了很多当今日语中不常用的表达。这位友人之前也说过，在日本社会中，出人头地的知识分子都有很高的中文知识，日本人从小开始在学校学习中文（训读法阅读中国古典、学习汉诗等）。可想而知，三岛的中文修养远远超过了普通的日本人。他的语言表达十分扎实、饱满，一句话里通常不仅仅有主语、宾语、补语、谓语等必备的词汇，还有长长的定语从句、副词性的比喻等修饰语。

其次，《春雪》里不管是风景还是人物性格的描写都十分生动。不少情景，读着读着就像在看影视作品般在我脑海中鲜明地“放映”出来。也许这就是他作为导演和参与影视作品的功底吧。《春雪》中有许多“美的东西”。既有大海、森林、花草、云彩、阳光等大自然之美，也有不少人物的外在美和内在美。比如，清显的“俊美”的脸蛋、聪子优雅美丽的外表以及坚强的性格、以伯爵为代表的旧势力贵族阶层的古典美——“优雅”、与伯爵相对立的侯爵“刚强”的性格。伯爵的“优雅”每当遇到问题时，比起松枝侯爵便显得软弱无力。清显从小就和聪子在同一个环境中，一起接受着“优雅”的教育，却没能像聪子那样坚强，反而成长为拥有优柔寡断的性格的年轻人，这种性格与男二本多也有鲜明的对比。作者也许想表达造成清显柔弱的是清显成长的环境所带来的矛盾[①]。清显从小在伯爵家里接受“优雅”的教育，但是这样的伯爵一家的古朴的“优雅”显然没能得到侯爵一家的认可。从拥有豪爽性格和粗野外表的奶奶的形象中能看出，这侯爵一家与伯爵一家有着鲜明的对比。于是在两家的矛盾中长大的清显，内心显然是自卑的，甚至在他看来，聪子的优雅胜过自己，由此一开始他没能把聪子当作美丽的女性来看待。清显当初被聪子追求时，没能欣然接受而选择了退缩，都与这样的心理有直接关系。

① 有关人物的矛盾心理，在先行研究中也有提到。详情请看柴田胜二《优雅之行方：三岛由纪夫〈春雪〉论》（《日本文学》1998 年 47 卷 9 号 40—52 页）。

我认为这部作品有趣的地方是讽刺性地表达了伯爵的“优雅”。松枝侯爵眼中的伯爵是软弱无能的，在吟咏和歌的片段中，他甚至用“厚颜无耻”一词幽默地描绘其形象。清显最后为了与聪子见一面去月修寺，关于该选择步行还是坐人力车一事的心理描写，也反映了这种“优雅”。总之，小说中的人物形象设计巧妙而灵动，一点都不死板。（译完《春雪》后，我还对自己说：“三岛的‘审美观’不像他的行为那么奇怪嘛。”）小说中还出现了许多具有时代特征的象征物，比如瓦斯灯、福特T型车等，这些都让我长了不少知识。

《春雪》的整部内容以违背“绝不能反抗的天皇圣旨”的形式，展开了一段禁断爱情故事。当我了解到三岛离世前提倡的政治思想是“天皇万岁”时，不禁产生了疑问——这岂不是与这故事情节自相矛盾？（当然，这也应该是为了故事情节的需要而设定的。）为了得到这个答案，我特意在网上找了一些资料，有位日本的网友提到的一个观点点醒了我：“他想要保护的天皇不是政治性的天皇，而是文化性的天皇。”（来自雅虎日本智慧袋）的确，这部作品融入了日本传统文化的要素，例如蹴鞠、和歌等。实际上，三岛从小就受有贵族血统的奶奶的教育，也许他从小时候受到的传统美的教育中得到了一些启发，因此我想这位读者分析得不无道理。

就像前面介绍的那样，三岛有健美的爱好。读者们也许会好奇，他是从什么时候开始意识到肉体之美的呢？有关这方面的故事也不难查到。三岛在1951年去北美、南美、欧洲旅行的过程中，让他格外感兴趣的是在希腊雅典和罗马梵蒂冈美术馆观看的安提诺斯像。三岛被古希腊的“肉体和知性的均衡”的人类意志、明朗的古典主义治愈，开始认为“创造美丽的作品和自己也成为美丽的人是同一伦理基准”。他发现这个原理后次年回国，开始锻炼身体。显然，他怕自己老去。

恰好，他把年老的蓼科的丑陋形象描绘得淋漓尽致。其实这是我唯一不太认可三岛“审美观”的地方。虽然蓼科必有她的“可恨之处”，但她并没有犯原则性的错误啊。

关于蓼科，我又产生了疑惑——她到底有没有按照与伯爵的约定，给聪子施行“特殊教育”（第四十一节的内容）呢？小说中没有直接给出答案。对此，读者们细读描写聪子与清显约会时聪子肢体感官的情节，可能会得到一些线索。

三岛一生著有二十一部长篇小说、八十余篇短篇小说、三十三个剧本，以及大量的散文。其中有十部被改编成电影，三十六部被搬上舞台，七部得过各种文学奖。由此可见他在文学领域的地位，是一位妥妥的高产作家。这样的天才作家为什么会自导那般惨不忍睹的、切腹的结局呢（三岛事件）？虽然这与本作品没有直接关系，但如今我已变成他作品的忠实粉丝，不得不从内心“消化”这个事实，以此来平复内心。他在四十五岁的年纪，在还没有老得很厉害之前就把自己葬送了，我想他是想把自己的人生也写得宛如作品般完美，就像在他笔下活灵活现的人物般（当然里面的人物和场所是实际存在的），用自己的手，掌控自己的生命。他渴望成为武士般英勇的人，最后也选择了武士般的死法。也许对他来说那是最美的死法。正如川端康成面对死去的三岛所说的那样，真是太可惜了。我想如果他不是拥有如此彻底的觉悟的人，也写不出如此伟大的作品吧。

以上想法，纯属我自己所想，并没有相关依据。三岛由纪夫的一生充满传奇色彩，给世人留下很多疑点。比如《春雪》中提到了佛教轮回思想，这部作品到此还没有结束，实际上《春雪》是三岛由纪夫最后一部长篇小说《丰饶之海》的第一卷，它由《春雪》《奔马》《晓寺》《天人五衰》四卷组成。整卷主要以《滨松中纳言物语》为典故，是一部梦与转世的故事。希望读者们感受一下这部长篇小说带来的风趣的精神与美的世界。

《春雪》的翻译由我和陈静合作完成。第一至二十七节由陈、第二十八节由两人、第二十九到五十五节由我翻译。由于是第一次翻译如此大篇幅的作品，我感到有很多力所不及的地方。如果翻译上有错误，请广大读者给予批评指正。最后，我想感谢在翻译时严格指正错误和给予许多建言的李芳妮编辑、给我们许多帮助的所有人，以及给我们出版机会的出版社。

金银姬

2021 年 12 月于成都

三岛由纪夫年谱

大正十四年（一九二五年）

一月十四日，出生在东京四谷区永住町二番地。本名平冈公威，为家中长男。父亲平冈梓，母亲倭文重。父亲任农林省官吏。年幼时与祖父母同住，受到祖母夏子溺爱，体质纤弱多病。

昭和六年（一九三一年）

四月，进入学习院初等科就读。自那时起对诗歌、俳句产生浓厚兴趣，喜欢阅读童话。

昭和十二年（一九三七年）

四月，升入学习院中等科，加入文艺部。离开祖母搬回双亲住所。七月，在《辅仁会杂志》上发表散文作品《春琴抄——初等科时代的回忆》。

昭和十三年（一九三八年）

三月，在《辅仁会杂志》上发表他个人的第一部短篇小说《酸模》，随后又发表了《坐禅物语》。

昭和十五年（一九四〇年）

师事川路柳虹学诗。自二月起，每月以“平冈青城”为笔名，发表了包括《山栀》在内的诗歌与俳句作品，发表合集《十五岁诗集》。同年，发表另一部短篇小说《彩绘玻璃》。

昭和十六年（一九四一年）

自九月起，由国文老师清水文雄引荐，第一次以“三岛由纪夫”为笔名，在《文艺文化》上刊载短篇小说《鲜花盛开的森林》。该笔名由清水文雄所取。

昭和十七年（一九四二年）

四月，在学习院高等科文科乙类的大学预科继续升学，主修德语。这期间，持续与《文艺文化》的友人交流，因此受到日本浪漫派文学的熏陶。七月，与东文彦、德川义恭合办文学杂志《赤绘》，并发表短篇小说《苎菟与玛耶》。在《文艺文化》上发表他个人的第一部评论《古今的季节》。

昭和十九年（一九四四年）

在舞鹤海军机校参加暑期训练，并被征召到沼津海军工厂义务劳动。八月，在《文艺文化》上发表短篇小说《夜之车》（之后更名为《中世某杀人惯犯遗留的哲学日记摘录》）。九月，以第一名的成绩毕业于学习院高等科，获得天皇赠予的银手表与日本驻德大使馈赠的德文书三册。十月，考入东京大学法学院。第一部短篇集《鲜花盛开的森林》出版。

昭和二十年（一九四五年）

二月，兵役体检体位列为乙等，但在应召入伍时，由于军医误诊，判为不合格，即日遣返东京。他原本所属的部队在战争中严重折损，几乎全军覆没。六月，在《文艺》上发表短篇小说《也速该狩猎》，拿到第一笔稿费。“二战”结束的一九四五年八月前后，在义务劳动的兵工厂写下短篇小说《岬角物语》。十月，妹美津子因伤寒病逝，年仅十七岁。

昭和二十一年（一九四六年）

六月，由川端康成推荐，在《人间》上发表短篇小说《烟草》，正式跃居文坛。这一年，见到太宰治。

昭和二十二年（一九四七年）

十一月，毕业于东大法律系。短篇集《岬角物语》出版。十二月，通过高等文官考试，进入大藏省银行局任职。其间在各种文学刊物上发表多篇作品。

昭和二十三年（一九四八年）

一月、四月分别发表短篇小说《马戏团》《殉教》。九月，辞去大藏省公职，专心从事写作。十一月，第一部长篇小说《盗贼》出版，并在各家杂志上分期连载。同月，发表剧作《火宅》。十二月，参与杂志《序曲》的创刊，并发表短篇小说《狮子》。同月，短篇集《夜晚的布置》出版。

昭和二十四年（一九四九年）

七月，长篇小说《假面的告白》出版。

昭和二十五年（一九五〇年）

五月，剧作《灯台》出版，曾由大阪放送剧团在关西实验剧场公开演出。六月，长篇小说《爱的饥渴》、短篇集《怪物》出版。八月，移居目黑区绿之丘。同月，短篇集《魔群的通过》出版。十月，发表剧作《邯郸》，成为《近代能乐集》的第一篇。十二月，长篇小说《青色时代》《纯白之夜》出版。其中《纯白之夜》于次年被改编为电影，三岛作为特别出演首次登上大银幕。

昭和二十六年（一九五一年）

六月，评论集《狩猎与猎物》出版。七月，短篇集《远乘会》出版。十一月，长篇小说《禁色》第一部出版。十二月，长篇小说《夏子的冒险》出版。同月，从横滨出发，环游欧美各国，次年五月归国。

昭和二十七年（一九五二年）

一月，发表剧作《卒塔婆小町》、短篇小说《猜字谜》。八月，发表《禁色》第二部《秘乐》。十月，发表短篇小说《仲夏之死》。同月，游记文集《阿波罗之杯》出版。

昭和二十八年（一九五三年）

一月，发表长篇小说《日本制》，并开始为长篇小说《潮骚》取材，拜访位于三重县的神岛。二月，短篇集《仲夏之死》出版。

七月，《三岛由纪夫作品集》（全六卷）出版。九月，《秘乐》出版。

昭和二十九年（一九五四年）

一月，发表剧作《葵上》。六月，《潮骚》出版。八月，发表短篇小说《写诗的少年》。十月，短篇集《上锁的房子》出版。十一月，应聘为新潮同人杂志奖审查委员。十二月，凭《潮骚》获得第一届新潮社文学奖。

昭和三十年（一九五五年）

一月，发表短篇小说《海与夕阳》、剧作《班女》、长篇小说《沉潜的瀑布》。四月，《沉潜的瀑布》出版。六月，长篇小说《女神》出版。七月，短篇集《拉迪盖之死》出版。从九月开始健身。十一月，评论集《小说家的假期》出版。十二月，凭剧作《白蚁之巢》获得第二届回岸田戏剧大奖。

昭和三十一年（一九五六年）

一月，长篇小说《金阁寺》开始在《新潮》上连载。四月，剧作集《近代能乐集》出版。六月，短篇集《写诗的少年》出版。八月，《潮骚》英译本问世，这是他的小说首次在海外出版发行。十月，《金阁寺》出版。十一月，受聘《中央公论》新作家甄选委员。十二月，发表短篇集《走尽的桥》。同月，长篇小说《永远的春天》出版，次年被改编为电影。

昭和三十二年（一九五七年）

一月，凭《金阁寺》获得第八届读卖文学奖。同月，发表短篇小说《女方》、剧作《道成寺》。三月，剧作《鹿鸣馆》出版。六月，长篇小说《美德的喜悦》出版。八月，《近代能乐集》英译本出版。十一月，《三岛由纪夫选集》（全十九卷）出版。这一年，开始与西方文学界的高度互动。七月上旬，应出版社之邀前往拉丁美洲等地游历后长住纽约，次年一月返回日本。

昭和三十三年（一九五八年）

一月，短篇集《走尽的桥》出版。从三月到十月左右，练习拳击。五月，游记文集《旅行的绘本》、剧作《蔷薇与海盗》出版。六月，经川端康成介绍，与画家杉山宁的长女瑶子结婚。九月，《假面的告白》英译本出版。十月，与大冈升平、中村光夫、福田恒存等人一起创刊《声》，并发表长篇小说《镜子之家》的第一章和第二章。同月，《近代能乐集》在西德十二都市上演。

昭和三十四年（一九五九年）

一月，开始练习剑道。三月，随笔《不道德教育讲座》出版。五月，移居大田区马込的新家。同月，《金阁寺》英译本出版；《近代能乐集》在斯德哥尔摩国立剧院上演。六月，长女纪子诞生。同月，评论《文章读本》出版。九月，《镜子之家》的第一部和第二部出版。十一月，随笔集《裸体与衣裳》出版。

昭和三十五年（一九六〇年）

三月，作为演员参与演出大映电影公司的《风野郎》，为由深泽七郎作曲的主题曲填词并亲自演唱。七月，发表剧作《弱法师》。九月，发表短篇小说《百万日元煎饼》。十一月，长篇小说《宴后》出版。从十一月起，偕夫人环游世界一周，次年一月返国。

昭和三十六年（一九六一年）

一月，发表小说《忧国》。同月，短篇集《星辰》出版。三月，《宴后》因涉嫌侵犯个人隐私而被原外交大臣有田八郎起诉。四月，晋升为剑道初段。九月，长篇小说《野兽的游戏》出版。同月，《金阁寺》法译本问世。十一月，评论集《美的袭击》出版。十二月，发表剧作《十日菊》《黑蜥蜴》。

昭和三十七年（一九六二年）

二月，凭《十日菊》获得第十三届读卖文学奖。五月，长男威一郎诞生。十月，长篇小说《美丽之星》出版。

昭和三十八年（一九六三年）

一月，发表短篇小说《葡萄面包》。三月，自己做模特，请细江英公拍摄了写真集《蔷薇刑》，并由集英社出版发行。八月发表短篇小说《雨中的喷泉》。十一月，因文学座的原因，剧作《欢乐的琴》终止演出。在朝日新闻上发表《致文学座诸君的公开信》，随即退团。十二月，长篇小说《午后曳航》、短篇集《剑》出版。

昭和三十九年（一九六四年）

一月，发表长篇小说《绢与明察》，凭此作品获得第六届每日艺术奖。二月，剧作集《欢乐的琴附·美浓子》出版。四月，评论集《我的遍历时代》出版。九月，针对诉讼中的《宴后》，东京地方法院认可原告诉讼，作出由作者和新潮社向原告支付赔偿金的判决。被告不服，上诉东京高等法院。（原告去世，官司达成和解。）十月，《绢与明察》出版。

昭和四十年（一九六五年）

二月，发表短篇小说《孔雀》。四月，制作自导自演的短片《忧国》。七月，短篇集《三熊野诣》出版。八月，评论《眼睛——某种艺术断想》出版。九月，开始连载长篇小说《春雪》（《丰饶之海》第一卷）。十一月，发表自传性长篇散文《太阳与铁》、剧作《萨德侯爵夫人》出版。同月，偕夫人赴欧美及东南亚各地旅行，收集写作素材。

昭和四十一年（一九六六年）

一月，凭《萨德侯爵夫人》获得第二十届艺术节戏剧大奖。受聘为芥川文艺奖审核委员。六月，发表短篇小说《英灵之声》。

昭和四十二年（一九六七年）

三月，发表长篇小说《奔马》（《丰饶之海》第二卷）。同月，短篇集《来自荒野》出版。四月，以体验入队的名义进入自卫队。七月，开始练习空手道。九月，学术随笔《叶隐入门》出版。十月，剧作《朱雀家的灭亡》出版。

昭和四十三年（一九六八年）

七月，带领之后的“盾会”成员以体验的名义进入自卫队。

之后，每年三月和八月，带领成员以体验的名义入队。八月，晋升为剑道五段。九月，正式组织建立“盾会”。同月，发表长篇小说《晓寺》（《丰饶之海》第三卷）。十月，《太阳与铁》出版。十二月。

昭和四十四年（一九六九年）

一月，《春雪》出版。二月，《奔马》出版。四月，评论集《文化防卫论》出版。五月，与东京大学“全学共斗会议”的学生会谈。六月，出演电影《人斩》。同月，剧作《癞王的阳台》出版。十一月，在国立剧场的天台举行“盾会”成立一周年纪念游行。同月，剧作《椿说弓张月》出版。

昭和四十五年（一九七〇年）

七月，开始连载长篇小说《天人五衰》（《丰饶之海》第四卷）。同月，《晓寺》出版。九月，发表《作为革命哲学的阳明学》。十月，评论集《行动学入门》《作家论》出版。十一月二十五日，将《天人五衰》终稿交付新潮社。中午十二点十五分，在东京市谷驻屯地的陆上自卫队东部方面队总监部，切腹自杀身亡。

昭和四十六年（一九七一年）

二月，《天人五衰》出版。

昭和四十八年至昭和五十年（一九七三年至一九七五年）

《三岛由纪夫全集》（全三十五卷，附卷一）出版。